清秋子 著

汉家天下

第四部

山河复苏

河南文艺出版社
· 郑州 ·

图书在版编目（CIP）数据

山河复苏/清秋子著. —郑州：河南文艺出版社，
2019.4

（汉家天下）

ISBN 978-7-5559-0778-7

Ⅰ.①山…　Ⅱ.①清…　Ⅲ.①长篇历史小说-中国-当代　Ⅳ.①I247.5

中国版本图书馆 CIP 数据核字（2019）第 028668 号

出版发行　河南文艺出版社
本社地址　郑州市郑东新区祥盛街 27 号 C 座 5 楼
邮政编码　450018
承印单位　河南瑞之光印刷股份有限公司
经销单位　新华书店
纸张规格　787 毫米×1092 毫米　1/16
印　　张　19
字　　数　284 000
版　　次　2019 年 4 月第 1 版
印　　次　2019 年 4 月第 1 次印刷
定　　价　43.00 元

目　录

序　汉家雄风今犹在

　　作家清秋子的长篇历史小说《汉家天下》第一部在出版之前,出版社编辑给我看了原稿,并嘱我写一篇文字加以评说。我却之不恭,于是遵嘱,在这里写一点读后的感想。

　　注意到清秋子的历史写作,是在数年前,我曾应邀为他所撰的历史人物传记《武则天:从尼姑到女皇的政治博弈》写过一篇短序,对他在写史方面的功力颇有印象。如今翻开他这部厚重的书稿,粗读一遍,感觉他的写作在数年间大有精进,已深得历史小说写作的堂奥。

　　《汉家天下》从"楚汉争锋"开始写起,作者用文学的形式表现了那一段金戈铁马的风云史。自司马迁的《史记》问世以来,这段扣人心弦的历史可谓家喻户晓,若想在史料基础上加以生发,不是一件容易的事,故而初展卷之时,我不免替作者担心。然而在看过数页之后,便立刻放下心来——作者书写历史故事的才华,当下能及者甚少。

　　读此稿,令我印象深刻的,首先是书中人物的鲜活。写历史小说,难就难在这里,主人公们必须是古代的人,但又要让今人能够理解。读者读过之后,要对他们的一言一行、一颦一笑能够会心。本书作者在司马迁给出的史料基础上,大大发挥了他独到的文学想象力,使得刘邦、项羽及一大批那个时代的风云人物活了起来。

可以说,《汉家天下》的写作,是"有温度"的历史写作,古籍上的人物,到了这部书里,有了血肉,有了声音,有了清晰可感的动态形象。以刘邦为例,他的那种痞、那种韧性、那种包容的胸怀,都是通过各种生动的细节表现出来的。通过一个个的具体细节,一个活脱脱的平民皇帝便跃然纸上。

我一向认为,写历史小说切忌表面的热闹,历史叙事应该有一个鲜明而强大的内核,也就是如何提炼主题。我感觉清秋子在这方面是颇为用心的。西哲有言曰:"所有的历史都是当代史。"此话有一定道理。历史是有传承的,传统的文化几千年来绵延不绝,至今对我们日常生活的影响还很大。清秋子在本书中所强调的"民本"意识,读来触动人心,令人浮想联翩。我想,这就是历史小说不可或缺的魂魄。

本书令我感喟的,还有作者在叙事结构上不凡的功力。楚汉之争期间,战争频仍,许多战役的线索本来就错综复杂,如何将这些事件逐个讲清楚,又不能让事件淹没了人物,作者在这方面处理得非常好。对于多场战争的描绘,详略得当,各有侧重,毫无重复之感;并且经过精心的结构布局,使人物性格在战争场面中逐步延伸展开,直至揭开人物的内心世界。

再有,即是本书在虚实方面的处理也很妥帖。可以说,从总体框架看,《汉家天下》是严格按照历史事实来写作的,即使是想象发挥,也都是有所本的,是一种文学性的"复原",完全可以把它当作史实来读。但是其中有几个虚拟人物的随机出场,又似神来之笔,恰到好处地烘托了真实的历史人物,于厚重之中又添了几分飘逸。

读这部书稿,我数度有爱不释手的感觉。作者延续了我国古代章回小说的传统写法,融会贯通,加以发扬。其场面的逼真,情节的跌宕,叙说的流畅,都可称为一流文字。在当代,能读到如此古朴而又灵动的文字,是一件令人惊喜的事。

在当今,关于历史的书写可谓浩如烟海,在众多的作品中,《汉家天下》是一部极具个性的作品,必然会在当代历史小说的创作史上留下印记。

数年之前,我曾如此评价过清秋子的写作:"在他的书里,历史是经,文学是纬,从而使一般读者认为十分枯燥的历史,有了血肉,有了温度,能够走进人心里。"在今天,我仍是这种感觉。

　　据称,《汉家天下》是一部系列长篇历史小说,后面可能还有更精彩的描写。我愿等待作者一部部地写出来,好好把它通读一遍,以享受这种历史与文学的融合之美。

一　代王悬心初入都

话说汉初时节,刘邦与吕后相继谢世。一代雄主,轰轰烈烈活过,又猝然撒手人寰,万民都不免心怀忐忑。从今以后,世道将如何,汉家运势又怎样? 全想不出个所以然来。

也无怪官民担心,高后八年(公元前 180 年)秋八月,庚申这一日,当朝后少帝所居的长乐宫内,果然就骤现兵变。原来,是老臣陈平、周勃等一干人,不甘屈从吕氏子侄的淫威,鼓动京师北军哗变,诛杀了吕后诸侄,将后少帝与张太后也软禁了起来。

消息传开,阖城官民奔走相告,街衢鼓乐喧天,不啻当年闻听暴秦覆亡一般。

陈平、周勃见民心可用,不由大喜,便趁热打铁,在丞相府集合当朝重臣,彻夜议定大计。众臣以后少帝为吕后所立、并非刘氏血脉为由,决意废之,另立代王刘恒为新帝,以绝吕氏之患。

代王刘恒为刘邦庶子,为人温厚,立其为帝,诸臣都以为妥,唯新任御史大夫张苍略有担心,未置可否。

见张苍不语,陈平知其必有所虑,遂不敢大意,忙问道:"张公有何见教?"

张苍犹疑道:"齐王刘襄首倡诛吕,其弟刘章、刘兴居为内应,均有大功。他兄弟二人必以为,新帝非齐王莫属。今忽推代王为帝,那刘章、刘兴居如何能服?"

陈平笑望一眼张苍，略一摆手道："公可勿虑。私下里，绛侯已允诺他兄弟：事成，以刘章为赵王、刘兴居为梁王。他兄弟几人，自可权衡其中利弊，即便齐王做不成新帝，他兄弟三人，亦必不会反。"

众人闻此言，方觉释然，都认定刘襄兄弟不足为虑。

次日，朝暾初起，天方黎明，诸臣议罢大事，都觉意气满怀。陈平见众人再无异议，便狡黠一笑："此等天下大事，仅我辈几人议定，怕还不足以服众，须广召宗室、勋臣，为我助威，以壮声势。"

周勃道："你这丞相府，终究还是气闷，不如到北军校场去，大会群贤，议定新政。要教那天下人都望风归服，不敢怀有二心。"

陈平望望在座诸臣，一挥袖道："正是此话！便有劳张公，将那宗正刘郢、朱虚侯刘章、东牟侯刘兴居、典客刘揭、棘蒲侯柴武等，连同所有列侯，以及官吏二千石以上者，都请去北军大营，共商宗庙大计。"

张苍应声而起，拱手道："在下这便去请。"说罢便离座，大步出去了。

周勃在旁望望陈平，忽而笑道："丞相只顾了大丈夫，高帝几位长嫂，亦不可缺。"

陈平忙道："正是正是！这便有劳中谒者去请。只不知高帝之嫂，还有哪几位尚走得动？"

中谒者张释当即答道："尚有高帝长兄之妻阴安侯、次兄之妻顷王后，两位夫人都还健朗。"

"那便好，都以车辇请来，与我辈同坐。料得此番阵势，不由那四方不服！"

琅琊王刘泽顿时泪涌，唏嘘道："两位长嫂多年不见，竟都还安好。"

周勃也甚是感慨："亏得两位长嫂原为田舍妇，与世无争，不然何以能活到今日？"

陈平道："还有那长嫂之子、羹颉侯刘信，虽庸碌无为，然名分还在，也一并请来吧。"

周勃大笑："那位'刮锅侯'吗？不说倒还忘了。稍后，我顺路载上便是。"

陈平见事已妥帖，便起身朗声道："诸君，我等这便分头去知会。今日拨乱反正，重开新局，于一夜之间议定大计，各位皆为功臣。须得再辛苦半日，一鼓作气，要教那河清海晏，再无鬼蜮。"

众人喊了一声好，就都起身，步出丞相府门，分头登车去了。

朝食过后，所邀各宗室、列侯及官吏，皆齐集于长乐宫外北军大营，一时冠盖如云，遍布校场。待众人分尊卑坐下，陈平便讲明会议之事，来者无不欢呼。

宗正刘郢欣然道："当今后少帝，来路本就不明，又生长于深宫，未离妇人怀抱，如何治得了天下？今迎回高帝之子，方为上计。"

刘章、刘兴居兄弟二人，意在拥立长兄刘襄为新帝，未料事有变故，都不免悻悻。那刘兴居便高声发问道："迎代王为新帝，可是诸臣共推？"

陈平拿眼斜睨过去，淡淡一笑，算是作答。周勃却亢声道："不错！此即天命也，今日议罢，便可迎回代王了。"

刘兴居欲起身再诘问，却被刘章死死拉住，只得将话咽下，脸上犹有愤然之色。

陈平看见，却佯作不知，只管说道："太尉昨日只身入北军，一声'拥刘者左袒'，便定了天下大事。我等老臣，食先帝之禄，用得着之处，便是在今日。今后无论何人，若再倒行逆施，诸吕便是他前鉴无疑！"言毕，逼视全场，竟致满场鸦雀无声。

那刘章听得心惊，死扯住刘兴居衣襟不放。刘兴居也听出陈平语含威胁，一时间不敢造次，只是低下头去不理。

周勃随即起身，高声道："丞相说得好！诸君与嫂夫人若无异议，便可去迎代王了。"

陈平却一笑，拉周勃坐下，交代道："太尉莫急。那代王刘恒，现今终究为藩王，朝中重臣去迎，于礼不合。我这便起草征书，征召他返长安。待他入城之时，再行君臣之礼不迟。"

周勃这才明白，于是笑道："哦哦！这等事，文臣说了算，老夫是多言了。"

陈平便唤过书佐来，口授公文一通。书写毕，陈平接过，即向众人高声读了一遍。

这一通公文，名为征书，实为委婉劝进。陈平在此处，是用了一番心思的，想到这征书一发，便不怕他代王托词不来。

待陈平将征书当众读罢，众人又是一片欢呼。四围执戟的卫卒，也猜出是要换天子了，都齐齐举戟，三呼万岁。

周勃精神抖擞，一把拿过征书来，交给宗正刘郢，嘱咐道："誊毕，即盖天子玺，勿延误片刻，尽早遣使送往晋阳（今山西省太原市）。"

刘郢接过，转身即去布置了。众人正欲起身离去，周勃却拦阻道："今日大会，不可不贺！北军别无长物，唯有美酒多如山积，请诸君畅饮一番再走。"

话音刚落，却见刘兴居腾地站起，发问道："朝食方毕，却又要饮酒吗？"

刘章一个疏忽，未拉住刘兴居，此时便惶急，直眨眼睛，示意刘兴居不可妄言。满场人不知刘兴居此为何意，都屏息欲听下文。

周勃拉下脸来，冷笑一声道："新岁即至，世事亦更新，如冬月忽闻春雷，当然要饮酒！小将军有何见教？"

刘兴居便躬身一揖，不卑不亢道："朝食刚过，又欲饮酒，下臣以为于礼不合，恕不奉陪了！"说罢，便撩起衣襟，大步退了场。

众人立时一片哄笑。刘章顿觉大窘，连忙起身去追。

周勃遂也大笑，挥挥手道："小儿辈，有此脾性，倒也可嘉。诸君不必理会，且拿酒来。"

再说晋阳代王宫中这几日里，亦是颇不安宁。秋来大熟，农家所收谷粟，尽已入了打谷场，塞下人家都一派欢悦，唯刘恒却夜夜不能安寝。因往年此时，胡骑最易来犯，刘恒幼年即与薄太后来此，年年逢秋，最为惊悸。

当年代国都城在代郡（今河北省蔚县），离匈奴甚近，不利防守。刘邦平定陈豨后，将太原郡划入代国，改代都为晋阳。晋阳之北，有奇峰险阻，好歹可以阻挡一下边寇。

不料今秋并无边警,倒是长安代邸①频频传来密报,说长安城内人心不稳,老臣或将有异动。果然至九月中,天崩地裂,老臣在都中起事,将诸吕杀了个血流成河。刘恒闻报,亦惊亦喜,半晌合不拢嘴。稍一思忖,便急奔入后殿,告知薄太后。

那薄太后年已半百,患有目疾,受不得大惊吓,闻讯只是扪住胸口,喘息道:"恒儿,亏得我母子早年便避居此,前者躲过了诸吕相逼,今日又不致受老臣挟制。"

刘恒道:"母后之言,正是儿臣所欲言。儿幼时遵父命,远来北地,心中却挂记长安,不能释怀,然时日愈久,愈觉侥幸。以今日看来,此等苦寒之地,倒是个福地了。"

此时的刘恒,已然二十六岁,平素多有历练,早出落成一位稳健之才。又与窦美人恩爱相谐,生了一女两子,更是沉稳得多了。凡有国政,片时也不敢疏忽,总要与近臣商议再三。遇事一遵母命,二听谏议,只是小心守住这一方天地。

事过半月有余,这日晨起,刘恒赴薄太后处问安毕,返回前殿,正欲坐下阅览奏疏,忽有谒者上殿,急呼道:"大王,长安有来使至!"

刘恒心知必是老臣遣使前来,通报诛吕之事,便急忙宣进。

那朝中来使,是宗正府的一位曹掾,见了刘恒,不等开口,纳头便拜。

刘恒慌得站起身道:"朝使何必多礼,这教孤王怎受得起?"便上前要去扶起。

那朝使连忙自己爬起来,连连揖道:"大王,今昔已不同,看过这征书便知。"说着,便躬身将征书呈上。

刘恒匆匆阅过,不由脸色大变,疑似在梦中,不能相信。接着又看了一遍,方知是天大的好事落在了自家头上。略思片刻,又疑心是老臣设下的圈套,便将征书置于案上,只是沉吟不语。

那朝使看得急了,又揖请道:"朝中重臣,盛赞大王贤德,都盼大王早日入登大位,以安天下人心。请大王勿迟疑,小臣也好随大王同归。"

刘恒以手抚额,默然许久,方道:"朝使奔波数日,实在辛苦。都中之事,孤王也

----

① 代邸,代国在长安的常设机构,其他诸侯国亦同,类同于今之驻京办事处。

曾有耳闻，只未料变动竟如此之大！敝国地处险要，乃匈奴南犯要冲，孤王一时脱不开身，请朝使先回去复命，孤王于半月之内，即可动身。"

那朝使便是一怔："半月？诸吕伏诛，已有多日，少帝居深宫不出，难孚众望。百官心甚不宁，恐日久生事，大王岂可延宕？"

刘恒摆摆手道："你这便回朝吧，朝中又不是没有天子。容本王略作交代，收拾行装，再作计议。"

那朝使无奈，只得叩拜退下，回朝复命去了。

待那使者一走，刘恒便急召属臣前来商议。诸臣闻此意外，都惊愕不止，殿上顿时声如鼎沸。

片刻，便有近臣郎中令①张武，出列奏道："事若蹊跷，必有其因。那朝中大臣，皆为高帝时旧将，习兵事，多诈谋，今欲奉大王为新帝，本意绝非止于此！以往彼辈，极畏高帝、吕太后之威，不敢有何异动。如今吕太后宾天不及一月，便群起攻杀诸吕，喋血京师，致天下震动。臣以为：此征书，乃是以迎大王为名，而掩其犯上之举也，故万不可信。古来以外藩入主者，多有不祥，大王切勿轻履险地，不如称病不应召，以观其变。"

张武言毕，诸臣多随声附和，都以为长安事未定，唯静观其变，方为上计。

此时列班中有一人急了，抢出一步，高声道："大丈夫，临事岂能如此优柔！诸臣所议，多为非，大王不可误信。"

刘恒抬眼看去，原是中尉宋昌，便笑道："到底是武人胆大，宋公不妨尽言。"

宋昌即道："以往秦失其政，豪杰并起，都以为天下属己，而志在必得之。然终为天子者，唯刘氏而已，众豪杰遂绝了此念。那陈平、周勃等老臣，即便有包天之胆，也未必敢取刘氏而代之。"

张武听了，便冷笑道："在下倒要问，诸吕有何德何能，尚能险些夺了天下；那班

---

① 郎中令，始置于秦，为九卿之一。汉初沿置，为皇帝左右高级官职。主掌宿卫及顾问、谏议等。

老臣,又有何事不敢为?"

宋昌转过头来,逼住张武反问道:"郎中令可知,吕氏那群子侄,若不是姓了吕,又何来此胆? 在下既敢劝君上入都,自有在下的道理。"

刘恒即颔首一笑:"中尉,你尽管说来。"

宋昌便道:"回禀大王,臣以为:一则,高帝子孙诸王,遍布天下,如犬牙交错。刘氏宗室,若磐石之固,天下还有谁人不服其强? 二则,汉家兴,除秦苛政,约法令,施德政,百姓得以谋生计,彼辈能不感念刘氏乎? 故刘氏天下便难以撼动。三则,往日吕太后以天子之威,立诸吕三王,擅权专制,然宾天未及一月,便有周勃仅持一节,驰入北军,一呼而士卒皆左袒,拥刘氏而攻诸吕,顷刻灭之。此乃天授刘氏之尊,而非人意也! 今大臣即是有生变之心,奈何百姓不为其驱使,党羽虽众,又岂可专有天下? 况且刘氏天下,内有朱虚侯、东牟侯守宫,外有吴、楚、淮南、齐、代诸王拱卫,无人可以摇撼。今高帝之子,唯淮南王与大王幸存,大王贤明仁孝,闻名于天下,且又年长;故而诸臣欲迎立大王,岂非正在情理之中? 请大王早做决断,勿生疑也。"

刘恒听了两面之词,心中仍权衡不下。宋昌便又催促道:"千载难逢的好事,且万无一失,君上还犹疑甚么?"

刘恒苦笑一下,挥挥袖道:"各位且散了吧,容孤王禀明太后再议。此事譬如下注,寻常人所赌,不过是个荣华富贵;孤王这一赌,却是要赌上身家性命,故而不可不慎。"

散朝后,刘恒急趋后殿,禀报薄太后。薄太后闻听也是大惊,踌躇不能作答。两人相对半晌,皆是无语。

刘恒见无人可以商议,只得返回宣室殿,绕室徘徊,顿足叹息。稍后,窦美人前来问安,闻听刘恒说朝中征书事,也是惶急,含泪劝道:"如此大事,君上务要小心。成败如何,唯有天知了!"

刘恒闻言,不禁心中一动,便唤来近侍,吩咐去外间寻一位方士来,求一卦看看,也好安心。

未几，一位方士应召而入。但见此人，天生一副异相，身体枯瘦，面目黧黑，初看似獐头鼠目之辈，细观之，才觉其胸中大有韬略。

刘恒不禁好奇，遂问道："看足下颇为面生，请问姓名？"

那人叩首答道："谢大王！小人阴宾上，一贯游走四方，居无定所，于近日才来代地，今日乃初次见大王。"

刘恒笑了笑："阴宾上？这名字好古怪。"

"微末小民，取个奇名，方可令人不忘。"

"哦？确有道理，孤王倒是记住了。今召足下来，欲问一卦，不为他事，单问那出行吉凶。"

阴宾上闻言，略一颔首，便取出蓍草来，摆来弄去，做了许多势；又将一块龟甲烧裂，细察其纹路走向。忽而，面露喜色道："回禀大王，是个吉兆！可放心出行。"

刘恒难掩心切，急忙问道："那卦辞如何说？"

"此乃大横之卦。占曰：'大横庚庚，余为天王，夏启以光。'"

"哦，此卦甚好，然卦辞却陌生，为何从未听说过？"

"不错，此非《易》之卦辞，乃是民间所传，灵验无比。"

"这……孤王倒要讨教了：所谓'大横庚庚'，究竟是何意？"

"庚，变更也。这一卦，说的是王位有变，就如夏启承袭禹王。"

刘恒望住卜者，面露疑惑道："那么'余为天王'又是何指？我早已为王，又何来甚么天王？"

那阴宾上便幽幽一笑："自是指天子无疑了。小的仅能释卦辞，而不知其他。"

刘恒拿过龟甲来，喃喃道："仅凭此纹，焉知是实是虚？"

阴宾上便跪下，拜了一拜，恳切道："不瞒大王，小的操此业，已半生有余，无一不灵验，即是指鹿为马，人家也信。大王既问卜，吾所言，虚虚实实，只当是天意，不妨信之。"

刘恒不禁哑然失笑："足下倒是爽直。操此行当，平日可得温饱乎？"

"尚可。"

"除此而外，还有何种本领？"

"这个……在下还会借寿。"

"哦？如何借寿，且为我道来。"

"小的为人占卜，必有言在先，若肯借用寿数一岁，则酬金减半数，求卜者无不应允。"

"这如何使得？区区一岁，亦是人家的寿数！"

"市井小民，以眼不见者为虚。你索要一吊钱，他视同割肉；若求他借寿数，则无不爽快。"

刘恒听了，不禁大笑："倒也是。试问，你如今借了多少？"

阴宾上伸出一掌，答道："若原寿以七十为限，小的已增寿至五百六十岁了。"

刘恒又拊掌大笑："恭喜恭喜！然则，随口一说，便可当得真吗？"

阴宾上忽地双目圆睁，炯炯有光，逼住刘恒问道："人，可以欺天吗？"

刘恒便一惊，背上竟冒出冷汗来，连忙拜谢道："谢先生指教！孤王今后行事，凡出一言，必有践行，绝不敢欺天！"

阴宾上这才释颜，随口又玩笑道："大王命贵，何不也向臣民借寿？如此，益寿至五百年亦不难。"

刘恒连忙道："不可不可。卜者以言行世，王者则以政服人。你向人借一岁命，不过是一句话；孤王向臣民借一岁命，则是万人膏血了。"

阴宾上闻刘恒此言，面露敬佩之色，随之叩首道："今日方知，代王贤明，真乃名不虚传。小人所解的这一卦，料是也有八九分说中了。"

刘恒便淡淡一笑："天意从来难料，你姑妄言之，我姑妄听之。今日便到此吧。"说罢，即召来少府，命赏赐阴宾上五十金，以车辇送返住处。

待阴宾上走后，刘恒便去与薄太后商议。薄太后听了卦辞，忽想起了当年许负之言，脱口道："原来，许负说我可'母仪天下'，竟是应在了恒儿你身上！"

刘恒却是一脸茫然，不明所以："甚么母仪天下？"

薄太后想到此事，唏嘘不止，便将当年请许负看相的往事，向刘恒和盘托出。

　　刘恒听了，心中更是忐忑，犹疑半晌，才嗫嚅道："即便如此，也不可大意。昔年赵王如意之祸，便是前鉴。"

　　薄太后想了想，断然道："你我母子，隐忍了二十余年，今朝忽有天赐良机，若不取，恐是有违天意。可遣你阿舅，先入都探问，待探得万无一失，你再应召也不迟。"

　　刘恒听了，连连称善，当即传下诏去，遣母舅薄昭乘驿车赴长安，往太尉邸中去打探虚实。

　　那薄昭，乃薄太后唯一亲弟。楚汉相争时，因年少并无战功，早年便随了薄太后、刘恒来晋阳，一直在城中闲住。

　　刘恒将他召来，叮嘱了一番，然后又道："阿舅，此去长安，吉凶未卜，若你实不愿去，也可作罢。"

　　薄昭仅比刘恒年长几岁，正是少壮年纪，闻刘恒此言，立时胆气陡生："哪里有此话！大王即是命我下油镬，我亦不敢辞，况乎不过是往见太尉。"

　　刘恒大喜，起身执了薄昭之手，千叮万嘱，送下殿去。

　　薄昭心知事关重大，若刘恒入都顺遂，则自家一生荣华不可限量。于是不计利害，登上邮传车，日夜兼程赶路，恨不能一步便到长安。

　　待他进得城内，但见街头安堵如常，百姓面带喜色，这才放下心来。遂直奔北阙甲第，寻到太尉邸，递了名谒进去。

　　少顷，见周勃竟亲自迎了出来，招手大笑道："你便是薄昭？别时尚是少年，今日竟是个壮男了。老臣盼代王归正位，正盼得急。来来，请随我进来。"说罢，便拉了薄昭步入正堂。

　　两人落座，薄昭便告知刘恒与薄太后之意，恳切道："太尉，吾家……甥儿刘恒，实是可怜！出生至今，二十余年小心翼翼，一句错话不敢出口，算是在刀剑下活到了今日。大位不大位的，本非所求，望太尉如实相告：征书所言，可是真？"说罢，便移膝向前，连连叩起头来。

　　周勃连忙扶住薄昭，安抚他道："贤弟，万勿如此！薄太后贤明，为世人敬仰，在下亦是心服。那代王贤名，更是无人不知。朝中老臣皆已衰老，不欲留下吕氏余孽,免得三十年后孽子坐大,故有废帝之议,岂是要图谋倾陷刘氏?"

薄昭闻此言,忍不住伤心道:"十五年来,刘氏飘零无依,真的是怕了!"

周勃也甚感悲戚,便以实情相告:"我等老臣,正是激于大义,方有群起诛吕之举。贤弟可放心,如今这天下,诸吕尚坐不成,哪个老臣还敢有贪心? 前日征书,乃陈平丞相亲笔所拟,字字恳切,并无虚言,皆是老臣们的一番心愿。"

薄昭仍是心存疑虑,又追问道:"吾甥若入都,可做得真皇帝吗?"

"你这是哪里话? 贤弟多虑了。那前后两少帝,似两个木偶一般,乃是吕太后专权所致,当今朝堂中,权势大如吕太后者,可有谁人? 贤弟莫非是疑我周某,欲挟持代王,而自为周公乎?"

薄昭望了望周勃,见周勃一脸至诚,全无惺惺作态之色,便知此事定是无诈。然低头想想,仍欲以一语激之,便说道:"我那甥儿,手无缚鸡之力,若他贸然入都,北军士卒只消两三个,便可将他拿下。请问太尉,这入都登位之事,可有人作保?"

周勃闻言,不禁气血上涌,对天拜了三拜,发誓道:"以我周勃万世之名作保,若存弑君之心,便是史书上剜不去的贼子,子孙万代,亦受人唾骂……"

薄昭连忙拉住周勃衣袖,连声道:"好了好了,太尉,我便信你。"

周勃这才坐直,整整衣冠,惨笑道:"诛杀诸吕,我等已赌上了身家性命;若敢再诛杀刘氏,则是万年也不可赦了! 你只需回禀代王:入都之日,百官必至渭水畔郊迎。代王行至渭水,若不见隔岸有百官迎候,则打马返回便是,可否?"

薄昭听了,再无话说,遂拱一拱手,起身告辞,去了代邸歇宿。次日,在代邸一觉醒来,片刻也不愿延误,搭了邮传车便急返晋阳。

数日后,薄昭风尘仆仆回到晋阳,见了刘恒,即拜贺道:"征书所言皆实,无可疑者。"

刘恒问明了赴京师始末,便对身边宋昌笑道:"都中之事,果如公所言,公有大功! 诛吕至今,已近两月,都中并无异常,我等毋庸再疑。这几日,孤王便动身,公可为我骖乘。"

宋昌连忙谢恩道:"此乃吾王之福,而非臣下之功也。"接着又向张武拜谢道:

"若非足下有疑,我辈焉知长安城中虚实,也请足下受我一拜。"

刘恒便指着殿上诸臣,笑道:"诸位文武,都是孤王心腹,明日皆随我去朝中。上天既有眷顾,便都不要辜负了。"笑罢,转头又对薄昭道,"阿舅立有大功,容入都之后,再行封赏。"

诸事议定后,刘恒便禀告薄太后,欲先往长安去,待坐稳大位,再迎母后及妻子儿女入都。

薄太后望望刘恒,不觉两眼就湿了:"恒儿,看你这许多年,大气都不敢出一口,也真是命苦。此去吉凶祸福,只得托付于天了,诸事都须小心。"

刘恒也觉伤感,便道:"以阿舅在都中所闻,朝堂上事,当不致有诈;然万一有变……儿不得脱身,还望母后勿心焦,照看好儿臣妻子儿女便是。"

一番话,说得薄太后双泪直流,叹息道:"我等弱枝人家,比不得豪强大户,即是嫁入天子家,也还是命薄呀。"

刘恒见母后伤心,便连忙打住话头,又说起了女儿刘嫖事:"刘嫖任性,窦美人也管教不住,还望母后多费心。"

薄太后拭泪道:"你自管去,家中事,有我与窦姬照应,切勿挂记。宋昌、张武等人随你去,我还要叮嘱他们,无论遇何事,都须忍下,不得争一时之短长。"

"母后想得周全,儿自会小心,倒是母后请勿太过忧心。"

"唉,为娘知你心!前年我卧病,你竟衣不解带,亲奉汤药数月。世间孝亲,未有过于此的。这几日我目疾加重,对面竟是看不清人了。来来,你近前来,让为娘好好看一看你。"太后遂拉过刘恒,轻抚刘恒脸颊五官,俄而又泪如雨下。

刘恒忙为薄太后拭泪,劝道:"上天已佑我母子多年,今往长安,或有至福,儿定当与母后同享。"

薄太后摇头道:"老妪还要甚么至福?为母这一世,有孩儿你,便可知足了……"言未毕,竟放声大哭起来,惊得刘恒连忙温语安慰。

数日后,刘恒辞别薄太后及窦美人,带了宋昌、张武、庶饶、宪足、庐福等近臣,分乘六辆邮传车,前往长安。一路上,与诸臣议论天下事,倒也不觉路远。不几日,便到了长安左近。

至闰九月己酉日，车行至高帝长陵，可望见封土如山，高矗入云，众人不觉都屏住了息。刘恒便命车驾停下，吩咐宋昌道："孤王虽奉诏，然亦不能轻信。此地离长安尚有数十里，孤王率众人，暂在陵邑歇息。你一人先入城，留意是否有变。"

宋昌领命，便独自登车，催御者加鞭疾驰，前往渭水畔。堪堪来到渭桥下，手打遮阳看去，见对面岸边，果然黑压压的有一群文武，卤簿仪仗，排列数里，于清寒中肃立不动。陈平、周勃以下百官，皆衮服冠带，迎候于道旁。近旁百姓闻讯，也都络绎前来看稀罕。

这等郊迎阵势，自秦亡以来，就未曾有过，想这光天化日之下，又怎能隐伏劫持之谋？宋昌心中一喜，未等车驾靠近渭水，便令御者掉头，返回去报信。

那边刘恒一行，歇了还未及一个时辰，就见宋昌乘驿车驰回。但见他跳下车来，气喘吁吁禀道："百官皆至渭桥边迎候，君上毋庸再疑。"

刘恒也知事已稳妥，但心中仍是悬悬，又追问道："朝臣尽数都来了？"

"以臣观之，应是来齐了，已在寒风中等候多时。"

"那好！孤王也不宜再拖延了。老臣之中，多有年迈者，耐不住疲累。我们这便走，你上车来，仍为我骖乘。"

待刘恒车驾抵近渭桥，百官便一片欢悦，都伏地而拜，齐声呼道："恭迎君上！"

车驾缓缓过桥停住，刘恒连忙下车来，疾步向前，揖礼谢道："诸君辛苦了！如此大礼，孤王万不敢当。"

周勃领百官行了大礼，礼毕便抢前一步，面奏道："大王，请屏退左右。臣有数言，要说与大王听。"

此时，宋昌正护卫在刘恒之侧，闻周勃之言，心中不悦，当即正色道："太尉所言，若为公事，敬请言之；若为私事，则无须再说了。吾王所奉，乃王者之道，王者即是无私也！"说罢，便按剑恭立，半步也不肯退。

那周勃自以为功大，安排郊迎，也是有向新帝讨赏之意。此时闻宋昌斥责，大出意料，这才悟到：天下万事，已与昨日不同了！登时脸便涨红，心中发慌，竟扑通一声跪下，双手颤抖，取出天子玉玺来，恭顺呈上。

刘恒瞟一眼那印玺，又望了望伏地恭迎的百官，忽就想起临来那夜，与母后相对垂泪之时，顿觉世态炎凉不可言说。于是强忍了忍，向周勃揖谢道："太尉请起！诸君可随我至代邸，再行商议。"

周勃一时茫然，抬头望望陈平，见陈平暗暗使了个眼色，便知应从刘恒之意，连忙手捧玉玺立起，说道："也好，周某这便为大王前导。"

刘恒颔首应允，君臣便各登车驾。众人拥刘恒在前，浩浩荡荡进了城，直奔代邸。

城内，百姓夹道围观，虽不知皇帝将要换人，然见此情景，心中也都猜出了七八分，纷纷争睹新帝容颜，生怕错过。

面对万民瞩目，刘恒在车上只是发窘，左右张望，竟是无所措手足。宋昌执戟为骖乘，满面威严，低声提醒道："大王，你昨日为藩王，举止尚可随意。今日入了这城门，便是天子，请站直！"

这一句提醒，说得刘恒一凛，连忙挺了挺身，目不斜视，摆出庄敬之态。

车马行至代邸门前，众公卿随刘恒入内，其余百官则守候于外。待君臣分次坐定，陈平便从怀中取出劝进表来，高声读道："臣丞相陈平、太尉周勃、大将军柴武、御史大夫张苍、宗正刘郢、朱虚侯刘章、东牟侯刘兴居、典客刘揭等，拜伏于大王足下：今皇嗣刘弘，并非孝惠皇帝所生，不容再奉宗庙，妄为天子，故商请阴安侯、顷王后、琅琊王及列侯、官吏二千石以上，公议推大王为皇嗣，愿大王早顺民心，即天子位。"

读罢，不待刘恒发话，诸臣便齐齐跪下，三叩九拜，齐呼万岁。礼毕，竟无一人起身，都伏地望住刘恒。

刘恒连忙起身，从陈平手中接过劝进表，交给张武，展臂向众人道："多谢诸君之意，然奉高帝宗庙，天下之要事也，寡人不才，不能称诸位之意。还是请楚王来，共议何人宜当大任，寡人哪里就敢当？"

不料任由刘恒如何劝，诸臣就是不起，左面扶起一个，右面便又跪下一个。众人将刘恒三面围定，动也不动。

刘恒大急，逡巡数匝，坐下又复起，遂向西揖让三回，又向南揖让两回，口中喃喃道"不可不可"，只是固辞不允。

陈平见事情僵住，心中也急，怕真的请来楚王刘交，不知又要生出甚么枝节来。心想今日劝进，乃是公私两利之事，若劝得代王登位，则诛诸吕一事，断不会遭追究，"再造功臣"之位，也就坐定了。否则另选他人为帝，他人若不给诸臣面子，究治起来，那诛吕之事终究是以下犯上，倒真是不能辩白了。于是便伏地，狠命叩了三个头，高声道："臣陈平等商议再三，可登大位者，以大王为最宜，上至列侯，下至万民，无人不服。臣等此举，乃是为保宗庙社稷，而非冒险邀功，愿大王莫要推辞，上从天意，下抚人心，登大位而安天下。"

刘恒只是摇头："不可不可！正是要尊法统，才不可如此仓促。刘氏子弟遍天下，寡人不过一旁支而已，今忽成人主，臣民倒要猜疑起来。"

周勃听得不耐烦，将印玺高举过顶，心一横，索性高声道："臣等欲奉大王为新帝，已非一日之议，半月前便已议定，誓不更易。今臣等奉天子符玺，再拜吾皇。"

众人也是耐不得了，都纷纷叩首，高声附和道："再拜吾皇，再拜吾皇……"

满室里，顿时群情汹汹，容不得刘恒再说话了。刘恒见状，也是无措。此时，宋昌借为刘恒扶正案几，弯下腰去，只轻声说了句："君上，已是恰恰好了！"

刘恒怔了一怔，这才高举双臂，渐露笑容道："诸君少安勿躁。既由宗室、将相、列侯、诸王所共议，以寡人为最宜，寡人若再推辞，倒是有违众意了，恐也为天意所不容。孤王便如诸君所请，勉为其难，承继大统便是。我能践此位，做梦也未曾想过，若有不明了处，还需诸君多加指教。"

群臣这才"哗"的一声笑开，都手舞足蹈，起身向前拥去，交口称贺。有那腿快的，早已奔出，告知门外苦守的百官。百官听了，也是狂喜，一时欢声雷动，整条街巷都为之鼎沸。

中谒者张释早已备好了冕旒、龙袍，此刻便拿出来，一干人将刘恒衣袍换了。诸臣依爵秩，在代邸中排列成行，三叩九拜，算是尊刘恒为新帝了。因刘恒后来谥号作"孝文",故后世都称他为"文帝"。

其时,刘兴居也在其列,见其状,心中极是恼怒。先前,陈平、周勃曾私下允诺,若事成,可封刘章为赵王、封刘兴居为梁王,然诛吕事成已近两月,刘氏兄弟却无一受封。梁王之位,也封给了后少帝独子,显是老臣们从中弄权。

刘兴居私下曾与刘章商议,权衡再三,终不敢有异动。由此,他一腔无名怒火,便要找个发泄处。加之也想立大功,以图早些封王,便出列自荐道:"前日诛吕氏,吾无功,今请旨前去除宫。"

刘恒与宋昌、张武略作商量,都以为既登了大位,代邸便不宜久留,刘兴居愿去做恶人,也未尝不可。于是下诏,命太仆夏侯婴与刘兴居同去,往未央宫伺机行事,即刻除宫。

所谓"除宫",原意为打扫宫殿,此时提起,即是要将那后少帝赶出宫去。诸臣虽已公议废黜后少帝,然后少帝与太后张嫣此刻尚在宫中,有甲士护卫,自成一体。若要清除,须得费一番心思,否则又要刀兵相见,倒要煞了鼎革的喜气。

刘兴居领了命,便对夏侯婴道:"请太仆与下臣披甲而往,凭我往日之威,堂堂正正进宫,必无阻拦。见了后少帝,当面宣谕便是。那后少帝母子,孤儿寡母,不怕他二人不听摆布。"

此时未央宫中诸人,只知内外交通已断绝多日,全不知世事早已翻覆。刘兴居抢在夏侯婴前面,阔步来至南面端门①,便要闯宫。

那宫门此时正紧闭,门外有一群谒者、甲士,执戟守卫,戒备森严。见刘兴居全身披挂,带了太仆来,众人不由大喜,都围上前来致礼,七嘴八舌地打听:"外间平安否,不知何日可解禁? 我等已近两月不得出宫了。"

刘兴居便一笑:"今日太仆与我来,正是要允准各位出去。"说罢,便唤过未央宫宦者令张泽,附其耳畔,密语了两句。

张泽闻言,脸色一变,随即又大喜,吩咐道:"众人稍安,明日即可休沐了。"

---

① 端门,即正门。

平日，刘兴居与其兄刘章，共掌宫中宿卫事。宫中一众近侍，皆听他兄弟调遣。闻夏侯婴、刘兴居是来解禁的，众甲士都欢跃不已，任由二人进宫去了。

再说那位后少帝刘弘，年纪尚不及弱冠，此时正闲来无事，在宣室殿与小宦者一道，逗弄画眉鸟玩。忽见刘兴居、夏侯婴上殿来，也未在意，只回首道："东牟侯多日不见，原是与太仆玩在了一起。"

刘兴居便上前几步，一揖道："臣下有密奏。"

后少帝见刘兴居面色不善，不由一惊，忙挥退了小宦者，惶然问道："爱卿有何言？"

刘兴居"唰"地拔出剑来，疾言厉色道："听好——足下非刘氏所生，不当立为帝！"

夏侯婴见状，也猛地拔出剑来，在旁护住刘兴居。

宣室殿的执戟郎卫，此刻正在阶下值守，见两位公卿忽然拔剑，似与皇帝起了争执，都大惊失色，只呆呆地往殿上看。

刘弘一头雾水，惊得连话也说不清了："我……非刘氏？那我又是何人？不当立，又当何如？"

刘兴居便将剑锋一指："足下勿多言！"便命阶前众郎卫，都弃了兵器，暂回舍中歇息。

那班殿前郎卫，皆为精锐甲士，平素对二刘极为恭敬，令行禁止。此时见刘兴居举止，无不心知有变，一声然诺，便纷纷弃戟而去。内中仅有数人，见后少帝并未下令，便不肯弃兵器，只执戟拦在殿门。看那决绝之态，若刘兴居敢挟后少帝离去，便将有一番厮杀。

此时，宦者令张泽闻讯赶来，连忙宣谕道："今上非刘氏血脉，今日已废，代王刘恒受大臣共推，即位为新帝。你等不得造次，只听东牟侯吩咐就好。"

此言一出，所余几卒面面相觑，叹了口气，皆弃了长戟而去。

见身边甲士尽皆散去，刘弘方知事不妙，惶急不知所措。往日里虽有宦者告知"君上贵为天子，乃天下第一人"，然他也知，除了差遣宦者伺候以外，其余万事皆做不得主。便是如权门子弟般出城游猎，也是不可得的事，故平素只知与小宦者斗草玩鸟，不问外事。今日见事有异常，则全无主张，欲往后宫去见张太后，却被夏侯婴一把拽住，动弹不得。

此时夏侯婴唤过张泽，吩咐道："去备车辇，载此小儿出殿。"

刘弘连忙问道："太仆要载我往何处？"

夏侯婴冷冷道："就在宫内，寻个好处所暂住。"

少顷，车辇已备好，夏侯婴便对刘兴居道："此儿暂宿宗正府官署，有劳东牟侯亲自解赴。老臣则督责孝惠皇后，徙往北宫。"

刘兴居诺了一声，便带领数名宦者，押解刘弘前往宗正府。刘弘不敢违抗，只一面哭，一面回望了几眼宣室殿，随刘兴居出去了。

夏侯婴带领张泽等数名宦者，来到明光殿，见到张嫣，略一揖，即宣谕道："诸吕乱政，今已尽诛！诸大臣共推代王为新帝，废刘弘帝号。新帝有诏：孝惠皇后虽系吕氏后裔，然并未参与谋乱，故免诛，仅废太后位，徙于北宫居住，安享余年。臣夏侯婴遵旨督行，请孝惠皇后收拾细软，这便起驾。"

张嫣正在侍弄花草，闻言大惊，脱口道："今上安在？"

夏侯婴便一笑："张皇后应知，那小儿并非刘氏所生，不知是后宫谁的野种，已徙出宣室殿了。此子既非皇后所生，就任由其便吧。"

"刘弘非刘氏所生？"张嫣手中水瓢"砰"地落地，便知当年戚夫人之厄运，今日竟轮到自家头上了。只庆幸张家的面子，诸老臣尚有顾及，不至赐死，否则夏侯婴拿来的便是毒酒了。想到此，不禁泪如泉涌，只道了一声："滕公请稍候。"便匆忙进内室，收拾细软去了。

张泽见了，心有不忍，对夏侯婴道："北宫地处偏僻，闲置多年，从无人居住，今日如何能住得进去？"

夏侯婴望一眼张泽，神色俨然道："奈何新帝于今夜，便要住进未央宫，也只得如此了！"

张泽叹息数声，便命明光殿宦者一起下手，多搬些物件往北宫去。

夏侯婴端立不动，微微侧首，望一眼张泽道："张公，老臣料不到，你在宫中多年，遇这等事，竟然心软！"

张泽不由得神色黯然："下臣懦弱，实不能有铁石心肠。"

片刻工夫，张嫣换了一身素服出来，并未携带珍宝，只将一床锦被交予张泽，嘱道："请张公交给少帝。少帝生长于宫掖，从未外出过，那外间卧榻，哪里能睡得惯？"

夏侯婴略一迟疑，伸臂拦住，叹了口气道："孝惠皇后，不必了……"

张嫣便猛醒，抬头望望夏侯婴，忍不住潸然泪下："陈平、周勃辈，竟如此狠毒吗？"

夏侯婴一怔，连忙施礼道："非老臣心狠也。张皇后可还记得，那几位少年赵王，是如何了结的？"

张嫣闻言，脸色顿时苍白，掩面道："张公，你前面引路吧。"说罢，便踉跄步出殿门，一路悲泣不止。

当夜，张嫣在北宫院落安顿下，却不能入眠。夜中寒气逼人，声息全无，仅有两三宫人陪侍。

且说当年，张嫣幼年入中宫，曾有一奇事：每日晨起，对镜理妆时，总有一只五色鸟飞落窗外，婉转啼鸣。其声颇似人语："淑君幽室里去，淑君幽室里去……"后十余年间，从未中断。所谓"淑君"，即是张嫣乳名。自张嫣徙于北宫这夜起，此鸟便不再来了，因此日后宫人都私下说：此鸟之啼，已注定张皇后要遭幽禁。

张嫣自此幽居于北宫，再未跨出半步，前后有十七年之久。徙居当月，便患上了幽忧之疾，终日泪流不止。至汉文帝后元元年（公元前 163 年）三月，肝风骤发，危在旦夕。宫人忙去请太医，却不料那太医孔何伤受了大臣暗嘱，只托词太忙，多日不至。张嫣终是撑不住，于数日之后薨了，年仅四十一岁。其棺椁葬于安陵，与惠帝合葬在一处，好歹未成孤魂。

张嫣死时，有一众侍女为其料理后事。忽闻空中有丝竹之声，且满室异香，数日不散，众女皆感惊异。

因张嫣身边无骨肉至亲，故小殓之时，皆由侍女为其沐浴。有一侍女验视皇后下体，忽而惊呼道："呀，皇后竟是处子！"宫人闻声，都一拥而至，但见其躯体洁白如玉，宛若仙人。众女怜之，迟迟不肯装殓，互语道："如此玉人，过了今日，便不复再睹了。"

有宫人还拿了竹尺，量皇后躯体各处之短长，援笔记之。待量至隐微处，也不禁连声赞叹。如此停放了一整日，才装殓入棺。

"张皇后竟为处子！"——此消息不胫而走，天下臣民闻之，无不怜惜。后数年间，各地均有为其立庙者，定时享祭。因张嫣生前爱花，故民间尊其为"花神"；所立庙，名为"花神庙"。这些皆是后话了。

且说除宫当日，数百宦者与宫女，一番忙乱，终在日暮时清理干净了。夏侯婴即令太仆府出动天子法驾，由刘兴居带领，去代邸迎新帝入宫。

刘兴居率一队涓人、甲士，亲驭銮驾，来至代邸门前，通报进去："除宫已毕，请圣驾入大内。"

此时，刘恒与亲随已坐等了半日，眼看夕阳落山，方才等来法驾，便一同起身出来。刘恒执宋昌、张武之手道："两公请与我同车，今夜将有大任。"

刘兴居扶刘恒登上车，随即也上车，自任骖乘，执戟护卫刘恒，驰至未央宫端门。岂料事有不测，但见宫门紧闭，门外有谒者十人，各执长戟，守卫甚严，不许车驾驰入。

刘兴居连忙跳下车来，上前高声道："代王即位为天子，今夜入宫，请诸君启门放行。"

谒者们提了灯笼来看，虽都识得刘兴居，却无人应命。只听为首一谒者道："天子今在宫内，尔等系何人要入宫？"

刘兴居心中恼怒，不由喝问道："连我都不认得了吗？"

为首那人答道："东牟侯请息怒。我等为谒者，而非宫内甲士，恕不受命。欲启此门，请奉天子诏。"

刘兴居急得顿足，看看无计可施，只得返报刘恒。刘恒亦无良策，只是叹息道：

"谒者职司所在,我辈又能奈何?"

刘兴居则愤然道:"天子就在此,还要奉哪个天子诏?待我去调发南军,杀将进去算了。"

宋昌、张武闻此言,也都拔出剑来,争相道:"也只得如此了!"

刘恒连忙摆手道:"不可!入宫吉日,不宜动刀兵,且去召太尉来。"

"太尉?……也好,臣下这便去请。"

刘兴居领命,返身便走,半个时辰不到,即与周勃同车而来。

周勃下了车,揖过刘恒,忙劝慰道:"陛下受扰了,容老臣前去宣谕。"便来至众谒者面前,从袖中摸出劝进表来,宣读一遍。

谒者们闻听功臣皆联名劝进,共推新帝,便知天下事已有变。为首者即向周勃拱手道:"臣等近两月未曾出宫,不知天子易位,还请太尉恕罪。"

周勃便温言道:"尔等不知端由,便是无罪。且弃了兵器,都散去吧。"

那为首谒者闻言,向后挥一挥手,众谒者便纷纷弃了长戟散去。

周勃见宫门前已无阻挡,便隔墙高声唤宦者开门。少顷,铜钉宫门轰然洞开,刘兴居一见,立即催御者起驾,众人便簇拥着刘恒一拥而入。

当夜,刘恒即入主未央宫,升座前殿,算是名正言顺,即位为天子了。

刘恒坐在龙床之上,环视大殿,只见谒者恭立,烛火通明,恍似全天下人皆伏在脚下,不由就想起了阿娘,顿时落下泪来。

宋昌在侧,连忙咳嗽几声。刘恒闻声,这才回过神来,当即吩咐拟诏:拜宋昌为卫将军,统领南北军,位在中尉、卫尉之上;拜张武为郎中令,掌管两宫门户,统领谒者及诸郎官。两人拜谢毕,即各就其位,掌起了宫内外诸事。

此时殿上,一派肃然,无人敢出大气。刘恒正恍惚间,忽闻周勃奏道:"吕太后生前所立诸皇子,皆非惠帝所生,今夜宜尽诛,不留一个。"

刘恒闻言一惊:"不留一个?"

"不错。"

"刘弘出身固然有疑,然其余诸皇子,当不至全无惠帝血脉吧?"

"眼下那班小儿皆年少,将来事,谁也难料。"

"哦——,那么交廷尉去办吧,仅赐死便好,不得凌虐。"

周勃便令一谒者飞骑出宫,赴廷尉府递送密杀令。廷尉郭围接了旨,不敢怠慢,立即点起吏员、差役,连夜出动。

那惠帝诸庶子,前月闻听诸吕被诛,不知是祸是福,都还在观望。岂料这夜,家中闯进来大群公差,口称奉旨诛吕氏余孽,不由分说,便要行刑。诸庶子吓得魂飞魄散,无不大呼冤枉。

廷尉府差役哪里肯听,将诸庶子拖曳至庭中,一根白绫套上颈,当场便勒毙。阖府老少被惊起,目睹此景,无不惊怖,随即悲哭不止,声震街衢。

一夜之间,廷尉府百余名公差马不停蹄,连诛梁王刘太、常山王刘不疑、轵侯刘朝等人,将尸首拖去乱葬壕内,草草葬了。最可怜那新封梁王刘太,系后少帝独子,来到世上仅数月,也被扼毙于襁褓之中。

当夜,刘恒还另有谕旨,命刘兴居速往宗正府,诛杀后少帝刘弘。刘兴居领命,精神大振,率了兵卒数人,携毒酒至宗正府官署中,喝令刘弘起来。

那刘弘睡眼惺忪,见刘兴居带了兵丁来,知是大祸临头,连忙伏地叩头,哀求道:"平素我待足下如兄长,望兄长开恩,留我一命,日后必不敢忘。"

刘兴居却冷脸道:"昔日足下为天子,我从足下;今日代王为天子,我便从代王。可允你延宕片刻,却是等不到天明了。此酒并不苦,一饮而尽,有何难哉?"

刘弘坚不肯饮,刘兴居大怒,一把扯他过来,强行灌下。灌毕不多时,刘弘两眼一翻,当即毙命。至此,惠帝诸子孙除病殁者外,先后为吕后、老臣诛杀尽净,未余一脉。

至此,夜已渐深,文帝毫无倦意,犹自坐在殿上,命涓人执笔,口授恩诏一道,着人提灯送往丞相府。诏曰:"诏示丞相、太尉、御史大夫:昔诸吕用事擅权,谋为大逆,欲危及刘氏宗庙,有赖将相、宗室、列侯、大臣诛之,皆伏其罪。朕初即位,令大赦天下,赐民爵一级①,女子百户赐牛酒②,允民间大醉五日。"

这"大醉五日"又是何种恩赏?原来,秦法禁百姓醉酒,醉酒即指为有谋反意。至汉初,此法并未废,文帝此诏,允平民大醉五日,算是法外开恩。

忙至五更天,已隐隐闻有鸡鸣。涓人上前禀报说,宣室殿已打扫一新,劝文帝歇息。文帝想想,诸事再无遗漏,这才起身,往宣室殿去了。

至天明不久,长安百姓闻说换了天子,都欢天喜地。家家煮酒,户户杀鸡,满街尽是举杯呼喝之人,川流不息。吕氏专权至今已十五年,一天阴霾,就此消散。满朝文武,皆颂文帝英明,再无人追问惠帝六子血脉如何,任其葬入黄土了事。张太后原本民间口碑甚佳,因朝臣自此绝口不提其下落,民间便也无从知晓,一夕之间,其生死便再无音讯了。

登位之事忙毕,时已近十月。新年将至,新帝登位照例要改元,于是有诏下,改次年为元年。因文帝后来又曾改元一次,故首度改元,后世便称为"文帝前元"(自公元前 179 年起)。至新年冬十月朔日,文帝又亲谒高庙祭告祖宗,将这"承宗庙"之事,圆满了结。

这两月以来的剧变,看得民众心惊肉跳。好歹经此一番风雨,皇位由刘邦庶子继承了下来,未致天下大乱。

当日,文帝告庙罢,卤簿浩浩荡荡还朝,群臣又齐集前殿朝贺。龙庭之上,望见眼前人头涌动,文帝便觉头晕,忙唤涓人宣读封赏诏令,诏曰:"前吕产自命为相国,吕禄为上将军,擅遣灌婴领兵击齐,欲取代刘氏;灌婴滞留荥阳,与诸侯合谋以诛吕氏。吕产欲为大逆,丞相陈平与太尉周勃等,谋夺吕产所率南北军。朱虚侯刘章率先捕斩吕产;太尉周勃亲率襄平侯纪通,持节奉诏入北军;典客刘揭夺吕禄印。今加封太尉周勃食邑万户,赐金千斤;加丞相陈平、将军灌婴食邑各三千户,金各二千斤;加朱虚侯刘章、襄平侯纪通食邑各二千户,金各千斤;封典客刘揭为阳信侯,赐

---

① 民爵,即汉时爵位。汉朝袭用秦爵二十等,从公士起,至列侯为最高,以赏有功吏民。

② 此处指官府对女性户主家庭的赏赐,其标准是每百户赏赐一头牛、十石酒,每户折合百钱左右。

金千斤。以酬勋劳,请勿辞。"

此恩赏令一下,举朝称贺。群臣皆知此次恩赏,乃是几位老臣拼了性命才换来的,故而都心服口服。

朝贺毕,文帝留下周勃,诚心谢道:"先帝以绛侯托天下,今日看来,真乃圣明之至。朕有今日,公出力最大,朕无以报答,唯膝下有一女,拟许配与令郎,我也好与绛侯结为亲家。"

闻听文帝要嫁女,周勃便想到是文帝长女刘嫖。他早听说此女刁蛮,绝非寻常,不由就一惊,连忙婉谢道:"臣之长子周胜之,年少鲁钝,怕要辱没了刘嫖公主,恕臣不敢允之。"

文帝不由大笑:"那刘嫖,朕亦左右不得,来日嫁与谁,唯有天知。刘嫖之下,还有一庶出公主,年纪尚幼,恰与令郎般配。"

如此,君臣两人便将这门亲事说下,旬日之内,一番礼数也都逐次尽到。逢到吉日,绛侯府邸便出动迎亲人马,吹吹打打,将小公主迎娶了去,甚是风光。

周勃此时虽荣宠备至,然静坐思之,想到在渭桥边曾被宋昌呵斥,知今日到底不比先帝在时,即是拥戴有功,也须好生笼络皇帝身边亲信,便想道:不如将那新增万户食邑,赠予薄昭,做个人情也好。

于是周勃请薄昭至邸中小酌,说明了此意。那薄昭本为贪利之人,闻之大喜,岂有不受之理? 两人便在酒宴间,说妥了此事,尽兴而别。

至十二月,汉家内外大治,与往昔相比,好似隔了整整一世。其时,原河南郡守吴公,新晋为廷尉,文帝便召吴公来,与他商议修订律法之事。

那吴公乃一苍然老者,徐徐步入殿内。文帝见了,连忙起立恭迎,温言道:"久闻吴公大名,朝野都赞,今日见之,果然有气象!"

吴公揖谢道:"蒙陛下错爱,老朽别无长技,无非做事专心而已。朝野之人看我已老迈,时有恭维之语,不足为凭。"

文帝笑笑,请吴公坐下,拜了一拜道:"朕已知,公与李斯为同邑,谙熟律法,常就教于李斯。当世曾为李斯弟子者,更有何人? 公在河南,治平之功为天下第一,名闻远近,若不是得李斯真传,岂能有此等治绩?朕拔你为九卿,即是有大任将要托付。我初登大位,律法之事,总要有些新意才好。而今有个律法,朕甚感不解,要与你略作商量。"

吴公慌忙伏拜道:"小臣才疏,万不敢与陛下论道,愿闻训示。"

文帝便一笑:"吴公谦逊了。朕以为:法者,治天下之本也。为政者,当以法禁暴,而不可以暴易暴。"

"正是如此。"

"然以今日之法,一人犯法,其无罪之父母妻子,皆须连坐,收入官家为奴。这一科条,朕甚为不解,可否改之?"

吴公听明白了,连忙答道:"民不能自治,故立法以禁之。犯法连坐,是为使其畏惧,其法由来已远,还是不改为便。"

文帝便摇头:"我也知不改为便,然百事不改,年年如故,官吏倒是便了,小民却深以为苦。我在代地为诸侯,常见无辜连坐者,转眼即家破,一路哀哭。于此,我常有不忍。古之贤者有言:为官者,须导民向善。此等连坐法,不能导民向善,朕亦未见其便,看今日如何有个商量才好?"

吴公听毕,心有所悟,诚服道:"陛下为万民施恩,德盛于天,臣等万不能及。那么就请下诏,即刻废除连坐法。"

文帝颔首一笑:"此等兴废事,只有你我新晋者来做,方做得成。"

吴公顿感不安,连忙道:"臣本老朽,岂能言新?唯陛下才能令天下一新。"

隔日,便有诏令颁行天下,称《尚书》有"罚弗及嗣"之说,今之连坐法,罪及父母妻子,甚不合古圣贤意,特命废之。从此一人有罪一人当,再不牵连无辜亲眷。百姓闻之,都奔走相告,如蒙大赦一般,喜极而泣。

这日张武来谒见,报称阖城喜庆情景,文帝心中亦暗喜,便将那诸臣所上的谢表,反复翻看。张武见了,在旁轻咳一声,提醒道:"太后及薄公,亦可蒙陛下推恩了。"

文帝猛然抬起头来,似略有犹疑:"如此……岂非过早?"

　　张武便摇头道:"哪里过早? 封赏功臣为公事,推恩母家系私属,最宜并行。一事有功于天下,一事则利己,官民必不致怨望。吕氏往日之失,就在于无功而封母家,天下又有哪个能服?"

　　文帝大悟,连连颔首道:"多亏张公提醒! 这便拟诏推恩吧,尊朕母后为皇太后,舅薄昭加车骑将军,封为轵侯。另有几位已故侄儿,为吕太后所害,也都一并追谥了。如此广施恩德,民间便不致有非议。几个侄儿的谥号,也请张公会同典客,好好想一想。"

　　张武喜道:"如此甚好。薄公既为车骑将军,夺去灌婴掌马军之权,那马军所驻赵代之地,便在陛下股掌中了。"

　　次日入朝,张武便交上谥号拟稿。文帝展开来看,见是:"拟追谥故赵王刘友为幽王、赵王刘恢为共王、燕王刘建为灵王。"

　　文帝看过,放下简牍,不由得心伤,悲戚道:"诸侄皆是好年纪,不意仅过数年,竟都成了'幽灵'!"

　　张武连忙提醒道:"故赵王刘友,幸有两子在,长子名唤刘遂,可袭王位。"

　　文帝"唔"了一声,目视殿外良久,方道:"朕以弱枝入主,头一件事,便是须将刘氏诸子弟安抚好。朕之意,刘遂可袭为赵王,当是无疑……"

　　张武正要领旨,忽闻文帝又道:"然则最紧要处,还在于齐王刘襄,须特别留意安抚。他于诛吕有首义之功,朕今日这个帝位,十有八九原本是他的。老臣们之所以不推刘襄,却推了我上来,乃是对刘襄有所忌惮。故而,朕不得不对他多加优抚。今日之要,先复其封地,以往诸吕割去的齐地,尽皆归还。琅琊王刘泽此次有功,应增封地,然其国在齐地之内,如何还能增? 索性徙刘泽为燕王,原琅琊国则除去,其地亦归还齐国,教他们两下里都欢喜。"

　　"如此甚好,然刘章、刘兴居二人,似也应封王。"

　　"这个不急。他二人居功,颇有骄矜意,故封王不宜早,须挫一挫其傲气。再说,刘襄既得了好处,他二人当不至公然怨望。"

　　张武面露惊喜,躬身一揖道:"甚好,如此甚周全。陛下治天下,以臣之见,似无须费力。"

文帝便笑："哪里话！我已多日不得安睡了。"

隔了一日，文帝便将所有推恩、追谥及改封之令，一并发出，传谕四方。

那朝野吏民，自换了皇帝以后，都想早日见识新帝手段。闻此诏下，皆赞叹不已，大为心服。

未及旬日，薄昭便奉诏，护送薄太后、窦美人及皇子一行，自晋阳入都。文帝亲率百官，出城郊迎，长安又阖城热闹了一回。百姓通宵狂饮，酒肆竟为之售罄，秦末以来的戾气，眼见得已全无踪影。

文帝将母后迎入长乐宫，安顿在长信殿，晚间前去请安，却听得宫人禀报说，太后往椒房殿去了。文帝便觉好生奇怪，连忙来到椒房殿，只见薄太后在殿上走走停停，似在梦中，四处抚摸案几摆设。

闻听文帝来了，薄太后便回首道："昔日吕太后，便是住在此处吗？"

文帝答道："正是。十五年间，吕太后垂拱而治，内外无兵患。"

薄太后遂轻叹一声："吾不及吕太后远矣！"

文帝连忙道："母后之智，在于大谋，而不在小技。儿初登大位，百事不知，还望母后多加指教。"

薄太后便坐下，沉思有顷，方道："老臣济济多才，不可触犯。"

文帝恭谨回道："此等关窍，儿臣已知。儿此刻不过是个偶人，欲变为活人，尚待时日。"

薄太后忍俊不禁，笑道："吾儿倒是知大势，然也无须心急。在上者，只须不刻忌，自会有人依附。"

文帝连忙应道："儿谨记，治下应宽厚！"

薄太后又道："恒儿有今日，你我母子，都不可忘许负当年之言。此恩，我母子当竭诚相报。何日得闲，你将那许负接来宫中住几日，与我做个义妹，与你则做个义母。"

文帝拊掌道："如此甚好，儿臣明日便遣人去请。母后从今往后，可在宫中安享闲暇,儿臣每日来侍奉羹汤,一如往日。"

薄太后连忙摆手道:"孩儿,万万不可!天下纲纪,握于你手中,岂能拘小节而失大礼。你自去理朝政吧,为母这里,不要你分心。"说罢,便催文帝早些回去歇息。

文帝哪里肯走,起身恭请母后回长信殿。待亲送薄太后至寝宫,方才告退。

此后未过几日,忽有右丞相陈平上疏,称病不能入朝。文帝展卷一看,心下就一惊,忙唤了张武来商议。

文帝满面狐疑,询问张武道:"以公之见,右丞相这是何意?莫非真的厌倦了?"

张武道:"绝非此意!若右丞相欲效仿留侯,早便可以辞官了,又何须冒死诛吕?"

"朕也是如此想,他不是辞官,乃是心存惧意。"

"不错。陈丞相所惧为何,陛下可召他来,一问便知。"

文帝知兹事甚大,便命张武退下,立召陈平来问。不多时,陈平神色匆匆入见,文帝连忙迎起,劈头便问:"丞相,朕若有错,你尽管谏言就是,何须以辞官为由,引得万人瞩目?"

陈平忙揖道:"不敢冒犯陛下,臣实是为太尉故。"

"太尉?"文帝一惊,忙问道,"你二人,有了嫌隙吗?"

陈平坦然答道:"臣自有所忧。高皇帝率我等一班老臣,辛苦开国,彼时太尉之功不如臣;然近日诛吕,则臣之功又不如太尉。今愿将右丞相一职,让与绛侯,令他不致生疑,臣心始安。"

文帝闻此言,方才一笑:"朕为代王时,便闻丞相巧计百出,洒脱不羁;然看你今日这般小心,倒像是学了留侯。"

陈平脸便一红,急忙辩白道:"朝中老臣,唯三五人而已,臣实不愿遭人猜忌。"

文帝略作沉吟,便允道:"丞相且退,朕已知此中利害。卿等各职司,不日将有变动,务使各人不疑就是。"

陈平长舒一口气,忙谢恩退了下去。

当夜,文帝留下张武值宿,与之秉烛长谈,直至夜半,将朝中诸事均都议妥。次日朝会,待众臣齐集,文帝便有诏下:命周勃为右丞相;陈平让贤,改为左丞相,并赐千金、增食邑三百户;原左丞相审食其,则罢职闲居;又命灌婴接替周勃为太尉。

众臣在殿上闻之,又惊又喜,都纷纷向周勃道贺。

周勃闻诏,心中也是大喜,知文帝不敢小视老臣,不觉就面有骄色。谢恩过后,便阔步下殿。文帝连忙起身,目送周勃远去,礼敬有加。

当日,有一位郎中袁盎,恰逢值殿,在旁见此情景,心中不忿。待群臣散去,便近前一步,向文帝奏道:"小臣斗胆问一句,陛下视丞相周勃,为何等样人?"

文帝赞道:"乃社稷之臣也。"

袁盎昂声道:"非也!绛侯乃功臣,而非社稷臣。古时社稷臣所为,与君一体,君存与之存,君亡与之亡。想那吕氏擅政时,绛侯身为太尉,却不能匡正天下。至吕后驾崩,诸大臣谋讨逆,绛侯方得侥幸成事,趁机邀功。陛下即位,未究前过,特予绛侯恩赏,礼敬有加。然绛侯却不思反省,居功自傲,只以骄色示人。若为社稷臣,岂能如是?"

文帝闻罢,默然不语,面色红了又白,良久才说了声:"人皆如此!"起身便回内殿去了。

此后,文帝再见周勃,便全无笑意,辞色峻厉,换了一副陌生面孔。

那周勃晋升了右丞相,正自得意,忽见文帝面若冰霜,不知是何意,渐渐竟也胆虚起来,猜想文帝是有了忌惮之心。

后有人告之,乃是袁盎进言所致。周勃不禁大怒:"小儿袁盎!"原来,这个袁盎,出身低微。其父原为群盗,自首改过后,被徙至惠帝安陵为庶民。高后称制时,袁盎正当弱冠,做了吕禄的舍人。待到高后驾崩,文帝即位,袁盎已出落得一表人才。其兄袁哙,时在宫中为郎官,任职"常侍骑"[1],便荐他做了郎中[2],入宫宿卫。

这郎中一职,原本无俸,每日仅供一餐。宿卫所用衣甲兵器,都需自备。饶是

---

[1] 常侍骑,官名,西汉置。以骑郎身份,持节骑从乘舆左右,故名之。
[2] 郎中,官名,战国时即有,秦汉为常置。帝王侍从的统称,职司为护卫、随从、备顾问及差遣。

如此,这蚀本的官职,仍是有人乐于投效,只为在天子面前常来往,或遇天子赏识,便可拜官授爵、光宗耀祖了。

袁盎之兄袁哙,素与周勃友善,因此周勃也识得袁盎。闻听袁盎居然进谗言,便怒冲冲找到袁盎,戟指其面,骂道:"吾与你兄友善,小儿竟敢毁我!"

时逢袁盎正在当值,闻周勃詈骂,执戟未动,只面不改色道:"下臣只知直谏,不知有他。"

周勃险些气结,暴怒道:"你可知老臣之威乎?"

袁盎便道:"然绛侯之威,又岂可比天子!"

此一语,猛地惊醒周勃,不觉就出了一身冷汗,想到新帝终究年少,不同于旧主,再是结了亲家,也终究有君臣之隔。想想也只得强自忍住,怒视了袁盎一眼,拂袖而去。

自是,周勃谒见文帝,便不敢再有骄色,只换了一副恭顺面孔。文帝见了,面色亦略弛缓。君臣两人,这才一时相安无事。

二　姐弟重逢两世殊

元年气象，果然非凡。入冬后，屡降瑞雪，关中大地得以滋润，眼见得稼穑丰年可期，官民都大喜。

至正月初，文帝忽想起赵幽王刘友之事，便唤来周勃、陈平二人，商议道："汉家平吕之后，万事顺遂，百姓欢悦，朕于宫中亦能察觉。近日思往事，屡屡念起吾侄刘友，可怜他已成幽魂，见不到这番景象了。当年刘友被吕太后幽禁，毙命之日，恰是正月十五上元节，临终时，尚念念不忘平吕。朕每思之，直欲泪下。"

周勃、陈平闻之，亦是唏嘘。陈平叹道："赵幽王苦命，为史上所罕有。民间之议，也多为之不平。"

文帝便道："刘友眷属，尽散落民间，惨苦之状想也想得到。日后得便，还要复其宗室属籍，赐给钱财过活。"

周勃登时泪不能禁，伏地稽首道："陛下恩深，高帝若地下有知，当不再怪我等老臣了！"

文帝又道："吕氏作恶，伤及的却是汉家，你我君臣不能装聋作哑，务要平息民怨。赵幽王薨于上元节，这一日，若民间念念不忘，便成了汉家之痛。闻听宦者闲谈，此节日，原为乡俗，农夫于上元之宵燃灯驱兽，于野外欢会。朕之意，今后城邑百姓亦应燃灯，同贺元宵。不妨谕令天下，是日，百官亦休沐一日，可任情交游饮宴。当夜,朕亦将出宫赏月,与民同乐。"

陈平当即领悟,拊掌道:"甚好甚好! 免得逢此日,民间便多有怨意。"

"我意正是如此,这便拟诏吧。告谕百姓:闾里万家于上元夜,皆须张灯彩、猜灯谜、观百戏、赏乐舞,可名之为'元宵节',以共庆平吕之喜。"

周勃、陈平都同声称善,退下后,各自去张罗此事了。

待谕令颁下,四海皆欢。至正月元宵,不独长安城内外,即是那边荒远地、山海之隅,亦是万民同庆,着实热闹了一番。

如此,文帝即位三四月后,心中便不再惶然。罢朝之后,常踱至椒房殿,偕窦美人及子女围坐,说笑嬉戏,其乐融融。

那窦美人,原不过是长乐宫女官,当初吕后遣散宫人,阴差阳错被遣至代王宫,未得归乡,却因祸得福,独受宠爱,一跃而成妃嫔之首。承欢日久,先诞下一女刘嫖,后又诞下两子,长子名刘启,次子名刘武。两子虽是庶出,然刘恒甚爱怜之,远胜过已故王后所生的嫡子。

先前那位王后,本生有四子,个个生龙活虎。不料王后命薄,一病不起,不多日竟至香消玉殒了。四位嫡子,转眼成了孤儿,甚是无助。窦美人在长乐宫内历练过,早知得宠时不可忘形,于是待那些嫡子极好,又管教自家两子,对兄长彬彬有礼。刘恒看在眼里,越发高兴,对窦美人更是宠爱有加。

后宫其余妃嫔,见了这情势,岂有不知趣的,都一齐拥戴窦美人。因此,窦美人虽未扶正,却是统领后宫,俨然正室。窦氏心中,虽知扶正是迟早的事,却佯作全无此念,只埋头相夫教子,如寻常民女一般。

且说那宫闱中事,往往有意外之变。就在刘恒入都为帝的前后,已故王后所生四子,竟接二连三病亡,夭折得干干净净。其时,刘恒只顾着长安城变故,顾不到伤心。倒是窦美人哭了几回,料理好了诸嫡子的丧事。

此时入都,文帝跟前,即是窦美人两子最为尊贵了。窦氏心中有数,暗自欢喜,只不露声色而已。

这日文帝闲暇下来,在椒房殿小坐,抚摩着刘启、刘武两人头顶,忽想起四个夭折嫡子来,不由得喟叹一声:"四嫡子若在,今日将是何等欢娱!"

窦美人便陪着叹息,流出了两行泪来,劝慰夫君道:"世事无常,我辈又能奈何?好在天道尚公平。太后无恙,陛下亦安然,不枉受了这许多年苦。"

文帝不禁情动于衷,望望窦美人,执其手道:"你我之缘,也是天赐。今日总算熬出来了,两幼子所幸还健壮,万不可疏忽了。"

窦美人拭泪道:"臣妾自然知道。教子之事,往昔曾见张皇后行事,也领略得一二,只不教陛下分心就是。"

文帝颔首微笑道:"那便好。今日不比在代国了,凡事不可马虎。领有这天下,皇子便不同于民家子,贤愚与否,非同小可,务要教他们知书循礼。"

窦美人便唤两子近前,跪拜文帝座前,教两子答道:"父皇之训,小子谨记了。"

文帝开怀大笑,当即吩咐宦者,从少府署取两匹绢帛来,赏给了两子。

刘启、刘武欢踊谢恩,文帝便起身道:"皇子不可长居深宫,快去更衣,你我父子出城去围猎,多添些虎气!"

此等情景,由宦者、宫女传出宫外,朝中百官,皆知文帝宠爱两子。堪堪时入孟春,周勃、陈平窥得文帝心情好,便领衔与百官联名上疏,请早立太子,以固天下之本。

文帝阅罢奏疏,知是群臣在揣摩上意,心中便叹世态炎凉。想那往昔,次兄如意暴毙后,两侄儿接续为赵王,连连冤死,群臣竟无一人敢直谏。若有一人冒死廷争,似周昌那般,诸侄何至于死得如蝼蚁?

于是将奏疏搁置,传谕给周勃道:"朕无甚德能,上天既无眷顾,百姓亦未见拥戴,只恨不能广求天下贤士,以禅让天下,岂能预立太子?此种不德之事,教我如何对天下启齿?此类事,可毋庸再议。"

周勃等人得了上谕,只道是君上假意推让,便又推陈平出头,上疏固请道:"三代以来,立嗣必为子,今皇子刘启,位居长,性仁孝,宜立为太子,上承宗庙,下服人心。"文帝阅毕,仍是推让。如是推让三回,文帝便于朝会上唤陈平出列,问道:"天下事,何为大者?请叔父辈教我。"

陈平答道："无非水旱丰歉，南北边事。两者，为天下至要。"

"既如此……"文帝便拿出奏疏来，递还给陈平，"此等小儿琐事，可不急。"

陈平接过，脸一红，谢罪道："臣等所虑不周，然此意，确出于至诚。"

周勃耐不住，抢出班来，慷慨应道："臣等并无私心，只以天子事为天地间大事，急陛下之所急。立嗣之事，若无个着落，臣等便觉对不起先帝。"

文帝注视周勃片刻，方微笑道："右丞相忠君之心，也为天地所知。若无你只身入北军，朕此刻在何处，还未可知呢。"

周勃连忙揖道："陛下过奖，臣只是不忍负义而已。"

"哦?"文帝闻此，即敛衽正坐，环视朝堂道，"那么，吾兄如意枉死，诸位可曾有话说? 其后又有两侄，枉死于赵王位上，老臣们可有一人出来阻谏?"

此话一出，满堂皆惊，文武皆不能应对。周勃更是涨红了脸，手足无措。

文帝这才缓缓道："今日世事已平，诸君可不必空费心思;明日若遇不测，再用力亦不迟。"

陈平肃立，听到此处，心下顿感不安，忙回奏道："陛下，老臣之心至诚，天下都不疑。唯吾辈亲历前代翻覆，心有余悸。前朝那始皇帝，若早立太子，焉能有倾覆之乱? 故而立太子事，非一家之私事也，为天下安危之所系。臣等呶呶不休，并非不明事理，乃是犹记前鉴，不忍汉家重蹈秦二世覆辙。"

文帝脸色便一变，恨恨良久，方轻呼出一口气道："丞相，你到底是先帝股肱，见识超卓。那么，朕即是当今秦二世了……"

陈平脸色一白，吓得连忙跪下："臣不敢! 臣绝无此意。"

文帝见状，忽然就笑了，起身将陈平扶起："丞相，你言之有理，侄儿我明白了:立嗣之事，迟疑不得。朕准奏就是，勿使生出许多枝节来。"

陈平这才松了口气，俯首道："臣正是此意。"

文帝回身又坐下，摆摆手道："左丞相，不必愧悔失言，以辈分论，我亦是二世。二世之主，龙床不好坐，入都前朕早已料及。诸君今后，可直言不讳，以往那吕氏专权事，汉家不许再有了，各位尽管放心。"

群臣听了，心头都一热，连呼"万岁"不止。

次日，文帝果然有诏下，曰："如大臣所请，即日册立皇长子刘启为太子，早定国本，以免重见秦末扶苏之祸。"

窦美人在椒房殿闻听消息，心中石头落了地。见了夫君，便喜上眉梢，贺道："启儿之事，入都数月便见了分晓，实是大喜之事！想想先帝立储之难，启儿还真是有福呢。"

文帝拉过刘启，揽在怀里，对窦美人道："此事，也无须惊喜。世道清平，群臣无以立功，除了逢迎，还能作甚？你且看，明日便轮到你。"

窦美人会心一笑，不再提起此话。

果然未过几日，周勃、陈平又领衔上疏，曰："太子既立，民心大安，实为汉家至福，臣等为陛下贺。然皇后之位亦不可虚悬，臣等诚心请立皇后，以便早定母仪，方合于天意人心。"

文帝见了奏疏，却是满心疑惑，当下就召见宋昌、张武。三人于偏殿坐下，文帝就感叹："转眼入都竟是半年了。朝堂之上规矩，也懂了些，却还有难解之处。今日请二位来，便是要问：群臣上疏，奏请立皇后，为何不提窦美人之名？此前请立太子，明明白白写明刘启，此次奏请立皇后，却不书窦氏其名，难道太子之母，竟不配为皇后吗？"

宋昌听了，便与张武相视而笑。

文帝甚觉奇怪："二公笑甚么，必是有学问在内，请二公教我。"

张武正斟酌如何作答，宋昌却抢先道："臣敢问陛下，立皇后，究竟是陛下事，还是臣子事？"

"自然是朕要立后。"

"是啊！群臣此意，不过是敦请陛下早立皇后，焉能贸然为陛下做主？自古太子立嫡立长，刘启为皇长子，拜天之所赐，不可以选；然妃嫔却有十数位，需按陛下之意，从中选出皇后来。群臣若指名道姓，岂不成了群臣做主了？"

文帝便哑然失笑："如此，我倒还并非木偶。"随即，又侧身望望张武，"张公，果真如此吗?"

张武颔首道:"然也。选立皇后,群臣岂敢点名!"

文帝便叹气:"文武大臣,说话也要费这些心思,若省一省这无用的心机,可做多少事出来!"

宋昌便一揖道:"话不可直说,臣等也不能免。"

文帝又感惊奇:"二公亦是? 不至于吧。"

张武应道:"正是。臣子岂能想到便说,均须曲意说出,方合规矩。"

文帝便摇头笑道:"未料二位竟也如此! 朝堂之臣,真是不易。以两爱卿之意,此次便不需推让,允了便是,免得白费一番虚套。"

张武忙道:"不可不可! 陛下今日做了人主,不可留下妄悖之名。可奏请太后代为挑选,以博天下人都说个好。"

文帝便笑将起来:"做了天子,倒要处处与臣民周旋了。也罢,我先奏明太后,请太后发个谕旨。人伦礼教,原也应如此。朕已知晓了:你我君臣治天下,无非是摆个招式,招式做足了,天下人方觉安稳。"

宋昌、张武闻言,都略略一惊,继而就会心一笑。

再说薄太后闻文帝面请,焉有不准之理? 含笑道:"窦美人温良贤淑,立为皇后,并无不妥。你既要做孝子,为娘便来替你说。"当即发下谕旨一道,选窦美人为皇后。

那窦美人在未央宫接了谕旨,到底还是心慌,连忙赶来长乐宫,向薄太后谢恩。

薄太后笑道:"你该谢的,应是宦者宣弃奴。若他将你派至赵国,左不过当初赵王宫里,多了一个女官,焉能有你今日尊荣?"

窦美人悲喜交并,忙应道:"太后说得是,臣妾的命,实在是好。"

"那宣弃奴,今仍在否?"

"臣妾入都后,即打听他下落,据说是年老遣出宫了,不知所终。"

薄太后不由叹了一声:"这些无家之人,终是没个了局。"

随即太后懿旨颁布于天下,昭告四方,立窦氏为皇后,并赐天下鳏寡孤独等,各有布帛粟肉不等。百姓闻之，皆是满心欢喜。

此后半月，未央宫中便是张灯结彩，一番忙碌，将那皇后册封大典办妥。继而，文帝又有诏下，封长女刘嫖为长公主，位同诸侯王。连带窦皇后已故的父母，也比照薄太后父母推恩，追封窦父为安成侯、窦母为安成夫人。在观津县为窦氏父母置墓邑，徙民二百户守墓，亦比照薄氏宗祠，四时享祭。

如此，窦氏一家因裙带之故，一夕骤贵，市井百姓无不啧啧称羡。窦后自是感激不尽，知是薄太后恩典，便将这感激之意说与夫君听。文帝听了笑笑，挥挥袖道："自家人，何用称谢？倒是你为皇后，你这一家人，前后便是大不同了。刘启、刘武成了嫡子，天下皆瞩目，更要严加管教。太后还问起你那两兄弟，目下究竟如何了？"

窦后闻听此问，不由得心酸，含泪答道："兄长窦长君，在观津县城中。为人帮佣，数年前尚有书信，如今也不知怎样了。弟少君，则已十余年杳无音信了。"

文帝便叹气道："王侯之子，若身陷泥涂，待时运一转，尚可解脱。那贫家之子，若命运不济，则谁人可助他得脱？"

窦后眼泪就流了下来，回道："我自入长乐宫，便牵挂这两兄弟。然草野小民，无分毫军功，我又如何帮得了他们。"

文帝安抚道："太后那边已有话，薄昭舅既已蒙推恩，你那兄弟二人，亦可特旨推恩。然则如你所言，两人既无军功又无学问，也只得召来长安，做个富家翁而已，免得外间说起不好听。"

窦后闻此言，心中甚喜，便要伏地叩谢。文帝连忙拦住："皇后全不必如此，你心安，朕心方安。你我这一家安否，如今要关乎天下了，太后也不得不用心。"

窦后含泪答道："臣妾心知了。"

数日后，薄太后果然有推恩诏下，命清河郡（今河北省清河县）地方，寻得那窦氏兄弟，移来长安居住，厚赐田宅，以享富贵。半月后，清河郡守寻到窦长君，告知喜信，又将他里外换装，打扮一新，送来了长安。

这日，文帝与近臣议罢朝政，正待回宣室殿歇息，忽有谒者来报，说清河郡守遣人至,奉旨将窦长君送来长安,正等候在北阙外。

文帝大喜,急忙宣进,清河郡吏员遂带了一名壮男上殿。吏员诚惶诚恐在前,深揖大礼,那壮男见了,也跟着照样施礼。

文帝便问:"只寻得窦长君一人吗?"

那吏员答道:"本县奉旨寻皇后至亲,我等差役,遍访郡内,仅得皇后之兄。其弟少君,已责各闾里问过,竟是渺无踪迹。"

文帝便问窦长君道:"素来只闻皇后常念及,今日方识得兄长一面。少君弟当日何往,兄长也不知吗?"

窦长君惶恐答道:"回……陛下,小民窦长君,昔日与阿娣猗房分别时,家中仅余三日粮。时小民尚年少,与弟相商,只能各奔活路。此后,小民乞食、帮佣、代人出劳役,吃尽苦头,方攒得几个小钱,做起了煮饼生意,勉强糊口……"

"煮饼?"文帝疑惑,转头问张武道,"此物是甚?"

张武在侧答道:"即是《周礼》所谓牢丸也,民间亦唤作汤团的。"

"哦哦!朕生长于深宫,倒不知这些名堂。来日,窦兄可为我做来品尝。"

"谢陛下大恩,不嫌弃小民手艺。"

"少君当年尚年幼,如何会讨食?你何不拖带他一道谋生?"

那窦长君望一眼文帝,忽然脸就涨红,扑通一声跪下,连连叩首道:"那时节,民间仓廪有半月粮者,非公卿而不能,乞食就如杀头官司中乞命一般,乃九死一生事。我兄弟若是一同乞食,只怕是要一同饿死哩!"

文帝闻之,不觉惊起,上前将大舅兄扶起,唏嘘道:"民间惨苦如此,朕自幼为皇子,养尊处优,实不知此情。"便回头唤涓人道,"快去请了皇后来。"

窦后在椒房殿闻报,自是喜极而泣,连凤袍也不及换了,疾走至前殿,见了窦长君,怔了一怔,依稀辨出当日模样,便扑上前去,执手不放:"阿兄,你教我想得好苦!"

那窦长君也是泪流满面,哽咽道:"阿娣入了长乐宫,只道今生再也不得见了,哪知今日……那年我与少君弟分手,兄弟两人为你烧了一炷香,香燃尽,方分头奔命。"

一番话，又说得窦后大恸："阿兄，你将那少君弟，抛去何处了呀？"

窦长君一时难以分说，只顾急切道："猗房，我哪里是这等狠心人？分手之日，我向北行，他去了南面，先还听人说起曾见到，一年余，忽闻已为强人掠去，便再无音讯。"

窦后心中难过，以手抚胸半晌，方喘出一口气来："阿兄，今后唤不得猗房了，只可称皇后……唉，那少君，如何独自得活呀！"

兄妹两人哭得昏天黑地，文帝在旁听了，也暗自垂泪。良久，方起身劝大舅兄道："十数年的苦，如何能一朝说得完？今日，阿兄便在宫中用了膳再走，也好做一盆煮饼来，为我开眼界。昔日纵有多少苦，有你阿娣在，都可数倍报还与你。"

窦后这才拭了泪，嘱咐道："阿兄且在馆驿委屈几日，陛下已有诏令，明日少府便遣人，在长安城内为你购屋。何时少君觅到了，也与你同住在一处。你二人都未曾读书，官就不要做了，且逍遥享福，只不要为陛下惹祸就好。"

窦长君百感交集，伏地叩谢道："猗、猗房皇后，小民平生欲做里正、啬夫而不得，哪里能修得如此的福！"

文帝闻言哈哈大笑，便唤过谒者来，吩咐道："且带窦公去御厨，为朕做一盆煮饼。稍后，在灵惜亭摆酒，朕要好好款待大舅兄。"

窦长君伏地谢恩，一面就偷偷捏了捏脸腮，觉出痛来，方知此刻并非做梦，才急忙随谒者去了御厨。

待窦长君返回，诸人便登上渡船，来至太液池上蓬莱岛。岛上风景绝佳处，便是灵惜亭。此时亭中已铺好茵席、摆好案几，一家大小分主次坐好，便有涓人端上来美馔佳酿。

动箸之前，文帝招呼刘启、刘武道："来来，小子不可不知礼，先来拜过阿舅。"

那两个皇子，时年仅为八九龄童，却是极为知礼，闻命，即起身离席，来至右席前，双双跪下，行大礼，口称："甥男刘启、刘武，见过阿舅。"

窦长君见了，喜得慌忙摆手，连连道："两甥儿出息得如此，真不愧龙子龙孙。

我这阿舅,厮混在闾巷,倒是愧为长辈了,也无甚见面礼可送。这里……”说着便在怀中乱摸一气。掏出了十数枚铜钱来,赏了两个外甥。

刘启、刘武接过,看了看,都大感稀罕,欢踊道:“父皇、阿娘,此乃何物,黄灿灿的甚是可爱。”

文帝便一笑:“竖子深宫里长成,果然不晓事。此谓钱也。民间不似宫中,衣食哪里会伸手可取?百姓须得辛苦劳作,换得几个钱,拿来买衣食。”

刘武惊呼一声:“如此铜板,便可换得衣食吗?”

窦长君便笑道:“这几个铜板,你阿舅倒要辛苦三五月,方能赚来呢。”

文帝又嗔怪两子道:“天下之大,无奇不有。尔等在深宫享荣华,怎知民间事?”

刘启便不服气,回道:“父皇只不允孩儿出宫居住,若能出宫,孩儿也一样尽知民间事。”

窦后急忙打断他的话头:“启儿不要狂言,你二人哪知劳作辛苦?生在富贵家,知足便是,须懂得怜悯下人,不得蛮横无理。”

文帝也道:“你们阿娘说得极是。你二人,仅知骑射、诗书,又算得甚么?还须向阿舅学做煮饼,也好知粥饭如何得来。自幼被涓人伺候惯了,只怕是难懂如何做人,今后焉能治好天下?”

两子听了,面色都肃然,忙又向窦长君拜道:“阿舅得闲,请教甥儿做煮饼。”

窦长君听得高兴,哈哈大笑道:“你们阿翁说笑话呢!这等灶下粗活,龙子哪里能沾手?若喜吃煮饼,阿舅天天为你们做就是。”

当下全家大悦,文帝举起酒盏来,祝道:“来!兄长,苦尽甘来,才是有味。朕今生有幸,竟有了民间的亲戚,天下百姓的冷暖,从你这里便可知一二。日后进宫来省亲,不单是要教两个外甥,也要教一教妹夫我。”

窦长君惶然举起杯,涨红脸道:“为兄我大字不识得半箩,生来贱如猪狗,营营终年,仅为吃食,怎敢与天子妹夫论学问。我来这宫中,清河郡吏员一路教了我千万遍,方不至出乖露丑,此刻还觉心里慌慌的。这才知妹……君上虽是大富贵,终不如为兄做小民的自在。”

窦后就责怪道："今后当陛下之面,这种浑话须少说!"

文帝却笑道："不妨事的。朝堂之上,文武公卿们用尽心机,哪里能听到此等真话? 舅兄,我今日就许你随意说话。教我知那民间疾苦,方知理政之关要。此一节,太傅怕也不如你。"

几巡酒过,御厨将窦长君亲手做的煮饼端上。文帝一家,纷纷争食。两皇子喜得连连咂嘴道："阿舅好厨艺! 便留在宫中好了。"

窦后含笑嗔道："后辈不得无礼。你们阿舅,年少时也如你二人一般,只知顽皮。"

文帝也笑道："今日始知,美味不只在官家哩。"

窦长君忽然想起,便向文帝夫妇一揖道："小民闻街谈巷议,说阿娣还有一长女,今日却未见。"

窦后与文帝相视一眼,便笑道："你是说刘嫖,长公主! 如今是十龄女了,比你小时还顽皮呢。若在这席上,我们酒便吃不安生了。公主独住武台殿,改日陪你去见便是。"

"哦——"窦长君不觉伤感,"离散时,阿娣也不过才十余龄,如今长公主都十龄了。咦,怎么叫了个长公主?"

窦后便掩口笑："你这小甥女,得陛下宠爱,算是有大福气了,长公主之号,乃陛下亲封。陛下跟前,既然有皇长子,自然也该有长公主。"

窦长君一拍掌道："哦? 阿娣是说,甥女这长公主,为古往今来第一个了?"

文帝便赞道："阿兄聪明,正是如此。周天子之女,号为王姬;汉天子之女,号为公主。刘嫖这长公主,正是天下第一个。"

"那甥女……那长公主取名字,如何怪怪的,叫个刘嫖?"

窦后便嗔道："你这闾巷中人,懂个甚么? 这字,读作飘,就是轻捷之意。幼时嫖儿,野猴似的,我一眼顾不到,倒要爬到树上去呢!"

众人听了,笑得前仰后合。

笑罢,窦长君望望两外甥,不由叹道："阿娣诸子女长成,各个可喜,为兄我却还是鳏夫一个。"

窦后便问:"如何不及早娶亲?"

"娶亲?说得容易!小本生意,左支右绌,只顾得了一张嘴,如何能讨得浑家进门?"

文帝便起了兴致,问道:"本朝恤民,赋役已比前朝减了许多,细民还是活得很艰难吗?"

窦长君便一拱手道:"君上问到我,便是问对了人。小民腹中空空,不知诗书,然说起商贾之事来,倒还粗通。前朝那始皇帝,征田租①三分之二,二十倍于古时;今日汉家,则是十五税一,少了不知有多少。这功德,任是说到何处去,也是金字牌牌。"

文帝闻听窦长君话中有话,顿时警觉:"难道不是吗?"

"朝廷于农家,自是有大恩,然于商家,却与前朝并无不同,皆是'不务农者,征必多'。民间操持小生意,本钱既无多,用起钱来便心痛,拿一个秦半两钱,恨不能劈作两半用。商家一入市籍,便要交钱,此后租屋、租地、租官仓囤货、写契、成交,哪一样不交市税?好不容易,卖得了一笔钱回来,又要交市租。鸡零狗碎,拢共算下来,也是了不得!"

"你这煮饼生意,还要租屋?"

"我倒是想推鸡公车卖饼,税便可交得少,然市吏却嫌你碍眼,稍不称他意,就追得你鞋履都要跑掉,一日三惊,东躲西藏,终究做不大。"

文帝沉吟片刻,方道:"重农抑商,为秦汉两朝立国之本,只为强本抑末,不宜擅改。然则,即便如你所说,朝廷所课税赋,亦不过才两三成,不为过吧?"

窦长君闻文帝此问,纳头便拜:"小民今日方知,生于帝王家,实属万年之幸。陛下不是百姓,免掉了多少苦!陛下不妨算算,生民万户,每年各人要交'算赋'②一

---

① 田租,即田赋。古代官府向农民征田赋,以充作军费。秦汉时称"田租"。

② 算赋,算赋是汉代朝廷对成年人征收的人头税。高祖四年"初为算赋"。凡年十五岁至五十六岁的成年男女,每人每年交纳一百二十钱。称为"一算",用作军费。

百二十钱,一家数口,拢共算来也是不少。每年又有一月劳役,家家丁男,为之一空,做不成生意。如此亏空一月,两三月内也难恢复。封国百姓还要苦些,年年要缴'献费',以供诸侯王入都朝见。如此看,无论是郡是国,哪一个衙门,不是向你要钱的……"

窦后闻听话头不对,连忙拦住:"兄长,你酒吃多了,不要乱说。偌大的朝廷,百官群僚,也是要吃喝用度的,不收赋税,谁来养活?你今后不做生意了,便不要再埋怨。"

窦长君急忙道:"小民哪里敢怨?是君上问到,我便信口一说。"

文帝便示意窦后勿多言,对窦长君道:"不妨,你尽管说来。在民间,农家尚好些吧?"

"自是比俺这卖煮饼的好过。然各郡各封国,都可随意征劳役,今日筑台,明日起楼,总之是巧计百出,不让你安生。若遇官吏横征,中饱私囊,那可不是'十五税一'就能了事的。"

"哦!"文帝脸色就一沉,重重地一拍案。

座中诸人,登时都呆住。窦后死命盯了窦长君一眼:"教你莫要再说,你偏要说,惹得陛下生气了!"

文帝摆摆手道:"朕不是生舅兄的气,你莫怪他。"又掉过头来,向窦长君一拜,"民间事,闻大臣们禀报,终究是隔了一层。今日闻阿兄讲述,方知百姓活得不轻巧。阿兄一席话,堪称帝王师之论,请受我这一拜。"

窦长君连忙拦住:"使不得,使不得!适才酒酣,胡言乱语了些,若是被俺那里啬夫听到,只怕是要掌掴我半日呢。"

文帝大笑道:"今日无人敢掌掴你了!皇后,你这兄长真乃大丈夫,如此有见识!如何至今还是光棍,只因缺钱财吗?"

窦后嗔怪窦长君道:"他是缺心机!托陛下的福,阿兄总算是熬出来了。今后你看吧,他若不妻妾成群才怪。"

闻此言,文帝与窦长君对视一眼,都笑起来。窦长君指指座中道:"原以为天子家人说话,张口便是诗书礼乐,今日才知,原来也是说人话的。"

一席间人闻之,登时大笑。窦后无奈,以手中团扇狠狠打了兄长一下,也忍不住笑了。

待文帝夫妇将窦长君安顿好,宫中便有特使驰出,携谕旨飞递清河郡,严令加紧搜寻窦少君,不得敷衍。

清河郡守得了诏令,连忙遣人四出,恨不能掘地三尺,却偏偏寻不出那窦少君来。

民间闻之,立有若干贫富人等,起了侥幸之念,将自家少男送来郡衙,企图冒认。那郡守知晓其中利害,哪里敢轻信,只是盘问个不休。果不其然,所有冒名少男,皆不能说出当日细事来,还有说不清祖居何处、道不明窦字如何写的。郡守叹了口气,都打发走了,只得如实上报,请求宽限。

文帝得报,也是摇头叹气,即提笔批答道:"无须责令乡官再寻了,郡守且多访父老,必有所获。"

果不其然,未及两月,清河郡守便有"封事"①呈上。文帝拆开来看,见内中报称:近日于长安城内富户中,觅得少年一名,自称乃皇后幼弟,尚记得年幼时,曾与阿姊采桑葚充饥,一时大意,自树上跌落,足痛月余不能行。不知皇后可曾记得此节?为免唐突,今已派员将少年赎出,安顿在长安馆驿,若蒙允准,即可送入宫中相认。

文帝看了,心中有数,连声呼道:"这个是了,这个是了!"便遣谒者去宣召窦长君,入宫来认兄弟。又传召窦后,一起往曲荷园赏景,在彼处与少君相认。

时值暮春,曲荷园景致酷似仙境。近旁太液池畔,已有荷叶田田。此时荷花尚未结苞,如一池浮萍。举目看去,水光潋滟,垂柳依依,正是凭栏赏景的好去处。

文帝乘软辇方至园中,窦后即携一女两子接踵而至。那刘嫖,已在日前见过大舅窦长君。今日姐弟三个,闻听小舅要来,都欢喜异常,穿戴得齐齐整整,来看稀

————————
① 封事,古代臣子向皇帝上书奏事,为防泄密,以袋封缄,故有此称。

奇。

　　一家人团团坐下,窦后便问:"陛下何以定在此处相见?"

　　文帝答道:"此处最似田园。想那长君初入宫时,我看他拘谨,竟至手足无措。贩夫尚且如此,那少君流落民间日久,更要惶恐,在此处相见,可随意些。"

　　窦后便笑:"陛下倒想得周全。"回头又叮嘱孩儿们道,"稍后小舅来见,要执小辈礼,不得乱说乱笑。"

　　刘嫖听了,仰头问道:"小舅是何等样人? 头上长角了吗?"

　　窦后遂拂袖嗔道:"小女子顽劣! 你只小心,来日莫要嫁不出去。"

　　文帝笑笑,拉住窦后道:"清河郡寻得好苦,冒认者亦甚多,然今日来人,定是真的。"

　　"哦? 如何说呢?"

　　"你姐弟两人幼时,可是曾上树采桑葚? 少君弟失足落下,足痛日久不能行?"

　　窦后眯起眼想想,忽拍额道:"果真果真,今日要见到阿弟了!"

　　正说话间,忽闻树丛后有宦者禀报,接着便引了两个人走出,前面的是一位少年。

　　座中诸人,一齐向那少年望去。只见此男十六七岁,虽着新衣,却是样貌猥琐,面目黧黑如炭,探头探脑的,一双眼睛骨碌碌四下里瞟。

　　窦后不由自主立起,惊愕万分,以袖掩口道:"你、你是何人?"

　　两个小儿,亦被黑面少年所惊吓。刘嫖更是大叫一声:"鬼来了!"便躲至窦后身侧,紧牵住阿娘衣襟。

　　那少年也吃了一吓,扑通一声跪下,叩头道:"回娘娘,小民窦少君,奉皇帝宣召,由人引来此处。"

　　引路的宦者忙提醒道:"二位官人,此即当今天子。"

　　此时那少年身后,有一吏员跟着也跪下,高声道:"小臣为清河郡主吏,奉旨来京,送窦君入宫。"

　　文帝便问:"寻到已有几日了?"

"回陛下,已有六日。因窦君赎出时,蓬头垢面,虮虱满身,望之令人怜悯。小臣将他接到馆驿,与驿吏一道,费了一日工夫,才将内外清洗干净,又喂以鸡汤羊羹,将养了三日,方可见出常人模样。"

"清河郡办事得力,朕将有赏,你先退下吧。稍后,从少府那里领赏十金,便可回去复命了。"

那吏员连忙叩头谢恩,诺诺退下。

待吏员走后,文帝回头问窦后:"何如? 能相认否?"

窦后仍惊愕不止:"离散之日,少君弟年仅五六龄,肥白可爱,今日这人……却要吓煞妾身了!"

文帝再看那少年,正五体伏地,头不敢抬,只顾浑身战栗,就心有不忍,对窦后摆手道:"皇后莫急,与诸子都坐下。"

窦后这才招呼孩儿们坐好,自己也重新落座。

文帝又对那黑面少年道:"你也莫慌,起来坐好。"

那少年抬头,却不敢起身,仍是战战兢兢。

旁边宦者拿来一块茵席,在文帝前面置好,唤那少年道:"陛下已赐座,你放心坐就是。"

少年犹豫片刻,才移身至文帝对面坐下。

文帝温言道:"十余年来,你身世如何? 且与我慢慢道来。我问甚么,你答就是,说对说错,此处无人敢责罚你。"

那少年点点头,诺了一声。

文帝便问:"可知你故里在何处?"

少年答道:"观津县桑林寨。"

"可知窦字如何写?"

"小的自幼常闻家母言,只说是穴居为家,万金亦不卖。"

文帝眉毛一动,略露惊异,望一眼窦后,又问少年道:"当日与兄姊离散后,可记得是何情景?"

"回陛下,当年小的懵懵懂懂,南行至一大邑,今日想来,当是邯郸了。于街头乞食年余,忽为郊外一伙强人掠走,卖与大户人家为奴。"

文帝惊道:"城邑郊外,便有贼寇吗?"

少年慌忙道:"小民不敢欺上。我曾闻主人言:凡城邑,郊外皆有盗贼,乘马来去,杀人越货,官府也怕哩。"

"岂有此理!百官家贫,尚有乘牛车上朝的,那贼寇居然有马乘!当日那歹人,便是乘马掠走你的?"

"正是。当日盗贼掳我,向南奔走数日,便将我卖出。自此,小的便成家奴,直至今日。"

窦后听到此,不禁叹气道:"五六龄童,如何做得家奴呀!"

"回娘娘,小的自那时起,便无一日不劳作,早起晚归,已然惯了。"

窦后闻言,顿时泪下。文帝也叹息数声,遂又问道:"与人为奴,那人家对你如何?"

"我年幼无力,也做不来甚么,主人家嫌我白食,未及半年,便转卖与别家。如此,半年一年,便被转卖一回,总有十余家了,终辗转至宜阳县(今归属河南省洛阳市)。"

文帝吃惊道:"宜阳县?那是河南郡地面了,离清河郡已是千里之遥。幼龄孩童,如何吃得消?"

"年幼时无知,挨了些饿,吃了些打,哭过也就忘了。"

窦后忍不住,向那少年招招手道:"你坐近些,伸出手来我看。"

那少年伸出双手,窦后捏住看看,但见掌心老茧层层,硬如卵石;手背创痕,糙如树皮。

窦后看了,叹了一声:"这孩儿……"便忍不住扭头抹泪。

文帝也拉过少年之手,抚摩良久,方问道:"至宜阳人家,可好过了些?"

少年答道:"那时,小民年纪已过十龄,稍有了些力气,主人家便令我上山,与众奴仆一道,伐薪烧炭……"

　　刘嫖双目圆睁,听到此处,不禁掩口一笑:"怪不得!"忽见父母怒目,忙又咽下了后面的话。

　　那少年诧异,文帝便道:"无须理会,你只管道来。"

　　少年叩首道:"谢圣上。小民上山烧炭,与百余个家仆一同劳作。初做此工,不知窍门在何处,两手屡为荆棘刺伤,血流满手。夜里歇息,山上无屋,只搭了寮棚来住,睁眼可见星斗。忽一夜遭遇山崩,崖上土石,眨眼崩塌,如雷霆当头落下。我倚在灶下,侥幸未埋死,晨起爬出来看,一百多人尽都死绝,无一人有生气。小的魂都吓掉,逃回主家。主家也被吓到,又惊奇我为何独独未死,以为我有神助,此后才待我好些。如此在他家,又做了佣工五六年,心想大难不死,必有后福,便去县城中找人占卜。那宜阳城中,恰好来了个卜师,面目黧黑……"

　　"且慢。"文帝忽然打断道,"黑面卜师? 可知他姓名?"

　　少年抬头想想,摇头道:"不记得名字了,只记得姓阴,就是阴阳的'阴'字。"

　　"是叫阴宾上吗?"

　　"不错……陛下圣明,是名唤阴宾上。"

　　"好一个方术之士①! 他如何为你讲卦?"

　　"他为我占得一卦,便说道:'小子好大的福! 此前你命如猪狗,生不如死,眼见得近日便可否极泰来,步步登高,终得封侯。'"

　　文帝不由得坐直起来:"你信此言吗?"

　　"哄人呢,母鸡怎可变鸭? 我哪里肯信! 把钱给他,仍做我的佣工。"

　　文帝仰头笑道:"小弟之言唐突了。那阴宾上,乃朕之座上宾也,其所言,并不妄。老子曰:'天之道,其犹张弓欤。高者抑之,下者举之。'以朕观之,老天这是要抬举你了。且说你在宜阳为奴,如何又来了长安?"

　　"我主家烧炭暴富,有了钱,便迁来都中开店,说我命大,必多福,便也带在了身

――――――――――――

　　① 方术之士,方士、术士的统称,即方技之士与数术之士。 专指从事星占、神仙、房中、巫医、占卜者。

边。徙居长安不久，小的在街上见到车盖往来，吹吹打打，似朝廷有喜事。一打问，原是立了皇后。间巷皆言："皇后姓窦，乃观津人氏。从前只是个宫女，今日竟成母仪天下，好不荣耀！"小的闻听，便动了心思，疑心是我阿姊，于是托主家细问。自从我大难不死，主家便认定我有灵通，我一说，他便满口应允。不久便有回话，说那皇后娘娘，果然就是吾姊窦猗房。小的万分惊喜，主家也即刻换了笑脸，代我禀告三老，以求上达。三老却推辞道，如此身份，唯恐有人冒认，不敢代奏，不如去信清河郡衙，说明身世，请清河郡代奏。我都照做了，嘱代笔先生写了信，将采桑事写入，以为明证。果然未及半月，清河郡便有人来，将我重金赎出，沐浴换衣，带我到此处。"

窦后听到这里，仍有疑虑，又盘问道："你姊入宫，当日与你分离，是何情景？"

少年答道："我姊当初西行离乡，我与兄长送至邮传驿舍。阿姊怜我幼小，见我头脏，向邮舍乞得淘米水一盆，为我洗头。又去灶下乞得一碗饭，看我食尽，方依依不舍离去。阿姊背影，小弟至今还记得呀……"说到此，竟已泣不成声，伏地大哭。

窦后听着，早也哭成个泪人，三子女见状，都一齐抱着阿娘大哭。文帝也频频拭泪，唏嘘不止。

那少年见了，甚感惶恐，忙向窦后叩首道："娘娘，请恕罪。"

窦后便移膝向前，一把抱住那少年，泣道："我不是娘娘，我是阿姊呀。"

窦少君怔了怔，方才明白过来，大叫一声："阿姊呀，真是你吗？如何就将我忘了！"两人便抱头大哭。

哭声哀戚，回绕园中。连宦者、宫女在旁，也都忍不住泪下。

哭了多时，文帝见不是事，方劝道："人事有前定。今日相逢，你姐弟应大喜才是，休要悲恸伤身。"

窦后哽咽道："可怜小弟！快来见过姐夫。若不蒙皇恩，你我哪里得相见？"

窦少君忙伏地三叩首，行了大礼，正待说些谢恩的话，忽闻丛林后有宦者禀报："窦公长君到——"

众人转头望去，原是窦长君由两宦者引导，匆匆赶来。兄妹三人见过，长君问了少君十年来的经历，三人又大哭一回。

文帝只好又劝道："兄长、少君弟，皇后究竟是女流，不可过度伤恸。今日夕食设宴，你二人为上宾，窦氏一门，总算等来个团圆。诸外甥初见小阿舅，也有许多话要问呢。"

窦长君便含泪拜道："谢陛下大恩。非陛下，我窦氏一门，只怕是永世不得团聚了。只恨我等无才，不能报答陛下。"

文帝扶起他，笑道："皇后母仪天下，便是你窦氏之门赐我的福，不是要谢朕，而是朕要谢你兄弟。长君兄已在华阳街置屋，彼处地势甚好，来日拆去近旁民屋，另起大宅两座，供你兄弟安居。"

窦后闻言，连忙摆手道："不可不可！两兄弟何功何德？不可拆人屋舍以利己。妾身向在长乐宫，随吕后研习黄老，知道'金玉满堂，莫之能守'。两兄弟苦惯了，今日有屋住，便要知足，不可一步登天，免得惹出祸事来。"

文帝便反问道："今日少君来，总要有个住处吧？"

"那华阳街大屋，已足够宏敞，便教他二人住在一处，亦无不可。"

"哦……那也好。权且如此，免得天下人指我徇私。日后，于城北荒僻地方，置些田宅赐予两位妻舅。有了恒产，生计便可无忧了。"

窦氏兄弟悲喜交集，又连连向文帝叩首谢恩。

那刘嫖见长辈都欢喜了，才又说了句："阿舅一来就是两个，却不见一个舅母。"

文帝、窦后便都笑。窦后道："不急，少不得有公卿前来提亲。你兄弟二人，可要沉下心来过活，莫学那侯门公子跋扈。若惹了祸事，我也帮不得忙。"

当日后晌，文帝在柏梁台开宴，大贺窦氏兄妹重聚。朝中重臣，悉数来赴宴。周勃、陈平、灌婴等老臣，听文帝讲罢窦氏寻亲始末，都大叹惊奇。

饮宴至夜，柏梁台上烛火通明，雕梁如画，池中可见倒影迷离。窦氏兄弟坐在席上，只疑是在梦中。诸臣上前祝酒，窦长君尚能应付一二，那少君则蒙头蒙脑、手足无措。倒是刘嫖等诸小儿，缠着小舅学鸡鸣狗吠，喧闹不停，才遮住了不少尴尬。

却说窦氏兄弟入都后，却有人心中不安。夜宴后数日，丞相周勃正在邸中无事,舞剑活络筋脉,忽闻阍人来报,说太尉灌婴登门造访。

自文帝当朝后,海内承平,诸老臣虽居高位,事却一日少似一日,相互间也不大走动了。今日灌婴忽来访,莫非又有大事?周勃甚觉纳罕,忙迎出中庭来。

灌婴见了周勃,仍执属下之礼,恭谨揖过。周勃便拉住他道:"既来寒舍,就不必客套了。所为何来?不是又要动兵了吧?"

灌婴尴尬一笑:"哪里!就怕久不动兵哩,你我且入内室相商。"

周勃引他进了内室,屏退左右,便问:"有生死大事乎,如此诡秘?"

灌婴压低声音道:"确是关乎生死,只不过是远忧罢了。"

周勃目中精光一闪,拉灌婴对案坐下,亦低声道:"将军此来,是为朝堂事?"

灌婴答:"正是,丞相心中自应有数。吕氏专权十五年,朝野离心,其殷鉴未远。我辈老臣忍辱,好歹活到了今日,正自庆幸,却不料又来了窦氏兄弟……"

周勃忙摆手制止,仰头想了想,道:"两竖子,市井小民也,能成大器乎?"

"今朝认了亲,他二人便不是小民了,日久若弄起权来,岂不要重演诸吕旧事?外戚干政,皆为无师自通。"

"哦?这一节,老夫疏忽了……果真要小心。草野之人,一步登天,事便不好说。"

"此事非同小可,不可不早做谋划。"

周勃便摇头:"也未必如将军所虑。我等冒死诛吕,于君上有拥戴之功,于窦氏有登天之恩,他窦氏兄弟,岂能不念此恩?"

灌婴便有些急:"绛侯,你道今日是上古三代,人人都讲仁义?你自认与他有恩,他却以为是命中应得,全不知感激,你又奈何?"

周勃闻言色变,忽地起身,双手背后,绕了数匝。待踱至剑架旁便停住,抽出长剑来,注视片刻,又送入鞘中,长叹一声:"壮夫老矣!若窦氏日后坐大,我怕是无力再入北军了。"

灌婴望望周勃神色,便一拱手道:"在下倒有一计。"

周勃一怔,便回首道:"你讲。"

"看那窦氏兄弟,倒还朴拙,非一两日就能变作吕产、吕禄。你我不如禀报今上,为他二人择定良友,多加熏陶,务使其明礼义、识大体,不致日后成祸患。"

"哦……也好,足下此计,倒是有远虑。当今新帝行事,心思甚密,全不似惠帝那般无心,若直说恐窦氏坐大,便是犯了忌;若只说为他兄弟择友,则今上当可领会。"

见周勃赞同此计,灌婴心中便一松,然想了想,又叹气道:"我辈历经九死,于那血泊里蹚过,而今却要防两个小儿,天道何其不公耶!"

周勃便叹一口气道:"你功劳再高,可比得淮阴侯吗?"

灌婴闻言一惊,随即猛省,拱手道:"绛侯识见,着实已非同往昔了!"

次日,两人便联名上奏文帝,请择端正之士,与窦氏兄弟交游。这一奏章,写得冠冕堂皇,其间多有温厚之语。

文帝看了,怔了半晌,未作批答,只携在了袖中。待到闲适时,便往椒房殿去,给窦后看。

窦后阅罢,不由就感慨:"到底是老臣,所虑甚周。非老臣,陛下不能得位,今日他们又想到两舅兄事。"

文帝于窗前坐下,见窗外可见天气澄明,便回首一笑:"皇后还未看透,老臣们这是心怀畏惧……昔日吕氏猖獗,愁云惨雾,压人头顶,至今彼辈仍有余悸。"

"哦!"窦后忽就明白了,不由浑身一震,便沉默不语。

文帝便道:"老臣若存仁心,何不早早助你寻亲? 此辈位高权重,所虑无非保住富贵。然其所奏,其理倒也不谬,不妨遵行。今吾意已决:两位舅兄弟,终我一朝不得封侯,免得招祸。不知皇后意下如何?"

窦后忙道:"那是自然。他二人能有今日,已属侥幸,必不会有非分之想。臣妾早已明陛下之意,陛下欲为明君,留名千古,故而不以朝臣阿谀为意,一心所望,是要百姓私下里也说个好。"

文帝闻言大喜,望住窦后道:"皇后果然知我意! 为人君者,仅凭征伐得天下,焉能传得万世? 须得万民心服,根底才牢。舅兄所言民间苦状,令我数日不得安。

我意,自明年起立减赋敛,民赋降至每年四十钱,丁男三年一役。今后施政,务必留意赈穷民、养孤老,使世道人心皆平。待朝中诸事罢,我也将巡行天下,督责各处。"

窦后脸色忽就一变,急忙劝道:"陛下所虑无不当,然巡行一事,则万万不可。那秦始皇巡行天下,地方上焉能不作假? 官吏百般逢迎,你又能看到甚么? 一路巡行,靡费甚多,倒闹得四海骚然,终是乱了天下。想那先帝在时,也喜巡游,直闹得诸侯心慌,联翩作乱,陛下不可不虑!"

文帝便颇感诧异:"你一个女流,如何知道这些?"

窦后回道:"臣妾在长乐宫时,吕太后便时常念起此事。彼时先帝好巡游,吕太后颇不以为然。倒是吕太后问政时,足不出长乐宫,内外竟未闹出一个乱子来。四方政声如何,只须多遣耳目,探听得虚实便是。"

文帝倒吸一口气道:"果然是。皇后若不提醒,朕倒是忘了这一节! 依你亲眼所见,吕太后问政,究竟有何章法?"

"便是一卷书、两个字——黄老。吕太后常对我言,居上位,器局宜端庄,凡事一动不如一静。"

文帝低头想想,拿起周勃、灌婴奏章来,面露欣然之色道:"好! 朕已明白。乱后大治,总之要以礼义为上。朕今日就准奏,请陆贾先生常来都中,教两位舅兄弟习礼。如此,二人身价便不寻常,谅也无人敢小觑了。"

窦后闻听文帝如此说,心中便一喜,忙向文帝施了个万福道:"那两兄弟,实不足道,竟能蒙此大恩,臣妾在这里替他们谢恩了!"

三　南越重归汉舆图

　　文帝前元元年暮春三月,有少府、宗正先后奏报:窦长君、窦少君兄弟在华阳街宅邸,已另行修缮,分门别户,互不打扰,可供两人安居。此外,宗正府已遵命遣人往好畤,传谕陆贾,请陆先生常来都中,与窦氏兄弟交游。

　　文帝阅罢奏疏,不由赞道:"甚好甚好。只是陆先生已年高,奔波往来,殊为不易。"说着,忽地想起一个人来,便一拍额头,"哎呀,如何将他忘了! 有一人,最宜为舅兄师友。"旋即,往晋阳发下征书一道,命当地有司搜寻方士阴宾上,速召其来长安。

　　半月之后,晋阳有司寻到阴宾上,送来了长安。召见之日,阴宾上由谒者引入偏殿。但见今日的阴宾上,面色黧黑一如往昔,唯目白如珠,炯炯有光。上得殿来,神色惶恐,见了文帝纳头便拜,口称:"陛下万年!"

　　文帝微笑问道:"先生别来无恙乎? 快请平身。朕记得,先生之寿,向已有五百六十岁了;至今日,又借来了多少?"

　　阴宾上抬起头来,惶悚回道:"承蒙陛下召见,门楣生光。小的实乃潦倒方士,不过习了些杂学,以巧言谋食,年前在晋阳信口胡说,当不得真,万望陛下恕罪。"

　　文帝笑道:"你往日所言,不恰是成真了吗? 今召你来,朕不是为叙旧,只问你于卜术之外,另外还通何种学问?"

"小的喜读鬼谷子,兼及兵家,皆是兴之所至,全无章法。"

"那便好！朕正需先生帮忙。皇后有兄弟二人,出自市井闾里,胸无点墨,朕已托陆贾授之以儒学。不知先生可否屈尊,为他二人传授鬼谷子之术。"

阴宾上便面露诧异:"二位窦公之事,小的亦有所耳闻。然二公所学,儒学足矣,何用这等纵横捭阖之术?"

文帝便笑:"儒学教之以方正,鬼谷子教之以权变,先生之智,我已有领教,请勿推辞。你且坐下,朕还有事要问。"说罢,便命宦者于右首赐座。

阴宾上甚觉不安,四下里望望,方小心撩衣坐下。君臣两人,四目相对,都觉恍如隔世。阴宾上便一笑:"陛下,容小的斗胆揣测,可是要我去做徐福?"

文帝便仰头笑道:"哪里！朕岂可效仿秦始皇?仅海内之地,便够我打理的,焉能有心去寻仙山?"

阴宾上怔了怔,忙揩道:"小可愚鲁,也万不敢受此命。"

文帝便向前略一欠身,问道:"借先生吉言,朕数月前果然登了大位,万民称臣,好不威风！然数月间,朕却不能安睡,常思天下之大,千头万绪,要治得好,当从何处入手?"

阴宾上闻罢此言,心中才定下来,想想便道:"这个容易。以小民看来,陛下虽贵为天子,也不过略似大户之主。陛下昔年为代王时,以孝为先,民间早有口碑。今日治天下,亦应秉持此道。鬼谷子曰:'己不先定,牧人不正。'陛下只须将一个'孝'字置于上,天下便不愁不治。"

文帝稍一思忖,似有所悟,便挥退了左右,只留下阴宾上一人,又问道:"朕以外藩入主,毫无根基。朝中老臣环伺,有尾大不掉之势,奈何?"

阴宾上翻动一双白眼,沉吟片刻,方吞吞吐吐道:"这个,譬如用兵,临阵号令不行,换将就是了……咳咳,恕小的智穷,只能说到此。"

"用兵?如今朕势弱而勋臣势强,如何能以弱胜强?"

"可如鬼谷子言,'挠其一指,观其余次',不必心急也。"

"挠其一指?"文帝咂摸片刻,忽而面露喜色,赞道,"公真乃我上宾也。今赐你千金,便在这都中置屋,无须再游荡了,在此安享你那五百年高寿。闲来无事,与我妻舅为友;若有事,则可为我顾问。"

阴宾上连忙叩首道:"方术之士,岂可为君上顾问? 小的不敢,只愿做二位窦公的酒肉朋友。"言毕,忽就狠命掌起自己的嘴巴来。

文帝大惊,忙问其故。

阴宾上手抚脸颊,面露释然之色:"哦! 痛呀,真的是痛! 陛下,方才小的还疑心是在梦中哩。"

"哦? 梦中如何,不是梦中又如何?"

"若在梦中,则无虞;若非梦,即是忧喜各半。"

"这又如何说呢?"

阴宾上睁大白眼,直视文帝道:"陛下读书多,远胜小人,可知古往今来骤贵之人,有几个可免灭门之灾? 小人无才,于朝廷无尺寸之功,只有幸蒙陛下恩宠,便成显贵,岂不大危哉?"

文帝便略略变色:"如先生言,朕仅以血缘而登至尊,岂不是危上加危了?"

阴宾上连忙伏地道:"小的岂敢议这等大事? 然世间之理,无分贵贱,尽在天定之数。骤贵之人欲免灾,唯多做善事以化解之。小的枉活了数十年,有一事算是看得清了——天可以赐人福气,亦可索人性命,翻覆之间,全无道理可言。"

文帝听得入神,竟不由自主起身,朝阴宾上揖道:"先生无须再多言,此中关要,朕已明白。朕之意,你也不必再于江湖上行走了,且留居都中,随时应召,以备顾问就好。"言毕,便召来少府,命在长安城内择地购屋,安置好阴宾上。

阴宾上大出意料,连连摆手道:"陛下,可使不得! 野有蔓草,如何能长在金銮殿上?"

文帝不容他推辞,挥袖道:"你且随少府去! 江湖上温饱不易,你也无须逞强。此等小事,算是我略尽故人之谊好了。"

待阴宾上退下后,文帝并未即刻返回宣室殿,只是伏案凝思,半晌不动。旁侧谒者见不是事,忙去唤来了张武。

张武见文帝蹙额沉思,仿若失神,便趋前道:"陛下,若神思不宁,不妨以舞剑醒神。"

文帝抬起头来,疑惑道:"舞剑? 如今舞剑,能顶得何用?"

"臣见陛下闷闷不乐,或是有事不顺。"

"正是如此。朕近日所思,在于如何收服人心。我以身世血脉登帝位,未曾执戟戈,不足以服人,尚需广施仁惠。不知民间有何评说?"

"回陛下,陛下仁孝宽厚,四民无不交口称赞。"

"咄! 你为朕之近臣,如何能听到真话? 好了,今日不议了。四海之民,终究还是苦……"文帝说到此,又直望张武一眼道,"你等近臣,万不可蔽我耳目!"

如此数日之后,文帝已将施政韬略理清,便召集旧日亲信六人,推心置腹道:"朕生性愚钝,然入都半年来,朝中诸事渐已熟习。各位原就是干练之才,入都至今,想必已胜于朕不知几许。今召诸位来,便是要讨教。"

众随驾旧臣面面相觑,不知如何答对。张武略一迟疑,忙回道:"陛下此言,要愧煞旧部了。入都以来,臣等职掌要枢,不能安寐,唯恐一旦有失,将动摇陛下根基。"

文帝便笑笑:"其余旧臣,也作如此想吗?"

宋昌等人连声道:"郎中令所言不虚。"

文帝便摇头:"那么,尔等这胸中器局,就未免狭了些。事不可本末倒置,天下为本,朕为次。须得天下不动摇,朕之位,方不至动摇。"

张武面露不安道:"臣等本为封国属官,入朝为枢要之职,已如履薄冰,岂有心思兼及天下?"

"哪里话! 诸位皆任过郡县职,能治一郡,便可治一国;能治一国,便可治天下。事同一理,有何难哉?"

众人又互相望望,皆不敢应对。

文帝便又笑道:"尔等六人,随朕入都,万不可终身只享这护驾之功。今日召你们来,各位便不要想入暮可回邸。且往郎中令官署,闭门商议,为朕拟诏。朕之妻兄,前日对我言及民间贫苦事,颇为惊心。民之困乏,诸位也必有所耳闻。今朕登大位,欲承惠帝之治,以孝治天下,于民间疾苦,自是不能充耳不闻。民间鳏寡孤独,如何赈济,你们去议个大略来。若议不出来,便以官署为家吧。"

张武不解道:"朝中有左右丞相,此务原是他二人职分内事。那班老臣,已历经四朝,治天下多年,操实务似轻车熟路,何须我等外官插手?"

"否!你等旧臣,万勿以外官自居,既随我入都,便是朕之心腹,尔等若不为朕出力,朕更指望何人?那班老臣,养尊处优惯了,食不厌精,足不履地,哪里能知晓贫民之苦?"

宋昌忙道:"宫禁内外,片刻不容有疏忽,容臣等各去交代了,再行聚议。"

文帝望望诸臣,面色一沉道:"朕之所言,便是天大的事,其余细末,无须理会了!"

诸臣脸色都一白,知上意不可违,只得遵命往郎中令官署去了。

在署中,众人嘈嘈切切,争执不休,商议越两日,终将草诏拟好。由张武率班,上呈文帝。文帝展开卷,逐条阅过,面露笑容道:"甚好,甚妥!然则……还须郎中令费心,稍作润色——为民父母者,词语上须温和些。"

隔日,文帝便依诸旧臣所议,颁诏天下,责令丞相府等官署,拟定济贫养老新令。诏书洋洋洒洒,所虑甚周。其概要曰:春和之时,草木生灵之物皆有自养之道,而吾百姓中,则有鳏、寡、孤、独、穷困之人,或潦倒濒于死亡,而无以解忧。朕日夜思之:为民父母将何如?故而召群臣议,将以朝廷之力赈贷之。老者非帛不暖、非肉不饱。岁首节令,若无官吏访问老者,又无布帛酒肉之赐,便是朝廷不重孝道。如此,将何以昭告天下子孙孝养其亲?朕近闻下吏禀报,称民间耆老受济者,所得或为多年陈粟,此等敷衍事,岂是真心养老之意!凡此种种,务必改正。今责有司具文成令,务求遵行,百官均不得违。

此诏一下,朝野震动。贫户孤老,都喜极而泣,竟有在家中为天子设香案膜拜的。周勃、陈平等老臣亦是惊异,这才摸到文帝施政的路数,不敢怠慢。丞相府连夜誊抄多份,旬日之内,便将赈济令下至各郡县。曰:"各乡里民户老者,年八十以上,每人每月赐米一石、肉二十斤、酒五斗。其年九十以上,每人又赐帛二匹、絮三斤。有司发放赐物及鬻老米之时,县令须到场阅视,由县丞、县尉亲送鬻老米至门上;不满九十者,则由啬夫、令史亲送至门上。各郡守须遣得力吏员巡行,有不称职者,力督之。"

新令颁下,张榜至各郡县要道,百姓都扶老携幼来观望。有识字者,为众人高声读出,每读一句,便是一片欢呼。其中有白发长者,互相揖拜称贺,只道是世道就此变了,上古三代之风,将重归人间。

至夏,文帝又有诏令,令各郡国不得再进献珍玩,免得劳民伤财。各郡国闻之,都松了口气,远近一片欢洽。

看看民心已日渐收拢,文帝便在心中布了个局,要一步步落子了——

夏六月,文帝有诏颁下,封赏旧部随驾之功。因宋昌曾力主代王入都,功最大,前已拜为卫将军,今再封为壮武侯。张武早已拜郎中令,位列九卿,此次便不再加官。其余数人,皆擢为公卿,即:庶饶为奉常、宪足为卫尉、向夷吴为少府、庐福为中尉、祝恭敬为治粟内史,各居枢要,以为羽翼。

如此,逢到朝会时,殿上重臣竟大多为故旧了。文帝环视周遭,皆是熟面孔,便忍不住笑:"如今,倒像是又回了晋阳。"

诸旧臣也都笑起来,一齐拱手道:"愿为陛下前驱。"满堂之上,唯周勃、陈平等几个老臣,脸面上尴尬,只能陪着强笑。

待与诸臣说笑罢,文帝又道:"前月闻楚王刘交薨,朕不胜伤悲。这位叔父,文武兼备,追随高帝左右,功甚大。然封王之后,却淡泊于世,朕亦未能留意关照。今骤然薨夫,朕甚悔之,今后唯有严守孝悌,厚待诸王。诸王虽不能加封了,然可以加封诸王舅,以示恩典。各位看,有何建言?"

诸臣议论片刻,周勃便奏道:"今有淮南王舅赵兼、齐王舅驷钧两人,尚未封侯,今可以加封。"

文帝稍作沉吟,便道:"这两位,便都封侯吧。"

"如此封了王舅,也免得诸王心怀怨望。"

"不错。那些王舅,都是能左右诸王的,封了侯,可赚得彼辈数十年不生事,岂不是好?另有前辈勋臣,随高帝入关而封侯者,封邑太过狭小;还有那未封侯的郡守、近臣等,更是无半分封地。此次,都一并封赏好了。"

陈平便一惊:"拢共算下来,恐有近百人之多呢!"

"百人也罢,无须担忧!高帝时,天下异姓王多,占地亦甚多,故而朝廷地不广,不敢多封食邑,至今日,若仍维持不变,则难平勋臣们怨望,索性一并都给了好处——已封侯的,增食邑;未封侯的,统统封给食邑。"

陈平这才放下心来,长揖道:"陛下有如此仁心,勋臣们当知感激。"

文帝笑笑,望住陈平一字一顿道:"朕所求者,即是此也!"

当日,左右丞相府接到谕旨,忙碌了数日,将各项诏令都草拟出来,即:随高帝入蜀汉已封侯者,计有六十八人,各增食邑三百户;曾随高帝却未封侯者,计有三十人,分别封给食邑六百、五百、四百户不等。其详备名单,也一并呈上。

自此,都中与四方郡国,计有近百名从龙老臣,一并受了封赏。诏令颁发日,老臣们喜出望外,奔走相告,都夸文帝仁厚知礼、亲旧不遗。原本有看轻文帝的,此时也再无话说。

看勋臣列侯们皆已收服,文帝便觉胆壮,再看周勃、陈平,除往日功高之外,似也并无异禀,逢到朝会,就只是泥塑木雕般应付,对两人便日渐厌倦起来。

这日朝会,堪堪诸事商议已毕,文帝忽地想起,便问周勃道:"右丞相,今之天下,人心大定,百姓犯法者当是不多。不知一年内,决狱几何?"

周勃本为武人,君上若问起匈奴南犯事,尚知如何应对,不料文帝有此一问,竟无辞以对,脸便涨红,只得老实答道:"臣不知。"

文帝瞟他一眼,转而又问:"那么,赋税钱谷,一年出入几何?朝廷所收赋税,是否足用?"

这一问,更是难答。周勃支吾了几句,竟答非所问:"这个,天下已有数年无灾……"便说不下去。心中一急,顿时冷汗直流,浥湿了脊背一片。

文帝见周勃的样子,知他从未用过心思,便轻蔑一笑,转头又去问陈平:"右相不知,左相当知。"

陈平又哪里知道,只得硬起头皮,跨步出列,双手一拱,迟疑了片刻。文帝也不多言,只直直盯住陈平,等他下文。

陈平心中不知转了几百个弯,忽生出急智来,朗声答道:"此二事,各有主掌。"

"哦?由何人主掌?"

"陛下既问断狱,可召问廷尉;问钱谷,则可召问治粟内史。"

文帝便忽地起身,负手于后,勃然作色道:"哼,各有主掌!若是如此,陈平君,你所主掌,究竟是何事?"

陈平见势不妙,连忙伏地,叩了几个响头道:"天下事,千头万绪,一人如何能尽知?陛下不知臣驽钝,命我坐了丞相之位。丞相者,上佐天子理阴阳、顺四时,下抚草野万物,外镇四夷诸侯,使公卿各得其职。臣之主掌,确是紧要得很呢!"

文帝凝神听罢,容色渐缓,含笑道:"答得好!朕知道了。到底是三朝元老,调理阴阳事,便交付于你一人吧,朕可高枕无忧了。"

文帝话音甫落,便有满堂笑声腾起,将方才尴尬掩了过去。文帝想想再无事,便挥袖教诸臣都散了。

周勃顿觉大惭,低下头去,匆匆而出。行至宫门外,恰与陈平走在一处,便出言埋怨道:"陈平君,何不事先教我?"

陈平面露诧异,继之笑道:"政事乱如麻,一日之内如何教得会?绛侯居其位,却如何不知其职?今日陛下问决狱、钱谷,右丞相若不知,还有几人能知?若陛下问起长安惯盗有几多,各在何处闾巷,你又将如何作答?"

一番话,说得周勃默然无语,摆了摆手,便登车返家。回到邸中坐下,思来想去,叹了口气,心知不如陈平远矣,便萌生去意。

当日后晌,恰有陆贾叩门来访,周勃连忙迎入。落座后,周勃便问:"陆夫子一向可还清闲?"

陆贾拱手道:"如今也不清闲了。奉陛下之旨,与两位国舅交游,时时要来长安,住几日便走。"

提起那窦氏兄弟,周勃不以为意道:"那两个贩夫之辈,何用陆公亲授? 教他们些诗文,又有何用?"

"绛侯,凡事有其端绪,不可只问有用无用。今上不封两位舅兄,却命我常与之交游,这一番用心,老夫倒是佩服得紧啊!"

"哈哈,甚么用心? 还不是天子重外戚,预为打算,来日好封侯罢了。"

"依老夫看,丞相这般见识,就远不如今上了。"

"这……这是如何说呢?"

"我看新帝内敛,深谙轻重之别,必不会倚重外戚。"

"哦? 倘是如此,那倒还是有些韬略。"

陆贾就笑:"古来坐庙堂的,只需坐上,便都有了韬略。"

周勃闻此言,忍不住哈哈大笑。

一番寒暄毕,周勃忽又想起文帝不喜不愠的脸色,便连连叹息。陆贾好生奇怪,忙问道:"绛侯位极人臣,莫非也有难处吗?"

周勃便将文帝当众发难之事说了,陆贾只是拈须微笑,不置一词。

周勃便有些急:"夫子,你不言不语,竟是无话可说么? 我这里唉声叹气的,你怎能看笑话?"

陆贾便拱手一拜,正色道:"如今天子,行事深藏不露,你我老臣,不要大意才好。"

周勃便一惊:"闻君之意,周某竟是将有祸事了?"

陆贾闭目想了想,才道:"绛侯这府邸,老夫来过多次。记得初登门时,只觉摆设样样新奇,看得老夫眼花。然则看过几回,今日复观之,却心生厌倦,只觉平淡无奇。绛侯可知是何道理?"

周勃笑道:"夫子所言,人之常情也。常年之物,看多了,自然生厌。夫子既是不耐,我明日换新的便是。"

"绛侯说得极是。老夫以为,新君看老臣,也是同样道理。"

"哦? 新君即位,连朝堂上所立之人,也须都是新的?"

"正是。丞相往日诛诸吕，立代王，威震天下，居功为首。然古人云'功高遭忌'，此中道理，无可言喻。足下若贪恋权位，事便难说了，祸事亦恐将不远！"

周勃便呆住，瞠目良久，想想文帝数月来的冷面孔，更觉心灰意懒，只叹道："夫子看得准，新君即位，老臣便难做，我这粗人，比陈平不知少了多少心窍，吃一万条藕也不济事，早该退隐了。"

陆贾便劝道："绛侯言重了，新君喜怒难测，但总要顾及朝议，你今日自请引退，今上总不至加罪于你。朝堂险恶，你免官归家便是，自沛县起兵以来，好在保全了性命，总还强过韩信、彭越那一干人。"

周勃浑身一震，大为动容，拍案道："唯夫子知我！舞刀弄枪不在话下，计较这类精细事，却不是我这等人做得来的。"

数日之后，周勃果然递上奏本，称病请辞，欲归还相印。

时逢朝会，文帝看过奏本，便对周勃温言道："绛侯以武人从政，劳心费力，实为不易。朕今日也只得体谅，就准了你吧，且去养心。"

周勃知事不可挽，叹了一声道："微臣心眼拙，养也无益，只能吃酒消遣罢了。朝中诸事，概由陈平打理，最为相宜。"

文帝望望陈平，一笑："朕也要多向陈平讨教哩。"

陈平脸便红了红，忙谦辞道："臣之才，得之旁门，非堂堂正正，为正道所不容。谋攻伐敌尚可，治天下则未免轻浮。臣虽侥幸无事，而子孙如何，却是难以揣想，恳请陛下另择贤才。"

文帝摆摆手笑道："而今老臣凋零，何人可与君比肩？君之心窍，堪比鬼谷先生，用以治平，我看足矣。"

君臣间至此既已言明，都觉释然。当日朝会毕，文帝便有诏下：擢陈平为右丞相，总揽朝政。周勃免官归家，自去将养。

如此，前元元年不知不觉便已过半。至秋，谷禾大熟，百姓欣喜，勋臣们也都不再心疑。文帝知朝中事已无虞，心头也就不再发虚，独坐时，常打量汉家山河舆图，思虑边事。渐渐看出来:那桀骜不驯的南越国,倒是一块心病了。若不早除,必成汉家大患。于是,便召陈平、张武来商议。

张武应召而来,闻听是议南越事,心中便惴惴,对文帝道:"臣胆略不及宋昌,陛下谋四海事,可召宋昌来问计。"

文帝便笑:"宋昌胆壮,公则性素谨慎。事急时问宋昌,足可绝处逢生。如今世事承平,谋虑必周全,有事还须召问张公,这有何不可?"

陈平在旁附和道:"张公起自郡县吏,见多识广,就不必谦虚了。"

这日,恰是秋意初起时,庭中已隐隐有桂子香气。文帝一时兴起,便携了陈平、张武,三人来至灵惜亭上,坐望太液池,一面就议起南越事来。

原来,那南越王赵佗,本在高帝时已归服,称臣通使,与诸侯王一般无二。却不料经吕后一朝,此时却又叛离,竟然称起帝来,据地万里,与汉家相抗,俨然是近邻一大敌国了。

事之缘起,乃因吕后对刘氏子弟残暴,哄传于海外。赵佗便不服,屡有讥诮。赵佗既有此意,其臣属必甚之,那南越国兵民,便也对汉家轻蔑起来。

时汉家有长沙将军陈始,为南边镇守之将。此人乃是芒砀山功臣之子,袭父爵,为博阳侯,与长沙王吴右年纪相仿,正值而立之年,气盛到天地亦难容下。两人便商议,欲启边衅而建不世之功。随后,五岭交界处,两边兵马便屡起纷争,闹得不可开交。

消息传至朝中,正是吕产为相,便召集九卿合议此事。有朝臣献计,请禁南越关口铁器交易,给赵佗一些颜色看看,勿以为吕太后好欺。

吕产闻此计,颇以为然,便奏请吕后。吕后听了赵佗事,亦大怒,当下就准了,号令封禁南越国横浦、阳山、湟谿三大关口,禁铁器买卖,连一柄铁铲也不得过关。马牛羊等畜物可交易,然只可卖与越人公畜,不可卖母畜。

那南越关铁器一断,偌大南越国,不单剑戟不能更新,连民间所用铁锅,也难以为继了。至于马牛羊之畜,更无从繁殖。

赵佗闻报,拍案而起,骂道:"雌鸡亦欲凌空乎!高皇帝立我为王,通使通商,不是好吗？吕后听信谗言，竟将我视为蛮夷，禁绝铁器，欲使我南越人茹毛穴居，以石锅煮饭乎？真真岂有此理！"

此时丞相吕嘉在侧，当即进言道："此必是长沙王所献诡计。"

赵佗双目圆睁，大怒道："那长沙王，是何鸟种！老王吴芮一薨，留下一窝废才，如今传了几代了？是哪个竖子在位？"

"回大王，当今长沙王，乃老王的第四代孙，名唤吴右。于吕后元年袭位，在位已八年。袭位之时，吕后对他颇有笼络，那吴右便骄横起来，勾结博阳侯陈始，阴有吞并我南海郡之心。欲使南越之土，尽归入长沙国，两国由他一人为王，欲凭借此功，在汉家自重身价。"

"竖子！羽毛尚无几根，竟做起飞仙大梦来……你所探消息，究竟实也不实？"

"老臣为国相，岂敢妄言？我南越之眼线，已遍布长沙国上下。据报，汉家禁铁令，即是那吴右以重金贿赂朝臣，向吕氏进了谗言。"

"哼，宫中长成小儿，欺到孤王头上来了。吴氏这些子孙，便是一齐来攻，我又有何惧！"

"大王，臣以为，兵衅不可轻开。"

"丞相，你这是如何说话？若是汉大军南下，孤王或可迟疑；那长沙王吴右，不过一乳臭小儿，便要我俯首就范吗？"

"战端一开，两国交兵不止，必牵动大局，恐致南岭遭数十年动荡。事若至不测，便是得不偿失呀！"

"你太高看那小儿了！他虽背倚中国，又怎能奈何得了我？我又不欲夺吕后天下，只不过赚他几座城、斩他几员将，教那汉家君臣，也识得我赵某手段。"

次日，南越群臣上朝，闻主上欲与汉家动干戈，便有人上奏：北地之人盛传，吕后已焚毁赵氏父母墓庐，又尽诛了赵氏兄弟全族。

赵佗闻之，愈加怒不可遏，以汉家为不共戴天之敌。遂不听吕嘉谏阻，自上尊号为"南武帝"，发兵五万，急攻长沙国边境。

南越自立国以来，虽未有过大战，然历经数十年养蓄，倒也兵精马壮。大军源源开出阳山关,一入汉境,便声威大震。

那边厢长沙王吴右,从未有过历练,志大而才疏;将军陈始亦不相上下,徒有骄气。平日里,二人有心攻灭赵佗,却料不到赵佗会前来犯境,顿时慌了手脚。只得飞报长安告急,一面严令各城邑,集合军民,守境自保。

赵佗见长沙王怯战,大笑数声,遂下令挥兵猛进。数日,即连破数邑,纵兵大掠。千里长沙,一时狼烟四起,兵民皆惶恐不已。

吕后得报,也是吃了一惊,与吕产、吕禄商议数日,决意发兵一支入南越,趁机灭了这个前朝余孽了事。当即拜隆虑侯周灶为将军,领军十万南下,誓要扫平南越。

岂知那赵佗全然不惧,他有胆量攻中原,自是有所依恃。原来,那南越北边,有五岭阻隔,奇险异常,可当百万之兵。当地天气又溽湿,瘴疠横行。北兵贸然南来,即是落入了陷阱,不用对阵,先就输了一大半。当年秦始皇发兵征越,也曾喋血折兵,后数度换将,方才略定全境。赵佗那时为秦军校尉,身历其事,知粤地山川可恃,因此全不惧汉军南下。闻听周灶大军逼近,冷笑一声,便下令全军退入阳山关,只凭着山壑与汉军对垒。

那汉军也久未历战阵,本就气不壮。一入瘴疠之地,又恰逢天气大暑,军中疫病四起,苦不堪言,莫说破关杀敌,便是活下来亦属不易。于是兵士哗乱,皆不听命。

那隆虑侯周灶,倒也并非无名之辈,乃是芒砀山刑徒中的一条好汉,随刘邦举义。至垓下之战,已升至长铍①都尉,奉命穷追项羽至乌江,战功甚大。然此时陷于瘴疠之地,亦是无计可施,只得屯兵于阳山关下,徘徊不进,蹉跎竟有年余。

赵佗与汉军僵持久了,心中不耐烦,遂起草书信一封,欲与汉家罢战,唯向汉家求索真定胞弟,并求罢免长沙将军陈始等。信写罢,即命军卒以强弩射至汉营。周灶拾了书信,急忙遣人送至长安,然朝中诸吕看了,却无片言回复。

---

① 铍（pí）,以短剑安装于长柄之上,后世曰"枪"。

直至吕后驾崩，诸吕被诛，周勃、陈平才上奏文帝，力请罢兵。周灶接到退兵令，如蒙大赦，慌忙率了疲病之兵，拔营而去。

赵佗在关上见了，大笑道："秦虽亡于泗水亭长，然汉家又如何？亦奈何不得我一个秦县令！"遂命军卒大声鼓噪，敲锣戏弄，极尽嘲讽之能事。

汉军退去后，赵佗将那掠得的财宝，馈赠闽越、西瓯两国，又以兵威恫吓之，诱使两国及骆越一齐背汉，甘为属国。自此，南越国东西横越万里，气象非凡。赵佗不单临朝称制，连那出入乘舆，也竖起了黄屋左纛①，公然与汉家相抗。汉与南越，就此势成水火。

这日，在灵惜亭上，文帝君臣三人议起往事，都不胜叹惋。

文帝指了指太液池道："二位看这亭下，一池秋水，端的是水平如镜。然不可有一丝惊风飙起，若稍有风起，便破碎无以收拾。须知，边事亦如此。朕今有意，遣使往四夷宣谕：朕本诸侯，自代地入承大统，欲以盛德施天下，对藩属并无恶意。愿和辑万邦，同享太平。我以此诚心待藩邦，料那藩邦也必不生疑。"

陈平赞道："好！如此宣谕，海内必服。"

文帝又问两人道："今赵佗不服，可出兵征讨吗？"

陈平与张武对视一眼，皆面露苦笑。张武遂道："十万兵马征南，无功而返，事不可再。想那南越，实也无力侵掠中原；他称帝，乃是憎恶吕氏之故。而今汉家百废待兴，于藩属还是以抚为上。臣以为：征南越而成事者，古来罕有。秦始皇尚且勉强，我朝则万不可心存侥幸。"

陈平亦道："张公明见。赵佗既无大志，我征讨又无胜算，再征又有何益？料他只不过想争一时意气，朝廷若以好言宣慰，定能收服。"

文帝又问："先帝在时，赵佗心悦诚服，如何吕太后当政时，他偏就与长沙王纠缠不清？"

---

① 黄屋左纛，汉代皇帝乘舆之饰物。黄屋，即黄色车盖。左纛，以牦牛尾或雉尾制成，设在车衡左边。

陈平答道:"此事乃阴差阳错,臣略知一二。先帝封吴芮为长沙王,原是封了长沙、豫章、象郡、桂林、南海五郡。赵佗称王之后,占有其中三郡。他先自心中有愧,便疑心长沙国要夺回这三郡。两国龃龉,便源于此。"

"这个赵佗,到底还是心虚。"

"吕太后称制,赵佗曾遣南越内史、中尉、御史三次来朝,欲加申辩,然吕太后只是不理。"

"哦?那吕太后打理藩属事,颇有方略,待南越国何至于此?"

"或因吕禄、吕产操纵其间,也未可知。昔日朝政紊乱,不可究了;而今诸事,当一改旧弊。臣以为,陛下今欲收服南越国,正当其时也。"

文帝便颔首微笑:"两爱卿已明朕意,那便好。那赵佗昔时,曾有书信交周灶带回,我昨日翻检,知其亦有求和意,我为上国,不妨应之。真定那地方,尚有赵佗祖墓,高帝时已修葺,今可再翻新,起造墓邑以守之。他有兄弟在汉地,都召来长安,委以尊官,厚赐以宠之,并下令罢陈始长沙将军。如此,赵佗闻之,必也以诚心报我。"

陈平、张武两人面露欣喜,都拱手称道:"善!"

"那么,丞相请举荐一人,为朕出使南越,宣谕笼络之意。"

陈平略一思索,脱口便道:"此事,非陆贾先生不可。先帝在时,陆贾曾杯酒赚得南越国来归,今日不妨再试之。"

多年前陆贾使粤时,文帝尚年幼,仅略有耳闻。此时陈平提起,文帝并无异议,却也担忧道:"陆贾出使,当是不至无功,然赵佗公然称帝犯边,已与中国不两立,老夫子此去,若有万一,岂非大险?"

陈平道:"犯险涉难,方挽得回南岭,舍此别无他途。"

张武亦道:"以一人之险,换得百代安宁,谅陆贾先生必不会推辞。"

文帝颔首道:"然。陆贾长者也,无愧国之重器,定不负朕意。"

君臣议到此,胸中都觉豁然开朗。文帝四望片刻,但见水色潋滟,亭台有如仙境,掩映于绿丛中,不禁就慨叹道:"朕生也晚,不及前辈阅历多。想那刀山血海之时,汉家君臣所盼望,便是这半日的安宁吧?"

一句话,说得陈平动容,忙答道:"老臣彼时,唯求生还,岂敢做此等好梦?"

"话也正是如此。你我君臣在此亭上,虽是只言片语,却是关乎子孙万代事,能不战战兢兢? 你二人,今后万不可消沉度日。"

陈平、张武闻言,都不免失色,忙伏地叩首,连连称是。

越日,文帝宣召陆贾面谕。待陆贾上殿时,文帝起身,疾行数步相迎,恭恭谨谨道:"先生隐居九峻山,多年韬晦,今日见之,倒是更旺健了! 汉家元勋,今日已无多,有幸见先生来,后辈心安得很。"

陆贾行毕大礼,应道:"臣实不敢卖老! 昔年因无功,方得幸存。今虽残朽,仍愿为王前驱。"

文帝便赐座,笑赞道:"朕幼年时便知,先生曾使粤,片言赚得赵佗万里之地,真乃神人也!"

陆贾便仰头笑道:"民间所传,未免溢美。老夫固然有巧舌,然则,若无先帝天威,哪里能说得动赵佗?"

一番说笑毕,文帝便正色道:"今召先生来,乃有大事相托,关乎万代边陲宁靖,望先生勿辞。"

陆贾便敛容道:"唯陛下之命是从。"

"那赵佗,因吕氏乱政,今复叛去,拟请先生携朕亲笔信一封,再使南越国,宣谕盛德,劝说赵佗来归。"

陆贾闻之,略显惊愕,忽就迟疑起来。

文帝见状,忙道:"赵佗擅自称帝,与我相抗,南岭已成险地,朕亦为此颇费踌躇。然年前南征,用兵不利,今又无力再征,故出此下策,令先生为难了。"

陆贾犹豫片刻,忽然伏地一拜,慨然道:"愿从命! 臣虽老朽,筋骨尚健,那南越国丘壑虽险,我则视之若平地也。"

"夫子,赵佗喜怒无常,此去或有不测……"

"区区南越,怒又何妨? 他见臣敢一人前往,便知汉家并非怯战!"

文帝大喜，便取出写好的亲笔信，交给陆贾，又叮嘱道："此信，乃朕苦思三日，斟酌而成。令先生见笑了，可否代为润色？"

陆贾展卷，细读了一遍，神色便显肃然。复又读一遍，不禁抚膝叹道："陛下好文章，臣岂能更易一字！携此信，老臣足可以说得那赵佗回头。"

文帝便拱手一拜："先生既已受命，朕便有谕。"说毕，即起身离座。

陆贾连忙也立起，躬身听命。

文帝正了正衣冠，振声道："今加陆贾为太中大夫，授金印紫绶，为朝使，携朕亲笔赐书一封及赐物，往南越国说服赵佗。另遣一谒者为副使，伺候途中起居。朕已飞檄长沙国及沿途郡县，一路照应，勿使先生劳累。今日使命，福泽千秋，唯望先生途中保重。"

陆贾闻罢谕旨，老泪纵横，长揖答道："陛下即便不言，臣也知轻重。来日且听老臣复命。"

文帝遂亲送陆贾至阶下，依依惜别，目送其远去。但见陆贾白发皤然，飘逸若步云之仙，不觉感慨良久。

陆贾这一路上，因郡县迎送周到，且天气已转凉，倒也不大辛苦。至长沙国境内，长沙王吴右率众属官郊迎，备极恭谨。

见了陆贾，吴右满面羞惭，请罪道："孤王年少，遇事不知转圜，给朝廷惹了祸。"

陆贾看看吴右，不由想到天下异姓王，除南藩之外，已诛杀尽净，唯余此一姓，便不忍责备，只道："长沙王不必自责。边事安否，非人力所能及也。只是……先王拓土，实是九死一生，方得这一隅。封疆之主任事，不可不记取前代事。既然说守土有责，守住便是大功；舍此而外，别无奇功！"

吴右听出陆贾有责备意，不禁愧悔满面，连连揖道："先生数语，令孤王无地自容。此误，险些误了大事，有劳先生犯险出使，我心难安。"

陆贾挥挥袖笑道："哪里话。老臣今往粤地，自知那赵佗分量，必定无事。"说罢，又瞟了一眼在旁的陈始，冷冷道："博阳侯好英武！令尊起自芒砀，与老夫相熟，当年也不过你这般年纪，却是从不多事。"

　　一句话,说得陈始大惭,慌忙伏地,连连请罪不已。

　　且说陆贾车驾出了长沙,颠簸于险峻山道上,历经半月余,翻过九嶷山、越城岭,终来至阳山关下。

　　那阳山关,依山崖而建。其山色赭红,似火烧而成。壁立千尺如斧凿,真是傍马头而起,直上云霄。不要说攻破,即是平常攀缘,也是不能。

　　随行谒者乍见此奇景,仰之愕然,脱口道:"嚯矣!无怪我征南兵马,无功而返。"

　　陆贾笑笑,凭车轼观之,悠然道:"且看老夫手段吧。"

　　那南越国境内,得了斥候探报,早已有人在此守候。待关口大门一开,便有赵佗所遣使者,持节出来,将汉使一行迎入,一路护送向南。

　　后又驰驱旬日,来至番禺城北门外,见南越国丞相吕嘉,正率左右恭迎于城下。吕嘉迎住陆贾,略一施礼,满脸笑意道:"先生别来无恙乎?吾主闻听先生将至,朝思暮想,常叹曰:'又得见故人矣!'"

　　陆贾却无一丝笑意,亦不还礼,只冷冷打量吕嘉一眼,语含讥诮道:"吕丞相老臣,倒是未曾昏头;只不知南越王此时,是否还在梦中?"

　　吕嘉闻其言不善,不由就一凛,忙敛容道:"我君臣盼先生久矣。"遂命左右鸣响鼓号,以大礼将陆贾迎进越王宫。

　　这越王宫,比陆贾前次来时,又新造了许多宫殿,均为石砌,巍峨连绵,其名一概仿照长安宫殿。吕嘉引陆贾入魏阙,赴"未央宫"谒见。

　　不料才进宫门,便见一对石麒麟之后,有两排郎卫,执戟肃立,面露隐隐杀气。见陆贾至,立时挺戟交搭,有如长廊。吕嘉便向前一抬手道:"先生请。"

　　陆贾随他手望去,便是一惊:只见那陛路尽头处,正摆着一个汤镬!

　　随行副使见了,面色即惨白,急呼道:"先生!"

　　陆贾转头怒视副使,低声道:"足下胆量,尚不如一秦舞阳乎?"叱罢,即昂首前行,至滚沸汤镬旁,视若无睹,绕行而至殿前停步。

　　吕嘉连忙跟上,见陆贾镇定如常,心中也暗自吃惊,忙唤谒者通报。

此时,赵佗头戴十二冕旒,身披越人袍服,正自在龙椅上高坐。谒者上前,通报陆贾已至,赵佗目不下视,只略一颔首道:"宣上来吧。"

大行官闻令,便是一声呼喝:"汉使陆贾,谒见武帝——"殿上一众谒者,顿时都齐声附和。

陆贾便一撩衣襟,大步上殿,略略一揖道:"汉太中大夫陆贾,万里南下,来拜见故人。"

话音甫落,满堂皆惊,吕嘉不禁大怒:"汉使无礼!"

殿上宦者闻声,立时怒视陆贾,只待一声令下,便要拿人。

那赵佗也是一惊,仔细看去,见陆贾旁若无人,似笑非笑,自己先就忍不住了,跳将起来,抢上前几步,执陆贾之手大笑道:"不错,故人,正是故人!自高帝十一年别后,竟是十九年了,我是无日不思老夫子……"

"老臣亦是日夜思之。"

"朕已老矣,夫子却仍不老。想那隐居所在,必是一个神仙地。"

"哪里!老夫守拙,十九年无甚长进;足下倒是若隔世之人了。昔日臣来,曾领略大王风采;今日见之,竟是冠冕殊异,令老夫不知该如何叙旧了。"

吕嘉在侧道:"陆大夫岂能不知,吾主今号'武帝',已为南越天子了。"

陆贾便佯作惊讶,连连揖道:"料想不到,天不变,道亦不变,唯足下变了。老臣这里,贺足下已然胜过天道!"

赵佗闻言,仰头大笑道:"先生又来逞辩才了,我南越君臣,哪里是你的对手?来来,坐下说话。"

两人便分宾主坐好,赵佗一拱手道:"久未闻大雅,不觉又是多年,今日愿闻先生赐教。"

陆贾便道:"今来,臣并无一语,唯携一篇文章来,请大王过目。"

赵佗略显诧异:"哦?是先生手笔?"

陆贾笑道:"非也,然远胜老臣文采。"说罢,便从袖中取出文帝信来,恭谨呈上。

赵佗忙接过来看。刚看了数行,不禁就神情肃然,抬头问道:"这一封皇帝赐书,莫非陈平所拟?"

"大王请细读,此乃天子亲笔,他人未添一字。"

"汉天子文采,竟是如此了得?"

"正是。老夫到这把年纪,已无须作虚言。"

赵佗便又屏息阅看,读罢再读,如是再三。只见那信中写道:

　　皇帝谨问南越王,王在粤地,甚苦心劳意。朕乃高皇帝侧室之子,奉北藩于代,路途辽远,耳目壅蔽,从未曾致书与大王。

　　高皇帝宾天,孝惠皇帝即位,高后临朝称制,不幸有疾,日渐深重。以其故,行事悖暴,诸吕趁机乱法,乃取外姓之子为孝惠皇帝后嗣,朝纲遂乱。幸赖宗庙之灵、功臣之力,尽诛诸吕已毕。朕以王侯官吏拥戴之故,不得不立为新帝。今即位,闻昔日大王曾与将军隆虑侯书信一封,求送还胞弟,并请罢长沙将军。朕应大王书信所求,罢将军博阳侯等。大王胞弟在真定者,已遣人问候,并修治大王先人冢,以示诚意。

　　前日闻大王发兵于两国边,为寇灾不止。当其时,长沙国苦之,南海郡尤甚。虽大王之国,又能独得利乎?两相交恶,必多杀士卒,伤及良将良吏,使人之妻寡、人之子孤,使人父母丧子而独居。得一亡十,朕不忍为也。

　　…………

赵佗放下赐书,沉思良久,方叹道:"汉天子待我,如兄弟也。"

陆贾狡黠一笑:"兄弟之邦,便以鼎镬待客吗?"

赵佗这才想起,不由大惭,急唤吕嘉道:"撤去,撤去!"又轻声对陆贾道,"夫子请随我往偏殿说话。"

至偏殿,赵佗屏退左右,与陆贾相对而坐,取下冕旒,神色颇不安:"汉丞相周勃,可是在谋划对我用兵?"

"哪里话。绛侯已罢相,今汉丞相乃是陈平。"

"哦。"赵佗松了口气，又问道，"如此说来，汉天子并无征南之意？"

"既为兄弟，何用干戈。老夫远涉万里，即是为和辑而来。"

赵佗拱手一拜，语气恳切道："既如此，我便对大夫道出实情。吕氏在时，我亦有苦衷，音信隔绝，民间纷传，说汉家已尽诛我兄弟，不由人不信。今阅天子赐书，方知真伪。天子书信，起首便言'朕乃高皇帝侧室之子'，便是撇清了与吕太后干系，我岂能看不出？吕氏既灭，我心病亦消。汉家与我，兄弟相残，确是无益之事。"

"大王初衷未改，老臣甚欣慰。昨日种种事，可否挥袖拂去？"

"这有何难？我赵佗，是何许人也？本为燕赵之士，今衣冠虽从越俗，心仍属故土，数十年来，以诗书化国俗，犹念中国。虽有甲兵百万，又岂能忍心与汉家为敌？"

"此话，老臣深信不疑。足下既知礼，朝廷亦必不弃足下。"

"况且以弱攻强，岂非自寻死？若是汉家遣灌婴南来，半月便可下番禺，逐我于海上。天子今遣老夫子来，显是不欲杀我，我岂能不知？"

陆贾面露微笑道："足下既有此意，何不去帝号，重归汉家？"

"我也正有此意，请容我回书一封，有劳夫子携回。赵佗究系中国人，流落南岭，不得归乡，不得已而为蛮夷长老，实无心与朝廷为敌。今番得天子垂爱，愿世代为藩臣，进奉朝贡。"

"这封回书，不可草率，须字斟句酌才好。"

"那是自然。我虽莽夫，早先也曾亲拟军书。今日提笔，要写一篇妙文出来，供夫子一笑。"

"老夫此来，上命甚急，待大王回书写好，便要告辞了。"

"岂可如此急切？夫子既来，便不要匆忙，你我仍如当年，煮酒论世，醉个几昼夜再说。"

陆贾连忙拜道："我迟几日归，倒不妨事。然老臣若早一日返归，南越便早一日得安，确是耽搁不得了。"

赵佗望住陆贾，慨叹道："夫子两次南来，竟是两次救我。今番别去，只不知可还有重逢之日……"言未毕，竟有数行泪落，沾湿衣襟。

陆贾摆摆手，也几欲泣下，不忍再说半句了。

后数日，赵佗白昼与陆贾饮酒闲话，夜来便闭门苦思，草拟回复皇帝书。

两日后，赵佗有诏令下，颁至南越国各地，曰："吾闻两雄不俱立、两贤不并世。汉皇帝乃贤天子，自今以后，孤王除去黄屋左纛，永世归服中国。"

此令一出，越王宫内外皆震动，吕嘉急忙求见赵佗，面奏道："诏令一出，官民心甚不安。陛下十数年称制，上下皆习，骤然改之，恐为不便。"

赵佗微微一笑，拂袖道："陆老夫子尚未走，此事勿再多言。"

吕嘉一怔，旋即会意，便一揖退下了。

又过了两日，赵佗请陆贾到"曲流石渠"饮酒。陆贾来至渠边凉亭，四下望望，见城南不远处，便是浩茫南海，便赞道："好个观景之处！南越王宫景色，真乃仙境，老臣生平从未见过。"

赵佗便笑："小邦唯有小趣，不足道哉。"

越王宫中那曲流石渠，系凿石砌成，依地势回环蜿蜒，如龙蟠地面。渠底以卵石铺就，水流过，可闻潺潺之声，如丝竹之妙。有那曲流回水处，则水声大作，淙淙作响，又似笙箫齐奏，令人惊喜。坐于芭蕉浓荫之下，闻此声，恰是天籁。

陆贾听了片刻，心旷神怡，向赵佗连连揖谢："大王在南国，享得好福！"

赵佗便从袖中摸出一卷缣帛来，神态恭谨道："此乃我草拟回书，令先生见笑了。孤王多年不执笔，堪堪苦熬了好几夜呢。"

陆贾接过，展卷来看，只见回书写道：

蛮夷大长老、臣赵佗再拜上书皇帝陛下：

　　高皇帝幸赐臣赵佗国玺，立为南越王，用为外臣，时纳贡职。孝惠皇帝即位，义不忍绝，又赐老夫恩宠厚甚。高皇后自临朝用事，近小人，信谗臣，视我为蛮夷，出令曰：'禁售予蛮夷外粤金铁田器。马、牛、羊可售，母畜则禁。'老夫地处偏僻，马、牛、羊齿不继，国之祭祀不修。臣曾命吾之内史、中尉、御史三度入朝，携书信呈皇帝谢罪，皆无回音。又风闻父母坟墓已平毁，兄弟宗族已被诛杀。南越之吏，纷纷谏议曰：'今内附不得，不如自立。'故更号为帝。自帝其国，非敢有害于天下也。高皇后闻之大怒，削去南越之籍，互不通使。老夫窃疑长沙王进谗，故敢发兵以伐其边。

且南方卑湿，蛮夷四布。西有西瓯，亦南面称王；东有闽越，亦称王；西北有长沙，亦称王。老夫故敢妄窃帝号，聊以自娱。老夫略定百邑之地，东西南北数千万里，带甲百万有余，然北面而臣服汉，何也？不敢背先人之故。老夫处粤四十九年，于今抱孙焉。然夙兴夜寐、寝不安席、食不甘味、目不视靡曼之色、耳不听钟鼓之音而寡欢者，皆因不得事汉也。今陛下哀怜臣赵佗，复我故号，通使如故，老夫死骨不腐，则名号永不敢为帝矣！谨托使者献白璧一双、翠鸟千羽、犀角十只、紫贝五百、桂蠹一器、生翠四十双、孔雀二双。

臣面北再拜，以此敬告皇帝陛下。

陆贾读毕，不禁击节赞道："大王好文章！好一个'寝不安席、食不甘味、目不视靡曼之色、耳不听钟鼓之音而寡欢者，皆因不得事汉也'。若是借文臣之手，绝写不出此等佳句。思乡之切，其声可闻。大王至诚，尺素之内可见，待老臣返京师，定如实禀明天子。"赞毕，忽就伏地，向赵佗恭恭敬敬三叩首。

赵佗连忙扶住，直唤道："夫子夫子，使不得！"

"大王，此非老臣之拜，乃为汉家君臣及百姓而拜。南岭归服，福泽万代，大王之功是要上史书的，连带老臣也可留名于后世了。"

赵佗连忙道："哪里。夫子两番劝说之功，才是要紧。我这里，特为夫子备了一份厚礼。"说着，便从怀中摸出一粒夜明珠来，其形之巨，世间罕有其匹。

陆贾吃了一惊："这是何等宝物？"

"此乃波斯国燧珠，乃胡商所献。置于室内，夜里可满室通明。"

陆贾连忙摆手拒道："前次出使，老臣之子尚未自立，大王所赠，已由犬子平分。今日再获赠，则是万万不敢。衰残之躯，苟活时日，受了这等奢靡物，岂不要折寿？"

见陆贾坚辞不受，赵佗也只得作罢，便道："夫子高节，孤王甚是感佩。也罢！

宝珠不受,寻常程仪总要拿些,不然于礼不合了。夫子南来一趟不易,孤王还有一惜别之礼,料想夫子定能欣然受之。你这便与我同行,乘马出宫去。"说罢,便唤涓人牵马过来,仅带数名宦者,出了宫去。

赵佗率众驰驱于途,路人亦不知是国君出行,只道是官家人行路。百姓中有避让者,亦有遥遥施礼者。

陆贾见了,大为惊奇:"大王不带护卫,便不怕刺客吗?"

赵佗笑道:"秦亡以来,我治粤二十七年,外无兵燹,内无苛捐,世道清平如水。百姓感恩尚且不及呢,还有何人想要害我?"

陆贾闻言,不禁感慨系之:"汉家百姓,怎有越人之福!"

不多时,一行人已经出了城门,驰上城东红花岗,驻马远眺。但见岗下平畴千里,绿禾万顷,中有田舍错落,绿树如盖。田间往来的越人,头戴斗笠,行色从容。

陆贾注视良久,悠然神往道:"果真是'日之夕矣,羊牛下来',今老朽亲见上古之风矣。"

赵佗便以鞭指岗下道:"孤王所领疆土,北至闽越,南接林邑,无一处不是此等景象。百越和辑,官民相安。虽不能上比三代之盛,亦是现世之蓬莱福地了。你我二人,既已相知,我这里就大言不惭了——秦末之时,天不遣我在中原,时也命也,孤王也只得认了。若不然,还不知鹿死谁手哩。"

陆贾大惊,正想该如何对答,却又听赵佗道:"夫子莫惊！今返长安,可禀告天子,这一片山河,便是我请夫子带回的大礼。"

陆贾这才释然,不禁会心一笑:"大王真乃豪雄！如此重礼,老夫怎生背负得动?"

赵佗大笑道:"自有九万里鹏,与你背负!"言毕,两人相对朗声大笑。

时有熏风吹过,声播四方。岗下农夫闻之,莫不抬头惊望。

四　新人当朝老臣黜

时过两月，正是入冬时节。文帝亲率近侍，于上林苑围猎，忽有宫中涓人来报："太中大夫已返归。"

闻此报，文帝不禁挥弓大喜："夫子如期返归，那赵佗，定是有好礼相赠！"于是急命罢猎，返回未央宫召见陆贾。

陆贾上得殿来，揖拜礼毕，便将出使始末向文帝禀明，又呈上赵佗回书。文帝阅过，略露惊异，遂问起赵佗及南越国种种，陆贾皆如实作答。说到南越物产丰饶、官民相安情形，文帝竟听得入神。

待陆贾言毕，文帝若有所失，慨叹一声："赵佗之才，吾不如也。"便起身踱步，环视陆贾携回的贡物。见那一群翠鸟、孔雀，羽毛华丽，斑斓陆离，不由就喜道："如今天下太平，真真是有凤来仪了。陆大夫此行，为汉家恢复南疆，居功至大，美名足以传世。先生年高，朕以后再也不敢叨扰了，此次即有厚赏。"

当日，陆贾复命已毕，领了赏赐，便向文帝告辞："边将若不邀功，南越便可保百年无事。那赵佗虽有枭雄气，到底不是越人，欲自立，一二代尚可，日久必为越人所困。故背倚中国，教化僻远，才是他自保之道。"

"嗯——，先生所见甚远。"

"老夫朽骨支离，确是无力再使粤了，唯愿陛下用心。"

文帝闻此语,至为动容:"闻先生教诲,朕心即有明光,即是百年之期,亦不敢忘!"说罢起身,送陆贾下殿,含泪执陆贾之手,再道保重,方依依揖别。

数日后,陆贾便拜别昔年同僚,返归好畤,重作空山云鹤,从此不复出,直至寿终正寝,此乃后话。

且说那南边事平,朝野皆知藩属已安,日后便是百年的承平了,故而无人不欢喜。长安闾里之繁盛,更甚于前。

未几,便是文帝前元二年(公元前 178 年)新岁,有四方诸侯来贺,车马辐辏,冠盖如云,一时倾动长安城,大大热闹了一番。

岂知新岁才过没几日,宫中灯彩尚未撤下,便有噩讯传入宫来:"陈平丞相薨了!"

文帝闻讯,大惊失色,不由就呆了,半晌未发一语。谒者在旁见了,忙提醒道:"百官已在端门外集齐,候陛下谕旨。"

却说那文帝发呆,乃是一则以喜、一则以忧。往日陈平等一班老臣为左右之辅,碍手碍脚,文帝总觉不自在;然今日陈平病殁,却又忽觉心里空落落的,不知今后何人可做宰辅。如此想着,便失神良久。

谒者见不是事,忙又咳嗽一声,文帝这才回过神来,急问道:"绛侯可在宫门外?"

"正是绛侯率百官齐集于外。"

"且宣他进来。"

少顷,周勃神色悲怆,跟跄上了殿来。文帝急忙立起,安慰道:"绛侯请节哀。陈丞相薨,朕也是六神无主,万望绛侯打起精神,率百官前往陈邸吊唁。"

周勃含泪道:"臣一莽夫,上苍不召去,却要将陈平召去!陈平与我,昔为同袍,又曾共诛诸吕,多年已情同手足,今日闻此噩讯,直不欲再活了……"

"绛侯,万不可如此!死生有命,终归于黄土。凡间人,做不得自己的主。今日百官都在瞩望,执宰不能自乱。我这里,已吩咐少府备了丧仪,也随绛侯前往陈邸吊问。"

"陛下想得周全！遵陛下旨意,老臣这便去。那陈平长子,名唤陈于贾,品行尚可,请陛下恩准袭封。"

"那是自然。陈平曾救先帝于白登山,又迎我入朝,功高盖世,当今更无第二人,其子袭封,当无疑……然朕常思之,侯门数百,只不知子孙能传几代？ 迄今,因子孙犯法,致侯门断绝的,怕是有十数家了。以此看,公卿豪门,还须严家教,方得久安。"

"陛下说得是,老臣今日便嘱陈平夫人,万不可纵容子孙。"

文帝遂向周勃一拜:"有绛侯等老臣在朝,凡事皆稳重,朕心甚慰。便有劳绛侯代朕,吊问陈平家小,妥为安抚。要教那朝野都知,朕是极敬老臣的。"

周勃拭了泪,诺了一声,便领命而退。率百官来至陈平家中,望灵而拜。那陈平夫人迎出,泪已几枯,站立不稳。周勃忙上前搀扶住,叮嘱了几句,特将文帝旨意转告,将那管束好子弟事,说了又说。

陈平夫人含泪应道:"蒙陛下如此看重,老身哪里敢疏忽。"

话虽如此,那豪门子弟恣意妄为,终不可改,连官府也忌惮三分。如此传两三代下去,便全无敬畏之心,似天下皆为侯门属地一般,焉有不犯法的?

且说那陈平后人,传至曾孙,名唤陈何,与乃祖不同,是个货真价实的好色之徒。有了浑家不算,见闾里妇人有姿色,便仗势强夺,掳回家中消受。

此事若做得周全,与那妇人两下里勾连好,哄住夫家,受害之主也只能忍气吞声。然陈何这竖子,累世侯门,骄横惯了,几近上门强抢。人家自然不服,告到官里,廷尉府责问下来,坐实了强抢民女之罪,竟遭弃市,砍了头,抛尸于街头。陈氏的侯门,也就到此中绝。祖宗功大,后代顽劣,汉家侯门这样的事,数不胜数,此处便不再多提了。

将陈平丧事料理好之后,文帝环顾朝中,老臣已凋零无几,忽又有些惝惝,觉得天下似是猛然空了,便想也没想,再命周勃任丞相,务求压住阵脚,免生意外。

周勃闻命,知文帝终究胆虚,还离不得老臣,心中便暗喜,嘴上却是推辞了一番。文帝再三揖请,周勃这才佯作慷慨道:"罢罢,当年随了高帝,也就拼却了平生,臣这条命,全是汉家的。蒙陛下不弃,老朽也只得勉力维持。"

如此,朝政倒也没有大波折。文帝理政,则更是谨慎了。

这日,文帝召见廷尉吴公,商议严禁侯门子弟作恶事。议罢,吴公见文帝闷闷不乐,不由问道:"陛下,今四海升平,民无愁苦,如何天子倒有了愁苦之相?"

文帝便应道:"吴公看对了!治天下,确是人间第一大苦事。诸般琐细,不敢有所疏漏,略有疏漏,满盘便是输。当年我为诸侯,也曾暗笑孝惠帝治国无方,如今坐了这龙庭,方知朕之心智,亦不足用矣!"

吴公见文帝道出肺腑之言,不禁动容,连忙拜道:"陛下英明天纵,朝野皆有口碑,决不至如此。当是陈丞相薨,政事一时无人担当,心急所致。臣之门下,倒有一奇才,少年聪慧,于天下事多有见解,臣万不及一,可为陛下顾问。"

文帝眼睛便一亮:"哦?吴公之贤能,为天下治平第一,竟也有私心佩服的人吗?"

"有。此人年少有为,不可小觑。"

"究是何等样小子,得吴公如此赞赏?"

"此人名唤贾谊,洛阳人氏,年方弱冠,饱读诸子百家,于经史无所不通,人皆称贾生。贾生曾师从张苍,张苍则为荀子再传弟子,可谓渊源有自。在老夫门下为宾客,遇大事,多有识见。老夫这治平第一的虚名,亦有贾谊几分功劳哩。"

文帝当即大喜:"想不到,吴公夹袋中,还有这等人物!如何不早说?明日,便宣他入朝,朕倒要好好问他。"

次日大寒,朔风凛冽,贾谊应召来至北阙外。文帝闻谒者通报,望了望窗外天气,便教人带往温室殿等候。自己则换了常服,命一少年宦者随行,缓缓踱往温室殿。

那殿中,涓人早已将地炕烧热,满室如春。贾谊已先至等候,正四下打量,猛见两人翩然而至,为首者气宇轩昂,便知是皇帝来了,忙起身揖道:"布衣贾谊,蒙陛下召见,不胜惶恐。"

文帝忙摆手笑道:"贾谊君,久闻大名了,便不必客气。今日也并非召见,无非是想听听君之高见。你虽年少，也不过如我兄弟般年纪，万勿拘君臣之礼。权当我也是书生，慕君之名，相邀一晤而已。"

贾谊闻言略一怔，忙又揖道："这如何敢当？陛下所理，乃天下万事，臣岂敢置喙？小子蒙吴公错爱，其举荐之辞，不免有所溢美，不足为凭。我读典籍，上至三代事，也仅是粗通，陛下如有垂询，臣当知无不言。"

文帝便拉住贾谊衣袖道："说不客套，却又说了这许多，来来，坐下细谈。"

两人分宾主坐下，文帝便唤小宦者点燃了香炉，缓缓道："今日，且作清雅之谈。观君之貌，清通洞达，朝堂上的俗套，请一概免去。譬如此处即是府上，我携一书童，登门叩访，任风雪肆虐于外，室内唯有静雅。"

贾谊望住文帝片刻，忍不住道："天子降尊，召见布衣……"

文帝便笑着截住："所谓天子，又有何不同？只不过百官都哄着一人罢了。不知外间闾里，究竟是如何议论我的？"

"这个……"

"但说无妨！"

"陛下宽仁，有口皆碑，然民间亦有议论，说陛下略逊雄才。"

文帝便拱手一拜，敛容道："贾谊君，召你来，正是要听这等真话。朕有自知，岂止是雄才，连大才也没有。朕生于太平年间，论弓马本领，游猎尚可，欲在万军之中取上将首级，只是奢念。依你之见，这太平时节，君王当如何一展雄才？"

贾谊便回道："始皇帝以来，世人所赞雄略之主，多有谬误，以为是杀人无算的才是。然回溯上古三代、唐尧虞舜，哪个圣君是有赖杀伐而立功德的？大凡明主，多以修身立于天下。士大夫修身，在于崇德；君主修身，则在于经略全局。有大器局者，开万世规模，这便是雄主。孔子曰：'修己以安百姓。'这即是说，以修身之道治天下，若谋划周密，布局得当，便能致政通人和，百姓安泰。即使居深宫不出，也可建莫大功德。"

"居深宫不出？如此，朕怎能知天下事？"

"帝辇一出，百官逢迎，陛下又怎能知真伪，还不是众人哄着一人？"

"那么,先生是说,为君之道,全在经略?"

贾谊闻文帝口称"先生",慌忙伏地,叩首道:"小臣为布衣,且年少,岂敢当'先生'之名?"

文帝便仰头大笑:"贾生才调,世所无匹,怎的当不了先生之名?君虽晚于我生,以学问论,仍是朕之先生。明日起,朕便加你为博士,可入朝堂议事,为我腹心。"

"谢陛下之恩,臣亦不敢辞,思有所得,必倾囊而出。臣以为:秦亡之鉴,在于不仁。治天下,所谓万年计,无非是施仁义、行仁政。仁政即是上下互爱——为上者,仁以爱民;为下者,则礼以尊君,又焉用戟戈森严以防民?君若不爱民,民便不附,这不是市井妇孺皆知的吗?可惜那商鞅、李斯辈,全不知这至简之理。陛下若能开仁政之先,与民以福,与民以财,后世万代君主,也不过步趋于后,总脱不了今日划定的规模。"

文帝心头一震,通身血热,不禁望了望贾谊。见他眉目清秀,看似单薄,然胸中韬略,却似取之不尽,心里便暗赞:果然是个异才!于是,便诚心施礼道:"君之所论,又胜于叔孙通礼治之说,恢宏无伦,可为汉家万世之计,朕已大略知晓。朕于入都之初,也曾想过,欲开万世楷模;然心驰万里,却跨不过门外一个土坎。说起来,做人君之难,与做大户之主也相差无几,吃穿用度,处处须苦心筹措;所用之人,也多不得力。久之,雄才大略之心也就淡了。"

贾谊便脱口而出:"天下既在陛下股掌中,可断然处之。"

文帝不禁肃然,正了正衣冠,拜道:"愿闻其详。"

贾谊正欲言,忽而就瞟了一眼小宦者。文帝会意,挥袖命那小宦者退下,对贾谊笑道:"先生可放胆直言了。"

"陛下,为君之道,在于正名。汉家已兴二十八年,混一海内,天下合洽。社稷之盛不输于殷周,如何仍奉前朝正朔,杂用秦之官制,沿袭秦之服色?"

"哦……此事为张苍所定。秦原为正统,汉家代之,仍承秦制,人心方能服,这有何不妥?"

"不然！秦代周而立，是以水德代火德；汉代秦而兴，则为土德代水德。五行既改，礼法亦应改。一则，服色应尚黄，弃秦之黑色；二则，应改正朔，定礼仪；三则，数目应以五为吉，车宽、马匹之数，用五而不用六；四则，官名应悉数更换，以兴我厚土之德。按上古之礼，五德相生相克，事关运祚，不可敷衍。陛下当顺应天意，重开规模，使我汉家堂堂正正立于世，后代也将念陛下之恩，奉陛下为一代圣君。"说到此，贾谊便从袖中摸出一卷简册来，恭恭敬敬呈上。

文帝展开来看，原是一卷《论定制度、兴礼乐疏》。大略看过，见条目甚清楚，其要旨，正是贾谊方才所言，便摇头道："如此变动，扰动四方官民，未免过甚。"

"欲为新政，便应处处更新。"

"然可否从缓？"

贾谊便向前移了移膝，恳切道："天下万民，为君主者仅一人；人生百年，有为之时仅十数年。陛下此时不为，更待何时？"

文帝低头默然，想了又想，方抬头道："贾谊君是崇儒的，必也知'中庸之为德也'……"

贾谊见文帝迟疑，不由得急切道："这个自然。陛下白璧微瑕，恰是惜乎有所不及！"

文帝便笑了笑："然此番举动，岂非又过乎？朝中老臣尚在，不容朕有半分闪失。正朔、服色，国之大事也，稍有举措，便倾动天下。如过于操切，恐生变乱，此事还是不议了吧！吾生不逢时，徒有大志，守牢基业已属不易，实担不起这等天意。贾谊君，可还另有见教？"

贾谊便一时失神，呆望着那袅袅香烟不语。

文帝面露微笑，轻声唤道："贾先生！"

贾谊这才回过神来，叹了一声："陛下礼贤下士，此番倾谈，或为亘古以来所仅有；然则，却是早了百年呀！"

"百年后之事，自有子孙操心；今日朝堂上诸事，还请先生指教。"

"朝堂事，陛下裁断自如，并非心无主见，只不过有老臣掣肘，不易伸展。此等枝蔓之弊,只须一道上谕,便可刈除尽净。"

"有这般容易?"

"当然,陛下可令列侯就国,不许留都中。列侯一旦分散,其势即弱,哪里还能作怪?"

文帝不觉心中一动,正欲赞同,忽又犹疑起来:"然……令列侯就国,所本为何?"

"春秋诸侯千余,各守其土,可有一个是在朝堂之上的? 陛下欲遣列侯出都,《尚书》《礼记》上有千条道理,不由他们不听命。"

"列侯就国,若在封国中聚众作乱,又如之奈何?"

贾谊便摆手道:"陛下,古今之势已不同。春秋诸侯,不单握有封国钱粮,且握有兵马,一国便是一个天下。今之列侯,并非诸侯王,既无兵卒,亦无僚属,仅享本邑赋税,不过略似一富家翁耳。登高一呼,其声威尚不如市井屠户,陛下有何惧之?"

"列侯皆为先帝从臣,如此逐出长安,岂非不仁?"

"孔子曰:'苟志于仁矣,无恶也。'若听凭列侯在都中掣肘,使政令不畅,百姓不安,那才是大不仁呢。"

文帝闻言,拍案赞道:"贾先生到底是犀利! 明日朕即下诏,令列侯各归其邑,不得留都中,以免尾大不掉。或有在朝为官者,也须遣长子就国。如此,拔去老臣根本,也免得做事碍手碍脚了。"

"臣别无长技,潜心十余年,无书不读,颇有领悟,胸中此类谋划,无日无之。今后随侍陛下,当逐日献策,不怕有一日掏空了。"

"如此甚好。朕主天下,苦于少谋,最憾身边无张良可倚。今与君闲谈半日,帷幄中便定了大事,真乃快哉! 来来,趁此好兴头,正当饮酒。"言毕,便高声唤宦者,去取一坛长沙醴酒来。

两人借着酒力,谈兴愈浓,直把那三坟五典、河图洛书聊了个遍。直至日暮,贾谊才起身告辞。

文帝笑道："且慢。"便命宦者取来一领白狐裘,亲手为贾谊披上,殷切道,"外面天寒,赠君一领白狐裘,此系先帝旧物,可挡风寒。"

贾谊不禁感激于衷,忙谢恩不止。

文帝将贾谊送出前殿,意犹未尽,慨然道:"先帝得张良,遂得天下;朕得贾生,必也能开万世之功。"

贾谊酒酣未消,便昂扬应道:"即便舜禹再生,为陛下献计,也不过如此。少年若无此雄略,岂非枉来这世上一场!"

两人相视,不禁朗声大笑,方再三揖礼作别。

次日,文帝果有诏下,曰:"朕闻古之诸侯,建国千余,各守其地,按时入贡,民不劳苦,上下欢欣,少有违德。今列侯多居长安,远离封邑,吏卒输运粮赋,分外劳苦。列侯亦无由教训子民。故而着令列侯就国,在朝为官及优诏挽留者,不在此列,然亦须遣太子就国。"

诏书一下,满朝哗然。周勃、灌婴等老臣面有愠色,只是不语。唯有典客冯敬跨出列来,力陈列侯居长安已多年,置业购田,联姻娶妇,已生了根,且枝蔓盘结。骤然之间遣出都,只恐多有不便,定要闹得坊间沸腾。

文帝便一笑:"迁居而已,何至于沸腾? 一月未成行,三月总可以;若三月不能成行,半年总是足用的。"

众臣见上意已决,犹豫之间,只得诺诺从命。又闻洛阳少年贾谊忽加为博士,参与朝议,便知这定是贾谊主张。待贾谊被宣上殿,竟是朝会上最年少一人,众臣皆侧目而视。

那贾谊春风得意,上殿谢了恩,向诸老臣揖了一揖,便昂然而立,眼睛也不斜一下。

此后一连数日,文帝又连下数诏,定于孟春正月,皇帝在籍田亲耕,以示劝农;并迭次变更律法,几乎三五日一新。

如此,老臣们更是心怀疑虑。每一新法出,必力谏其弊,纷言不可。每逢此际,文帝便以目视贾谊,贾谊则跨步出列,引经据典,侃侃而谈,必自三皇五帝说起,言新法顺天意、合民情之缘由。他博闻强记，辩才无碍，所言无不条理分明，难以辩驳。诸臣虽长于权谋，却疏于学问，哪里辩得过这新晋少年？

文帝见此，益发倚重贾谊，每每定夺时，皆以一语作结："贾博士既如此说，当无异议。"便挥袖命众臣散朝。

那周勃在朝堂领班，亦不作声，每奉诏命，必大声应诺。诸臣见此，也不便廷争，只得跟着拱手称诺而已。终有一日，谒者刚唱毕"罢朝"，周勃便喟然叹道："早知如此，当初多生小子便好！"

众臣会意，哄堂大笑。文帝见此情景，面露惊愕，心中大不悦，贾谊也不免一脸尴尬。

半月后，有东阳侯张相如，与典客冯敬相约，一同来至绛侯府邸，进门便嚷："竖子乍登朝堂，所言皆妄语。驱赶列侯就国，分明是要剪除老臣了。"

冯敬也附和道："小子猖獗，实不可忍。绛侯为老臣之首、国之重器，须有个主张才好。"

周勃忙将两人延入正堂，甫一落座，便道："两位是武人，肚囊浅，到底是耐不住。今日朝堂上那少年，赵括而已，慌甚么？"

张相如便一拜："张某随高帝起兵，大小百余战，功在汉家。昔在河间任太守，曾奋力击陈豨，险些丧命。如此舍命搏来的尊荣，竟不敌新晋小儿一语，实令人寒心。"

周勃一笑，便转向冯敬道："冯将军，你也是此意吗？"

冯敬回道："我投汉家虽迟，然亦有军功，不忍见功臣为小儿所欺。"

周勃有所触动，叹道："新天子即位，方及一年，便欲摒弃老臣。若是十年八年后，只不知这汉家，可否有老臣一寸土了！"

冯敬顿时怒道："某虽不才，然终究是名将之后，义无再辱。绛侯若不怪罪，下臣便遣人去刺死那小儿！"

周勃连忙摆手："使不得！当今廷尉吴公，乃是那小儿恩主。你若冒失，他定是掘地也要追查。只恐将军这一怒，要为此丢了性命。"

"下臣实不心甘！莫非卖命得来的，要就此拱手交出？"

周勃便转向张相如问道："张公有何主张？"

张相如答道："不如由下臣出面，纠合功臣联名上表，斥那小子狂妄。"

周勃仍是摇头道："不妥。此乃廷争，无异于串通抗旨，倒要惹得今上震怒了，亦是不可。"

张相如听出了端倪，急道："愿闻绛侯指教。"

周勃扫视二人一眼，意态从容道："那小儿虽得宠，手中可有一兵一卒？"

"并无。"

"这就是了。若列侯闻诏令，皆托言老病，拒不离长安，今上又能奈何？今上即位，乃由列侯率南北军迎入。才及坐稳，总不至就忘恩负义，要遣兵丁来驱赶列侯吧！"

张相如闻言，拊掌喜道："好主意！绛侯到底是多谋。下臣这便去遍告列侯，长安是万年根基，万万离不得。请诸人得诏旨后，勿惶恐，只是不走，那贾谊必也无计可施。"

周勃便一笑："正是这道理。"

三人商议毕，张相如、冯敬便辞别出来，分头去游说列侯。

未逾几日，长安城内各侯邸，那两人便都拜遍了。列侯听罢两人所言，都笑逐颜开，铁定了心肠不走。如此三四月挨过去，列侯就国一事，竟成空文。文帝在宫中探知，也是无奈，只能摇头叹息。

接连几日，文帝闭门思过，心中仍觉惶惑，便召了宋昌、张武来问计。文帝面带愁容道："用贾谊议政，乃朕之过乎？如何老臣们皆怨怒？"

宋昌连忙劝道："吾主用人，不疑便好，无须看臣子脸色。"

"我自是不疑，然老臣为何处处作梗？"

"诸吕尚不能动摇刘氏，况乎老臣！陛下可不必理会。"

"然就国诏令已发下多日，列侯只充耳不闻，迄今未有迁离长安者。律令更新，也是处处遭掣肘。朕之令不出宫门，也是教人气闷呀！"

"臣下率北军去驱赶!"

文帝脸色忽地变白,连连摆手道:"不可,万万不可! 若有此举,朕便成了负义皇帝,留下千古骂名。此事,只可徐徐图之。"

宋昌叹口气,便揖道:"谋大计,非臣之所长,陛下可问郎中令。"

文帝遂转头望住张武。

张武略作思忖,方才回道:"各勋臣不思进取,几成赘物;陛下倚重贾谊,自是有道理。"

"贾谊所言,可是治平之策? 于此,张公有何见教?"

"臣下之才,唯能治郡国,实不能摆布天下。臣闻贾生之论,阐扬古今,无人能及;然可否利天下,臣不能分辨。"

一句话,说得文帝沉吟起来。少顷,嘉勉了二人几句,便吩咐他们退下。

送走二人,文帝更无主张,郁郁踱至中宫,欲与窦后商议。见窦后正督刘启、刘武读书,便叹道:"皇子辈,当常往郊外驰马,书读多了,亦是无用。"

窦后闻言一惊,见夫君脸色阴郁,便问:"陛下,可是政事不顺?"

文帝择席坐下,叹了一声,讲起了贾谊遭嫉之事。

窦后听了,便问:"用人妥否,何不问张武?"

文帝摇头道:"晋阳旧臣,仅为郡国之才而已,参不透大事。"

"典籍中可有高明之论?"

"朕自书堆中长大,岂不知百家之说? 然书中文章,救不得急呀!"

窦后便叹道:"妾身实难料,朝臣上百,竟是这般不济事。"

文帝目光一闪,以手拍额道:"哦? 当真是忘了! 有一人,必能为我解惑。"言毕,便起身匆匆往前殿,急唤谒者来,传谕要召见方士阴宾上。

未及一个时辰,阴宾上奉诏而入。文帝招手,命阴宾上坐于旁侧,瞟了一眼,见他仍是一身布衣,气色却是变了,不禁一笑:"阴先生,这一向,想必是优哉游哉,气色如何就好起来了?"

原来,那阴宾上留居长安之后,声名鹊起,诸臣皆知他为皇帝座上客,便多有前来巴结的,每日宾客盈门。阴宾上倒也不倨傲,一律笑脸相待,宾客若有问卜求签的,都尽心答复;若有馈赠,则笑纳不拒,日子渐渐滋润起来。数月下来,昔日那副饿鬼模样,便不见了。

此时他上前一揖,恭恭敬敬道:"阴某一游方之士,蒙圣恩,为帝都之民,不再为里正、啬夫所驱赶,已是感激不尽。今忽奉诏,定有垂询,阴某当竭诚效力。"

文帝便笑道:"里正、啬夫者流,早不在你眼中;如今即是公卿贵人,怕也无人敢慢待你吧?"

"自是。然小人明白,寒素匹夫有何德能? 世人看的,只是陛下的面子。"

"此番再向人借寿数,恐无人再疑,或已借到了一万岁?"

"哪里!"阴宾上脸色一白,连忙叩首道,"罪过罪过! 小人身份,今已不同,岂敢再做这等欺人勾当? 长生不老事,只合秦始皇所求。贱如小人者,草芥也,只望老有所养,安居而不遭驱赶,便是至福。"

文帝闻言,略作沉吟,便一揖道:"先生真乃大智,戏谑之间,便可道出至理。"

"不敢。小人之智,实为巧智,如鬼谷子所言'揣之术也',揣摩人心,巧言讨好之。混迹于市井尚可,却是登不得庙堂的。"

"好了,朕今日召你来,确有要事请教,请先生勿拘虚礼,可直言道来。"随即,便将贾谊遭老臣嫉恨之事,向阴宾上和盘托出,末后问道,"用少年博士,是为开新政。朕所用人,果不当乎?"

阴宾上眨眨眼,答道:"小人以为,上位者用人,只看有谋无谋;有谋即是用对,无谋即是用错,其余皆可不论。"

文帝便面露喜色:"说得好! 贾博士恰是有谋。"

"那便是了! 有谋之才,易遭人猜忌,此事不足为怪。似小人这般,以揣摩之术得恩宠的,才无人敢猜忌,反倒是人家踏破门来逢迎。"

"果真也是! 那么,依先生之意,少年也罢,老成也罢,无须看人年纪,只须问谋略如何?"

"正是。"

"先生果然敢直言。"

"小人知陛下圣明,不喜逢迎,故而敢直言。"

文帝不禁大笑,指指阴宾上道:"阴先生,似你这般逢迎术,亦属当世一绝了!"

阴宾上也忍不住笑:"陛下不拘礼,小人便也敢戏言。"

"朕还忘了问,看你仍布衣草履,那日常用度可足吗?"

"小人喜淡泊,一时难改而已。陛下所赐,已足我一生之用。"

文帝大悦,又问了问窦氏兄弟读书近况,便吩咐内府,赐给阴宾上五十金,以安车送回宅邸。

阴宾上遂起身谢恩,退下殿去,然刚走了几步,忽又转回,低声道:"陛下,自古而来,谋之所以成,全在于行得通。千说万说,只要行得通便好。"

文帝心中不觉一动,向阴宾上揖别道:"此言朕谨记。先生闲时,可常来。"

自此,文帝便心神笃定,对贾谊深信不疑,言听计从,全不理老臣们脸色。

却说贾谊得了这般宠信,不免春风得意,环视朝中文武,能入眼者,唯寥寥二三人而已。

时有中大夫宋忠,亦是新晋少年,与贾谊颇相得,互引为知己。彼时汉家官吏,五日一休沐,两人常一同外出洗沐,洗濯时亦议论不休。所议皆不离《易》《礼》,无非先王之道、世态人情。说起时弊来,常痛心疾首,相视而叹。

这日洗沐罢,贾谊道:"吾闻古之圣人,不在朝廷,而在卜医之中。今我已见识三公九卿,其言其行,皆可知矣。不如与足下同乘车,往访卜者,看有无可观之人。"

宋忠恰好亦有此意,两人便同乘一车,往长安东市中,游走于卜者麇集之处。时逢雨后,路上甚少行人,恰有一卜者,于卜馆内闲坐,旁有弟子三四人侍奉。

原来,这卜者为楚人,名唤司马季主,白发皤然,举止散淡,生得一副仙风道骨。虽是做卜筮生意,却只顾与弟子论辩天地之道、日月之运,探究阴阳吉凶之本。贾谊、宋忠驻足听了几句,便知此翁博学,当下进门拜谒,互通了姓名。

那司马季主抬眼望望,见两人皆一身布衣,略觉诧异,缓缓起身一揖道:"原是两位大夫，久仰。"便命弟子延请两人入座。

待两人坐定，司马季主却不睬来客，只顾接续前面话头，滔滔不绝，上至天地始终，下至仁义纲纪，无不言之成理。

贾谊听了多时，忽不耐烦，便拢起冠缨，正襟危坐道："看先生之貌，听先生之词，小子于当世未曾见也。然以先生之才，应为贤者高人，却为何居之卑下、行之污浊？"

司马季主瞥了一眼两人，面露不豫之色，忽而就讥笑道："我看二位大夫，应是有道之人，却为何出言如此鄙陋？我倒要问，今两位所尊之贤者，乃何等品行？两位所推之高人，又是哪个？何以'卑污'二字，妄言长者？"

贾谊闻老翁出言犀利，知是遇见了高人，便不敢轻慢，字斟句酌答道："卜者也，多虚夸人长寿，以悦人情；擅言祸灾，以蔽人心；矫言鬼神，以占人财；厚求谢礼，以私于己。此为我之所耻，故谓之卑污。"

那司马季主早闻贾谊大名，也知今日是棋逢对手，当下就抖擞精神，挥退弟子，请两人将座席前移，直视贾谊道："二公且安坐，听老夫一言。我年逾花甲，人皆谓将成朽木，然生平所见，却与二公不同。以老夫所见，贤者之行也，当行直道。其赞人也，不望其报；责人也，不顾其怨。总之，以利天下为务。若是官非其任，则不处也；禄非其功，则不受也。见人不正，虽贵而不敬也；见人有污，虽尊而不附也。"

贾谊闻听此言，大出意外，不由肃然起敬："公所言，正是所谓君子，晚辈亦尊之。"

"二公皆是新晋，行走于朝堂，想必所识士人甚多。岂不知，公所谓贤者，皆可为羞矣！此等伪善君子，见权势者，必卑躬而前，趋奉而言。平素勾结成群，相引以势，相导以利，结党而远拒正人，以求尊荣，以求受俸。以官为虎威，以法为私器，逆理求利，无异于操利刃而劫人者也。"

"长者所言甚是，然此等末流，不足为患。朝中文武，多为栋梁，主上亦不至昏聩不明，专宠邪僻。"

司马季主便拈须而笑："那么老夫亦有话说。公食君禄，故不应身入浊流。你看那当朝文武,哪个不是善巧作、饰虚功、执空文以惑主上?此辈所擅长者,以伪为实,以无为有,以少为多,浮夸以求尊位。今通都大邑,此类人何其多也!狂饮驱驰,携抱美姬,犯法害民,虚耗公帑——此辈巧伪人,即是为盗而不操矛戈者也,害人而不用利刃者也。二公双目未盲,两耳不聋,何以谓彼辈为贤才?"

宋忠听到此,如芒在背,忍不住插言道:"朝中衮衮诸公,或有尸位素餐者,然总还是一时英杰,不可谓全是巧伪人。"

那司马季主冷笑一声,手指门外,厉声驳道:"二公请看这世道——盗贼多而不能禁,蛮夷不服不能慑,奸邪起而不能阻,官帑耗费而不能治,究竟是何等心肠,方能如此不为?衮衮诸公,若有半数有为,世事可糜烂至此乎?你既然问,老夫便教你——有贤才而不为,是不忠也;无贤才而请托官位,坐食俸禄,排挤贤者,是窃位也;有人者得晋爵,有财者得礼遇,是大伪也!二公学富五车,独不见鸱鸮与凤凰同翔乎?兰草弃于荒野,蒿草疯长成林,逼使君子退隐,暗助庸才显贵,二公亦属此类人也!"

贾谊、宋忠闻言大窘,脸上红白不定。贾谊便向老翁一揖道:"朝中积弊,所在不少,天子既知,谏臣亦敢言之。我等行止,合大义与否,唯有寸心自知。晚辈只是问:卜者收人钱财,放言天地上下,于天下有何益?于四民有何利?所言可是有德之言?"

司马季主掉头向贾谊,面露轻蔑之色,笑道:"你倒是个晓事的。老夫也来问你:自伏羲作八卦,王者受益,智者得势,文王演周易而天下治,勾践效仿文王而称霸天下,由是观之,卜者有何负天下?卜者出一言,忠臣得以事君上,孝子得以养其亲,慈父得以育其子。这便是有德之言。问者求我一卦,不过费数十百钱,所获却甚多:病者或以愈,濒死或以生,祸患或以免,谋事或以成,嫁女娶妇或以养生。此之大德,岂是仅值数十百钱乎?"

"这个……先生雄辩,当世或无其二,贾某领教了。以先生观之,我二人又是何等样人?"

"老夫算得甚么,公见过当世辩士吗?谋事定计,必为此类人也,为博主上欢心,言必称先王,语必道上古。成败利害,全在一张利口上,以左右主上之意,讨个封赏。此等大言浮夸者,才是当世绝无其二。老夫不过一卜者,只配调教愚顽,身处卑下,以明天性,不求尊荣,仅此而已。故而良驹不与疲驴为伍,凤凰不与燕雀为群,贤者亦不与不肖者同列。公等居朝堂,才是喋喋不休之辈,焉知忠厚之道乎!"

老者这一席话无遮无拦,如江河泻地,摧枯拉朽。贾谊、宋忠听得呆了,面白无色,噤口不能言,慌忙摄衣而起,向司马季主谢道:"闻先生所言,如梦方醒。"于是再拜而辞,相偕出门,仓皇登车而去。车驶过数条街巷,贾谊仍觉惊魂不定,以头抵车轼,喘息不能出大气。

三日之后,宋忠于殿门外遇见贾谊,便拉他至无人处,叹息道:"道高则愈安,势高则愈危。你我居赫赫之位,失势之日或不久矣。"

贾谊亦叹道:"闻司马季主之言,我亦不能成眠。他乃道家,可以超然出世;吾辈则从儒学,焉能弃世而去?天地空旷,万物熙熙,或安或危,你我何以知?唯有竭力辅佐君主,久之或可身安。"

当日别了宋忠归家,贾谊细思宋忠之言,心不能平。想那司马季主所言世事,并非危言耸听,当是深切之论。由此想到秦末事,愈觉当今天下之危,已迫在眉睫。于是披衣坐起,挑灯疾书,将多年所思,挥洒成文。

次日,贾谊朝见文帝,自袖中摸出一道奏疏来,双手奉上,容色滞重道:"汉今日虽兴,却有隐忧,若忘前事,则天下崩坏在顷刻间。昨夜,臣写成拙文一卷,乃苦思数年所得,今献与君上,望有所裨益。长堤溃于蚁穴,大厦倾于罅隙,不可不有所备。陛下之位,人皆谓安;臣却以为,或已处鼎镬之上矣!"

文帝听得瞠目,不禁汗湿额头,连忙接过,称谢道:"贾生坦诚若此,乃天助我也。此文,朕当潜心拜读,有所得,容当数日后告之。"

送走贾谊,文帝展卷来看,奏疏为上中下三篇,洋洋三千言。其文雄辩滔滔,说理细密,指斥秦始皇、二世及秦王子婴之过,故称"过秦"。文帝看罢上、中两篇,尚不以为意。及至读到下篇,见辞情愈加激烈。文曰:秦俗多忌讳之禁,忠言未卒于口而身被戮矣。故使天下之士,倾耳而听,重足而立,拑①口而不言。是以君主失道,而忠臣不谏、智士不谋也。天下已乱,奸佞遍地而君上不闻,岂不哀哉!

读到此句,文帝便觉百骸震动,汗出如雨。急切间再往下看,见文末"前事之不忘,后事之师也"之句,不禁霍然起身,对左右涓人叹道:"贾生果然奇才! 明君确乎不可拑人之口。众人不敢言之际,天下即已乱矣。"

当夜,文帝不能眠,又于灯下再三读过,满心折服。于次日,便迫不及待召见贾谊。

待贾谊至,文帝便一揖道:"君之识见,当世无伦。昨夜再三读之,恰似朕心中所欲言,唯有叹服。只不知,君之言辞何以如此激切?"

贾谊便将与宋忠偶遇司马季主事,从头道来。文帝听得入神,不由叹道:"江湖之地,果然是有潜龙在! 今汉家之势,虽不至危若累卵,却也如司马季主所言,善巧作,饰虚功,日久已成积习。先生此篇文章朕将视为宝典,置于枕边,一日不敢忘。朝中事,还望先生多为谋划。"

自此之后,文帝理政便越发谨慎,不敢有所妄为。偏巧此时,天象也来示警,好似真的就有大难将要临头。

话说前元二年冬十一月里,正当午时,长安忽逢日食。白日里转眼昏暗无光,满城百姓惊扰奔窜,鸣锣击鼓,连鸡狗也受了惊吓,一派喧嚣。

文帝慌忙奔出大殿,立于阶陛之上,仰望空中,口中喃喃道:"我勤政如此,如何天象还要告变?"

此时虽是寒天,文帝亦是惊得浑身汗流。回到内室,当即挥笔写了一道"求贤令"。诏令起首,便是万分惶恐,向臣民谢罪道:"朕以微渺之身,托于万民之主,天下治乱,在吾一人,唯二三近臣为吾股肱也。在上者谋寡,为政必有疏漏;朕枉为人主,下不能抚育民生,上累及日月无光,其过大矣。"

诏令中最为紧要者,是责令群臣都要直言极谏:"此令颁下郡县,官吏皆可思朕

---

① 拑(qián),同"钳"。

之过,凡施政之不及处,须如实禀告。各地可推举贤良方正、敢直言极谏者,以匡正朕之不及。"

这番话,说得恳切,哪像是皇帝诏令,分明就是子侄向长辈讨教。诏令最后,文帝又深加自责:既不能罢戍边屯兵,却又添了长安卫戍,徒费民力。因此下令,将卫将军薄昭所属一部罢去,令丁壮归家务农。另有太仆寺所养马匹过多,可分往郡县驿站,免得驿站向民间索求,惊扰百姓。

到了正月,天渐暖,贾谊又上了一道《论积贮疏》。文帝看得仔细,见内中写道:"今经商易骤富,民贪利,多有背本趋末、弃田不理者。长安内外,争相夸富,以一斛珠多于邻人而骄矜,淫侈之风,渐成积习。如此下去,官民唯知贪利,天下将怎生得了?"

文帝也知民间崇富,然万未想到已致动摇国本,读到此,不由心生恐惧。又见贾谊建言道:天下欲安,须重农抑商,多多劝农,积贮谷粟,以防饥荒。

读罢,文帝顿觉饮食无味,起坐皆不安,想了半日,觉贾谊之言无不至当,不能不警醒。于是便唤了涓人来,亲授谕旨,拟了一道"劝农令",送去丞相府斟酌发下,昭告天下,务要以农为本。劝农令曰:于今年起,在长安北郊辟出一处"籍田",为天子之田。今后年年立春,皇帝将亲自犁田,为万民作则,勉励天下农夫安心种田。

一连两道诏令发下,官民无不震动。历来所见天子诏令,都是疾言厉色训示,从未见过如此谦恭温良的,便都赞当今圣上,果然是一代明君。

未过几日,便有内外官吏纷纷上书,指陈朝廷治理得失。各地也荐了一些贤良来,文帝一一面询,见诸人虽才赋不等,却都是一时英杰,不由大喜道:"我道是天下只有一个贾谊,未料到各处都有贾谊!"遂令谒者记下姓名,全数召为近侍,随左右顾问。

身边近臣济济多才,文帝便心情大好,一日三出城,与众贤良一起纵马围猎。边射箭,边商议天下事,好不快活。

如此热闹了一月有半,忽有一位老臣颍阴侯贾山,实在看不过眼,便上书劝谏。

这一道谏疏,纵论治乱之道,见识不凡,条理分明。甫一呈递,便有人抄了传出，竟至朝野争相传抄，都夸说是当世至理。其开篇，乃是贾山剖白心迹，曰："为人臣者，当尽忠竭愚，以直谏主，不避死亡之诛，臣贾山即类此也。臣不敢考究久远，愿借秦为喻，望陛下稍加留意焉。"

当汉初之时，只要一提"秦亡之鉴"，无人不立觉震悚；皆因秦之铁铸天下，数年间即覆亡，即便是揭竿而起者，也不免看得心惊。贾山深谙当朝者心思，下笔便语惊四座：

"昔者，周有千八百国，以九州之民，养千八百国之君，君有余财，民有余力，而天下颂声大起。秦有天下，则以千八百国之民力自养，却教万民力疲不能胜其役，财尽不能胜其求。始皇身死才数月，天下四面而攻之，宗庙自此灭绝矣！秦二世居灭绝之中而不自知，何也？盖因无辅弼之臣，无直谏之士，天下已溃而无人告知也。

"今陛下号令天下，举贤良方正之士。天下之士，莫不陈情告白以求圣恩，今已尽数在朝矣。陛下选其贤者，为常侍近随，与之驰骋射猎，一日再三出城。臣恐此举，必致朝政懈怠，百官皆不理事也。"

奏疏送至御座前，文帝展卷来看，看到此处，不由得呆了，默坐半晌，方叹道："我只道自己算半个好皇帝，却不料，又在蹈秦二世旧辙。治天下，确不可只与亲随一起快活。"

当下，便唤了贾谊来，吩咐道："你来看，你这本家所言，于朕，乃是当头棒喝呢！"

贾谊看过半篇，便放下，略一笑："陛下，群臣上书，喜好危言，并非稀奇事。陛下不必过虑，贾山之言，固有道理，然不可全信。听人烦言，则新政岂非以罢废为宜了？"

"不然，太平之世，危言总好过谀辞。你再看看后面，其言不无道理。"

贾谊便展开卷尾来看，见后面果然有建言："诗曰：'靡不有初，鲜克有终。'臣之所愿,不敢求大,唯愿陛下减少射猎。今岁起,定明堂①,造大学②,修先王之道,匡正风俗,以定万世之基,此为陛下之大幸也! 往古之时,大臣不得与君主宴游;方正高洁之士,不得随君主射猎。君主用贤臣,必使其所行中规中矩,而使其节操愈高;群臣则不敢不正身修行,尽心职司,以合大礼。如此,君主治理之道,方有人遵行,功业方能达于四海,垂于万世子孙矣。”

贾谊读毕,不禁微微颔首,双目有光。

文帝便问:“何如?”

贾谊道:“汉初,基业以杀伐而成,故民间暴戾过重,人人欲仗剑横行天下。此奏疏说得有道理:所谓德政,便是以文化之。民不崇文,天下便不宁。民不知礼,天下便无道。贾山所言,陛下不妨纳之。”

“朕之意,恰与先生同,这就下诏褒奖贾山。言路开了,总还是好事,免得老臣怨我独断拒谏。”

褒奖贾山的谕令一出,满朝又是一番轰动。自此,百官都踊跃进言,文帝偶乘车驾出行,竟也有官吏拦路上书。每逢此时,文帝必令御者停车,收了奏疏,当场展卷细看,若有好主张,便极口称善。进言者无不引以为傲,百官也众口喧嚷,一时间,直言上书成了官吏风气。

文帝见案头奏疏如山积,心下大喜,自己看不完,便唤了贾谊一同来看,对贾谊道:“臣下之忠,到底不能只赖恩赏;放开言路,允人讲话,便自有忠臣在。”

贾谊也乐见文帝不拘一格,索性谏议道:“秦为暴虐之政,防民之口,甚于防川,故而有诽谤妖言罪。汉承秦制,这一条苛法最无道理,不如一并废去。”

文帝颔首称善,当场便命贾谊执笔,草诏曰:“古之治天下,朝堂有进言之旗、诽谤之木(即华表),以此通言路而招徕谏言者。今法有诽谤妖言之罪,使众臣不敢尽

---

① 明堂,中国古代礼制建筑,为儒家礼制建筑典范,是古代帝王“明政教”的场所,凡祭祀、朝会、庆赏、选士等重要礼典均在此举行。 明堂建筑先为方形,后演变为圆形。 北京天坛祈年殿即沿用此制。

② 大学,此处指成人学校,周代始置,接受15岁以上的贵胄子弟在此学习,即后来的“太学”。

心陈情,而君上无由闻过失也,又将何以招徕远方之贤良?今即废此罪。以往小民或诅咒君上,或谩语至尊,官吏闻之,皆以为诽谤。此等风习,乃小民之愚,若以此无知而抵死罪,朕甚不取。自今以后,如有犯此者,勿治罪。"

此诏一下,无异于开了言禁,大小官吏闻之,都额手称庆,心中再无顾忌。就连那市井屠贩,平素管不住嘴巴的,也都奔走相告。旬日之间,秦焚书以来的封口令一扫而空。民间百姓相见时,都面有喜色,聚议时政,口无遮拦。昔时叹息之民,皆高谈阔论,无危惧之心,恍似两世为人。

数日后,文帝见了贾谊,忍不住问道:"新政迭出,弊端尽除,民间可有何议论?"

贾谊便朗声笑道:"那市井小民,率直无文,只说是天上一个日食,便换来人间如许好处,唯愿每月逢一日食。"

文帝闻言,哈哈大笑:"日食多了,固然好;然朕之位,怕也是坐不稳了。朕登位两年,总算知道如何做个好皇帝了,那便是:不可一日视民为草芥。各郡县职司,都要节省靡费、减少徭役以便民。所谓好官,只需做好这一事便罢。"

贾谊道:"确乎如此。民之所求,不为多,无非衣食饱暖。官家不占民利,天下还有何事可忧?"

文帝欣然道:"正是。今春劝农,我将率群臣赴北郊犁田。并诏令天下,春荒时节,所有向官府借贷种子、口粮者,一概赦免;至秋禾成熟,则免征田租之半。"

贾谊睁大眼睛,怔了一怔,而后伏地,连连叩头道:"如此,海内皆沐天恩,臣代天下农夫谢陛下。"

文帝连忙扶起贾谊,佯作哂笑:"你一个儒生,不知稼穑之苦,如何能为农夫代言?只多多上疏、指陈时弊便好。"

贾谊道:"此乃书生本分,臣当尽职。所谓时弊,眼中有,即遍地都有,怕是今生说也说不完哩!"遂与文帝相视大笑。

两人又议了一回,文帝忽就敛容,轻叹一口气道:"民虽安,然尚不能言天下皆安。"

"这个自然。臣这几日亦多有所思:山东刘氏诸王,皆非陛下近枝,其心若何,实难以揣测。若叛，则长安危殆，急切间不可救。不如效法先帝，立刘武等皇子为王，封在长安近旁，以拱卫京师。"

此时文帝已有四子，窦后所生两子以下，又添了庶出的刘参、刘揖两幼子。除太子以外，三位皇子都未封王。

文帝连忙摆手，示意贾谊毋庸多言，只道："容后几日再议。"

贾谊便打住，继而又奏道："臣尚有平匈奴之策。"

文帝便高兴，催促道："哦？快快说来。"

"匈奴南犯，年年有之，我汉家力不能制。高帝、高后两度和亲，然亦不能制。"

"不错。朕也知，和亲乃权宜之计也，甚失颜面。然即便如此，边事却未能息，君有何妙计？"

"和亲，儒术也，为敦化外藩计。若仅于此，那匈奴岂能以一女而息战？臣以为，阴阳天地、人及万物，皆由德而生。儒家教化之术，亦须佐以道家之德、法家之战，方为周全。故而当今安边策，应以德战而退匈奴。"

"唔——，先生说得深奥。然则朕甚不明：既用德，何又言战？"

"这即是要诀所在。汉军所向，多遇化外之民，彼辈不知礼节，说得口干舌燥亦无用。臣以为，安边之术，重在明白至简，须以厚德怀柔，以服四夷。再辅以'三表''五饵'之术，即可招匈奴之民来归，致单于势孤，从而降服。"

"三表、五饵之术？先生请说来我听！"

"匈奴为边塞大患，苦我久矣。臣为此苦思数年，略有心得而已。所谓'三表'，乃天子之表率，即是：立信义、赞人之状、夸人之技。天子以此'三表'示匈奴，可令匈奴所部，知天子爱其民、重其俗。"

"那五饵又为何？"

"人之所好，皆同也。五饵即是：赐之盛服车乘以坏其目；赐之盛食珍味以坏其口；赐之音乐妇人以坏其耳；赐之高堂深宅、财宝奴婢以坏其腹；有来降者，天子则召幸之，与之娱乐，亲酌酒而手奉食之，以坏其心。"

文帝听到此，当即领悟，拊掌道："贾生之智，果然是当世无双！容朕逐一记下，或可为百年之计。"

贾谊此时，忽就拜伏于地，恳请道："臣本一书生，然亦喜读兵家之典。生未逢秦末，不得建万世之功，乃生平唯一所憾。今边患未除，时有惊扰，请允臣率兵马十万，振戈长驱，以三表五饵之计，直扫漠北。灭匈奴，安边民，系单于之颈而还，以报天恩。"

"嗯？"文帝大感诧异，望了贾谊半晌，抚住他肩头道："先生大丈夫气重，然书生气亦重。时势易矣！张良、陈平旧事，我辈唯有欣羡而已。征匈奴之举，草檄易，布阵难。君贸然率师，事若不济，倒要让绛侯、灌太尉笑话了。"

贾谊抬头，几欲泪下，急切道："男儿有志，苦无机会。今微臣蒙陛下垂恩，此即时也。"

文帝沉思片刻，终还是叹了一声，摇头道："君之奇计，朕纳之，然须从长计议。先生是儒生，志在事功，然君子有志，奈何天却不予？北地兵事，以先帝之才，尚不能取胜，朕之才更是不及，只能以'无为'应万变，就无须再议了。立皇子为王，则合时也，朕可着即行之。"

贾谊见请兵征匈奴事，文帝不允准，只得叹息了一声，怏怏退下。

文帝看重贾谊所言封皇子之计，果然立见采纳。转眼时入三月，花开草长，典客得了文帝授意，便奏请此事。

文帝假意推让了几日，便允了。先有一道诏书下来，曰："昔赵幽王被幽禁而死，朕甚怜之，已立其太子刘遂为赵王。刘遂之弟刘辟彊，以及朱虚侯刘章、东牟侯刘兴居，亦可为王。"

随即，典客府便议妥了封邑，立刘辟彊为河间王、刘章为城阳王、刘兴居为济北王。这三人，皆为文帝侄辈。三人当中，刘章、刘兴居诛吕有功，早就该封王。此时诏下，群臣自是无异议。

过了一日，又有一道诏下，立刘启以外的三个皇子为王，即：皇次子刘武为代王、三子刘参为太原王、幼子刘揖为梁王。

此次封王，虽是子侄辈都一起封了，但封邑之远近大小，却是大有玄机。三位皇子所封,不但疆土辽阔,且地近长安,恰成拱卫之势。

此次新封的代国,都城复归代郡;又从代国中划出太原郡来,新置太原国,都晋阳;这两国,都在长安东北。梁国则在长安正东,都睢阳(今河南省商丘市)。

文帝虽饱读诗书,却决非腐儒,知京畿为天下根基,至为紧要。近邻三个诸侯国,总要封给自家血脉,方牢靠些。如此封了三个皇子,关中之地,便成金汤之固。

至于三位侄儿,则要寒酸得多,所封无非为郡县之地。那赵幽王幼子刘辟彊,封在了河间(今河北省河间市),封地从燕、赵割出。

刘辟彊本为弱枝,出身不显,平白得了一个王做,自是心满意足;而刘章、刘兴居心情,则全然不同。

二人的长兄齐王刘襄,于平吕次年,即在临淄薨殁,其长子刘泽袭了王位。长兄刘襄一死,刘章兄弟更不敢轻举妄动,如是蹉跎了两年,此次总算盼到了封王。然二人所封之地,皆是从齐国之地划出,微不足道。

刘章所封的城阳国,原为旧琅琊郡(今山东省青岛市)内一县而已,似这等小国之主,权势还不如一个县令。刘兴居所封的济北国,则稍大些,原为济北郡,都博阳(今山东省泰安市);然这个济北王,也远不及一个郡守威风。

汉初之际,叔孙通定下规制,诸侯王在封国,均受朝廷所下派丞相掣肘,且不能掌兵。若是小国之君,其名号虽显贵,实不及一郡守尉势大。

刘章、刘兴居受了这窝囊的封赏,还须遵仪礼,上表谢恩,心中就更郁闷,只道是周勃等人暗中作祟。私底下两人对饮,刘兴居不知骂了多少回,要掘周勃的祖墓。

文帝于此也略有耳闻,却只是心里笑笑,不加理会,料想这兄弟二人,日久便会顺服。

如此到了九月,风调雨顺,四方田禾大熟,五谷丰登。各地都有百姓献祥瑞,皆为白鹿、彩凤、龙纹玉、六穗禾之类,五花八门。然郡县诸吏都知皇帝尚俭,不喜浮饰,官衙收了这些异物,竟无一个敢上报。官吏们只是忙着挨户劝农,看问孤寡。

文帝虽深居宫中,天下治理得如何,心中却是有数的。此刻见海内承平,万家祥和,不由大喜。一日,对贾谊道:"如今,朝中弊端日少,百姓益富,天下诸事顺畅,贾先生当推首功。朕有幸,恰好似先帝得了留侯,少费了多少心思! 明日,该为先生加官晋爵了。"

次日,果然有诏令发下,加贾谊为太中大夫,可上朝议政,一如往昔陆贾之尊。

入冬十月,便是文帝前元三年(公元前177年)。文帝在心中祈愿,新一年里,万不要多事,却不料一过元旦竟接连两次日食。朝野臣民,心下不免惶然,只恐这一年里不顺。

朝臣怕文帝忧心,便都装作未见日食,绝口不提。愈是如此,文帝愈是不安,闭门思过,却也找不出有何疏漏处。万般无奈,只得去向薄太后讨教。薄太后此时目疾已深,几不能视,文帝每日请安两次,都是亲奉母后羹饭。

这日,文帝来到长信殿请安,为母后喂完饭,提起日食频发事,不禁叹气。

薄太后摩挲文帝头顶良久,缓缓道:"偶有异象,不足为奇。为娘已见不到多少光亮了,岂不是日日都是日食?"

文帝道:"为人君,领有天下,儿不敢大意。上天若有警,我必自责。"

薄太后微微苦笑,叹道:"恒儿可怜,竟是谨慎惯了,遇事只想到自家有错,上天或并非责你,只是在责你身边人。"

文帝略感诧异,自语道:"身边有何人,能引得上天发怒?"

"恒儿坐了皇位这几年,内外口碑,为娘还是听到了些,赞语虽多,然亦有人怨,只说你太优柔。如今情势,远非当日你我孤儿寡母时了,儿不妨放胆去做。摆布天下事,到底要果决些才好;一味宽和,怕也成不了事。"

"如今新政,一月数出。凡有利于天下者,即无禁忌,儿已不顾及物议了。"

"话虽如此,我看你对老臣,终究有忌惮。那绛侯周勃,当年迎我母子有功,如今却阳奉阴违,连我这里近侍都看得出。长此以往,怎生得了? 不如借天有异象,令他就国便好。"

文帝沉吟片刻,狠狠心道:"也罢! 这便遵太后旨意,儿也不再迟疑了。"

薄太后一笑:"昨日嘉禾,或成稗草,良莠全看情势如何。绛侯得享尊荣至今,已属大幸了。你也莫怕,令他就国,乃顺势而为,未见就担了负义之名。"

文帝颔首称是,返回未央宫,便伏在案头,欲执笔拟诏。正待落笔,却又迟疑起来,久不能成章。这一夜,众涓人皆被挡在门外,不得入内,寝宫内一夜灯未熄。至平旦,文帝方唤了宦者入内,命涓人将诏令誊好,送往丞相府。

这日,周勃用毕朝食,入丞相府公廨视事,忽见长史匆匆奔入,报称宫中有诏书发下。

周勃接过,神闲气定展开来看。不料,才看了几个字,便汗如雨下,原来那诏曰:"前日有诏,命列侯就国,然诸人皆托辞未行。诏命不出宫门,天又数见异象,朕心甚忧。丞相周勃为朕所倚重,应为朕率列侯就国。今免周勃丞相职,即日就国,其余列侯随之。太尉灌婴升为丞相,原太尉府官署罢撤,职司归入丞相府。"

周勃看罢,面色骤变,颓然倚于靠几上。正不知所措之际,长史又奔入来报:"太尉灌婴叩门求见。"

周勃冷笑一声:"不至就逼上门来了吧!"怔了一怔,才懒懒整了整衣冠迎出。

只见那灌婴神色惶然,急急拉住周勃衣袖道:"绛侯,且往你内室说话。"

周勃遂将灌婴引入内室,屏退左右,淡淡问道:"太尉,今日便要接印吗?"

灌婴闻言一惊,连忙摆手道:"绛侯勿疑,下臣也是今早才得了消息。只不知,发下此诏前,今上可曾与你透过口风?"

"不曾。"

"果然!事起突然,下臣不胜惶恐。今日来,是向绛侯讨教的。"

"唉,事已至此,我又能何如?"

"竖子贾谊,狂悖无常,不如联络老臣,联名劾他一本。"

"万万不可!列侯就国一事,已拖延多时,今上并未责怪。若再拖延,必引得今上发怒,倒是怕有大祸要临头了。"

灌婴大感沮丧,叹气道:"想我辈提剑斩将时,那小儿还在娘胎里,今日却被他逼得无以转身。"

周勃见灌婴并无他意,方才释然,想了想,反倒劝起灌婴来:"那小儿不晓利害,舍命欠债,迟早要教他抵偿。太尉如今接掌丞相,兵权总还是在手,不怕他一个书生。"

灌婴便顿足道:"绛侯有所不知,我这太尉,哪里还有兵权? 今上日前召我,已拟议好,欲向各郡发铜虎符,今后哪怕是几个郡兵,都须凭虎符调遣。我接任丞相,于兵事上,已无处置之权。"

周勃圆睁双目,拍案怒道:"真真逼人太甚!"

两人默对良久,灌婴才黯然道:"奈何? 世上已无楚项王,便再无武人说话处。绛侯请暂且就国,勿断了音信。朝中事,一如旧章,下臣自会联络冯敬、张相如等,伺机驱走那小儿。"

周勃默然片刻,只叹息道:"也好。"

随后,两人又密语多时。周勃将朝中大事交代清楚,便道:"都中许多事,还须太尉费心,我明日便谢恩辞行。你知会诸旧部,万不可相约送行,闹得鼎沸。我离长安,风平浪静便好,免得惹主上猜疑。我辈于刀剑下活到今日,居然未被枭首,已是大幸了……"说到此,竟有些哽咽。

一番话,说得灌婴心中也凄楚,抬头望了望周勃,几欲泪下。

果然,未过几日,周勃便卸了职,收拾好阖家细软,悄然出城,连闾里都未惊动。其余列侯得知,也都乖觉,各自打点好行装,未及半月,便都奔四方去了。

列侯之中,齐王之舅驷钧、淮南王之舅赵兼这两人,倚仗外甥之势,一向跋扈。文帝对此二人,最为忌惮。当初诛吕,便是驷钧鼓动齐王兴兵的,今后若再如法炮制,便成大患,故而必逐之而后心安。那二人,原本心存侥幸,然见了诏令,知上意已决,也不敢贸然抗命,只得各自去了封邑。

深冬之际,北阙甲第顿显凄清,长安城好似空了一半。各处驿路上,一时车马喧阗。就连荒山僻地的小民,也不难见到公卿在赶路。

离长安当日,周勃携长子周胜之、次子周亚夫、幼子周坚出行,一家人轻装简从,皆是布衣常服。宅邸中所有赘物尽已送人,一行只有三五辆车、十数匹马驮。车马行至霸城门,城门吏见这一行人气度不凡,忙拦下询问。闻听是绛侯行将就国,甚是吃惊,验过符牌,当即恭恭敬敬放行。

行至霸上长亭,周勃回望来路,已望不见长安城郭,唯有驰道旁杨柳,低垂于雪野,了无生气,远望倍觉凄凉。

正待吩咐御者加鞭,忽见前面有一布衣男子,当路而立。随行家仆正要呵斥,周勃心中一动,忙摆手道:"不得无礼!待我近前去问。"

待周勃车驾至男子面前,方看清此人其貌不扬,面目黧黑,若不是衣饰整洁,几与役徒无异。周勃便好奇,俯身问道:"当路不避,你可是有话要说?"

那人施了个礼,不卑不亢道:"在下乃小民阴宾上,闻绛侯离都就国,不事声张,特在此恭候,欲看个究竟。"

周勃不由警觉:"阴宾上?公之大名,久有耳闻,在此拦路有何贵干,莫非是受人差遣?"便连忙跳下车来,略施回礼。

"哪里,绛侯有大功,天下人皆仰望,无不以一睹为快。在下籍籍无名,无缘拜访,只得在这路边望上一眼。"

周勃闻言大笑:"你这话,哪里是真心?先生为国舅之师,我这莽夫,才是无缘攀附呢。"

"不敢。绛侯此行万里,无暇耽搁,在下也不便啰唆,只有一句话,要赠予足下。"

"哦?先生足智多谋,为今上所重。周某一匹夫,竟能得先生教诲,实是大幸,愿洗耳恭听。"

阴宾上便从袖中摸出一根竹简来,恭谨递上:"此乃老子之语,小人抄录下来,赠予绛侯,可于闲时玩味。"

周勃接过来,见竹简上写了一句话,乃是:

归根曰静,静曰复命,复命曰常,知常曰明。不知常,妄作凶。

周勃看到末后,竟然有个"凶"字,不免就一惊:"此话作何解?愿闻指教。"

此时周勃家眷车马，停于道上，阻住了过往客商。众人见阻路车马华丽，前后有家仆护送，便知绝非寻常人物，只得耐住性子等候。

阴宾上见道路已阻塞，忙道："绛侯为上上之智，无须在下多说。足下封邑绛县（在今山西省），乃是春秋晋之古都，为一福地也，能归根福地，这便是常。以往绛侯位极人臣，以武人而成文臣之首，则为非常也。今日解印而去，才是明智。愿足下知常而守，不妄作，便是天下人至福了。"

周勃闻言，心中一亮，不由捉住阴宾上手腕，急道："先生之言，说得好，解了我心中之疑。今日就国，周某当恭谨守常。先生指点之恩，不知该如何谢，可否随我赴绛县，把酒共话几日？"

阴宾上连忙辞谢："君子之交，一语可止。在下乃草野之人，几句话说完，便无所求，还请绛侯上路。"

周勃望望这奇人，心中感慨，便将竹简揣于怀中，深深一揖道："世上高人，多在山泽，周某在这里谢过。"

阴宾上回了礼，急忙向后退了几步，让开前路。

周勃登车，正要吩咐启程，忽又想起，便命亲随取出一酒壶来。只见此壶，乃是一尊朱黑漆方壶，形制古旧，绝非寻常之物。周勃递与阴宾上，恳切道："此壶，乃秦宫旧物。当年我入咸阳，从宫中寻得，想必是个好物。今已盛满酒，赠予先生，是为谢礼。"

阴宾上略一迟疑，方才双手接过，道了声谢。

周勃仰首望了望天，顿了片刻，又向阴宾上拱手谢道："先生指教，真乃天佑我也。"言毕一挥手，一队车马便扬尘而去。

灞桥上下，此时已是冰天雪地。长安道旁，唯余阴宾上一人伫立，拈须微笑，目送辚辚车马渐行渐远……

五　御驾甘泉驱北虏

文帝前元三年四月，正是花红柳绿之时，长安城比往年清静了许多。文帝见周勃就国之后，数月间悄无声息，便知天下已归服，老臣们再也无胆抗命，心就放了下来。

这年春上，好事似颇多，长公主刘嫖也终于嫁了出去。夫家是堂邑侯陈午。文帝对这女婿颇为称意，心情就更是好。

堂邑侯陈午的身世，亦有些来头。其祖父陈婴，为东阳（今浙江省东阳市）人，最早为东阳县令史①，秦末投项梁义军，后为楚项王的上柱国，位高权重。项羽兵败后降汉，得以封侯，传到陈午，是为第三代堂邑侯。

刘嫖是金枝玉叶，位同诸侯王，嫁给陈午算是下嫁。窦后于此老大不忍，然看到这顽皮女终究嫁了出去，便也只能高兴。婚后刘嫖便随了夫婿，去了堂邑（今南京市六合区）就国，由此人称堂邑长公主。

春浓时节，文帝再去向薄太后请安，就不免喜形于色。那薄太后虽目力不济，辨声音也知文帝心思。一日，文帝正亲奉羹汤时，薄太后忽然就问："听吾儿近日说话，声也高了些，想必是朝中诸事顺遂？"

---

① 令史，县令属吏。

文帝面带喜色道:"列侯就国,都中再无人居功坐大。儿臣心中,当是惬意。"

薄太后摇头道:"为人君者,切莫说惬意。治天下,便是如履薄冰;你惬意时,脚下就有罅隙出来,不可不防。"

"老臣居功,先帝时即是大患。今日用贾谊计,一朝遣散,还能有何等罅隙大于此?"

"恒儿说得容易。你我母子,在刘氏一门中,终属弱枝,你又无半分战功在身,那刘氏其余诸子弟,自是心存芥蒂,你不可大意。"

"刘氏子弟,皆已封王,有了那百代荣华,还安顿不住彼辈吗?"

薄太后便一笑:"既姓刘,便不是封王可以安顿的,你可不要轻忽此事。"

"哦?"

"且今日汉家,内忧未消,尚有外患,恒儿哪里就可以说安心?"

"儿臣想,自先帝和亲以来,北虏多年未南犯,总不至无端开衅。"

"恒儿呀,这和亲,便是汉家示了弱,不弱又何必和亲?敌强我弱,我辈岂有安睡之理?他多年不来犯,或正是大举南来的先兆。攻其不备之道,那胡人也是知晓的。"

薄太后一番话,说得文帝倒吸一口凉气,忙谢恩道:"儿臣谨记。闻母后教诲,儿已知:今日之势,仍似昔年在代地时,一刻也大意不得。"

"向日你理政,多为细事,故而为娘总劝你果决。然说到天下大势,却不可鲁莽,你自去思量吧。"

问安归来,文帝与窦后谈起,窦后便笑:"臣妾曾亲见吕太后治天下,却不似陛下这般小心。"

"吕太后是何等精明?三个我绑在一处,怕也是不及。"

"陛下玩笑了!臣妾平心而论,吕太后理政,确是从容,就好似无事一般。若遇事,便与审食其商议,不过一餐饭的工夫,便可定大计。"

文帝便面露难色:"那辟阳侯,到底是功臣,见过世面的,朕哪里去找这等人物?"

"辟阳侯不正赋闲吗?"

"赋闲也不可用。辟阳侯为吕太后亲信,已名声扫地。诸吕尽诛,老臣留了他一命,算是众人买了陆贾的面子。他能活一日算一日,复起是万不能了。"

窦后不由慨叹,又道:"闻听太中大夫贾谊,学问了得,不是胜过辟阳侯许多?"

文帝略作沉吟,缓缓道:"贾谊岂止是学问,谋略也是超群;然到底是新晋少年,躁进多于老成。我操弄天下事,已两年有余,世事虽有翻新,树敌亦是不少。如今格局已成,恐诸事还是要从缓一些。"

窦后想了想,颔首道:"也是。昔日吕太后称制,奇就奇在:十余年间,竟然无大事。朝中大臣,无不赞吕太后垂拱而治的。臣妾却以为,那是吕太后命好,唯愿陛下也有这般好命。"

文帝便叹气道:"吕太后无为便可治天下,朕才疏德薄,恐无此福气。"

此时文帝所心忧,也并非无由。天下之大,千头万绪,说这话才过了几日,刘氏子弟中,果然就接连有事。

当月,齐地传来噩讯,城阳王刘章就国方及一年,近日竟染重疾薨了。文帝闻此讯,心中亦喜亦忧。原来,自登位以来,文帝一向忌惮齐悼惠王刘肥这一枝。那刘章乃刘肥次子,丰神俊逸,世有美名。原封为朱虚侯,为吕后所重,委以长乐宫宿卫之职。待吕后崩,老臣诛吕之时,刘章在宫中为内应,立下赫赫之功。其胆略之勇、立身之正,中外皆有赞誉。

不料想,文帝即位后,陈平、周勃将拥立之功全数揽去,原先许给刘章的赵王,成了镜花水月。刘章之弟刘兴居也是一样,随刘章追杀诸吕,逐走少帝,原指望得到周勃所许的梁王,却不想自从诛了诸吕之后,此事再不提起。

文帝也深知此中不公,有心要安抚两位侄儿,封个王了事,然又恐齐悼惠王一脉坐大,思来想去,还是装聋作哑为好。

因此诛吕一事,满天下尽皆受益,唯刘章兄弟被搁置一旁。刘兴居是率性之人,愤恨之下,数次劝阿兄刘章不如反了,大丈夫,如何咽得下这口气!

那刘章忠直宽厚,不愿负恶名,抵死不肯造反,劝刘兴居道:"三弟,这念头如何使得？你我兄弟仗义而起，里应外合，方成诛吕大业。那陈平、周勃者流，贪恋权位，有功不赏，是彼辈之耻。一正一负，天下自有公论。我兄弟若是反了，立成逆贼，倒要将一世的清名毁了。"

刘兴居不愿闻此空论，只道："是非公论，又有何用？莫非百姓还能给你个王做？当初兄长刘襄首举义旗，新帝不该是他吗？今上却装聋作哑，并无一语谦让。再则，不做这皇帝也罢，你我二人，提了头颅履险犯难，给个诸侯王做，又能如何？老臣只笑楚项王小气，轮到自家头上，还不是扭捏如妇人一般？"

"世间事，难有公平。正是我兄弟有超群之处，才惹得众人忌惮。事已至此，唯有低首下心。当初长兄于临淄举义，也算造反了一回，吾家未获罪，便是大幸，万不要再生出枝节来。"

"吾家不平事，今上如何能不知？"

一句话，说得刘章落泪："弟不必固执。今上不言，必有缘由，或是有心无力，或是本心即此，我等做臣子的，揣度这个实为无用。"

刘兴居不禁怒起，拍案道："我是为你不平，你却只知忍！往昔你为朱虚侯，得吕太后宠信，何其气壮！如何举义一回，反倒不如当初了？"

刘章叹气道："人强不如势强，谋大事，便放任不得。看如今，天下大势已定，已不似诸吕擅权时了，朝野皆厌纷乱，若贸然起兵，连二三分的胜算都没有。"

见兄长不肯冒险，刘兴居心中亦无成算，只得忍下。两人忍了一年，方才沾了皇子封王的光，各自封了齐地郡县之王。

两兄弟哭笑不得，各自就国之前，饯行作别，刘章劝慰刘兴居道："事不公，然聊胜于无。好在我兄弟相距不远，多走动，少发牢骚语。"

刘兴居白了刘章一眼，只说道："我也知孝悌！你不反，我自然不会反。"

刘章虽然劝兄弟心宽，自己却是难以释怀，赴齐地做了城阳王，眼见地狭人稀，常忆起当年值守长乐宫的风光，心头郁结，无处诉说，只得以酒浇愁。渐渐地身体不支，病卧多时，竟一命呜呼了。

刘章丧报传至济北国，刘兴居如五雷轰顶，拔剑在手，狠狠砍了案面数十下，怒道："阿兄误了！天不仁，他人亦不仁，如何只教自家人求仁？如此颠倒人间，令阿兄枉死，为弟又何必苟活？"

当夜，刘兴居便率了三五亲信，夤夜赶路，驰入城阳国，为兄奔丧。

下葬当日，刘兴居双目赤红，一语不发，亲扶棺椁放下墓穴。临到填土，刘兴居忽然大喝一声："且慢！"便命左右亲随，开启棺盖再看一眼。

城阳国丞相及众属官，皆面有难色，都劝道："济北王请节哀！"便纷纷上前劝阻。

刘兴居一把推开众官，发怒道："城阳王为吾兄，与尔等何干？"便喝令亲随，七手八脚撬开了棺盖。

但见棺中，刘章遗体面色如生，刘兴居更是忍不住泪流，俯下身去，拿起棺中随葬佩剑，轻声道："阿兄，且先走。此剑为弟暂借，誓要取恶人之头！"

丧事完毕，刘兴居返回国中，立即广散钱财，收买死士，誓要向当朝讨个公道。

此时在长安，文帝也正思谋：刘章亡故，他一众兄弟必不能心安，该如何安抚，须加斟酌，便唤了贾谊来商议。

文帝问贾谊道："城阳王曾有大功，如今薨了，可否下诏优恤？"

贾谊连连摇头，劝谏道："齐悼惠王子嗣一脉，本就居功不服；那济北王，或心中早有反意。城阳王薨，可以平常之例抚恤，不宜格外开恩。如若开恩，反倒助长了彼辈不臣之心。"

"那齐悼惠王诸子孙，岂不更要激愤？"

"不然。今齐王刘则广有疆域，养尊处优，王位坐得安稳，必不会反；其余诸弟尚年幼，亦想不到此。心中不平的，唯有刘章、刘兴居二人。如今刘章薨了，刘兴居徒有匹夫之勇，不足为虑。当今朝廷名将，尚有十余之数，不怕他一个小国诸侯作乱。"

文帝闻此言，甚觉有理，遂只令刘章长子刘喜袭了王位了事，并未另加优抚。

刘兴居在济北得知，冷笑了一声："妇人之心！"便再无多话，只顾埋头去募集壮士。

　　且说刘兴居好歹忍下，未起风波。却不料四月将尽时，一向桀骜不驯的淮南王刘长，猛地就闹出一件大事来。

　　这位刘长的身世，颇为曲折，前文曾有交代。刘长之母赵姬，是个苦命女子，原为刘邦女婿张敖的宠姬。张敖为讨好岳父，将赵姬献与刘邦，刘邦见赵姬乖巧，也不计较那许多，欣然纳入后宫，是为赵美人。

　　彼时刘邦正多疑，数月之后，忽就疑心赵王张敖要谋反，不由分说，将张敖拘来长安囚禁。赵美人也因此受牵连，身系狱中，求告无门。

　　且说入狱时，赵美人已有身孕，在狱中为刘邦诞下一子，这便是刘长。那赵美人，出身虽寒素，却是个刚烈女子，无端下狱受辱，实不能忍，早就抱定了必死之心。待婴儿一出生，便一根丝带系在梁上，寻了死路。

　　待冤情大白，张敖并无反迹，刘邦这才后悔，不该逼死那无辜的赵美人。愧悔之下，便将刘长交给吕后抚养，稍待长成，又封他为淮南王。

　　彼时刘邦、吕后两人，都怜这幼子命苦，倍加宠爱。朝中大臣也哀怜赵美人，爱屋及乌，便也有意偏袒刘长。诛灭诸吕时，吕氏族人几无幸免，刘长为吕后养子，与吕氏瓜葛甚深，却丝毫未受株连。

　　可怜那刘邦诸子，经吕后连番虐杀，所剩无几。待文帝即位后，看看身边，同父兄弟竟只有刘长一人了。缘此之故，文帝便觉刘长格外亲近，欲多加优容。时淮南国境内，有蓼侯、松兹侯、轪侯三家封邑。文帝便令这三侯邑，择地易往别处。彼时刘长躲过诛吕之变，侥幸未死，暗自庆幸尚且不及，哪里还敢受此好处，连忙上书推辞。文帝思之再三，终还是将三侯邑迁出，令刘长实得三县之地。

　　刘长在那上书中还称：从未与文帝相见，心有戚戚焉，恳请元旦入朝来见。文帝阅罢，颇觉心酸，于是欣然允之。及见了刘长，更是相谈甚欢，抚慰有加，又偕他同车赴上林苑围猎，以示手足之情。

　　如此，刘长饱受恩宠，天下尽知，盛名遍于朝野，难免就不知轻重。想自己乃天子至亲，世无其匹，即是捅破了天又能如何？在长安滞留数月间，广受公卿来贺，更加骄恣，竟是日益乖张起来。

这一年，刘长已过而立之年，勇猛过人，力能扛鼎，行事却仍似少年，专以蛮力说话。

此时的淮南国，都城在寿春（今安徽省寿县），辖有庐江、九江、衡山、豫章四郡，横绝江淮，富甲天下。刘长之显赫，远胜于早年的九江王英布，然他却不知足，屡屡犯禁。入都之前，便惯常僭越违制，广招亡命之徒。

此前刘长多行不法，淮南国属官皆不敢言，临近郡县有那尽职的官吏，也曾屡次密奏朝廷，指其不法。文帝得了奏报，念及骨肉之情，不忍问罪，都一概压住不理。

刘长却不知收敛，只道是文帝也奈何他不得，举止就越发乖戾。最可骇怪的，是入朝觐见时，刘氏诸子弟都称文帝为"陛下"，无人敢称"阿翁""阿叔"，唯刘长一人，只满口"大兄、大兄"地叫着，无礼至极。殿上众大臣闻之，无不惊愕。文帝最不能忍这般粗野，然恪于孝悌，也只是一笑了之，并不责怪。

年初时，刘长母舅赵兼，奉就国诏令，将远赴封邑周阳（在今陕西省绛县）。临行前，舅甥饯别，赵兼酒饮得多了，感时伤怀，忍不住提起往事，叹道："三十年前，我尚在少年时。你阿娘银铛入狱，家中只我一个男丁，四处奔走，遭人鄙弃，不知看了多少冷脸……"

刘长酒意微醺，涨红脸道："当年我在襁褓中，遭此大难，实属命不好，说不得了！然今日贵为皇弟，成了天子至亲，却又不能报母恩，真是气闷。"

"唉，说那些作甚？俗世中人，谁人不是见风使舵。当日求告豪门，只想救下你阿娘一命，然豪门巨贵，闻听牵涉张敖谋反案，皆闭门不纳，冷面如铁。那时日日奔走，一无所获，我活都不想活了。"

"甥儿记得，从前阿舅说过，罹祸时曾求告于辟阳侯。甥儿实为不解：那辟阳侯，为吕太后佞幸，连先帝都敢欺瞒，若他肯救吾母，易如反掌，如何他竟未施援手？"

提及此事，赵兼不禁又泪下："你阿娘当年为卫尉所逮，由后宫直解诏狱，难通音讯。我仅是一少年，慌得不辨南北。彼时有赵国旧臣入都，为我出谋，说辟阳侯审食其依附吕氏,一言可左右吕太后;若吕太后肯施救,则一言可左右高帝。以此看来,求到审食其,便可保住你阿娘。我听信此言,便倾尽家产,换了几件珍玩,求到辟阳侯,央他恳请太后……"

刘长眼睛便瞪大,惊讶道:"吕太后发话,竟也未救下?"

赵兼苦笑道:"辟阳侯待我,倒还温和。推让了几番,才收下了礼。然数日之后,却对我道:吕太后不肯代为辩白。"

"这又是为何?"

"我至今不晓,或是吕太后也有不便之处?"

"吕太后权倾朝野,有何不便?"

"吕太后宠爱鲁元公主,连带回护女婿张敖,中外皆知。你阿娘……早先是自张敖处来,按理,吕太后出面为你阿娘缓颊,最为得当。"

刘长听得糊涂,脱口而出:"我阿娘,自故赵王张敖处来? 此话怎讲?"

赵兼望住刘长半晌,叹了一声道:"甥儿,今日一别,再见还不知是何日,往日事,为舅知道得太多,便统统说与你听吧。你娘,原是故赵王张敖宠妾。张敖为讨好高帝,方将你娘献与高帝,做了赵美人。"

刘长惊得酒杯落地,大呼道:"哦? 怎的我从未听人说起?"

"你贵为皇亲,哪个敢说与你听? 阿舅今日与你作别,说破了此事也好,否则你一世都不知根芽所在。"

刘长闻此言,怅恨良久,喃喃道:"原来如此。甥儿之命,真是苦如黄连。"

赵兼唤来仆人,重新斟上酒,仰头饮了,才对刘长道:"人情炎凉,不及禽畜;知世间此苦者,无如阿舅我。当年若有人肯施恩,哪怕如涓滴之水,我今日也当倾力相报。可叹累卵之下,诸臣只顾自保,哪个还肯伸援手?"

"那辟阳侯,究竟求也没求吕太后?"

"此事究竟如何,已无人可知了。他只说道,太后连张敖都救不出,便更不肯为你阿娘援手。然亦有老臣议论,吕太后是嫉妒你阿娘,故不肯相救。"

刘长听到此,气血上涌,拍案道:"那辟阳侯,是何等诡诈? 依附吕太后,狐假虎威,袍子上也不干净。诛吕之际,老臣饶了他,然在这长安城中,半数之人都恨不能食其肉!他求或没求吕太后,外人难知,总之未尽力就是。"

赵兼忙按住刘长肩头,劝道:"此事已过去多年,追究起来,徒然惹气。甥儿既知晓了原委,不再糊涂,也就作罢。如今君上,已不同即位之初,其势渐强,颇见手段,防的就是吾辈皇亲,甥儿万勿多事。"

刘长双眼发红,恨恨道:"这世上,出娘胎就死了亲娘的,能有几人?甥儿命苦,气不能就此咽下。那辟阳侯,生就一副假娘的脸,邀宠得幸,最擅捭阖。如今老了,就能免罪吗?"

赵兼惊道:"甥儿,你要怎样?"

刘长一跃而起,自身后剑架上抽出佩剑,"砰"的一声,将剑架削去一截,怒气冲冲道:"今日甥儿,已非复昨日,誓要取此贼之头!"

赵兼有所领悟,脸色就一白,忙劝道:"万万不可鲁莽。昨日事,乃命中注定。你今日苦尽甘来,贵为皇弟,无人再敢欺,且好好享福就是。"

"我便斩了他,又能如何?"

"朗朗乾坤,如何能随意杀人?"

"杀了那贼,刘恒大兄还能教我抵命吗?"

赵兼怒视刘长一眼,斥道:"抵命或不至,然今上所为,一班老臣尚且猜不透,甥儿如何就敢冒犯?"说罢又捆自己的脸,恼恨道,"今日酒饮多了,不该多话。倘若甥儿惹出事来,如何对得起阿姊呀!"

刘长听得母舅提及生母,心中不忍,忙拉住赵兼衣袖道:"母舅休怒,甥儿遵命就是。只是……此恨压在心头,实难消解。"说罢叹了一声,弃了剑。

赵兼又叮嘱再三道:"当今之势,保得富贵要紧,万勿妄动。"见刘长不再坚执,才又饮了数杯,依依作别。

此后多时,刘长念念不忘此事,心中不能平。至入春,愈加愤懑,终是不能忍,欲扬孝悌之名于天下,便点起了几个亲随,去找审食其问罪。

且说那审食其,于吕后驾崩后,退居太傅之位,本应戴罪,然沛县诸人多念旧情，兼之陆贾亦力保，也就无人与他为难。文帝虽也恨他为虎作伥，然诸臣不究，也就不好加罪。于是，吕后身旁最显赫的人，竟是如此轻易地解脱了。

审食其也知，留得一命，实属侥幸，从此不敢再张扬，辞了太傅职，在长安闲住，形同隐居。待到列侯就国令下，文帝见他已然无害，便以耆老之名，容他无须归封邑。

审食其如今年已耄耋，经诛吕之变一场惊吓，早是老态龙钟。虽居长安，却寡有知交，心中亦觉凄凉，只能叹时运不济，昔日之靠山吕太后，是再也活转不过来了。唯有平原君朱建，念及旧恩，或时时来访，稍可聊解失意之忧。

如此百无聊赖之时，忽有一日，守门司阍奔入报称，门外有远客求见。

审食其大出意外，问道："是何等样人？"

那司阍答道："有三五壮男，皆服白衣，声言主公为昔年恩公，特来拜访。"

审食其心下大慰，吩咐道："既如此，便请进正堂吧。"

司阍引领白衣客人一行，鱼贯而入，进了正堂。审食其颤巍巍立起身，拱手道："恕老夫目力不济，请问来客，是何方人氏？"

只见为首一壮男跨前一步，揖礼道："审公，吾乃小辈，淮南王刘长是也。年幼时在长乐宫中，曾见过审公。今来此，是为谢恩。"

审食其闻言，不由大惊，知其来者不善，心头便一沉，连忙揖让道："原来是刘长侄儿，快请落座。"

两人依主宾落座，刘长身后一随从便走出，将一红漆函匣小心置于座前。

审食其心中忐忑，勉强笑笑："淮南王多礼了。敝舍冷清，难为大王屈尊造访。"

刘长仰头，只顾望住堂上一笼画眉，不喜不怒道："审公，别来无恙乎？看气色，倒还健旺，与长乐宫旧时无异。想往昔，恩公曾为吾家解忧，迄今未能忘。我今来此，还要向恩公讨教一事。此事已过去多年，至今众口纷纭，弄得小辈我糊涂，还要请审公指教。"

审食其早就知刘长骄横，猜不透他此来是吉是凶，只能勉强一笑，道："淮南王客气了。老朽已多时不问朝政，只不知大王所问何事？"

刘长便猛地仰头大笑:"是审公你客气了。旧日汉家事,你做了一多半的主,我今日只有找你。"

"不敢,大王谬奖了。往日事,恐是提不得了。"

"如此说来,审公是在责我?"

"哪里,大王请问。"

审食其此时,已知刘长是来刁难,心中就叹:当年若知后来事,还不如劝吕后,将这个孽子扼死于襁褓中,绝了后患才好,何至于还有今日事。

刘长见审食其面露惊惶,益发得意,直视审食其道:"今来,只为一桩旧事。昔年家母被囚,吾舅曾求告于审公。审公答应从中转圜,如何吕太后却不肯帮忙?"

"这个……"

"嗯?有何不便言明吗?"

"当其时,正值先帝盛怒,吕太后亦不便进言。"

刘长便冷笑一声:"当其时?那时审公得意于朝堂!只不知,蝼蛄可有几日可活?"

审食其闻其言不善,不觉直冒冷汗,连连作揖道:"救人于危难,士之大义也。当初老臣实未敢怠慢。"

刘长"霍"地起身,厉声道:"吕太后在时,审公一言可左右天下,如何便救不了一女子?"

审食其也连忙起身,颤颤答道:"老臣曾数度请托,吕太后只是不允。此乃实情,老臣不敢欺大王。"

刘长便微微一笑:"我谅你也不敢欺我。故而,今有一厚礼,要赠予审公为谢。"说罢,便瞟了一眼身后随从。

那随从会意,上前打开了红漆函匣。只见那函匣精工细作,雕饰华丽,里面却是空空如也。

审食其看了一眼,脸色骤变,急道:"大王,苍天在上,老臣万不敢说谎呀!"

刘长便渐渐露出狞笑来:"我信审公所言,然我手中,却有一物不信。"说罢,便自袖中摸出一柄铁椎来,朝审食其晃了一晃,"不信者,便是此物也!"

那铁椎乃短小兵器,状如尖锥,长尺余,其锋利可以透甲。审食其一见,脸色立时惨白,颤抖道:"大王……不可无礼。汉律,杀人者偿命。老臣若有罪,愿赴廷尉府抵罪,然大王不可……不可……"

刘长切齿道:"审公,今日才知畏惧,岂不是太迟了?"

"老臣于当年,确曾力请。"

"老匹夫,你请托无果,便是不力!"

审食其腿一软,险些跪地,连连打拱道:"老臣知罪,知罪。"

刘长怒喝一声:"既知罪,便同吕太后去说吧!"说罢,便将铁椎高高举起。

审食其心胆俱裂,大呼道:"有刺客!"便欲向后躲闪。

刘长哪里容他逃脱,抢上一步,看准他额头,便是狠命一击。

审食其额角顿时血如泉涌,双目圆睁,嘴张了两张,便一头栽倒。

刘长的随从纷纷拔出剑来,一拥而上,都围拢去看。一人弯下身去,伸手探了探鼻息,禀报道:"大王,辟阳侯已毙命。"

刘长便上前,一脚踏在审食其胸前,恨恨道:"哼,此等佞人,鸡狗不如,居然令天下人都震恐!"便掷椎于地,拔出佩剑来连砍两下,割下了首级。

随从上前接过首级,装入函匣。刘长喝令了一声:"事已毕,走!"一行人便鱼贯相随,飞步出了审邸大门。

审氏家眷在后堂听到呼喝响动,情知有变,欲上前察看,然看见白衣客各个持剑,模样凶狠,便都不敢近前。

待不速之客驰远,众家眷才抢入正堂去看,见家主人已失了头颅,知是来了歹人,直惊得魂飞胆丧。众人抚尸痛哭了一场,又慌忙去报了中尉衙署。中尉庐福闻讯,不敢怠慢,来到审邸看了,也不禁冷汗直冒,猜不出是何人所为,连忙知会主掌京畿的右内史,一起来勘验。待验尸毕,庐福返回中尉署,草拟奏折,又发了追缉文牒不提。

再说刘长一行出了审氏家门,返归淮南客邸稍作歇息。不多时,刘长便嘱左右不必跟从,独自一人携了函匣,来至未央宫北阙之下。

北门执戟郎卫见了,都大惊,连忙挺戟喝问。

刘长并不言语,三下两下褪去衣袍,袒露上身,于司马门前跪下,口称:"淮南王刘长,今来向君上请罪。"

谒者闻报,也是吃惊不小,慌忙奔往宣室殿报与文帝。

文帝正于廊下读黄老书,闻报,微一蹙眉:"吾弟又是弄甚么名堂,宣进来吧。"

甫一见面,未等文帝询问,刘长便将函匣置于地,一揖道:"大兄,我为孝悌故,杀了一个仇人。"

文帝未解其意,不由一惊:"杀了何人?"

刘长答道:"辟阳侯,此乃他首级。"

文帝不由大惊:"你……你竟敢擅杀辟阳侯?"

刘长便撩衣伏地,叩首道:"杀便杀了,当如何,请大兄处置。"

文帝扶案而起,戟指刘长,责问道:"按律,即是擅杀奴仆,亦须抵命!你可知?"

"弟岂能不知?然家仇亦不可不报。"

"荒唐!辟阳侯已退隐多时,与你又有何仇,理会他作甚?"

"昔年先帝疑故赵王张敖反,牵连弟之生母,吾舅曾去见审食其,央他劝吕太后出面说情。老匹夫见我母家势弱,不肯出力,坐视吾母冤死。今大兄为天子,无人再敢欺我,故要以老贼之首,祭我生母。大兄能开恩便罢,若不能开恩,我甘愿伏法。"

"你乃宗室,所行端正否,万人瞩目。今擅夺人命,肉袒入朝请罪,便可无事乎?"

"大兄,你贵为天子,孝名满天下。太后有你这般孝子,百年永寿,当是无疑。然弟之生母,却是年未满十八便成冤魂,弟实不能吞下此恨。既杀之,福祸便都敢当,愿听大兄处置。"

文帝复又坐下,僵木不能言,连叹数声,才道:"讲孝悌,亦不能枉法。皇亲若都犯法,天下还成何等样子?"随后便唤来涓人,喝令道:"绑了下去!收押于典客府,听候处分。"

待押走刘长,文帝已无心读书,思来想去,不知如何处置才好,便恨恨道:"我唯求无事,他却偏要多事!"犹疑片刻,看天色已不早,忙赶往长信殿去,亲奉太后羹饭。

此时薄太后正闭目养神,闻文帝脚步,即开口问道:"吾儿今日,脚步为何滞重?"

文帝一惊,忙走近母后,一揖道:"儿为家事烦闷。"

薄太后便笑:"儿有贤妻孝子,哪里来的烦心家事?"

文帝本不欲说,见母后仰首凝望,其情至切,便将刘长擅杀之事和盘道出。

薄太后亦是一惊:"那竖子,竟杀了辟阳侯?"

"正是。儿于此事,颇感两难。擅杀为律法所不容,当以命抵命;然刘长为我亲骨肉,又如何下得手去?"

"此事,应与朝臣商议才好。"

"若朝臣议决,要刘长弟抵命,莫非也要从众议吗?"

"哦……那可仓促不得。审食其罪孽甚深,朝臣亦恨他入骨,当不致要刘长抵命。刘长那竖子,如此作恶,亦是损天子之威,儿不可不三思。"

文帝略一思索,便颔首道:"母后所言有道理,然此事乃吾家事,不须与朝臣商量。审食其当年作恶,朝野衔恨者众多,今日刘长杀了他,怕是有千万人暗中喊好。我若处置刘长,徒令老臣称意,令刘氏宗室离心,不如放他一马。"

薄太后却迟迟不语,良久方道:"事既如此,便随你。然刘长竖子,今后不可不防。"

文帝笑笑,道:"刘长不过任性而已,谅他也不敢有异谋,母后请无须挂怀。"

薄太后摇摇头,却也未再发话。

文帝奉羹饭完毕,回到长乐宫,便唤涓人去典客府传谕:"淮南王擅杀事,其情可悯,下不为例,故不交下廷尉处置,准予归国。"

当夜,刘长便面带得意,回到淮南客邸。众属官正自忧心忡忡,以为主公非死即因，忽见刘长归来，安然无事，便都喜不自胜。

刘长见了众属官，哈哈大笑道："吾乃皇弟，离天不过半尺，尔等有何可忧？如何入宫，便能如何出来，明日返归淮南，出入还要称警跸呢！今后吾之言，便是诏命，也要学那吕太后称制。"

众人便是一片欢呼，都奉承道："大王本就有天子相！"

刘长故意敛容不笑，摆手道："阿谀之词不可滥，人不贵名，而贵在其实。天子只有一个，孤王不能心存妄念；然天子之弟，世间也只有我这一个。"

众属官闻此大言，更是狂喜。淮南邸中，一时哗笑满堂，其声回响闾巷之间。

此后，又勾留了多日，刘长才与一众属官乘车，浩浩荡荡，出城返寿春去了。

刘长击杀审食其事，当日便传遍长安。朝中诸臣，称快者有之，疑惑者亦有之，其说不一，议论汹汹。热闹了几日，也就平息了下去。

唯有中郎将袁盎，看不过眼，大步上殿，直谏道："淮南王擅杀辟阳侯，于法不容，陛下昧于私情，置之不理，竟令他全身归国。只恐如此宽仁，他便愈发骄纵，无人可制。臣闻'尾大不掉，必致后患'，愿陛下依律处置，大则夺国，小则削地，总不能教他脱罪。"

文帝似早料到有此一谏，并不为所动，只徐徐道："擅杀辟阳侯，不过错在一个'擅'字，问淮南王罪，还不如追问辟阳侯之罪。"

袁盎急得顿足道："淮南王劣迹甚多，问罪才是保全他！此事不宜迟，迟则生祸。"

文帝仍是不置可否，只道："将军心急了，此事容缓。"

袁盎见劝不动文帝，也只得摇头叹息，怏怏退下。

隔日，文帝询问了近臣：当初诛吕，将吕氏一门杀了个精光，如何吕太后的宠嬖审食其，却独独无事？一问之下，方知是平原君朱建所为。当年，审食其曾以重金相赠，助朱建葬母。朱建为报此恩，从中巧为转圜，终使审食其平安无事。

问明缘由，文帝心中生怒，便下了敕令，命廷尉吴公捕朱建来问罪。

朱建平素仗义，在朝中好友甚多，即刻便得了消息，不由长叹道："今入诏狱，岂可生还？当年辟阳侯为我解难，我今日因此获罪，权当以死报之了！"随即召诸子于前，吩咐好后事，便欲拔剑自杀。

诸子都慌了，忙上前拉住，纷纷劝道："此去诏狱，不过对簿公堂，生死尚未知，阿翁万不可造次。"

朱建缓缓环视诸子，笑一声道："我一人事，一死便可了之，免得罪及尔等。"

诸子又哀恳道："今上若令我辈同死，便与阿翁走在一路，有何可惧？"

朱建以手一挡，慨然道："当初祖母下葬，为父身无分文，多亏辟阳侯相助，方得入土。我受助当日，便已放言出去，来日必以死相报。你等小儿衣食无忧，怎知为父当年所受困窘？今若不以死报之，便污了我一世清名。"

"那辟阳侯，作孽甚多，万民无不切齿。人若死义可矣，何必为佞臣去死？"

"胡言！辟阳侯虽负刘氏，却未曾负我；我为他死，亦是大义。人若不知报恩，虽苟活，亦为天下所笑。"

诸子见事急，不禁惶然道："阿翁大名，远近皆知，愿开门藏匿的，不知有多少。儿愿随父出亡，朝廷哪里就能逮得到？"

朱建顿然大怒："竖子，要我做背德事吗？"便拔出剑来，厉声喝令诸子退下。

待诸子退出屋去，朱建对镜整好衣冠，而后才徐徐举剑，从容自刎。

待诏狱捕头寻上门来，见满门缟素，烛火高照，才知朱建已自尽而死。

消息传出，满城皆惊。百姓道路相传，唏嘘不已，无不为朱建之义动容。

吴公连忙将朱建死讯报入。文帝闻知，亦是大惊，呆坐了半晌，方对吴公道："朱建大义，我亦有耳闻。交廷尉府治他的罪，不过是要教天下知：士不可以私害公。本不欲杀朱建，他又何必如此！"

叹息了一回，文帝便召朱建长子入朝，安抚了一番，拜为中大夫，命他好好安葬乃父，算是对天下有个交代。

此事方告消歇，文帝正要稍作喘息，忽有郡县使者接二连三自西而来，急报塞上又起边患。有胡骑数万南犯，辗转数地，牵动京畿，汉匈两家眼看便要大动干戈。

时入夏五月,骊山之上,骤然冒起了冲天的黑烟。彼时百姓皆知,若烽燧起了狼烟,便是边地有警。此次,还不知是何处遭了祸殃。长安城内,顿时慌乱起来。

这日,文帝见涓人手捧各地军书,疾奔来报,也是吃了一惊:"这许多年,从未见烽火,如何匈奴又来欺我?"

此时想起数月前,贾谊曾自请领兵伐匈奴,看来也并非邀功。那北虏贪婪,无论怎样哄他,也不能安于漠北,两三年间,总要南犯一回,掠些人口财物去。察看涓人送来的军书,却都语焉不详,只说匈奴自北地郡(今甘肃省庆阳市)闯入,却独不见北地都尉军书。

文帝心中焦虑,踱至殿门,抬眼望了望烽烟,便吩咐左右,急召新任丞相灌婴来议。

灌婴闻召,知是为御敌之事,便特地披挂了甲胄,不慌不忙上了殿。不等文帝问话,便建言道:"自白登山议和,汉匈已有两度和亲,迄今三十余年无边衅。那冒顿单于,算来已熬成老翁了,谅也不至以举国之兵南来。灌某虽无韩信之才,应付扰边之寇,尚有余力。陛下请放心,待北地都尉军书来,再议不迟。"

文帝闻听灌婴此言,才松了口气。待北地都尉军书送至,拆开来看,见果然并非冒顿大军南犯,仅是右贤王率兵一支,攻入北地郡,继而又犯河套之地,进至贺兰山下,安营扎寨,四处劫掠,并无退走之意。

文帝得了详情,便召见贾谊,问道:"胡骑南来,占了陇东不退。依先生之见,朝廷可大动干戈否?"

贾谊应道:"劫掠之寇,本无夺城略地之谋,可无须在意。差遣一将,驱走即可。"

"如此,朕意欲亲征。"

"哦?……陛下何出此计?"

"要教那匈奴流寇,知我绝非孱弱,小觑不得。"

"哦,如此也好,然终究太过使力。"

文帝便一笑,转了话头道:"那么,数月之前,先生为何要劝我改服色?"

贾谊心中一凛，忙应道："是为正名也。"

"御驾亲征，便是正名。不然，朕虽为当今天子，百姓不识，四夷不畏，岂不是深宫中一个偶人？"

"臣浅薄，然已知陛下深意。日前所言改服色，是为久安之计，唯愿汉家早些改制。"

文帝低头看看自己袍服，又望住贾谊道："改制事，关乎万代，不急在一时。朕这身黑袍，倒是穿厌了，不妨先从我一人改起。如先生所言，汉家既为土德，我出征之日，便着黄袍好了，由此开万世之例。"

贾谊怔了一怔，方领会文帝之意，便笑道："陛下一人，便可当得亿万人矣。"

文帝送走贾谊，又召灌婴来，发狠道："北地郡，为陇东要地，毗邻关中。胡骑略得此地，已危及长安，不可不惩戒。"

"臣亦是此意，明日臣点齐兵马便是。"

"好！将军意气，不减当年，朕甚慰。那右贤王，虽非劲敌，却是来势凶猛。自先帝崩后，未曾有过，显是欺我儒雅。故而朕决意亲征，将军可为我前驱否？"

灌婴万未料到文帝有此意，连忙劝阻道："区区胡骑，何劳陛下远征？我赵代两处马军，年年操练，威名犹在，今调去陇东御敌，可堪一用。我大军至，右贤王必不敢多留一日，陛下请放心。"

文帝便道："我也知，那右贤王不过游寇而已，故而要黄钺亲征，吓他一吓，令他不敢视我为文弱之辈。"

灌婴迟疑道："边塞苦寒，入夏仍飘雪，军旅之劳尤甚，陛下如何耐得？"

文帝却分外淡定，道："丞相只当我是富家儿！昔在代地，年年秋防，我也曾驰骋塞下，哪里就吃不得苦？"

君臣两人争执多时，文帝执意要起驾，灌婴也只得从命。

当日，文帝便有诏下：命丞相灌婴统军，调关中及赵、代之步骑八万五千，赴北地郡，抗御来犯胡骑。天子则偕诸将，亲率北军及关中兵马五万，进至甘泉宫（今陕西省淳化县北）以作应援。

且说这甘泉宫,原为秦之咸阳林光宫。昔年秦太后曾长居于此,始皇帝及秦二世也曾在此理政。旧时殿宇,周匝十余里,宽敞宏丽,虽荒废多年,却也可暂容栖身。

如此,待亲征号令一下,长安内外,便是一派车马辚辚。自平城之役以来,长安百姓多年未闻鼓角声,得知朝廷发兵,都跑出来看。只见灌婴麾下八万五千劲卒,铠甲鲜明,长戟如林,络绎穿城而过,自雍门浩浩荡荡出了城。

众人见了,直是惊叹,觉汉家休养生息多年,今日兵威,竟是胜过当年。

如此才过了几日,又见文帝御驾亲征,金瓜黄钺,前后簇拥,大队自清明门迤逦而出。前来观望的百姓,满街满巷,夹道欢呼。原以为当今天子是个书生,今见戎辂车上,文帝头戴武弁大冠,身披黄色绨袍,远远望去,似一团金光耀目,威武异常。

文帝身后,有柴武、徐厉、张相如、栾布、张武等一干老将相随,个个执戟跨马,豪气干云。

是日,天子所用銮驾、卤簿,都还是高帝旧物,百姓们见了,都不禁惊愕,恍似见高帝再生一般。路旁人丛中,还有南越、闽越、东瓯等藩国客使,见了这阵仗,都暗自咂舌,知汉家势大,绝非虚言。

如此惊天动地般出征,那边入寇陇东的右贤王,几日内便得了密报,顿时大惊失色。

原来此次匈奴南来,并非秋犯,而是右贤王为边民互市之事,与汉家北地都尉起了龃龉,想想气不过,便下令发兵,越境大掠。

胡骑此来,如入无人之境,抢一处便占一处,志在鲸吞北地、河南两郡。正恣意抢掠间,忽闻汉丞相灌婴率军来伐,后面还有汉天子压阵,实出意外,便都人心惶惶。右贤王也知没有胜算,只得勉强领兵上前,与灌婴军对阵。

灌婴征战半生,本就喜兵事,只闻听"发兵"两字,就比做了丞相还欢喜。自白登山之败后,汉军士卒发奋雪耻,经周勃、灌婴连番调教,早练成了一套应对胡骑的功夫。此次出征,大军直入北地郡,寻到大股胡骑所在,旋即抵近,列好了孙膑传下的"八卦阵"。

此阵颇为神奇，即：戎车在外，步军在内，面朝外为八队；马军则隐伏中央，亦是八队。其阵法错综，回环勾连，俯视恰为乾坤八卦之形。

对阵这日，汉家中军大纛下，灌婴一身白袍白甲，亲执鼓桴，纹丝不动，只望着漫野而来的匈奴骑士。

只见那右贤王所部，亦有六七万之众，人马皆披皮甲，彪悍异常。那匈奴骑士头戴栖鹰冠，斜插白翎，漫山遍野，望之有如无边芦苇。苍莽大野间，四处可闻胡笳震天。

汉军虽训练有素，然终究多年未经恶战，此刻见胡骑凶猛，心头都不免惴惴。

唯那白发老将灌婴，迎风而立，面不改色，只低低喝了一声："儿郎们，汉家脸面，就在此一战了！"

各部步骑闻听，立时齐声应和。霎时之间，呼喝声远播阔野，间杂着剑戟碰撞之声，甚是威严。

那胡骑虽蛮勇，然并无整齐队形，各个手执弯刀、战斧、铜锤，狂呼腾跃，只顾杂沓抢进。

见胡骑堪堪离得近了，灌婴便擂动鼙鼓，众汉军一声怒喝，随即弓弩齐射，漫天有千万支羽箭，飞蝗般向对面飞扑过去。

自白登山受辱之后，高帝即令少府精研兵器，专设了一间考工室，打造强弓劲弩。数十年下来，汉军弓弩已今非昔比，此时所用弓弩，皆为六石强弩，力大无比，一箭可射千尺之远。箭头的三棱铁簇，坚可透甲，利可穿心，匈奴兵的皮甲难以抵挡。

军中更有勇士十数名，都是力可扛鼎者，臂力可挽十石之"大黄弩"，开弓一发，呼啸震耳。箭矢至处，竟能致人身首异处。

匈奴兵哪知晓这般厉害，战阵之上，只见万千胡骑，冒矢奔突，似波浪般涌来，又似谷禾般被刈倒。如此后队践踏前队，只是不顾命地进击。

这边厢，汉步军却是稳如泰山，前队射出一排箭，便半跪装箭；后队忽又立起，射出下一排箭。数队汉军就这般，此起彼伏，放箭如雨。再看阵前，胡骑成群辗转于箭雨中,死伤枕藉,却就是扑不到近前来。

如此扑阵数次,胡骑死伤累累,终杀到汉军阵前。只听一声呼哨,原在阵外的汉军弓弩手,全数退入阵中,不见踪影。胡骑正在高兴,忽闻汉阵中一阵呼喝,外围戎车掀开顶盖,立起无数六石弩手,张弩发射。前锋数百胡骑,立时被射成刺猬一般,尽数栽倒。

奔突了半晌,胡骑见冲阵无望,军心便动摇,步伐渐渐缓了。灌婴冷笑一声:"这等功夫,来做甚么!"当下又擂鼓一通,其声震人心魄。

八卦阵中,汉军步骑闻声而动,开阖不定,舒卷如龙。但见戎车移动,敞开阵门,马军从四面杀出,直踏入对面胡骑队中,以短兵左右砍杀。

那匈奴兵本就无战心,见汉军阵开,铁甲骑士四出,一下便慌了。

汉军骑士以逸待劳,此时士气正猛,踏入匈奴疲惫之阵,如入无人之境。一时间杀声、呼痛声、短兵相接之声,混作一团。

汉马军冲过之地,胡骑阵势已七零八落,死伤枕藉。忽又见汉军戎车动起,转眼变作四路,车上甲士执盾持戟,在前掩杀。后随无数步军,手持长戟,密如棘丛,直是铺天盖地而来。

胡骑前队见不是事,发了一声喊,便四下奔逃。后队勒马不及,互相践踏,立陷混乱之中。

右贤王在队中见了,哀叹一声:"灌婴终是神将,吾不及矣!"便急急下令退军。

匈奴兵闻令,个个都想逃生,拼死掩杀了一阵,便向大荒深处逃去。狂奔了半日,回望汉军并未来追,右贤王才松口气,对左右道:"汉天子昔为代王,知我虚实,吾辈未可小觑。"慌乱中,携了掠得的人畜,匆匆向漠南退去。

灌婴眼望远处尘头,不禁哈哈大笑:"右贤王,你纵然白了头,也还是奈何不得我!"笑毕,便挥军大进,四处搜杀残敌。

旬日之间,北地便再也不见匈奴一人一骑。文帝为壮声势,亦率军进至高奴县(今陕西省延长县),与灌婴大军呼应。无多日,灌婴处传回来捷报,称大军挟天子之威,一击之下,数万胡骑无心恋战,望风而逃。诸将士意犹未尽,不欲退兵,今暂留边境，以作震慑。

文帝阅完军书，先是大喜，继而又惘然若失，与老将柴武等人道："上苍怜我，竟不教我亲冒斧钺，今生若想建平虏之功，怕是不能了。"

柴武便高声赞道："陛下宽仁，以文治天下，远胜武功，那匈奴怎能不惧？"诸将闻之，亦齐声称颂。

文帝便摆摆手道："诸君为武夫，不奉承也罢。汉家今日，仍不可与匈奴战，今日小胜，不过凑巧罢了。此番右贤王犯境，京师惊动不小，我君臣切不可大意。朕之意，可命中尉庐福调发五百里内'材官'（预备役）来守长安，统为卫将军薄昭所属，以作护卫。"

柴武连声称善，趁机便劝道："此次陛下统兵月余，尽了兴，还请速返驾长安。这高奴县太过荒僻，只可作几日歇息，不宜久留。"

文帝想了想，便对诸将道："数万人马，这一番惊动，若只在高奴县止步，岂不是扫兴？不如转道赴代地，看我旧臣民如今怎样了，慰劳一番也好。"

诸将互相望望，也只得遵命。于是，文帝銮驾当日便启程，转往太原国去了。

说起这太原国，原为代地境内的太原郡。年初文帝封皇子时，划出此地新置为国，封给了三子刘参，都城仍是晋阳。

大队卤簿入了晋阳城，文帝看一草一木都亲，不禁感慨万千。刘参的太原王宫，便是昔日的代王宫，未加修饰，一如旧貌。文帝各处看过，面露眷恋之色，便将此处暂作行宫，大会旧日臣属。

文帝在此为代王时，待臣下甚恭，离去之后，旧臣属无不感念。今日见旧主归来，情动于衷，都忍不住泪流。

文帝逐个寒暄过，执手问候。闻有病殁不寿者，不禁感叹唏嘘。众旧臣一一谒见毕，文帝便道："朕在长安，无一日能忘晋阳。旧时情景，如在昨日。今入城，便似重归故里。诸君往日随我，勤勉从政，亦常随我忍辱，今日重逢，不可不赏。"说罢，便命涓人搬出些财宝，分赏了众旧臣。

旧臣感激非常，都连呼"万岁"不止，声震屋宇。

文帝摆摆手，又道："今次北征，匆忙中未多带财物，所赐，不过表些许心意而已，诸君不必谢。老子曰'天下有始'，于朕而言，天下便是始于太原。太原官民，与我共过患难，皆如家人一般，今日我稍有荣耀，便不能忘本，必有还报。"

随即下诏，所有旧时属官，皆论功行赏，各得拔擢。晋阳百姓，按闾里赐给牛、酒，又免去晋阳、中都（今山西省平遥县）赋役三年。旧臣闻旨，都觉惊喜，纷纷伏地感泣。

会见旧臣毕，文帝又在城内各处拜访，见过许多父老。如此十余日过去，忽感疲惫，便在行宫略事歇息，与随驾诸臣闲谈。

诸臣中张武是代国旧臣，抚今追昔，尤为感慨："往日在晋阳，诸事艰难，我辈甚为君上担忧，然亦无奈，怎敢想有今日？"

老将徐厉在旁也道："陛下坐拥天下，就该返乡，召见父老，方为痛快！"

文帝抬眼看看，不禁微笑道："你曾随高帝返乡，彼时是何心情？"

徐厉捋须大笑，朗声道："高帝十二年年初，臣随高帝返乡，端的是心情大好。征伐数年，刀山血泊里爬过，死过几番，及至返乡日，方觉这番闯荡，甚是值得。"

文帝环视左右，忽又伤感起来："当年高帝还乡，身旁猛将如云，尚叹'安得猛士兮守四方'；如今岁月不居，壮士凋零，能随朕征战的，仅诸君数人。悲哉无过于此，我焉能不心惊？"

柴武见文帝伤心，忙岔开话头道："人君有为，功成自当返乡。当年项王，放着关中王不做，也要返归故里……"

文帝便猛抬头，望住柴武道："高帝在时，曾屡次言及此事。吾当时年幼，尚不知其深意。"说到此，又转向诸将道，"此事诸君恐都有耳闻。幼年时，高帝曾与我言，项王入关中后，火烧秦宫东还。时有韩生，献计于项王，说可建都于关中，成其霸业。项王只道：'富贵不归故乡，如锦衣夜行，有谁知之！'项王之误，可以为鉴，故而高帝只忧壮士少，难以守社稷，而不谋还乡……"

柴武连忙揖道："臣劝陛下返长安，也正是此意，愿陛下以守社稷为要！"

文帝当下怔住，顿感大惭，起身向柴武揖道："公之见，远胜于朕。朕出甘泉宫，又在太原勾留十多日，今日当归去了。"

次日朝食毕，正当各军欲拔营之时，忽有八百里急报递入，称济北王刘兴居反，在博阳举兵五万，一路西进，攻城拔寨，兵锋直指荥阳。

文帝阅毕，手臂微颤，默然无语，将简牍递给左右看。众臣看罢，皆愤然道："济北王以刘氏子弟而作乱，窥伺大统，实乃开了恶例，为立朝以来所未有。"

文帝恨恨道："刘章功最大，生前并未反，倒是这个刘兴居反了！"

柴武便道："济北王性躁进，胸无长策，不足为虑，容臣领兵讨灭便是。"

"不可如此想，将军恐是轻敌了！楚汉争锋，当年争的就是荥阳。荥阳为天下之要枢，得了荥阳，便可得天下。他反帜方举，便知来夺荥阳，此等谋略，不可谓躁进。"

"陛下，以臣之见，济北王欲反，至少已筹划数年，身边有谋士为他献计，也不足怪。诸侯王若作乱，无论刘氏与否，皆是以下犯上，朝廷发兵，乃是以示天威。彼之败，只在指顾间耳，陛下请勿虑。"

文帝放下军书，思忖片刻道："济北王于旬日前举事，今已攻入梁国（今河南省商丘市一带）。观其势，兵锋迅疾，日趋百里，志在攻陷荥阳，诸君不可小视。"

柴武起身，前趋一步道："济北国兵寡人稀，所裹挟者，无非泼皮无赖，不堪一击。"

"纵是如此，为何反帜一竖，即有吏民响应？莫非朝廷宽仁尚不足，民间有难解之怨？"

此时栾布出列应道："即是上古三代，唐尧虞舜，治下亦有不逞之徒，不事生产，而谋侥幸。此辈趁机作乱，只为钱财，天下一日不大同，此辈即一日不绝迹，而非君上之过也。昔在彭王麾下，臣多见此辈，不值一哂。"

文帝颔首笑道："我想也是。食有粟，居有屋，立功有赏爵，却要作乱，便是想做王侯了。此等群氓，若生在秦末，或可得逞；既生于汉兴时，便是做梦了。"

柴武朗声道："既是作乱，还有甚么好说？臣愿领军一支，与之力战，誓擒济北王以还。"

文帝环顾诸将道:"济北王虽曾任武职,终非领军之才,焉用甚么力战? 只是这无谋竖子,以同姓王而作乱,首开恶例,决不容宽恕。兵家曰:'善用兵者,屈人之兵而非战也。'朕之意,须以驱北虏之策,出师多多益善,唯求势大。在座诸君,不妨都前往,以我堂堂之阵,惊慑敌胆。待他军心一乱,便可不战而胜之。"

座中柴武、徐厉、张相如、栾布、张武等诸将,都一齐拱手道:"臣愿往!"

文帝便问张武道:"齐王刘则那里,可有异动?"

张武回道:"自济北王之国,御史大夫张苍即有眼线在彼。张苍近日知会臣下:数月来,齐王与济北王交通甚少,亦无异动,似未有反意。"

"嗯,他不反便好。朝廷发兵,宜速不宜迟,大军出关,齐王便不敢妄动。倘若发兵迟缓,贼势渐大,牵动齐王合流,事便难矣。势必闹到四方烽烟,万难收拾了。"

诸将闻言,都踊跃不止,恨不能立即提剑上马。

文帝遂与诸将商议,定下平乱之计:急令灌婴罢兵,回防长安。又拜柴武为大将军,率四将同往,发太原兵与随驾关中兵马一部,共十万余众,即日东出讨逆。另遣别军一支,往荥阳增援。

张武又建言道:"讨伐大军东进,无须衔枚,宜大张声势,意在震慑。济北王麾下,无非鸡鸣狗盗之徒,应声作乱,实属心存侥幸。彼贪利之辈,终无报主之心,震慑之下,不旋踵即可瓦解,焉能成大患?"

文帝大喜道:"正是此话。朝廷十万兵,纵横山东,即是持戈游行,亦可威震中外。各位,今夜便歇息不成了,各去提点兵马好了,事不宜迟。"

诸将握拳攘臂,齐声应诺,皆面露兴奋之色。

待布置停当,五将军即调发兵马,自晋阳倾城而出,直扑梁地,欲迎面拦截济北之兵。

大军走后,文帝看看再勾留不得了,便下令返长安,与晋阳父老依依作别。有父老数人拦住车驾,涕泗交流,直不欲文帝离去。文帝亦含泪道:"太原,朕之龙兴地也,须臾不敢忘。今离去,便是为明日可再来。"父老这才放手,目送大队远去。

秋七月,车驾返归长安,文帝立即诏发天下,怒斥刘兴居"背德反上,贻误吏民,为大逆"。为离间刘兴居与徒众计,又明谕道:凡济北吏民,王师未至即降者,或率军来归,或开门献城,皆赦免,官复原爵。曾与刘兴居交往者,若未反,亦赦免不问。

谕旨一下,山东各郡国为之一振。半月来,各地官民惴惴不安,唯恐天子文弱,挡不住乱兵,天下将又陷入纷乱。今见朝廷大军出动,旌旗蔽野,甲光耀日,恰似高帝东征之盛。百姓便群情激奋,深挖壕堑,垒土固墙,一心要阻住逆贼来犯。

话分两头,且说那济北王刘兴居,卧薪尝胆数年,直至做了诸侯王,方觉手脚施展得开了。年前,闻次兄刘章郁闷而死,当下就想造反,权衡了一番,却未敢动。

及至属官从长安传回密报,称天子御驾亲征,偕一班老将,都去了甘泉宫,丞相灌婴更是率军远赴北地。刘兴居便料定长安空虚,想到何不趁机起事,也学一回高帝,破关而入。

时刘兴居已收服了相府,帐下有若干文武之士,见识不凡,向他建言道:"大王应以陈豨、臧荼为戒,既揭反旗,便不能死守巢穴,务以奇兵袭夺天下之枢要,先占了荥阳再说。荥阳攻下,天下不愁不乱;济北之义兵,翻手便可成赫赫王师。"

又有人献计道:"我军攻下荥阳,应趁灌婴在北地之际,挥师长安。其时义军声势,必不输于当年陈胜王。以数十万呼啸之众,叩关西进,岂是区区数万北军能挡的?"

谋划既妥,刘兴居意气陡增,即在博阳竖起反旗,招兵买马。三日间,竟聚起徒众五万余,摇旗鼓噪,耸动乡邑。旬日之间,济北军便高张旗帜,车马相衔,杀出了博阳城。西进之日,亦不发檄文,务求昼夜疾进。拟夺下荥阳后,再传檄四方。

誓师当日,刘兴居率文武属臣,擐甲执兵,各登戎车。放眼看去,见麾下数万丁壮,人人头裹白幅,如雪海一片,虽衣甲不整,气势却甚旺。刘兴居心下大喜,振臂道:"诸儿郎听好:孤王为高帝后裔,血脉至纯,不忍坐看天下崩坏。吾与兄长刘章,皆为平吕功臣。老臣周勃、陈平曾有前诺,允推吾长兄刘襄入承大统。然尸位老臣,心存偏私,事成则食言,弑少帝而扶旁支,致吾长兄、次兄皆抑郁而终。天下公道何在,莫非都喂了狗吗?"

众军便齐举刀矛,以足顿地,喧哗大呼。

　　刘兴居遂又拔出佩剑来,举过头顶,道:"此剑,乃家兄城阳王佩剑,今传于孤王手中,便是要手提此剑,杀入长安,去问个究竟。天下不平事,涕泣百遍也无用,唯以手中剑可削平之。诸儿郎若肯随我,举义旗,兴哀兵,讨还高帝之天下,事成,首义之卒加官授爵,各在二千石以上。到时,即便王侯也可做得,为子孙争个万世荣华。儿郎们,可有心随我反正?"

　　"有——"众军闻之,立陷狂热,呼吼声闻于四野。

　　自是日起,济北军所到之处,城邑非降即破;吏民游杂,群起投效。军兴方旬日,竟已裹挟了七八万之众,呼啸疾进,杀入了梁国地面。那梁王刘揖,乃文帝幼子,因年齿尚幼,并未就国。梁都睢阳城内,仅有丞相、都尉掌事,见叛军卷地而来,所向披靡,知道招架不住,都弃城逃去了。

　　攻入睢阳,刘兴居志得意满,觉重演高帝旧事即在眼前。此前数日,他曾分遣使者,赴齐国与城阳国两处,知会了侄儿齐王刘则、城阳王刘喜,以期得两处助力。然旬日过去,却不见有何动静,知是二人胆怯,不愿合谋。刘兴居倒也不以为意,狠下心来,想到自家独担大事也好,待踏破崤关,坐了帝位,便无须与诸侄分功了。

　　却不想,在睢阳迁延数日,竟然误了时机。原来,那数万叛众,倒有大半是裹挟来的,无非市井无赖者流,进了富乡大邑,便忙着四处流窜,劫掠嫖赌,全无军旅模样。刘兴居数度号令,怎奈乌合之众,哪里肯听。

　　费时多日,待徒众抢掠得够了,好不容易集起队伍,正欲杀向荥阳,忽有探马来报:朝廷以蒲棘侯柴武为主将,统兵十万,自太原轻兵疾进,声言讨逆,已阻住前路。另有朝廷别军三万,也已开进荥阳助守。

　　刘兴居顿时瞠目。济北起事,原本贵在神速,早些攻入函谷关,或可致天下大乱,趁势夺下长安。若被朝廷兵马抢了先机,胜负则难料。所率徒众,尽是未经战阵之丁壮,与柴武大军对垒,实无胜算。

　　正犹疑间,朝廷讨逆檄文发下,已传入山东各郡。附逆吏民看了,都知朝廷仁厚,降了官军便无事,哪里还有战心?又闻柴武大军已逼近,便知大势不妙,不免人心惶惶。

刘兴居退无可退,迟疑了两日,只得硬起头皮,驱兵自睢阳西进。方攻入尉氏县,便与柴武大军迎头撞上。

待两边将阵对圆,高下立看得分明:柴武那边,以关中兵马为中军,太原兵为两翼,兵精将广,猛如貔貅。这边济北军,则半数为民间丁壮,军伍不整,旗甲参差。

刘兴居心知生死只在这一战,不禁气血上涌,跳下戎辂车来,跃上马匹,在自家阵中回环疾驰,一面高呼:"儿郎们,我军今执大义,正气在我,无须胆怯。能杀柴武者,可封万户侯!"

济北军见主将并无惧色,心中略略踏实,便也陡增神勇,挺戟大呼道:"封万户侯咯——"

刘兴居见士气尚可用,心下稍安,策马冲出本阵,直指柴武阵中大纛,呼道:"蒲棘侯出来,可敢与我对决?"

两军之间,只见对方阵内,一员骁将拍马而出,横戟喝道:"哪个小儿在张狂?"

刘兴居抬眼看去,见是松兹侯徐厉,便道:"我只与柴武答话,与你无干。"

徐厉嗤笑道:"黄口小儿,我随高帝征伐时,你还在娘胎里,也配来舞刀弄剑?"

刘兴居昂首怒道:"闾里匹夫,不过高帝仆役,侥幸得爵而已。汉家赏你个区区亭侯,也配与我说话?我堂堂皇孙,为兄长讨公道,力复大统,无须你啰唣!"

徐厉骂道:"咄!你道我不识你父?外妇子孙,得了富贵便好,还谈何大统不大统?"骂毕,便朝对面军卒大呼,"济北军听着,朝廷有旨,济北王犯上,罪在不赦。朝廷开恩,胁从者降了便不杀。此时不降,更待何时!"

刘兴居正要回骂,忽闻对面阵中,猛地擂起了惊天鼙鼓。十万汉军闻鼓,发一声喊,便分左右两路,漫野掩杀过来。

济北军哪见过这等阵势,前军气势先就短了一截,无奈硬着头皮迎上。刀光起处,血肉横飞,断肢落了满地。

那作乱徒众,一路执戈耀武,百姓见了望风而逃,便以为兵器在手,杀伐不过是游戏一场。今日撞见朝廷大军,转眼就刈麦般被砍倒一片,这才纷纷叫苦不迭。刘兴居见势不妙,率长史、中尉等呼喝督战,勉强杀了一阵,仍难敌柴武大军如潮卷来。

后军望见前军尸横遍野，不由吓得胆裂，看看尚有退路，便弃甲而逃。数万后军，顿成犬羊四散，旗甲抛落一地。

刘兴居见勒兵不住，怒骂了一声，也只得拨马后退。部下兵卒见状，更是惊惧，争相践踏奔逃。所谓义师，立成溃散之势。

徐厉见了，忍不住大笑道："济北王，便是如此本领吗？"

不过片时，徐厉策马追上，长戟一挥，将刘兴居刺下马来。大队汉军喧呼奔进，一拥而上，将刘兴居紧紧逼住。

徐厉以戟抵住刘兴居胸甲，叱道："小儿，还当是在长乐宫吗？"

刘兴居挣扎而起，啐道："负义猪狗，恨不当日便击杀了你！"

"你当日得势，无非借吕太后之威，还有脸面提起？今日战罢，你方知老臣不可欺。"

"呸！狗便是狗，岂知大义。你随了刘恒，便不是狗了吗？"

徐厉也不理会，只吩咐左右："勿伤害，绑了献与蒲棘侯去。"

此后数日，汉军擂鼓大进，附逆城邑望风而降。博阳吏民见大势已去，便绑缚了王宫、相府属官，遣使来军前请降。半月之内，济北国即告廓清，无一城一乡拒降。

再说汉军大帐中，柴武见了刘兴居，略一揖道："济北王别来无恙。恕王命在身，委屈大王了。"便命左右为刘兴居解缚。

刘兴居昂首道："成败天数也，无须你来假惺惺，推出我斩了便是。"

柴武微笑道："哪里。今上仁厚，当另有处置。济北王不必多心，且随我入都就好。"

刘兴居仰头长叹道："当日居权要，中外皆仰我鼻息，不意竟败在裨将手中。"

"大王，赌气话休说！老子曰：'善之与恶，相去若何？'大王昨日诛吕，是为善；今日谋逆，便是为恶。善恶殊途，胜负便也不同，就不必争一时意气了。"

"猪狗，说这些还有何益？快将我杀了吧！"

　　柴武脸一沉，便不再多说，命左右褫下刘兴居战袍，押去软禁起来。

　　秋八月中，柴武安抚好济北吏民，便班师回朝，携刘兴居及俘获属官在队后。刘兴居所乘辒车，帘幕低垂，四围有甲士看押。好在虽夺去衣冠，却未械系，手脚都还自如。每日打尖，也有些酒肉，只是绝无逃脱可能。

　　刘兴居胸中有恶气，只想詈骂，想想骂又何益，徒伤英雄气，只得忍住，每日在车上闭目不语。

　　徐厉当年与刘肥有旧，看到此景，竟也有所不忍，便常来车前，嘱押车校尉好生照看。

　　这日，大队行至虎牢关，西望崤山，已可见叠嶂千重。车马便都停下，驻足小憩。徐厉踱至车前，撩起门帘劝慰道："事已至此，怒又何用？明日见了今上，多言孝悌，到底今上也是你叔伯，血脉不分。说些软话，服罪即可，无非是夺了王位，又不误富贵。"

　　刘兴居怒目徐厉，冷冷道："我本贵胄，富贵岂是我所求？"

　　"贤侄，人既得富贵，更有何图？"

　　"与蝼蛄辈，说也无益。"刘兴居遂将头一昂，不再理睬。

　　徐厉见他抱定必死之志，也只得摇头，转身而去。

　　次日，车行在崤函古道上，颠簸了一整日。晚间歇宿，校尉唤刘兴居下车。唤了几声，却不闻回应。正迟疑间，忽闻车内一声大吼，继而声息全无。那校尉慌了，忙掀帘去看，见刘兴居在车中躺倒，颈间血流如注。校尉连呼不好，登上车去摸脉，竟是渐无脉动。扶起看看，人已奄奄一息，不多时，便毙命了。

　　柴武、徐厉等人闻报，连忙赶来，见是刘兴居不甘入朝受辱，竟自己扼喉而死，都禁不住叹息。柴武吩咐左右，将刘兴居尸身裹好，置于车上。又告诫押车校尉，看管好其余叛众，勿使有人再自戕。

　　入朝复命当日，诸将抬了刘兴居尸身上殿，验明尸身。文帝欲起身察看，想想又作罢，只问诸将道："济北王可曾服罪？"

　　徐厉禀道："臣劝过济北王，无奈他死志已定。"

　　文帝忽就想起登位那夜，刘兴居前后奔走，出力甚多，心中便有愧疚，自觉对齐悼惠王一脉未免压抑太甚。如今刘兴居已死，赦免也是迟了。思前想后，便下了诏令，赦了济北国所有作乱吏民。

　　随后，文帝又问过典客，知齐悼惠王刘肥诸子嗣，除刘襄一支袭了王位之外，尚有七人，皆为白丁，确乎难以服人心。便又下诏，封刘肥之子刘罢军等七人为列侯，以作安抚，免得再生出甚么乱子。至于济北国，原是为刘兴居而置，今日竟成赘物，大不吉利，于是下令撤罢，不复再置。

　　这一年秋，汉家内外祸患迭至，多有险象，到此时方告消歇。

六　贾谊惜被聪明误

天下既安,文帝心亦安,此时又值后宫添了新宠,乃是慎夫人与尹姬。文帝轮流临幸,琴瑟和谐,真真是宫掖内外,皆有喜色。

单说这位慎夫人,系选自邯郸民间,与窦皇后俱是赵国女子,姿色却胜过窦后许多,能歌善舞,又鼓得一手好瑟。此时的窦皇后,因染了病,渐渐生了目疾,竟然与薄太后相似,几近半个盲人了。如此,文帝眷顾便渐衰,将那万千宠爱,都移到慎夫人身上去了。出入起居,慎夫人俨如正室,均与窦后同席。

这慎夫人,亦如当年的窦姬,是个冰雪聪明的女子。知那宫闱之中,看是锦衣玉食,却处处隐含杀机,早先戚夫人之死,便是因惹怒了天子正室。自家之所长,不过是与戚夫人一般,有美色,善歌舞,这恰是遭嫉的祸端。于是进退举止,都用尽了心思,只要外人说一个恭谨贤良。

平素里,慎夫人待窦后十分知礼;待那多病静养的薄太后,亦是殷勤照护,直如亲生女一般。在文帝面前,更是处处小心,巧为固宠。如此既久,无论内外,果真人人都夸慎夫人贤淑,上下相安,自是无话。

这年秋,汉文帝携窦后、慎夫人,乘辇同往上林苑游幸。至夜,在上林苑摆下宴席。

开宴之前,上林郎前后奔走,忙着安置席位。他知慎夫人为文帝宠妾,起居同于皇后,便未加多想,将慎夫人之座置于上席,与窦后并列。

原任郎中的袁盎,此时已擢为中郎将,正在当值护驾。见席间此状,便面露不豫之色,唤了涓人过来,命将慎夫人座搬开,移至下席。

那慎夫人平日与窦后同席惯了,见自家竟要坐下席,不由恼怒,昂头便问道:"这上林苑,不属汉家吗?"遂不肯就座。

文帝见了,也是生气,然亦不愿当众叱责袁盎。便执慎夫人之手,乘辇车回宫去了。其余诸人见不是事,也先后登车而去。一席酒宴,竟一箸未动,于摇曳灯火下看去,竟是一派凄凉。上林郎顿感惶悚,立于庭中,不知所措。幸而文帝回宫后,并无言语,故无人为此受责罚。

饶是如此,袁盎耿直,胸中仍有块垒未消。数日后,袁盎在前殿当值,正遇文帝步出,便按捺不住,上前一步说道:"陛下稍留,臣有事要奏。臣闻尊卑有序,则上下和。今陛下既已立皇后,慎夫人乃妾,妾岂可与皇后同坐? 同坐,便是失了尊卑。且陛下宠幸慎夫人,常有厚赐。陛下以为是为慎夫人好,却不知,如此偏私,恰是肇祸之源。细数惠帝年间往事,陛下独不见'人豕'①二字乎?"

文帝闻听"人豕"二字,不由心惊肉跳,直盯住袁盎,吐出几个字来:"说得好!"

当夜,文帝即召慎夫人,登上柏梁台小坐,将袁盎之言告之,随即赞道:"这袁盎,倒是个骨鲠之臣。"

慎夫人脸登时涨红,怔了片刻,才缓缓道:"袁盎此举,还是为臣妾好。"

文帝道:"正是。今日固无吕氏之祸,然人言亦不可不畏。"

慎夫人便以团扇扑流萤,望月半晌,又叹道:"戚夫人惨事,臣妾于民间即闻之。父老们讲起《舂歌》,闻者多流泪,皆言宫掖女子命苦,还不及寻常人家。"

文帝闻此言,心中便有寒意,又殷殷嘱道:"新晋者,须藏锋芒,勿争名分,隐忍方得长久。朕自即位之日起,即不敢衣锦绣,只以厚缯②为袍服,夫人只学我便好。

① 豕(shǐ),猪。人豕,即前文之"人彘"。
② 厚缯,即"绨",古代一种粗厚的丝织品。

明日起，你衣不得曳地，帷帐不得文绣，以示敦朴，为天下先。久之，人们看在眼中，名声便好。"

慎夫人欣然道："陛下想得周全，臣妾明日即服民妇之裙，不争座席，求得安泰，一如民间小户之妇，亦是其乐融融。袁盎耿直若此，妾身倒要好好谢他！"说罢，便唤一宫女近前，吩咐备好五十金，明日赐予袁盎。

文帝频频颔首，赞许道："甚好甚好。逆耳之言，值得万金呢！"

此时一阵凉风拂过，两人都裹了裹衣服。文帝抬眼望望夜空，忽指给慎夫人看："古诗所谓'七月流火'，便是这天象了。周代之七月，即为当下时节，看那'大火'星已横斜，暑热便都散了。"

慎夫人跟着望去，笑道："幼时在家，遇此时节，正是鹅肥谷黄时。若田禾大熟，家家便都欢悦。"

"天下安泰若此，乃天所眷顾，朕当小心备至。大事须谨慎，衽席①次序之事，则马虎些便好，夫人当解朕之苦心。"

"那是自然。臣妾入宫迟，且无大德，应自知收敛。不似那贾谊大夫，满腹韬略，可以傲视当朝。"

说到贾谊，文帝神情就是一振，笑道："贾谊，朕之张子房也，兼通儒、道两家，常有奇谋。他劝朕以德为上，施惠万民。日前为朕献劝农、安边之策，至为精当，可谓社稷之臣。明日朝会，当请诸大臣拟议，拔擢他为公卿。"

慎夫人便向文帝贺道："陛下得人，乃汉家之福。朝中有能臣，四海便可平安，妾也好与陛下常来此，安享清福。"

两人说说笑笑，不觉夜深，慎夫人便劝文帝早些歇息。文帝颇觉尽兴，遂起身，牵执慎夫人之手，一路下了柏梁台去。

岂料，次日于朝堂之上，文帝说起欲擢贾谊为公卿，灌婴及九卿等诸臣，皆默然不语。

---

① 衽席，指皇帝与后妃之间的礼仪。

文帝好生奇怪，便问道："贾谊大夫屡献良谋，大利于天下，论功理当拔擢，莫非诸公不以为然？"

灌婴迟疑片刻，方回道："陛下此意，臣等始料不及，容臣与诸公细细商议。"

文帝便道："老子曰'知人者智'，朕知贾谊之大才，诸公当高兴才是。"

此时，典客冯敬跨上一步道："然臣所知，老子亦曰：'不以智治国，国之福。'汉家素重忠厚之臣，陛下亦得其利。至于聪慧少年，来日方长，似可缓用。"

文帝便变色道："朕竟不知，冯公亦通《老子》！以公之意，贾谊主张以智治国，竟是'国之贼'吗？"

冯敬大急，慌忙跪下谢罪道："臣言语不当，望陛下息怒。然臣之所谏，乃肺腑之言也，即使获罪，亦不敢不言。"

灌婴见此，忙插言转圜道："贾谊大夫之才，世人皆知。只是拔少年为公卿，臣等闻所未闻，故而惊诧。"

"你等皆为高帝旧部，所历甚多，远胜于朕。我倒要问：昔年那御史大夫赵尧，不也是新晋少年吗，如何便能当得大任？"

灌婴回道："赵尧之任，实属侥幸。施小伎，投上之所好，才得晋身公卿，众臣无有一个心服的。后贬为布衣，虽有其故，也是势所必然。"

文帝便心甚不悦，冷冷道："少年上进，并非老臣便要退下，诸公总不是嫉妒吧？"

灌婴连忙道："哪里敢！事起突然，容臣等散朝之后，再行商议。"

不料事过半月，诸臣并无片语上奏。文帝正要过问，忽见数日之间，由周勃、灌婴、张相如、冯敬等带领，众大臣纷纷上书，力谏不可重用贾谊。更有痛诋贾谊者谓："洛阳少年，喜变更，多险计，意在擅权，不宜轻用。望陛下三思。"

稍后半月，各郡国竟有谏书纷沓而至，无日无之。开初，文帝尚能一笑置之，后见阻谏甚多，公卿多半都极言不可用贾谊，心中便郁闷异常，以为定是周勃在后策动。

这日，文帝于夕食时，赴长乐宫为薄太后奉羹饭，于席间，忍不住叹气连声。

薄太后怪之，忙问道："恒儿，缘何事不悦？"

文帝迟疑片刻，叹了口气，方答道："为拔擢贾谊事。"

薄太后当即便猜到："莫非诸臣力阻？"

文帝道："正是，连那周勃在封邑，亦有谏书来。儿臣以为，老臣们不过是妒忌。"

"此事哄传，内外已纷纷扬扬。恒儿要小心，老臣所言，或不尽然悖谬。"

"风摧秀木，自古已然。儿臣若不是天子，有周勃者流在，恐也将遭人进谗，永无伸展之日。"

"话不能那样说。少年多智，固然可喜，然老成当国，亦为历朝之镜鉴。用贾谊任事妥否，为母不敢乱说。然少年得势，恐非吉兆。你看那淮南王刘长，不也是少年？此人骄横跋扈，实可忧心。闻听他在国中，车舆服饰已与天子同。如此少年，便不可不防。"

"小儿刘长，无非仗势骄纵，岂能与贾谊大夫相比？"

"事有相似，其理或一。我闻说，恒儿命慎夫人裙不曳地，这正是韬晦之计，所虑久远。那贾谊少年多才，不令其冒进，才是真的回护吧？"

闻母后此语，文帝默然良久。侍奉饮食毕，缓步返归未央宫。行至飞阁复道上，驻足凭栏，望见两宫广厦千间，心中就颇不宁。想起高帝安抚功臣事，竟踌躇起来，想那安抚老臣，莫非真是天下至大之事？

如此伫立良久，文帝觉秋风拂面，仿佛吹来谷香，便想到田舍人家，最喜的还是这秋熟时分——事到老成，人心方安。这老成谋国的古训，流传了多少代，必有其道理在。然转念又想：贾谊才调，乃是千古难得；其言若采纳之，可惠及后世万代。如此大才，不予擢升，岂非逆了天理？

左思右想，不得其解，只得怏怏回到宣室殿，凭窗望天，惆怅不已。

过了几日，文帝仍觉心头郁结。欲与人商议，又觉内外诸臣中，无人可解心中之惑，便想召太史令来问卜。正要传旨，忽想起多时不见的阴宾上，倒是个可商议之人，便遣人出宫去寻。

等了半日，那阴宾上才姗姗来迟，见了文帝，行礼如仪。

文帝见阴宾上华服俨然，举止雍容，已全无野老模样，便笑道："多日不见，先生衣饰奢华，竟是一身公卿气了。想必是长安居，甚为安泰？"

阴宾上便面露愧色，回道："陛下所责甚是，小民也是不得已。"

"如何讲呢？"

"老夫往昔，不过一江湖方术士，沦于下潦，凭口舌讨得两餐。生计虽苦，倒也不为外物所挟，可谓优游度日。"

"哦，那倒是。"

"自从蒙陛下恩典，得居长安，衣食无忧，心中反倒不安了。"

文帝便笑道："衣食有着落，民之大事也。大事无忧，你还有何忧虑？"

阴宾上答道："往日衣食不足，辗转于途，臣亦曾作如此想。然时至今日，才知富贵亦有富贵的苦处。"

"先生莫非还不餍足？"

"哪里。鬼谷子曰：'凡谋有道，必得其所因。'此话臣早便熟知，原以为是庸常道理；今日方知，所得若无因，便是有愧于天。"

文帝听得有趣，便道："先生所得，亦不可谓无因；这且不提，只不知你缘何烦恼？"

"居长安已有年余，看众人碌碌，却鲜有识见卓异者。公卿爱财，自不必说了；即使那凡俗田舍翁，心头所藏，也无不是财、爵两字。邻里诸人，闻听老夫曾蒙天恩，不识者也来叩门，无非是要攀附、请托，以沾些好处。臣乃一布衣，素不结交公卿，如何能如其所愿？拒之，则人皆恨我，谓我仗势跋扈。若不拒，收下贿金，我哪里识得甚么高官，如何能白白吞了人家财物？"

"哈哈，看先生今日，华服遍身，莫非皆是邻舍相赠？"

"不敢！纳人钱财，便是亏了心。小民原本布衣蔬食，蒙陛下召见之后，若依旧是布衣蔬食，邻里便说老夫是吹嘘，哪里识得皇帝，都笑我是骗子。不承想我蒙陛下恩遇，倒落个贫也不是，富也不是，横直都遭人讥讽。"

文帝便忍不住笑："朕想得不周,致先生如此尴尬,倒是事与愿违了。"

阴宾上道："哪里哪里!鸿鹄处燕雀群中,焉得不如此?如今老夫处处做豪奢状,睨视他人,反倒是无事了。出门所见,尽是谄谀之色。"

听了阴宾上一席话,文帝笑个不住："未料想,先生竟也遭人嫉。"

阴宾上道："亏得老夫为布衣,若是朝中人,定要被人扳倒了。"

说到此,文帝才猛可想到,召阴宾上来,是有正事要问,便急忙道："先生说得是,朝中有才具者,屡遭人嫉,这还得了?朕请先生来,正是要讨教此事。"

阴宾上眨眨眼,拱手回道："陛下所问,非小民之智所能及,不如去问太中大夫。"

文帝微微一笑："朕之所问,正是贾谊事。"

阴宾上见文帝并非玩笑,这才敛容,沉吟片刻道："贾谊大夫事,民间亦有盛传。少年得志,眷宠正隆,恐不是甚么好事。"

文帝立时便警觉,催促道："你不妨放胆说来。"

"贾谊大夫蒙恩极重,锋芒又太露,他遭嫉是有道理的。臣以为,智者千虑,也难免百密一疏。他如何能事事言中,白璧无瑕?只怕是陛下盛眷之下,要害了他。"

"哦,竟有如此危殆?"

"他若事事皆成,自是千古佳话。若有一事不成,则百口交毁,成了千夫所指的箭靶。天下所有弊端,便成了贾生一人之罪。到那时,陛下欲救之,亦是难矣!"

文帝大惊,不由心中惴惴,急问道："有何计可解?"

"远放之,乃万全之计。人不在庙堂上,或不至遭嫉。陛下若惜才,便不要令他身处是非中。"

"汉家有如此大才,弃而不用,朕岂非成了昏君?"

"这个不难。用其计,而不用其人,即可两全。"

文帝不由拊掌赞道："先生果然奇人!然则,只用其计,老臣便不作梗了吗?"

阴宾上狡黠一笑："老臣本无甚良谋,所谓群议滔滔者,不过嫉其位而已。"

文帝恍然大悟,欣喜道："先生数语,解了朕心中大惑。"

"那贾谊之才,横贯古今,市井亦人人知晓。若惜其才,便放他一条生路。离了长安,便可保全。只是……陛下切勿心软,不几日又召了他回来。"

"必不如此! 先生之言,使朕猛醒,当永不召回贾生问政。只是骤失此人,朕若再有疑难处,竟是无人可问计了。"

"这个不难。臣所见,世上文士可分两类:一为滔滔雄辩之士,擅出奇谋;一为老辣循吏,长于治安。陛下不妨多招纳文法吏①,多加倚重,老臣们当也无话可说。"

文帝便拍案叫好:"先生之智,可谓通鬼神。今所献两全之计,定采纳之,朕还要厚赏你。"

阴宾上连忙起身,揖谢道:"臣不敢当。臣屡次蒙陛下垂问,安车迎送于宫阙,市井皆知,邻里垂涎,此即是臣无尽之财宝,受用不尽。今若无功受赏,必遭天谴,恕臣辞而不受。"

文帝便有些疑惑:"莫非,先生另有所图?"

"区区无官无爵,一白人而已,更有何所图? 臣平生最慕鬼谷子,奈何才智不济,今日能无病无灾居长安,便可称至福。"

文帝心中感慨,知不便勉强,端详了阴宾上几眼,打趣道:"先生风度如故,面色却是白了些。"

阴宾上便仰头大笑:"蒙陛下恩宠,任是天下至黑物,亦能变白。"

如此送走了阴宾上,又过了几日,文帝便独召贾谊来,寒暄数语,忽就说道:"先生为天下计,劳苦过甚,可以将养一阵了。"

贾谊摸不着头脑,忙回道:"臣蒙圣恩,任此闲职,并不觉有甚操劳。"

"先生还是累了! 可多在家歇息,听候召见就好,也无须去赴朝会了。"

"这……臣遵命。如此,能静心颐养也好。"贾谊心中诧异,不知文帝此话从何说起,只得草草谢过恩,回身下殿。

---

① 文法吏,亦称"文吏"或"法吏"。秦置,掌文书、律法、图籍,自史官中分化而来,与儒生相对而称。

文帝望望贾谊背影,心有不忍,便又大声嘱道:"先生今后,须多保重。"

贾谊闻声回首,见文帝面带忧色,眼中似有泪光,心里不禁起疑,却又不敢多问,只迟疑着退下殿去。

回到宅邸,贾谊思来想去,只疑是自己说错了甚么,却又理不出头绪来,只好搁下不想。此后数月,虽未蒙召见,却一如既往,偶有心得便上书建言,言语愈加激切。

文帝览后,亦是一概亲笔批答,并不见有何异常。久之,贾谊心下也就释然,不再多想了。

转眼间,时已至前元四年(公元前176年)正月。长安北阙甲第内,忽然传出噩耗来,当朝丞相灌婴薨了。举朝文武闻之,皆大恸不止。

那灌婴原为睢阳布贩,早年投军跟从高帝,自中涓做起,终至公卿。一生斩将搴旗,无以计数,尤以追斩项羽为最。如此一位老臣亡故,文帝心中,自是忧喜交并,连忙传诏下去,谥灌婴为懿侯,长子袭爵颍阴侯。

此后数日间,城中公卿相携,车马络绎,轮番去灌婴府邸吊唁了一回。

灌婴殁后,丞相一职,便由原御史大夫张苍接任。说来,张苍此人,亦是个奇才,早年曾为秦始皇的柱下御史,因有罪,潜回故里阳武(今河南省原阳县)。秦末投沛公军后,因通晓律历,博闻多才,多年在丞相府任"计相",专掌各郡国租赋、刑狱、选吏等。至吕后末年,擢升为御史大夫,声望颇著。

昔年高帝登基,奉秦为正朔,以十月为岁首,服色尚黑,一直沿用至今。此前贾谊曾建言改正朔,然高帝、吕后、文帝三朝,于历法之事,君臣上下只服张苍。张苍以为,当年高帝十月入咸阳,定汉家基业,乃是天意,因此秦历之岁首,便不可更动。且以五德之运推算,汉当水德,因而旗帜、服色,也应一如秦制。于是汉初之际,律令、历法、乐律等事,全从张苍一家之言。贾谊所言改正朔,虽有些道理,也只得搁置不论了。

当此际,文帝环顾朝中,人事一新,已几无沛县老臣在列,心头便一松。这日,想了想,忽就唤了张苍来,问道:"张丞相,依你之见,往日贾谊所论当否?"

张苍望望文帝，不知此问是何意，便小心答道："贾谊为我门生，曾从我学《春秋左氏》①。他少年多才，急于事功，确有超群之见。往昔所论，并无不当，然不可操之过急。"

文帝便面露笑容："朕施新政，皆缘贾谊而起。如今朝中，已尽扫陈腐之见，贾生劳碌了许久，从此可以歇息了。"

张苍闻言，立时领悟其意，不由满脸惊愕。本欲为贾谊美言一二，然为避师徒之嫌，只得缄口。

那边厢，贾谊在家中，全不知文帝这番心思。时逢深秋，凭窗望见满眼清丽之景，不禁就吟起屈原《离骚》来，击节唱道：

　　　　日月忽其不淹兮，春与秋其代序。惟草木之零落兮，恐美人之迟暮。不抚壮而弃秽兮，何不改乎此度？乘骐骥以驰骋兮，来吾道夫先路……

正意兴勃发间，忽有丞相府长史登门。贾谊一惊，连忙迎出，只见那长史自袖中摸出一卷简牍，传文帝谕令曰："着令贾谊卸去太中大夫，改任长沙王太傅，着即启程，无须入宫陛辞。"

此事来得突兀，贾谊不禁当场怔住——原来，改任的这个官职，乃是长沙王的辅弼，名虽高，实则无权。兼之长沙地处江南，荒僻多雨，并非福地，显是贬谪无异。

贾谊接了谕令，才猛然醒悟，原来数月间未蒙召见，是早已被疏远。可叹自家痴心，还在一心谋划，念念不忘魏阙。其中缘故，不问可知，无非是众口铄金，连天子也招架不住了。

此时，贾谊年方二十四，正在血气方刚的年纪，本欲上表一道，作别文帝，以剖心迹，然想想又作罢。送走传谕的长史后，即命家人收拾行囊，以备尽早南行。

夜来春雨潇潇，贾谊在枕上睡不着，心中似翻江倒海般，心想周勃等老臣，此次

————————————
① 春秋左氏，即《左传》。为汉朝时书名，亦称《春秋内传》，汉以后方称《左传》。

算是遂了心愿，正不知在如何相庆呢！天子虽睿智，却是少了几分胆量，不敢放手选贤任能。年前还曾口称有意拔擢，转眼之间，便下诏贬至边地，无非欲讨好老臣而已。

世间公道，到何处去寻？只可惜数年来心血，尚未见规模，便化作了清梦。想到此，只觉心中郁结，似要喷涌而出，止不住就狂咳了数声。

贾妻在榻上闻声，连忙寻出汗巾，为贾谊揩干净脸，又燃起灯烛来看，见雪白巾帛上，竟有几点血丝，不由就慌了，忙劝解道："这如何得了？夫君要保重。朝中多事，此去长沙避一时也好。"

贾谊摇摇头道："劝有何用？为人一世，最哀之事，莫过于诚而见疑。"

"世人既看不得你，你便不要那么心诚。"

"甚么话？君子立世，如何能不诚？我为朝廷谋划，赤心可见。千年之下，总有人知我并非虚狂。"

贾妻便冷笑："上天虽有眼，你却如何等得了千年？"

贾谊闻言，不禁默然，睁眼苦思良久，便也不想睡了，兀自起身整理书箧，直至天明。

当日，贾谊去丞相府衙署交了印信，并申领通行文牒。相府主事的东曹掾，为贾谊写好文牒，见贾谊转身要走，连忙拦住，恭恭敬敬请道："公请留步，张苍丞相欲与公话别。"

贾谊略一怔，便冷冷回道："丞相方掌相府，诸事繁剧，学生便不打扰了。"言毕撩起衣襟，大步迈出相府，即登车而去。

一连两日，贾谊闭门不出，收拾好书籍细软。本欲去向吴公辞行，但又恐为吴公添负累。这日晨起，便也不向都中诸公辞行，偕了妻子及家仆，搭乘驿车，出了霸城门。

行至霸桥，贾谊在车上见杨柳依依，叶已零落，心中就更是凄凉。回望长安城郭，烟霭袅袅，一切如故，然那前殿丹墀上，却再无自家踏足之地了。昔为近随，今成谪臣，欲陛辞天子而不得，这又如何能心甘？

贾妻见贾谊忧伤，也垂泪道："到那江南荒僻地，不知可活几日？今日离长安，只恐再难返回了。"

贾谊瞥了妻一眼，愤然道："鸡犬成群，此地有何可留恋？"

"夫君，我看今日事，也莫一味责怪小人，只怪你锋芒太露！满朝上下，竟无一个朋友，方有今日。"

"你妇人哪里知晓？我之立世，全凭学识。不如此，又何以扬名天下？若是呼朋唤友，左右逢源，那便不是我贾某人了。"

"扬名天下，不过是一时，你又得了甚么好处？"

"大丈夫行事，岂能以好处论？"

贾妻便埋怨："事至今日，你还强辩。我一个妇道人家，确是不懂：无好处，来做官又是为何？"

贾谊叹息一声，便不再理会，将身边独子贾璠抱起，置于膝上，仔细端详，心中方觉安慰。

如此跋山涉水，贾谊一路上少言寡语，只把独子紧抱在怀中。途经商洛、襄阳、荆州等处，虽满眼是青山碧水，却无有半分意趣。

当年冬十二月，堪堪走了两千里路，终是到了长沙国。山势平缓处，已望得见都城临湘（今湖南省长沙市）了。一行人便下了车，登船渡湘水。

贾谊立于船头，见水流滔滔，天低云暗，不由就想起屈原来。屈大夫忠君忧国，遗世独立，却不为流俗所容，也是被放逐于三湘，才有《离骚》流传于后世。

《离骚》之辞，汪洋恣肆，贾谊平素便喜吟诵。今日见了湘水景象，方知"时缤纷其变易兮，又何可以淹留"之语，乃是字字泣血。想来屈原当年临水作赋，定是写毕"国无人莫我知兮"一句，便愤然投江的。

遥念古人，贾谊更是心不能平。下船后，方至馆驿，便援笔作了一首《吊屈原赋》，以屈原自比，抒发愤懑。其言辞颇激昂，尤以文末一段为甚：

所贵圣人之神德兮，远浊世而自藏。使骐骥可系而羁兮，岂云异夫犬羊？

般纷纷其离此尤兮,亦夫子之故也。历九州而相其君兮,何必怀此都也?凤凰翔于千仞兮,览德辉而下之。见细德之险征兮,遥增击而去之。彼寻常之污渎兮,岂容吞舟之巨鱼?横江湖之鳣鲸兮,固将制于蝼蚁。

此赋,甚为后世所推崇,南朝文士刘勰誉其为"辞清而理哀,盖首出之作也"。通篇不平之气,溢于言表,直将一班进谗小人视作犬羊、蝼蚁,视自己为凤凰、巨鲸。虽不及屈原所思之执着,却也多出来一股豪放之气。

赋成,贾谊掷笔,吟咏再三,方觉心胸稍有舒展。推窗看去,见行人碌碌,才想起:入了临湘城,首要一事,是要谒见长沙王。

今日那长沙王宫里,早已物是人非,先前那位惹恼了赵佗的吴右,已于两年前病殁。如今袭位的,是第五代长沙王吴著。这位新王倒还好,少年老成,行事平稳。

吴著早便闻听贾谊大名,此次见了,觉贾谊果然卓异不凡,心中顿起敬意,连连揖礼道:"久仰贾公大名,相见恨晚,然终究是来了敝处。"

贾谊连忙回道:"哪里! 贾某此来,不过寄身南国,似一叶飘蓬,唯羡大王有这般从容。"

"贾公客气了,长沙国地远人稀,实是委屈了贵客。孤王继位不久,诸事生疏,贾公要不吝赐教才好。"

"不敢。臣在长安,即闻说大王少年老成,今日见之,果非虚名。"

吴著便叹道:"孤王岂是老成,实是不敢大意。观今日海内,异姓王者,唯孤王一家。若不谨慎,又何以维系? 故先祖曾有遗训:小国之君,最易得咎,万不可张扬。"

贾谊闻此言,不觉心有所动:"此言极是。老子所谓'物或损之而益',也正是此意。臣下在朝时,身历诸多事,实费猜详。大王此语,倒是提醒了臣下。"

"哪里话! 贾公又是何等见识? 即是做了潜龙,迟早也要腾空而去。"

"大王有所不知:臣之志,不在飞扬,而在于治平。虽遭毁誉之累,为天下计,亦不敢辞。"

吴著不由肃然起敬，连声赞道："闻公之言，果然可经天纬地。"

贾谊便摆手道："谋身小事，臣尚不能全，大王这是笑谈了。"

吴著也知朝臣沉浮乃寻常事，不足为奇，贾谊今虽被贬，却未必能久留长沙，不如做个顺水人情。便唤来丞相，密嘱一番，命他将太傅好生安顿。

那丞相亦颇识趣，领命之后，即遣人在临湘城内，着意觅得了一处好宅（在今长沙市太平街太傅里），安顿好贾谊一家，又登门寒暄一番，关照甚周。按吴著的本意，只愿这位遭贬的才子，能在此处闭门读书，不要生事就好。

贾谊见临湘城虽简陋，然山青水碧，民风淳朴，倒是个读书的清净地，便也安下心来。

如此住了十数日，便觉太傅邸百事皆好，唯取水不便。闾巷人家，须挑担去湘水边汲水，甚是辛苦。便雇人在门前打了一口井，不仅自用，也兼利邻人。其井口呈六角形，井沿上小下大，状如方壶，后世称为"太傅井"。此井历经风雨，迄今尚在。

待诸事安顿好，贾谊去拜访邻里，方知此处宅邸，原是屈原被贬时住过的，心下就感念长沙国君臣，原来有这样一番苦心。

闾巷父老们皆言，当年屈原在此，常与邻里相谈，嘘寒问暖，纵论天下，转眼已是百年前旧事了。贾谊闻之，不禁讶异，将那沧桑瓦舍看了又看，竟有些恍惚了。

如此，贾谊在临湘住下，远离尘嚣，神形自如。城中也常有达官、文士来访，因学问相差甚远，寒暄数语，来客便无词可对，只能告辞，故而打扰亦不多。然终究是寂寥度日，于清夜时分，总不免要忆起以往，常自哀伤。

这年四月孟夏，一日黄昏时，忽有一只鹏鸟，停落于居处屋瓦上。这鹏鸟，形似猫头鹰，因夜鸣声恶，上古人视为不祥之鸟。

贾谊见此鸟，不由就感叹：年前方写罢《吊屈原赋》，内有"鸾凤伏窜兮，鸱鸮翱翔"之句，不想今日就应验了，便远远望住那恶鸟，看其如何动作。那鹏鸟也不怕人，扑着翅，又落在了屋内座席上，貌甚闲暇，直直地与贾谊对望。

贾谊心中怪之，便取了卜卦用的《日书》来，占其吉凶。见那书中有谶语曰："野鸟入室兮，主人将去。"心中便一动，忙问那鸟道："敢问神鸟，我将何往？若是吉，请告于我；若是凶，请言其灾。我之寿长短，也请告之期限。"

那鹏鸟竟似通人性，嘴张了两张，仿佛叹息；继而又昂首奋翼，似有千言万语要说。

贾谊不知这鸟要说甚么，便想到长沙地势卑湿，易染疾病，自己淹留于此，命或不长。那卦辞中，所谓"主人将去"，也恰有"主人将死"之意。于是，心中顿起忧伤。

待那鹏鸟飞走，贾谊又呆坐至夜半，觉所思甚多，不吐不快，便又作了一首《鹏鸟赋》。以鹏鸟口吻，洋洋洒洒，抒己之胸臆：

> 贪夫殉财兮，烈士殉名。夸者死权兮，品庶每生。怵迫之徒兮，或趋西东；大人不曲兮，意变齐同。……其生兮若浮，其死兮若休；澹乎若深渊之静，泛乎若不系之舟。

这贾谊，到底不是个腐儒，苦读之中，亦深得道家放达之意，终是悟到：人不过就是一叶不系之舟，漂到何处算何处。"其生兮若浮，其死兮若休"，这才是人间至境。除此而外，更有何求？

于是，贾谊便将以往种种，尽都放下了，想到即是譬如朝菌，明日就死，今日也须看淡。自庙堂上抽身出来，逍遥读书，看来亦不妨。如是，安下了心来，过了三年清冷日子不提。

且说贾谊离长安后，数月间，文帝常念起往时情形，心中亦不乐。这夜掌灯后，心思又起，便命涓人提了灯笼，出得宣室殿，沿太液池漫步，边走边想。

不觉来至槐荫深处，树影幢幢中，忽见前方有一人，披甲执剑，立于道旁。随侍涓人吃了一吓，连声喝问是何人。

那人上前一步，拱手致礼道："臣中郎将袁盎，今夜当值。闻陛下观赏太液池，恐生意外，特赶来护驾。"

文帝便哈哈大笑:"原来是袁中郎! 公之言行,每每出人意料。"

"臣职守在身,不敢大意。"

"这里宫禁森严,又不是在代地,哪里会有事?"

"凡事多留心,总不为错。"

文帝不禁颔首称许,忽而想到一事,便道:"公之笃实奉公,甚可嘉。汉家欲兴,多有赖文法吏。今虽有张苍为丞相,然务实之臣,总还嫌少,公可否荐几人于我?"

袁盎便将剑收入鞘,低头想想,禀道:"臣之属下,有一人,做了十年骑郎。其人忠谨可靠,见识不凡,臣以为可当大任。"

文帝便略显讶异:"入宫十年? 如何仍为骑郎?"

"即是这骑郎,也将做不成了。"

"哦! 如何说呢?"

"一言难尽。"

"来来! 你我君臣,便在此处亭台坐下,从容道来。"

涓人连忙伺候两人坐下,袁盎便将此人的来龙去脉,向文帝禀明。

原来,袁盎所荐之人,名唤张释之,乃堵阳县(今河南省方城县)人。在家为幼子,与兄同住,及年长,由兄长出资,入宫做了骑郎。这一做便是十年,不得升调,于同僚中亦籍籍无名。久之,张释之不由气沮,常叹息道:"久为郎官,通达无望,虚耗兄之家产,还不如归去!"于是,起了辞官归乡之意。

文帝便慨叹:"十年郎官,自备鞍马衣甲,确非易事。若家资不富,也是难为他了。"

袁盎便趁机荐道:"臣为郎中时,便与张释之相熟,深知其贤。若蒙拔擢,可当栋梁之材。"

文帝笑道:"袁公虽好作慷慨语,然所思所虑,倒是十分务实。你且说来,此人可任何职?"

"臣以为,可补为谒者。"

"那好,朕便依了你,升调张释之为谒者。明日朝会毕,我命他近前,面询数语便是。"

次日朝会散罢,文帝便唤张释之近前,命他建言合于时宜之事。

张释之闻命,实出意外,不免忖度再三。正要从三皇五帝说起,文帝却窥破他心思,笑一笑道:"卑之勿用高论,只拣今日可行的说来。"

张释之这才松口气,安了安神,简要说了一番秦汉间的事。无非是说,秦所以失,汉所以兴,即在爱民与否。秦待百姓,如驱猪狗,民不知生之乐趣为何。譬如壅塞江河,久之必溃,天下一旦崩坏,便无从收拾。汉兴以来,则小心待民,轻赋役,劝农桑,唯恐劳民伤财。天子似大户之主,谨慎治天下,四海焉能不安?

在汉初之时,凡言及秦亡汉兴事,闻者无不肃然。文帝亦是如此,凡闻秦亡之语,立时就正襟危坐,不敢轻慢。

听罢张释之一番话,文帝连连称善,微笑道:"袁盎力荐公,公果然是大才。既知兴亡,便可为股肱,岂是补个谒者便了的?"言毕即下诏,拜张释之为谒者仆射,领谒者七十人,掌朝仪及通报事。

一夜之间,张释之便从阶下执戟郎,升为天子随侍,荣宠无比,看得诸臣都瞠目。

张释之知是袁盎力荐,自是心存感激。再遇袁盎,不免要再三揖谢。袁盎却摆摆手道:"公之才干,譬如日月,人皆可察之。公不必称谢。"

这张释之,果不负文帝之望,甫一上任,便处处露出头角来。

一日,文帝兴起,带了左右赴上林苑巡游。入得苑中,只见一派丰草茂林、鸢飞鱼跃,气象甚是阔大。

文帝大快心意,四处游走,末后,来至虎圈,与众人登上石阶,往圈内看去,见各色猛兽,不甘被禁锢,都纷纷跃动。内中有数只独角兽,为素所未见,其貌狞厉,威风凛凛。

文帝与近臣皆惊异,指点一番,又赞叹一番。待诸人赞罢,文帝便唤来上林尉,问道:"此独角兽为何兽,来自何方?"

不料那上林尉一脸茫然,竟无词以对。

　　文帝便心生疑惑，又问在册猛兽数目几何、品类多少、所饲何食、起居何状等，一口气接连十余问。

　　那上林尉是个粗人，临此场面，只是涨红脸，左顾右盼，一句也不能答。

　　见文帝脸色渐沉，有一虎圈啬夫在旁，忙抢上一步，代上林尉对答道："陛下，那独角兽，名曰'端角'。乃天下罕见之神兽，由身毒①国辗转入贡。"

　　文帝便起了兴致："此兽，有何神异？"

　　"回陛下，此端角，威猛无比，可食虎豹，百兽皆趋避之。"

　　"有如此威猛？尔等诸吏，倒要小心了。"

　　"不然。端角专噬虎豹，却不食人。"

　　"哦？果然是神兽！岂非与獬豸②无异了？"

　　"二者虽都有角，然獬豸有龙鳞马尾，端角却无。"

　　那啬夫生性机敏，凡文帝所问，无不悉知。且善察言观色，问一句，便答一句，应对无穷。

　　文帝脱口道："好！做个吏员，不正该如此吗？上林尉，实不能称职！"便回首吩咐张释之道，"此吏堪大用。传诏令，立拜为上林令。"

　　此言一出，众侍臣皆惊。原来这上林令，为少府属官，秩（俸禄排序）六百石③，是上林苑主官；而那百事不知的上林尉，不过是次官而已。至于虎圈啬夫，则是低品小吏，秩不足百石。将啬夫拔为主官，显是破格，也无怪众人吃惊。

　　张释之此时，沉吟未应，面有为难之色。

　　见此，文帝甚怪之："何如？"

　　张释之这才上前一揖道："陛下看绛侯周勃，为何等人也？"

　　文帝不明所以，只答道："长者。"

---

① 身毒，印度河流域古国名。始见于《史记》，为中国对印度的最早译名。

② 獬豸（xiè zhì），中国古代神话传说中的神兽，类似麒麟。

③ 汉代以石数为官员品秩之名。石，即谓年俸若干石谷粟，每石为一百二十斤（约为 41 公斤）。

"东阳侯张相如，又为何等人也？"

"长者。"

"绛侯、东阳侯，人皆称长者；然此二人言事，则是嗫嚅不能言，岂似这个啬夫喋喋利口？"

文帝这才知前面所问是何意，便反问道："事贵在纤细。喋喋利口，有何不好？"

张释之答道："秦喜用刀笔吏，小吏便争相以苛细为能事，其弊在于徒有其表，而无其实。缘此之故，秦之臣子所奏，皆头头是道；天子则只闻事成，不闻其过。积弊由此渐多，终至二世而衰，天下土崩。今陛下以啬夫有口辩之才，便欲超擢之，臣恐天下之吏，相随风靡，争逞口辩，而无其实。此风若以下化上，将成大患。此举为大错，不可不察。"

文帝注目张释之，直听得入神，不由赞道："善！"于是挥挥袖，命上林尉、啬夫皆退下，此事作罢。

经此一番论辩，诸人都没了游兴，文帝便命打道回宫。张释之正欲上车，文帝忽又唤道："仆射，来与我同车！"

待张释之登上天子銮驾，文帝便命他执辔，在侧为骖乘。一路徐行，又细问他秦政之弊。张释之皆据实作答，句句质朴无文。

文帝一面颔首，一面感叹："秦之弊，不在于法，而在于苛细。事至苛细，必成空文，即便精明如李斯，也不能耳聪目明，况乎秦二世？如此看，汉家不欲蹈覆辙，唯在求实。"

张释之道："臣正是此意。秦之行法，舍本求末，如雕花巧构之屋，看似严密，却无梁柱。故而陈胜王揭竿反之，一扑即倒。"

文帝不觉悚然，良久未作声。待銮驾返回未央宫，文帝下了车，望望张释之，微笑道："这便拜你为公车令，请为朕守好北阙。"

且说这公车令，又是何等官职？原来，此职是卫尉属官，掌未央宫北门的出入，夜间则巡逻宫中。北门又称司马门，凡有臣僚上表章、四方进贡、待诏候见者，皆由此门入，故而公车令一职，甚是显要。

张释之甫一就职，便严守门禁，刚正无私，脾性固执一如往日。

上任未几日，正逢太子刘启、梁王刘揖二人，同车来谒见文帝。车过司马门，二人并未下车，昂然而过。

有谒者急报与张释之，张释之出来看，见太子车驾果然未遵禁令，便疾步追上，厉声喝止。

太子刘启不知是何故，急命御者停车，回首问道："公车令，缘何事喝止？"

张释之抢至车前，伸臂拦住，面色如铁，厉声道："太子、梁王过司马门，未下车，干犯门禁，下官因此喝止。"

太子也知有错，便一揖道："宫禁中即是我家，一日数出入，难免不察。今偶有疏忽，未下车，公车令何至于此？"

张释之便一把拉住辔头，坚执道："不可。汉律有宫禁令，过司马门，唯天子可不下车。其余无论何人，并应下车，违者记过，罚金四两。"

"那么，罚便罚了。公车令请让开，勿阻我兄弟入殿。"

"不可！你二人犯禁，不得入殿门，请君自重。左右，执戟拦住！"

北门众甲士闻令，一声应诺，纷纷向前，挺戟交搭，阻住了太子车驾去路。

太子与梁王面面相觑，唯有尴尬一笑。张释之为北门值守，一夫当关，万人莫入，总不能在此与他厮打起来。太子无奈，只得与梁王下了车，步出司马门，登车返归太子宫，两人都觉大失颜面。

当日，张释之便奏上一本，弹劾太子、梁王过公门而不下，应以不敬论罪。

奏章呈上，文帝阅过，便有心袒护爱子，以为这等细事，可以不论。不由自语道："这个张释之，未免多事！"遂将奏章弃置一旁。

不数日，张释之劾奏太子一事，便在宫中传开，涓人、宫女无不咋舌。稍后，又传至薄太后耳中。薄太后虽有目疾，于朝政仍有留意，闻听文帝纵容太子，心中便起怒意，急召文帝来见。

文帝不知是何事，闻太后召，立即放下手边奏章，匆匆来至长乐宫谒见，行礼如仪。

薄太后劈头便问："哀家目盲,不辨黑白;然你那竖子刘启,并无目疾,反倒敢藐视律法乎?"

文帝摸不着头脑,忙答道："未曾闻太子犯法。"

薄太后便冷笑："宫中已然传遍,太子、梁王过公门不下,张释之已有劾奏,如何不见你责罚?"

文帝这才恍然大悟,忙免冠伏地,谢罪道："太后请息怒。儿臣教子不谨,还望恕罪。"

薄太后这才面容稍缓,指点文帝额头道："细故不究,必成大祸。那竖子恃宠妄为,久之,不作乱才怪。"

文帝又连连叩首,薄太后这才消了气,叹道："两孙儿不得入朝,终不是事。还是哀家遣使,前往赦免了吧。"于是遣身边宦者,奉懿旨往太子宫,赦免太子、梁王。

太子、梁王闻听是太后懿旨,也知事情闹大,不由咋舌。惶悚间接旨后,向长乐宫遥拜再三。此后,两人方得入司马门谒见。

隔日,文帝见了张释之,便拉住他衣袖道："公真乃奇才,有骨鲠! 拜你为公车令,实是委屈了,应超擢才好。不然在北门发起怒来,人皆望而生畏。"

于是下诏,拜张释之为中大夫,掌议论,随左右顾问。未几,又升调为中郎将,秩比二千石①,统领宫中禁卫,竟是与袁盎同等了。

此后,张释之再见袁盎,便面有惭色,总要揖谢不止。袁盎便笑："张兄为耿直之人,敢犯太子颜,何用如此虚礼?"

张释之脸红道："弟胸无城府,不过生了个直胆。若论将相之才,则非袁兄莫属。"

袁盎道："哪里话! 袁某之短处,世人皆知,乃是口舌太利,得罪了公卿不知多少。能留条命便好,岂敢望将相之位? 今张兄得蒙天子重用,群臣中口碑亦甚佳,

___

① 秩比,中国古代俸禄等级之称。 汉代秩禄可分为四大等级:比二千石以上、比六百石以上、比二百石以上、比二百石以下。

还望日后莫胆怯，仍须不畏讥谗。"

"兄所言极是。天生我口，便是用来直谏。兄台既荐我，我岂敢不爱惜名声。"言毕，两人便相对大笑。

张释之果未食言，升任中郎将后，常随驾扈跸，其敢谏性情一仍其旧。

时过不久，文帝偕慎夫人出游，至霸陵（在今西安市东郊），要看看自家陵寝起造得如何。张释之、袁盎两人同为中郎将，皆随行护驾。

一行人驰至白鹿原上，便见数千民夫，正忙碌造陵。诸郎卫上前，喝退了民夫，警跸妥备，文帝便率众登霸陵之顶，于北侧坐下。

众人极目远眺，但见一条新丰道，坦荡如砥，蜿蜒向临潼而去。

原来，这霸陵在长安东南三十余里，背山面水，形势宏阔。陵寝依山而筑，于断崖上凿出玄宫来，筑成墓室，可谓省工省力。西汉帝陵，多在渭水之北，霸陵却选址在南。后人谓，乃因文帝崇古，仍循周礼之"昭穆制"，即陵寝之位，始祖居中，以下交替为"昭穆"，左为昭，右为穆。惠帝安陵既在高帝陵之左，文帝霸陵就应在右，于是选在了灞水之畔，因水而得此名。

文帝向北望，临潼一带山峦雄奇，林木翁郁。临潼以外，则是高帝建起的新丰邑了。时值金秋，阔野间有和风拂过，谷粟香气扑鼻而来，令人心旷神怡。

文帝兴起，手指新丰道，教慎夫人看："此即走邯郸道也。"

那慎夫人，本是赵国邯郸人，文帝如此说，是想讨爱妾一个喜欢。却不料慎夫人闻听此言，忽就触动乡愁，满面凄然，泫然欲泣。

文帝见此，也触发玄思，想到自家百年后，便是葬于此崖下，万代之后，难免有不逞之徒要来掘发毁坏。想到此，不由得心伤，便命慎夫人鼓瑟，自己则倚瑟旁，慷慨作歌，词意甚悲凉——

　　　　谁谓河广？一苇杭之。谁谓宋远？跂予望之。

谁谓河广？曾不容刀。谁谓宋远？曾不崇朝。①

此歌来自慎夫人故里，又有怀乡意。文帝方唱出口，慎夫人便泪如泉涌，不能自已，一面就急挥纤指，抚动琴弦。如此歌起瑟鸣，歌罢则止，如飞瀑急泻，蜿蜒成溪。

此时，夕阳已斜，天地苍茫，空中偶有鹰飞，似也合着这韵律，凌空向远，孤绝冲天。众侍臣围坐近旁，闻此歌，望此景，都疑是仙人作歌。

一阕歌罢，文帝只觉凄怆满怀，眺望远处烟霭良久，方对众人道："若以北山石为棺椁②，以麻絮、生漆填其隙，千秋百代，岂有人可撼动！"

众人料不到文帝竟说起这话头，都心存顾忌，只能连声称善。

这时，唯有张释之不肯附和，起身上前道："万年陵寝，其固在人心。若其中有诱人贪欲之物，虽以南山为禁锢，亦有隙可掘。若陵内无诱人贪欲之物，虽无石椁，又有何可忧？"

文帝兴致被打断，颇为不悦，抬眼看去，却见张释之一副倔强之态，不由就怔住。再回味张释之所言，方有所悟，便赞道："说得不错！人若不贪，便也无须恐惧。今后霸陵所用器皿，只需用瓦器，概不得用金银铜锡。"

待返归之际，文帝忽向张释之招手道："请与朕同车，你仍为我骖乘。"

自霸陵下来，向西是一陡坡路。文帝心头舒畅，便命御者道："如此大道，疾驰下去便好！"

御者闻命正要扬鞭，冷不防随驾的中郎将袁盎，飞马赶上，揽住了銮辔。

文帝望了袁盎一眼，笑道："将军胆怯了？"

袁盎于坐骑上一揖，劝谏道："臣闻民谚：'千金之子，不坐檐下。百金之子，不骑危栏。圣主不乘危而徼幸。'今陛下乘六骏之车，驰不测之山，若马惊车毁，纵是

①　诗为《诗经·卫风·河广》。
②　椁（guǒ），棺材外面的大棺。

陛下愿自轻性命,高庙、太后又将奈何?"

文帝望望险峻山路,颔首赞许道:"将军所言极是,万乘之君,无一事可任意轻慢。你与张释之二人,果然都是直谏之臣!"

如是,乘舆缓缓从高处下来。一路上,文帝并无言语,只不断打量张释之。张释之不知其故,心中便觉忐忑。

待銮驾行至未央宫南门,张释之下得车来,文帝便道:"张公,汉家基业成与不成,全在务实与否。公今日所言,实获我心。前月,真不该拜你为中郎将,以公之才,足可为九卿矣!"

张释之甚感意外,不知此话是实是虚,不免就心慌,只是连连自责多言。

次日,文帝果有诏下,拜张释之为廷尉,接替吴公。

如是,仅在前元三年的数月间,张释之便以骑郎之身,一跃而至九卿。满朝文武见了,无不惊异,一时传为奇谈。

张释之官声既著,名亦随之满天下。升任廷尉后,仍是不改耿直之气,敢于犯颜直谏。

时过不久,文帝乘驾出横门巡游,才过中渭桥,忽有一人自桥下奔出,惊了御马。那人似也颇觉惊慌,转身便逃,隐入了赤杨林中。那桥上,正有值守桥丁七八个,立时前去追赶,然郊外林木,苍莽无边,哪里还能寻得到人?

再看那桥上,惊马仍兀自狂跳,文帝在车上站立不稳,险些跌下。众侍卫见状,一拥而上,死命拉住御马。多亏几匹御马性本温良,众人才勉强拉住,七手八脚将文帝扶下车来。

喘息稍定,文帝怒从中来:"当年朕在此桥下车,做了新帝;今日在此下车,竟是有了刺客,莫非上天欲夺我位吗?"便令随驾骑郎去追,务要擒住此人。

众骑郎闻命,立即催马去追,一阵人喊马嘶后,终将那人逮住,带来驾前。文帝看看,不过一寻常百姓,心中便纳罕,遂问众骑郎道:"身上可藏有凶器?"

有骑郎答道:"并无兵刃,仅有一葫芦,内装药散。"

"哦?那倒不似刺客了,然亦不可恕,送廷尉府去问罪。"

此时那几名桥丁,各个伏地,都惶悚不敢抬头,不知将有何等责罚。文帝却挥挥袖,不再理会,带领一众侍臣登车走了。

嗣后,人犯被解至诏狱,张释之奉诏前来审问。当日,诏狱大堂上,有皂隶手执红黑水火棍,凶神恶煞,肃立两厢。

张释之面带怒容升堂,一拍惊堂木道:"人犯,姓甚名谁,系何方人氏?"

那人早吓得筛糠,惶悚答道:"小人名唤昭小兄,长安县①人,以卖汤饼为生。"

"大胆! 一个卖汤饼小贩,也敢来犯跸?"

"官家,小民万不敢呀……今日出门,路过中渭桥,忽闻桥丁传警,驱赶闲人。小人躲避不及,一时头昏,便躲在了桥下。看看等得久了,以为銮驾已过,才上来探看,哪知正撞见天子车驾。小人一急,只得跑掉。"

"所言可是真?"

"本县三老、啬夫,都识得我。若说诳话,死我浑家!"

"咄,刁滑小人! 若死了浑家,只怕你高兴还来不及。寻常日子,不在横门内卖饼,去中渭桥作甚?"

原来那中渭桥,便是早先的渭桥,位于长安横门之北三里,宽六丈,有桥柱七百五十个,恢宏无比。当年文帝入京即位,曾从此桥过。后东西各建了一座便桥,此桥便称为中渭桥,为长安出城第一桥。

那人闻张释之此问,顿时语塞,半晌才答道:"只想看风景。"

张释之瞥了那人一眼,又问:"那葫芦中,装的是何药?"

"是……秃鸡散。"

"这散石,有何效用?"

"可……可令男子阴大。"

张释之便又一拍惊堂木,厉声喝道:"昭小兄,你惊了圣驾,死期将至,还不如实招吗? 你个卖饼小贩,携春药至中渭桥,只为看风景,不是哄鬼吗?"

---

① 长安县,汉高帝五年(公元前 202 年),改咸阳县为长安县,县治在长安城西北横门内。

那昭小兄脸涨红,汗如雨下,支吾了几句,只得从实招来:"小人与邻家绣娘有私情,相约至桥下,欲行苟且。随身携这秃鸡散,是为助兴。"

一语道罢,满堂皂隶皆大笑不止。

张释之亦忍俊不禁:"难怪你想要咒死自家浑家!"眨了眨眼,忽又问道:"为何未见那绣娘?"

昭小兄道:"彼时与我同在桥上,或被惊跑了。"

张释之当即唤来一老役,验过葫芦中散石,确是春药,便随口问道:"春药得自何处?"

"小人出重金,自方士阴宾上手中购得一卷《杂疗方》,自行配制。"

"阴宾上?便是那国舅之师吗?"

"正是。阴宾上府邸,离小店不远,常来照顾我买卖,故而相识。邻里皆知他出售秘方,我欲图些快活,便使钱购得。"

张释之便忍不住笑:"堂堂国舅师傅,也赚这等小钱吗?"

不到半日工夫,此案便问结。张释之觉此人虽猥琐,却也绝无谋刺之意,便按律法,问成犯跸之过,处罚金四两了事。

张释之对昭小兄道:"你既舍得重金购药方,今日便认罚吧,所幸无牢狱之灾,当谢天谢地了。"

那昭小兄原以为性命难保,闻听仅处罚金数两,恍似在梦中,连声呼道:"认罚认罚!"忍不住就涕泗横流,狠命叩首,直要将那地砖叩裂一般。

隔日,张释之将判牍写好,面呈文帝。文帝阅过不由大怒,将案卷掷还,责问道:"此人惊吾马,多亏马性柔和,若是另外马匹,岂不要毁我?廷尉如何才判罚金四两?莫非吾之性命,仅值四两金乎?"

张释之早知文帝会发怒,此时便不慌不忙道:"法者,天子与天下人之公共也,上下并无不同。此案之判,依法当如是,若加重判罚,便是法不取信于民。若陛下当时有诏,诛了那人便罢;今既已下廷尉府审理,便无他判。廷尉掌天下之平,若有不平,则天下用法之轻重,皆无定数,百姓又将何所措手足?唯望陛下详察。"

这番话,说时不徐不疾,在文帝听来,却如雷霆震耳,竟一时哑然。良久,方才说出一句来:"罢了,公所判无误。"

如此数月后,廷尉府又遇一案,张释之仍是按律处置,不顾文帝内心好恶。

时有贼子一人,潜入高庙,窃去灵位前玉环。此玉环,乃由昆山之玉整块琢成,温润有如日精月华。其状为环形,取四海混一之意,衔于石雕龙首之口。此物失窃,人皆以为惊动了高帝之灵,非同小可。

高庙仆射慌了,连忙遣人四处搜捕,闹得乡邑鸡犬不宁,好歹擒到了贼子。文帝闻报,十分恼怒,诏命下廷尉府治罪。

张释之几次提那贼子过堂,录口供皆无误,便按律法,以盗宗庙器物之罪,判以弃市①。

文帝闻此奏报,又是大怒:"我尊宗庙,日夜不敢忘本。而今之世,人无道至此,竟盗起先帝器物来! 我发下廷尉究治,便是欲诛他九族。你却寻章摘句,拘于科条,岂是我尊宗庙之意?"

张释之见文帝盛怒,竟也执拗起来,当即摘下獬豸冠②,叩首争辩道:"法即如此,不得因罪连坐,奈何? 罪有轻重之别,以法量刑,须分出轻重。今盗宗庙便诛九族,若有愚顽敢盗高帝陵,陛下又将诛他几族?"

文帝见张释之抗辩,怒气更盛,将判牍一掷,恨恨道:"如此轻判,情何以堪!"便挥手命张释之退下。

议罢此事,恰逢夕食时分,文帝便匆匆换了常服,过长乐宫去,为薄太后侍奉羹饭。

薄太后于蒙眬中,望见文帝来,侧耳听了听,就问道:"儿今日为何生气?"

文帝讶异,至席前坐下,忙反问道:"我有怒气,母后如何得知?"

薄太后便指指地上,笑道:"听你步履急促,便知你有怒意。"

———————————

① 弃市,在人众集聚之闹市,对犯人执行死刑,以示为大众所弃。
② 獬豸冠,中国古代执法官吏所戴之冠。

"母后猜个正着,是那张释之胡乱判案,儿未能制怒,略作叱责。"

"哦?张释之?他如何能错判?"

文帝便将盗玉环案始末,详尽叙说了一遍。

薄太后仰头想想,忽就说道:"廷尉未错,是你错了。"

"不然,儿臣未错。天下者,无非人之纲常也,我尊先帝,只不知错在何处?"

"先帝至尊,固然是规矩,然律法亦是规矩。即便是天子,亦不得法外加罪。否则天子一怒,法便重十倍,法又有何用,民又将何从?亿兆之民,若全看你脸色行事,岂非万事都做不得了?"

文帝仍不服,又争辩道:"即便法可宽,民亦不可纵。今日轻判盗宗庙贼,明日便有人敢盗陵寝。"

薄太后便微微一笑:"哪里话?法若谨严,不苟不纵,则贼人更惧之。恒儿还是仔细想想才好。"

文帝一怔,想了想,便笑道:"儿先奉母后用饭。"

待喂完羹饭,文帝也想通了,对薄太后道:"廷尉所判,确是至当。儿错怪他了。"

"你知错便好。恒儿之才,不比先帝,不可奢望险中求胜。治天下,凡事还是以安为上。想那贾谊之才,百世难寻,你却将他放逐江南,为的是甚?还不是求个朝堂安稳。老子曰:'爱民治国,能无为乎?'汉家治天下,恐还是要循这'无为'才好。"

"儿知晓了。贾谊乃一儒生,所谋礼教事,未免宏大,儿心力有所不及。近日重用张苍、张释之等一干人,是想倚重文法吏,凡事谨严,不求履险。如此步步小心,亦不致授老臣们以柄。"

"不错!用厚重之吏,那班老臣自会乖觉,为娘也可放心饱食了。"

话音刚落,文帝便会心大笑。稍后,薄太后又叮嘱了许多,文帝这才诺诺告退。

薄太后随即也起身道:"为娘送吾儿至殿外。"

文帝急忙劝道:"不可。"

薄太后便笑：“吾有目疾，然此殿中角角落落，尽已熟知，闭目亦可行走。”随后执起文帝之手，送至阶陛下，又嘱道，“上天眷顾吾儿，诸般凶险，尽都教先帝担了。吾儿即位以来，风调雨顺，海内不惊，则更需谨严。”

文帝望望天，慨叹道：“母后说得是。诗云‘战战兢兢，如履薄冰’，恰似为我而写，登位以来，不敢有半分骄矜。”

回到宣室殿，文帝立即手书敕令一道，遣人连夜送与张释之，告之曰：“准盗高庙案所判，一字不易。”

张释之由此声名大振，天下官民无不仰慕，连市井中人都交口称赞。影响所及，吏治为之一新。汉家上下，从此以行事谨严为要，衙署之风，渐趋厚重。

多年之后，老将王恬启任梁国相，周勃之子周亚夫任中尉，两人见张释之执法持平，都大为敬服，愿与之结交。时不久，竟都成了儿女亲家，此为后话不提。

七　元勋遭忌成囚徒

　　至前元四年春上，文帝用张苍为丞相数月，颇觉称意，便想到御史大夫一职，不宜久缺，也需有个笃厚的人接替才好。想来想去，忽想到，此事非面询吴公不可，于是便召了吴公来问。

　　吴公闻文帝问计，面有惭色道："老朽不智，前次荐了贾谊，惹得老臣们不快，连累陛下也不得安宁。"

　　文帝便安抚道："哪里话！今后汉家规模，即是依照贾生策划，朕知其宏远至当，只不便与外人道罢了。吴公阅人，不至有错。御史大夫之缺，事已甚急，有何人可用，愿闻吴公高见。"

　　吴公这才略感释然，低头想想，便道："季布自降汉后，令名满天下，为官勤谨，几无瑕疵。今外放河东郡守，似太委屈了些，可补为御史大夫。"

　　文帝眼睛一亮，便拊掌叫好："公不提起，朕险些忘了！季布侠士也，勇于任事，素有美名，若是项王坐天下，早该为丞相了。今日仅为二千石吏，倒显得汉家小气了。"当即与吴公议定，欲擢季布为丞相，先遣使召入都来，当面问话。

　　且说季布自降汉以来，耿直诚笃，广有清誉，即在陋巷中亦有人赞。在朝为中郎将十数年间，了无差错。拜为河东郡守后，政声亦颇著，河东百姓无不悦服。

　　时有游士曹丘生，与季布为同乡，亦是楚人，却不曾识得季布。此人流寓长安，凭一张利口,以游说豪门谋饭吃,极擅结交权贵。入都才数月,便攀上了文帝舅兄窦长君,成了窦家的常客。

曹丘生一番长袖善舞,先后竟结交了公卿数十人,于是便巧用心思,做起掮客勾当来,借势敛钱。

此等掮客营生,自古便有套路。比如有小官、商贾欲行贿,却苦于门路难觅,曹丘生便可代为引荐,上下其手,助人将事办成,从中得些好处。那些公卿贵人,贪图贿赂,总不好亲自出面索要,亦是由曹丘生代为奔走,面子上就好看了许多。

这在古时,叫作"招权纳贿",代代相沿不绝,或与甲骨文般源远流长,亦未可知。

久之,曹丘生善奔走之名,便远播长安以外,各地二千石以上官吏,皆有耳闻。季布于私下里,也闻听这位同乡行为不端,不由心生厌恶,索性致书信与窦长君,斥责曹某鼠窃狗偷,曰:"臣闻曹丘生之辈,绝非高德者,请万勿与之交。君为国戚,应重清名,不可为天子之累。"

且说窦长君此人,曾受过陆贾大夫调教,多少也知些廉耻,拆开书信阅后,不禁半信半疑。事也恰好凑巧,曹丘生此时正欲归乡,要往河东郡去。行前,携了礼物登窦氏之门,请窦长君帮忙修书一封,向季布引荐。

那窦长君到底憨厚,不忍见曹丘生碰壁,便脱口道:"相交一场,有一事不能瞒你:季将军不喜足下,还是勿访为好。"

曹丘生眼睛转了两转,心中有了数,仍固请道:"季将军并不识小人,他如何就能不悦?只求足下代拟一书,小人拿去,待见过季将军,自有分晓。"

窦长君拗不过,叹口气道:"尔等江湖术士,只是个嘴巧!前有阴宾上找上门来,喋喋不休,又有你无事便来缠磨。天若有缝隙,似你这等人,也有法子钻入。"说罢,草草写了一封信,算是还了一个人情。

那曹丘生得了引荐信,便兴冲冲归乡去了。路遇一人,相谈甚欢,于是便遣那人先行,将信送至季布府邸。季布拆开看了,不由大怒,恼恨曹丘生无耻竟至此地步,又埋怨窦长君不识人。于是在家中端坐,只待曹丘生来,要好好羞辱他一回。

未过几日，曹丘生果然登门求见，自报了家门，司阍便将他引入正堂。

曹丘生进了门，见季布一脸黑云，正怒气冲冲坐着，却也不胆怯，上前道："楚人有谚曰，'得黄金百斤，不如得季布一诺'。梁楚之间，地逾千里，足下何以得此大名？还不是有赖口口相传？足下虽高标于世，然亦须有人替你揄扬；不然，名声怎能传出闾巷？"

季布素来好名，闻此言，明知是阿谀，心中也是一软。怒容不觉就消了，只淡淡答道："曹君与我素不相识，光临敝舍，可有何求？"

曹丘生见季布松了口，便趁势道："游士行走四方，不必有所图；来则来，去亦则去。"

季布便笑笑，挥手道："既无所图，那么，你可以去了。"

曹丘生也不恼，接着又道："小人与足下同为楚人，乡谊所系，不可谓陌路。设若小人云游四方，为足下扬名于天下，岂不美哉？足下何必拒小人于门外呢？"

这一番巧言令色，说得季布高兴，立时耿介全消，忙起身离座，延请曹丘生入座。一番相谈，意犹未尽，便留他在邸中住了十余日，待之如上宾。临别，又厚赠了礼物若干。

那曹丘生，倒也并非言而无信，辞别了季布，重返长安，见人便夸赞季布。由此，季布在公卿中声名大振，这才有吴公向文帝举荐之事。

此时季布闻召，便知必有重用。想自己降汉多年，为降臣身份所累，徒有济世之才，也只能屈居人下。至今日，沛县旧人凋零无几，也该有个出头之日了。

未几，季布赶赴长安，在客邸住下，便一心等候宣召。谁知一住就是一月，宫中纹风未动，亦不见有人前来传旨。原来，有人探知季布入都，心有不忿，便去文帝面前进谗，说季布徒有勇力，常酗酒，一醉便无人敢近身。

文帝听了，疑惑起来，觉季布尚欠稳重，或不该擢用。踌躇再三，不能决断，便索性将此事搁下。

季布不明就里，整日吃了便睡，延宕多日，不免就十分烦闷。好不容易挨过一月，宫中忽来人告之："今上不拟召见将军了，将军可择日返职。"

季布吃了一惊，疑惑半晌，终是猜到了缘由，心中便有气。当即来至北阙，入朝求见。待见到文帝，便直通通地奏道："臣在河东，陛下无缘无故召我，想必是有人举荐，方蒙陛下恩宠。今臣至，则久不见召，又令臣返归，想必是另有诋毁臣者。陛下因一人之誉而召臣，又因一人之毁而令臣去。臣恐天下有识之士闻之，可窥见陛下心胸。"

文帝心思被季布揭破，不由大惭，默然良久才道："河东，朕之股肱郡也，故召君来详询，君请勿疑。日前想想，即便不问，朕亦甚放心，明日你便返归吧。"

季布听了，知自己猜得不错，也不屑于辩白，只揖了揖，便辞谢而去。此后一仍其旧，默默无闻，后终老于河东郡守任上。

此事在朝野间喧嚷一时，多有为季布鸣不平的。想那季布一生，为气任侠，大名盛传于楚地。前半生为项羽股肱之臣，戎马奔突，数窘刘邦，直战至垓下，方弃主而去。后半生得刘邦恩遇，又仕宦数十年，终究是"时不利兮"，不得为丞相，仅留"一诺千金"的成语于后世，令人为之叹惋。

这年春上，可谓多事时节。季布入都之事方告了结，平地里又起了一场风波，亦是轰动朝野，众口相传。

此事所涉，乃是前丞相周勃。周勃自罢相之后，闲居绛县封邑，与其三子住在一处，至此堪堪已有年余。他三子中，尤以次子周亚夫最为好学，才兼文武，常年在云台山中，随司马穰苴再传弟子习兵法。

周勃平素安居家中，猎兔浇圃，投壶弈棋，身体倒也旺健。然阅世过多之人，实不敢高枕无忧，且不说韩、彭之辈下场，即是审食其侥幸脱罪，退居家中，亦被人寻仇杀死。周勃想起来，便颇不自安。

岂料他越是心疑，祸事就越是找上门来，好端端的，忽就惹上了一场大祸。

缘起汉家惯例，郡守、都尉分掌一郡兵民事，每年须巡行各县数次，于途中考察吏治，拜访父老，顺带也受理诉讼冤情。

周勃所居绛县，属河东郡，郡守正是季布。季布甚知礼数，每至绛县，虽周勃已无官爵，也总要投谒拜访，上门寒暄一番，以示尊崇。季布胸无城府，只道是与周勃相识多年,当年各为其主,打出了交情,如今上门问候,亦合常情。

周勃那边厢,却多出来几分心思,想到季布终究是外人,若不防备,只恐也难免遭暗算。于是每逢季布来,都要披甲相见,又令家丁手执兵器,前后簇拥,好似出阵一般。

初时,季布偕同都尉董奉德,备薄礼往访周邸。见周勃身边,一片剑戟如林,都大感惊异。季布知周勃如此,是怕做了韩信第二,便也不怪,只当作不见,小心问候如仪。待拜访毕,临出门,则回首对周勃笑道:"绛侯不老,仍有垓下时威仪。"

周勃只淡淡回道:"残生无多,不欲苟且而已。"

于是,两边都心照不宣,拱一拱手作别。

出得侯邸来,那都尉董奉德便有怒意,对季布道:"你我守尉,一郡之父母也。见绛侯,怎的竟似拜见诸侯王一般?"

季布宅心仁厚,忙摆手制止道:"绛侯功高,当世无出其右。你我辈,且让他一让又何妨?"

董奉德便赌气不语,仍是一脸怒气。

如是三回,董奉德恼恨不已,不欲再忍,便决意上书变告,密报周勃私蓄甲士事。写了个开头,后面索性就信马由缰,竟诬周勃欲谋反。

此变告信,由流星快马急报入京,文帝看了,立时汗流浃背。他本就猜忌周勃,见董奉德密信,更不疑有他,立召张释之入朝,诏令夺去周勃爵邑,捕入诏狱。

张释之闻之大惊,小心回道:"臣不解,绛侯怎能生事? 只恐有人挟嫌报复。"

文帝也不理会,只吩咐道:"天下事有大小,唯谋反事不得失察。今变告信已飞递北阙,朕便不能坐视。或真或伪,先捕来狱中,由你对簿。"

张释之不敢违抗,只得遣左监一人,携诏令前往河东郡。又密嘱那左监,须会同季布一道,往绛县捕拿周勃。

那左监本是廷尉属官,专事逮捕,闻听要去拿绛侯,脸色便一白:"吕氏乱政,下官曾奉诏捕人无数,所作孽,终身不能偿还。今清平已久,怎的又要捉拿绛侯?"

张释之无心与之分辩,只道:"上命既出,你去拿就是。"

那左监犹疑道："绛侯威势赫赫,随从亦多,如何便能拿下?"

张释之便将头一仰,朗声道："有郡守季布在,你只管去拿。"

左监这才有所领会,忙将诏令揣于怀中,领命而去。

数日之后,左监带了公差、槛车,来至河东郡城安邑(今山西省夏县北),见过季布,讲明了来由。

季布闻听要捕谋逆犯周勃,惊得离座而起。再闻左监相邀,要一同去拿人,更加惊疑不已,不禁拿眼看了看身旁的董奉德。

但见董奉德满脸喜色,一跃而起,请命道："季将军,绛侯邸戒备森严,贸然拿人,恐事有不测。下官可点齐郡兵五百,一同前往。"

季布望望董奉德,疑心是他告密,便冷冷道："点兵有何用,欲与绛侯对阵乎?"遂又满心狐疑,对左监道,"绛侯若有反迹,本郡应有风闻,如何平地便起风波?"

左监连忙分辩："季将军,若无证据,今上断不会下令拿人。"

董奉德遂冷笑一声："欲谋反者,反意如何能外泄?"

季布不睬他,低头沉吟片刻,便对那左监道："此事,请左监放心与下官同往。下官虽不才,然可保你拿下绛侯,波澜不惊。"

左监闻言大喜,连忙称谢。董奉德只得退后,面露悻悻之色。

当日,季布带了两三亲随,与左监一行人,驱车至绛县,当晚在馆驿住下。次日晨起,便前往周邸叩门。

周勃闻季布又来,心中好不耐烦,依旧是披戴盔甲,出中庭来相见。周勃身后,众家丁亦皆披甲,执戟相随;周胜之则提剑在侧,如临大敌。那左监见了,不由就倒抽一口冷气。

两厢见面,周勃大笑两声,向季布揖过。又看见左监在,不觉就一惊:"季将军,都中来人了?"

季布坦然道："正是。今有廷尉府左监来此,与绛侯有话要说。"

周勃便猛地按住剑柄,冷笑道："果不其然,要来取老夫首级了!"

话音未落,周胜之早已抢前一步,以剑锋直逼季布。

众家丁见此,也都一齐将长戟横过,只待周勃一声令下。

季布却淡淡一笑,低声对周勃道:"绛侯莫惊,请左右稍退,今上有诏令至。"

周勃猛然怔住,想了想,才挥退众人,勉强打个拱道:"请宣诏便是。"

待左监读罢诏令,周勃不禁变色:"笑话!我堂堂汉家功臣,何事要谋反?"

周胜之情知有变,一声令下,众家丁复又一拥而上,以剑戟逼住季布等人。

季布环视众人,微微一笑,对周勃道:"下官亦不信绛侯谋反,故而敢前来。今虽有朝廷命官前来宣诏,褫夺爵邑,解京问话,然足下尚有自辩余地。可惜足下不智,这般作态,岂不恰恰坐实了谋反?"

周勃便叹道:"昔年我闻韩信死,只笑他不知收敛。今日方知:任是你如何隐忍,亦逃不脱一个'走狗烹'!"

"不然。绛侯已是位极人臣,且为天子姻亲,何须谋反以图富贵?今上若真信足下谋反,你我二人,断不会今日如此见面。故而,依下官之见,今上并未信小人构谗。绛侯不如卸甲,随左监入都,好自辩白。其中是非清浊,自有那廷尉府判明,而绝无韩、彭伏诛之厄。"

一番话,说得周勃沉吟起来,望住季布不语。左监见状,连忙打拱道:"下官受命之时,廷尉嘱咐再三,令我须礼敬绛侯,不可使路上有何委屈。入都后,则按律问明,自有分晓。"

周勃仰头片刻,终一顿足道:"罢罢!便信了季将军这一回,将我解京便是,死生交由天定。"言未毕,不禁就有老泪潸然而下。

周胜之持剑近前,还想言语,周勃却猛挥袖道:"毋庸多言!我为鱼肉,人为刀俎。天若要我死,即便是反了,亦是个死。"

周胜之忍不住哽咽道:"阿翁,这等冤枉,如何能咽得下去……"

周勃便怒叱:"竖子,为父无能,如何你也无能?我走后,家中事需你摆布,怎就泣涕流泪,形同妇孺,还不如你那浑家!"

周胜之闻言,似有所悟,这才弃了剑,上前为周勃卸甲。又吩咐家人,备好路上所需什物。

待衣物食盒等备好，便有家人自荐要随行。左监拦住道："按捕人科条，异地递解，家人不得随行。张廷尉新上任，督之甚严，下官不敢通融。"

周勃便对周胜之道："区区路途，不数日即至，有何可担忧？我既是听凭发落，便无须再节外生枝。"

左监又向周勃揖道："今时廷尉，不比以往，下官须按律处置。还请绛侯乘槛车出城，多少赏个面子，待出城后，无人窥见，再请与我同车。"

周勃便轻蔑一笑："可要褫去衣袍，系上械具？"

左监慌忙摆手道："诏令中，并无械系之语。下官当年也曾往北军，亲见绛侯发兵诛吕，钦敬尚且不及，岂能刁难……"

"闲话休提！只问你，槛车在何处？"

"即在门外。"

周勃便向季布一躬："季将军，就此别过。周某若能侥幸脱罪，当另行拜谢。"

季布忙唤过御者，取来一个红漆酒樽，递与周勃道："此乃家酿美酒，今赠绛侯，以解路上烦闷。"

周勃接过，隔着盖头嗅嗅，大喜道："好酒！何须等到上路，这便饮了吧，以为老夫壮胆。"说着一把扯去盖头，捧起酒樽，仰头便狂饮而尽。

众人劝阻不及，都看得发呆。周勃饮毕，将酒樽掷还，大笑道："杀伐多年，即便是人血，也喝下了似这般几大坛。如此肚肠，世上还有何路我不敢走？"说罢，便撩衣迈出大门，跃上了槛车。

季布急忙追出，对几名公差嘱道："绛侯年事已高，路上冷暖全赖诸君，不可怠慢。"

左监对季布深深一揖，连声然诺，便率了公差登车跨马，挥鞭而去。

周邸门外，邻里见来了许多差人，知是有变，早围了许多人在看。见是绛侯被押上槛车，都目瞪口呆，大气也不敢出，只望着车骑远去。内有二三苍髯老者，都摇头叹息："吉凶难卜啊……"

季布立于人丛中，闻此叹息，眼睛就一热，连忙嘱咐周胜之道："你夫妻两个，要尽速入都才好，就近照看。"

周胜之立时领悟，拭去泪，向季布揖谢再三。

且说槛车入长安之际，正是夜间。至霸城门外，左监请周勃暂入槛车内，行至诏狱，一路竟无人察觉，总算免去一番羞辱。

左监向狱令交接完毕，拱一拱手便走了。那当任狱令，名唤周千秋，早已闻知周勃即将下狱，此时便命人将周勃押至狱仓。狱仓门前，已有皂隶数人，手执水火棍，皆是凶神恶煞模样，一脸杀气。

那狱令摆足架势，瞧也不瞧周勃，便喝道："带人犯来我看！"

众皂隶一声应诺，便横执水火棍，将周勃押了上来。

周千秋这才望望周勃，问道："来犯，姓甚名谁？"

周勃瞟了狱令一眼，见是一獐头鼠目小吏，便满心不屑，慢吞吞答道："绛侯周勃。"

周千秋喝道："大胆！今上已将你夺爵夺邑，京城内无人不知。既已不是绛侯，便是布衣草民，如何还敢冒称？"

那周勃素不喜文学，生平读书，不满半部。昔年在行伍时，每有儒生求见，总是置人于末座，开口便叱道："有何话，快快讲来！"今日骤然颠倒尊卑，置身下贱，竟一时不知如何回话，只是怒目而视。

那周千秋便一笑："周犯，以为我不知你吗？今日入狱，不比做丞相时了，可知你犯了何罪？"

周勃赌气道："我周某随高帝起兵，喋血百战；又率北军诛吕，迎来今上登位，这便是老夫之罪。"

"陈年旧事，提也是枉然。甚么将军、太尉，此时此地，皆抵不得我半个狱令！我只问你：罢职以后，在绛县做的甚么好事？"

"斗鸡走狗，观鱼博弈，还能做甚！"

"那好，我问你：为何见河东守尉，要披甲胄？为何身边一众家丁，要执戟卫护？"

"老夫乃武人,不愿做审食其枉死。"

周千秋便又一声喝道:"妄言!若未谋反,如何就能死?"

周勃脱口怒道:"我周某何时曾谋反?"

周千秋便阴阴一笑:"周勃,不知你往日那丞相、太尉,是如何做成的?纵是诸侯王,若敢私蓄甲士,也属不轨。你一个去职官吏,有何德何能,敢私养甲士?"

"这……"

"你还大言不惭,随高帝征战云云。下官且问你:这汉家天下,是你打下的吗?"

"周某全身被创数十处,便是明证。这天下,总不是你等小吏打下的。"

"哦?原来如此。汉家天下,是你打下的;汉家天子,是你迎来的。然则,为何你偏就不守汉家法令?我倒是不懂——莫非,公卿们拼死打天下,就是为毁这天下的吗?"

"你……"

"周犯,你可知罪?岂止是那班不逞之徒,日日梦着要反。有你这等不守法度的公卿,不等外贼动手,你们先就将那龙庭踹翻了。"

"胡言!你、你这猢狲……"周勃满脸涨红,手指周千秋,却是急得说不出话来,只顾连连顿足。

几个皂隶立时黑了脸,各个将水火棍抄起,眼见得就要围上来打。

周千秋连忙抬手制止:"绛侯老迈了,不得放肆。"

周勃怒极,昂首喝道:"小吏,素与你无冤无仇,又何苦这般折辱?便将我杀了吧!"

周千秋便慢慢踱至周勃身边,上下打量一番,缓缓道:"绛侯,这便不能忍了?天子未下密杀令,我岂敢擅作主张杀你。今日,教你略知诏狱手段,待明日廷尉来过堂,才教你知道厉害!"说罢即令狱卒道,"押入狱仓去,好生看管!"

周勃几欲一口痰啐出,想想又忍了,随着狱卒踉踉跄跄步入狱仓。

至狱室内,见是一湫溢陋室,无床无榻,地上仅有散乱谷草为席,不禁脱口道:"无铺无盖,这如何睡得?"

　　那狱卒轻蔑一笑："侯爷,往日征战,士卒莫非是有锦缎被盖的? 还不是和衣而卧,欲求谷草一束而不得? 今日入了狱,还讲究这些作甚!"

　　周勃哑然,只得倚墙坐下,双目圆睁挨过长夜。想自家布衣出身,滚血泊而为公卿,继之又为执宰,何其荣耀。却于一夜之间,落得身陷囹圄,惹万人哂笑,只不知是何事触怒了神明。左思右想,叹了一回气,只怨高帝驾崩太早,抛下老臣们不管,如今连小儿都敢来欺辱。

　　好不容易挨到天明,却是无人来理睬,狱卒只管送两餐劣食,粗冷难以下咽。待到夜间,周千秋来巡查,周勃问何日可以过堂,那周千秋只冷冷答道:"张廷尉若得空闲,自然就来提。"

　　如此挨过三日,入夜时分,周千秋忽然蹑足进了狱仓,隔着木栏低声道:"绛侯,有家人来探。有事不可啰唆,只三言五语,吩咐清楚便罢。"说罢,便闪身走开了。

　　周勃精神一振,连忙起身,双手抓住木栏,向外张望。见是长子周胜之提了食盒,前来探狱。父子相见,周胜之拉住周勃之手,忍不住号啕大哭。

　　周勃眼睛也是滚热,却强忍住,叱道:"又做妇人状! 入这鬼狱,几乎要饿杀,先容我饱腹再说。"便伸手从食盒内抓了糕饼,大嚼了一通。

　　一阵狼吞虎咽,将盒里糕饼、肉脯食尽,周勃这才问道:"外间可有消息?"

　　周胜之答道:"儿昨日入都,拜见阿翁旧僚属。众人都说阿翁冤枉,然碍于诏令,都不敢上疏为你缓颊,只怕万一惹恼今上,反倒是害了阿翁。"

　　"唉,彼辈纵使有心,又能奈何?"

　　"儿闻知,唯袁盎一人上疏,力辩阿翁无罪。"

　　"袁盎? 如何是他!"

　　"儿亦拜见了张廷尉,廷尉不置可否,只说些官腔,推说要按律处置。"

　　"按甚么律? 我披甲见客,固然不检点,难道还要枭首不成?"

　　周胜之顷刻间泪如泉涌,又吞吞吐吐道:"旧属皆言……寿则多辱,还是陈平、灌婴侥幸,早早薨了便好。"

　　周勃怔住,少顷,才仰头叹息道:"这是何天理? 是何世道? 知我者,竟宁愿我早死！"

周胜之隔栏望见室内简陋，不由惊道："如此陋室，竟连一领被盖也无？"

周勃皱眉道："此乃小事，须设法早日脱罪才好。你那公主浑家，可与你同来？"

此处周勃所言"公主"，便是文帝庶出之女，嫁与周胜之为妻，人皆称"绛邑公主"。

周胜之便答道："绛邑公主虽与我同入都，然庶出公主，人微言轻，不敢贸然求情，也是怕惹恼了今上。"

"恐不是这话！平素教你善待浑家，你不听，只顾在外花天酒地。绛邑公主虽是庶出，到底是金枝玉叶，如今用得着了，你如何求得动人家？"

原来，周胜之一贯纨绔气重，最喜流连勾栏酒肆，素与绛邑公主不睦。此次求公主说情，便遭了冷脸。

"阿翁，此事不能只怪孩儿。绛邑公主终究出自深宫，眼高于顶，儿即便日日跪拜于前，怕也看不到个笑脸。此次我再三恳求，公主应允随我入都，已属万幸，好歹可通宫中消息，免得措手不及。"

"也罢！你便好好学做人，多与绛邑公主说些好话。宫中若有片语透出，须及时相告。"

周胜之应道："儿自当留意。"

周勃忽然想起，便又问："你弟亚夫，近日在云台山如何？"

"亚夫弟亦知阿翁事，终日流泪，几无心习武。他来信道，本想也来探望，无奈师傅管教甚严，不得告假。"

"亚夫乃文武全才，将来大有前程，只专心习武便好，切不可令他来探狱。阿翁坐了谋反罪，辩白已属不易，莫再牵入亚夫！"

"儿已知此中利害。凡囹圄内外事，儿一人担待便是，绝无牵连亚夫。"

"幼弟周坚如何？"

"幼弟亦知事不妙，整日啼哭。"

周勃便长叹一声："我害你们几兄弟不浅！"

周胜之连忙安慰道："家中事，无须牵挂。我今日来，带了些金子与阿翁，你贿与狱令，他自然对你好。饮食被盖，有狱令关照，或不至受苦。"说着，便从袖中摸出些金版①来。

周勃连忙接过，看了两眼，便藏于怀中。

周胜之又道："家中财宝，我已尽数用车载来，置于客邸。狱中诸事，如需打点，阿翁只管说话。"

周勃摇头道："鼠辈狱吏，何须在意，阿翁所聚财宝，乃是以命换得，如何就能便宜这等小人？"

此时周千秋从门外走入，一个狱卒也跟进来，连声呼喝撵人。周胜之望一眼老父，心中伤悲，劝慰了两句，只得起身离开。

待狱卒送周胜之出门，周千秋便踱至狱室前，不经意说了一句："令郎倒还孝顺！"

周勃不知狱令为何发了善心，允准周胜之来探狱，便拱手道："多谢足下。犬子无才，唯知享恩荫而已。"

周千秋便笑："哪里！子胜父，乃是常理。不知令郎此来，有何高见？"

周勃忽就想起怀中金版来，看看周千秋的神色，便满心不快，不欲就此行贿，于是含糊道："无非嘘寒问暖，能有何主张？"

岂料那周千秋，接手诏狱已多年，此间的人情世态，早已看得清楚，放周胜之入内探父，所谋就是能得一笔贿金。此刻闻听周勃语言支吾，便知是舍不得行贿，于是脸色一变，唤门外狱卒进来，吩咐道："绛侯虽戴罪，到底是公卿贵人，狱室内岂可铺谷草？快去打扫干净。绛侯与我，好歹都姓周，五百年前或是一家，定要好生伺候！"说罢，向狱卒一使眼色，转身便走开了。

那狱卒连忙入室内，快手快脚将谷草收走，又提了一桶水来，胡乱洒扫一遍，瞄

---

① 金版，亦称"印子金"。战国时楚国铸造的黄金货币，形状有龟背形、长方形、方形等数种，铭文多为"郢爰"二字。

了周勃一眼,顺手便将门锁好,转身也走了。

周勃原以为,狱卒还要送来床榻、被盖,不想等到夜半,踪影全无,这才知狱令是在捉弄人。原先地上有谷草,尚可勉强栖身,此时一派潮湿,如何能睡得下人?

万般无奈之中,周勃只得倚在墙角,箕踞了一夜。春寒料峭天气,周勃坐于地上,寒意彻骨,恰似在地府里煎熬。如此一刻挨过一刻,熬了千万年般,才等到鸡鸣,心中便叫苦:"罢罢! 待天明,这些金版,尽数给了那厮便是。若我命丧牢狱,纵是万金又有何用?"

到天明,周勃便央求狱卒,去唤周千秋来。那狱卒去了片刻,又返回道:"你且等候一时,狱令大人正用朝食,食毕即来。"

周勃便恼道:"牛毛小吏,竟如此威风。孔孟可称大人,他也配称大人?"

狱卒横瞥了周勃一眼,道:"三尺囹圄内,狱令不就是大人吗?"

周勃顿时哑然,摸了摸头颅,只得苦笑道:"好,好,恕我不知。"

堪堪又挨过半日,那周千秋才慢慢踱进来,先就一揖道:"绛侯,狱室干净了,昨夜无恙乎?"

周勃情知他在戏弄,但也无心气恼,只道:"我这里有物什,要送与你。"

周千秋便笑眯了眼:"区区狱令,难入绛侯眼中,有何物可以相赠?"

周勃一块一块将金版摸出,周千秋眼睛一亮,又惊又喜,直是手足无措。

周勃便道:"老夫生性疏懒,家中宝物,所藏不多。此为当年入咸阳时所得,尽数相赠,只望有个床榻可睡。"

周千秋似听非听,只望住那金版,猛然伸手拿起一块,翻来覆去看,咂舌道:"果真! 这许多'郢爰'金①,生平仅耳闻,今日方开了眼界。"

只见这些金版,方方相连,有的已切开,成色十足,金光耀目。周千秋拿在手中,舍不得放下,周勃趁势便道:"些许'郢爰'金,不成敬意,足下请收好。"

周千秋这才回过神来,将金版揣入怀中,忽就将笑容敛起,冷脸道:"堂堂丞相,

---

① 战国时期楚国的方形金版打有"郢爰"二字,也叫"爰金""印子金"。

家中只得这几块金版，下官如何能信？这区区财物，于此时此地，可值得甚么？或许可换得三五餐酒食，饕餮几日而已。待到赴奈何桥之时，当不至做个饿死鬼。"

周勃闻言，不禁瞠目，望住周千秋半晌，心中才大悟：原来这狱吏胃口，竟与达官贵人无异。于是心一横，昂首道："老夫从军半生，善取首级，却不善敛财，故而家资微薄。狱令不信，我亦无话，生死交付予天便好。"

周千秋见周勃固执，也不烦言，只一揖道："下官好言相劝，能听则听，不听便罢。既如此，绛侯好自为之。"言毕，便扬长而去。

入夜，狱室内孤灯一盏，明灭不定。周勃倚墙呆坐，万念俱灰。想此时身陷绝境，无人可以相救，熬也要被这狱令熬死，眼见得是生还无望了。

正懊恼间，忽有狱卒提灯近前，打开栅门道："绛侯，有故人来见。"

周勃一惊，抬眼望去，只见狱卒身后闪进一人，面色黧黑，遍身罗绮，一时想不起是何人。

只见那人拿出一尊朱黑漆方壶，置于地上，长揖道："在下布衣阴宾上，略识狱令一面，蒙他允准，前来探狱，为绛侯奉还这壶酒。"

周勃这才想起，原是霸桥相送的那位方士，便拱拱手道："原来是国舅之师，难得你不忘故人。我今日，被夺爵夺邑，已与僵尸无异，先生又何苦来看我？"

"绛侯入狱，如今长安满城争道，多为绛侯抱不平。我既闻说，如何能不来？"

"唉，见一面也好。老夫生死，只在旦夕。今日若不见，明年此时，吾之墓草恐已黄矣。"

"老臣之中，唯绛侯长寿，万勿说此丧气话。绛侯就国，原本应无事，如何转眼间就祸起？小民实不解。今日来此，是为问足下：可曾忘了一句话？"

"先生此是何意？"

"绛侯就国之日，小民送别于霸桥，曾以老子一言相赠，即：'不知常，妄作凶。'绛侯就国年余，可否已知常？是否曾妄作？不然，怎会有如此凶险从天而降？"

周勃沮丧道："不提也罢！老夫不过是披甲见客，便被诬成谋反……"

阴宾上便摆手，截住周勃话头："在下平素最喜《老子》，老子所言圣人之道，无非是教人知行止。绛侯在朝为丞相,握生杀权柄,这即是行;一旦就国,颐养天年,这便是止。绛侯见客,本寻常事也;披甲,则成了事非寻常。这不是'妄作',又是甚么?"

周勃怔了一怔,渐渐面露惭色:"我……确是忘了老子所言。"

"老子言'有无相生',我辈则多不明其理。披甲,原本是为求生;如绛侯所为,便成了求死。"

"果真,果真!老臣仅一莽夫耳,不知行止,闹得性命快要不保。还请先生救我。"

"绛侯往日大权在握,生杀予夺,全不在话下。然可曾想过:能顶天立地者,皆因权柄在手;一旦失权,则与草民无异。即便如草芥小吏,你也奈何不得他。"

周勃眼睛睁大,心中便是五味杂陈:"正是正是。老夫已知滋味。"

"绛侯今日当知:曲则全,枉则直,乃万古不移之道也。"

"好好!我已明白。先生此来,真是救了我。"

阴宾上一面大笑,一面拿过陶碗,斟满了酒,递给周勃道:"绛侯且饮。当初赠我酒,我自觉无福消受,故涓滴未饮,今日完璧奉还,权当谢意。今日之后,唯愿不再见到绛侯。"

周勃便惊异道:"此话怎讲?"

"不见足下,便是足下已全身而退。虽再无浮名,实则可得善终,此为谋身之上上计也。这杯酒,便是预为绛侯贺。"

周勃此时已大悟,拉住阴宾上,纳头便拜,阴宾上连忙拦住。二人正推让间,狱卒忽地踅进门来,催促阴宾上道:"时辰已晚,外人不宜久留,请先生速去。"

阴宾上便起身,向周勃含笑揖道:"世上事,皆为天定。小民今日能见绛侯,亦属天意。"

周勃仰头将碗中酒饮干,叹道:"世人皆畏天,我亦不能不畏。"

那狱卒见此,便又催促,两人这才依依作别。

次日清晨,周勃见了狱令,当即解下衣带来,拱手道:"狱令大人,此地规矩,老夫已领教了。入狱三日,胜过戎马半生,若再不晓事,一副朽骨便要抛在此了。你快些拿笔墨来,我对犬子有所交代。"

周千秋眼中便灼灼一闪,忙取过笔墨来,欲递给周勃。

周勃哈哈一笑:"你高看老夫了。老夫无文,下笔不能成言。我口说,你来写。"接着,便口述一句,令周千秋记下一句,嘱周胜之取出一千金,交给来人,保命要紧,万勿心存吝啬。

周千秋写毕,念了一遍。周勃便嘱道:"可矣。足下持此衣带,去客邸寻得吾儿。吾儿识得这衣带,他看过,自有分晓。"

周千秋收起衣带密信,面有喜色,又似半信半疑,只连声谢道:"下官何德,蒙绛侯如此看重!"

"数日来,老夫席地而卧,睡得腰痛,唯愿有个床榻。"

"哦,这倒疏忽了。床榻之事,今夜太迟了,明日再说。可为你铺上茵席,暂且委屈一夜。"

"犬子再来探看,可否容他多带些吃食?"

"家眷探狱,乃天经地义之事,下官绝无刁难。至于酒食,狱中也可代为备好。"

周勃知许诺见了效,心中恨恨,脱口道:"老夫唯知,千古圣贤可称大人。然囹圄之中,足下果真就是大人!"

周千秋听出话中有刺,然也不气恼,向周勃拱拱手道:"绛侯有所不知,区区狱令,上下都难做人。先前辟阳侯因事入狱,时有狱令姚得赐,曾曲意关照,为之通消息。本以为辟阳侯蒙赦之后,可获奖赏,岂料全家却被发配巴蜀,生死不明。此后接任者,皆战战兢兢,不敢徇私。"

周勃两眼炯炯有光,逼视周千秋道:"姚得赐之事,朝中无人不知,恐是因他当年折辱萧丞相,才有此恶报。此等小人,不足效法。"

周千秋连忙赔笑道:"绛侯玩笑了,我哪里敢做姚得赐?世事翻覆,唯上智下愚不移,我有天大的胆,亦不敢以下犯上。近日,张廷尉便要来提审,内外消息,下官凡有所知,必先报给绛侯。其余食宿等事,更无须绛侯操心。"

次日,周千秋果然拿到了千金,立时显出百倍恭谨,为周勃换了一间干净狱室,内中床榻齐全;其余吃喝洗濯,无不照应周全。周勃卧于新榻之上,只疑是在做梦,心中难辨是悲是喜。

不数日,张释之果然前来提审。升堂之际,堂上两排皂隶齐声低喝:"威武——"立时有几个狱卒,将周勃架上堂来。

且说张释之接手此案,颇觉为难——以周勃身世之显赫,何至于谋反?连市井也知,不过是有人构陷。然诏令既下,也只得升堂对簿,按律处置。

此时大堂左右,廷尉正(次卿)、书佐等已就位,张释之便一拍惊堂木道:"绛侯,狱中数日,可还安好?本官依例提审,多有不敬了,你只管如实说来。"

周勃便一揖道:"周某系武人,一向不结交文法吏,入狱才数日,便知厉害。廷尉凡有所问,必如实供出。"

张释之闻言,略显诧异,瞥了一眼旁侧的周千秋,接着便问:"有人上书变告,指绛侯披甲见客、私养甲士,显系谋反之举,可有此事?"

"披甲见客,确有此事;私养甲士,则为小人诬陷,不过是家人执戟卫护。"

"那么,所见何人,须披甲执戟防备?"

"河东郡守、都尉按例巡行,途经绛县,顺便光顾敝舍。老夫于家中见客,寒暄而已,其间并无不轨事。"

"那河东郡守,不正是季布吗?"

"然也。"

"季布在朝为官,恭谨守法,朝野都无非议。如何他造访府上,足下要披甲相见?"

"前日曾闻,辟阳侯在家中见客,忽飞来横祸,竟至身首异处,故而臣不得不防。"

张释之眼中精光一闪,立即质问:"辟阳侯当年为虎作伥,多行不义,故而结仇,绛侯却有何惊心处?莫非,足下也曾有不义之事吗?"

"周某虽位极人臣,却从不害人,此心可对苍天!"

"既未曾害人,为何怕人来害你?"

"这……"

"郡守、都尉奉命守土,皆为朝廷命官,依例巡行本郡,绛侯应泰然处之。究竟缘何事,须披甲执戟待之?"

"这个……"

此时周千秋在旁侧,见周勃不善言辞,所答悖谬,又不便为他代答,直是急得暗暗顿足。

张释之望见周千秋不安,顿了顿,忽就问道:"狱令,人犯在狱中,可有牢骚?"

周千秋一惊,连忙答道:"未曾有。唯长吁短叹,似有冤情。"

张释之便又望住周勃,一句一顿道:"是否冤情,须有呈堂证供。似足下这般语言支吾,如何洗得清罪名?甲胄兵器,交战之物也,承平时日,家中藏这些有何用?有朝廷命官来访,不以乐舞相待,却披甲执戟以迎,若非谋反,又何以自辩?足下先前曾是丞相、太尉,既已夺爵,此时便是布衣。布衣戴罪,还指望刑不上大夫吗?如无可信证供,下官即便有心相救,亦是无力了,足下请谨记。"

一番话,说得周勃大起恐慌,知事情闹大,难以收场,一时竟无言以对,只得低下头去。

因周胜之已说情在先,张释之此刻见状,心中也有不忍,便道:"足下于汉家,曾有大功。唯其如此,下官再宽限你几日,且去省思。何时想好了辩白,再行提审。"说罢一挥袖,便命退堂。

皂隶当即上前,将周勃押下,带往狱仓去了。张释之掉转头,又嘱周千秋道:"这几日,狱令不可疏忽,人犯如有片言,皆须记下,容本官斟酌。人命关天事,务以证供为要。"

周千秋连忙应诺:"廷尉说得是!下官自会小心。"

张释之拿出一卷文牍,对周千秋道:"此文牍,乃河东守尉、绛县主吏等人证词,言之凿凿,如何能抵赖得了?此卷留给你,看罢,劝周勃尽早招认。"

周千秋连忙接过,收于袖中,然诺道:"小臣这便去劝绛侯。"

"周勃涉谋反,此卷所载证据,不得与他看。狱卒均不得与之私语,提审、解送、问话等,须三人以上同行,违者定不饶过。"

"下官……不敢。"

送走张释之,周千秋已是汗湿衣裳,旋即屏退左右,于公廨中踱步苦思。

看这周勃,徒有三公之尊,却是笨嘴拙舌,眼见得难逃大祸。如今收了他贿金,若不援手,来日若遭举发,也将难逃姚得赐之祸。

周千秋想来想去,益发心焦,不由就开口骂道:"如此父子,双双都不晓事! 这许多年,是如何食的俸禄? 如何做的天子姻亲……"

骂到此处,周千秋忽而心中一亮,一拍额头道:"如何就忘了绛邑公主?"于是取过文牍来,于背面疾书"以公主为证"五字。

写毕,即唤来狱吏两人,一同往周勃狱室外,以季布等人证词示之,故意大声道:"绛侯,你可看清? 此乃季布等人证词,皆言你披甲见客,如临大敌。"说着,将文牍背面"以公主为证"五字朝向周勃,令其观看。

周勃看清字迹,心下也一亮:绛邑公主虽不愿说情,然可做证,并未见家翁反迹。若公主有此辩白之证,则定案亦难。想到此,忙向周千秋拜谢道:"老夫看清了。旁人如何做证,全在良心。"

"绛侯,如何辩白,或关性命,你想好再说。"周千秋说罢,便收起文牍,巡视他处去了。

至夜,有狱卒向周千秋报:"周勃之子又来探狱,可否放入?"

周千秋此时所盼,正是盼那周胜之来,当即答道:"廷尉未曾禁探狱,可予放入。"

周胜之此次入内,见老父调换了干净狱室,不禁露出欣慰之色。周勃便将狱令白日里所为,详细告知。

周胜之闻之一喜:"这等好主意,我父子怎未想到? 明日,即教浑家写好证词,呈递张释之。"

周勃便拊膺道:"幸亏我行事端正,虽遭构陷,却不曾真有劣迹。廷尉审理,谅他也不便上下其手。有绛邑公主证词在，总不能指鹿为马。"

周胜之却道："阿翁不可大意！指鹿为马者，岂是仅有赵高一个？一人指鹿，众人缄口，即便是孔孟之徒，也不过徒有其舌，而无寸胆。古来事，从来以君臣论，廷尉权虽大，总大不过帝王家。阿翁因诛吕有功，受赏的新增封邑，都送给了薄昭，儿昨日已找了薄昭，托他代为缓颊。"

"薄昭如何讲？"

"薄昭对我言：'无绛侯，便无薄某今日。此事无碍，我自去对阿姊说。'"

周勃大喜道："请托至此，便是顶到天了。薄昭进言，或能说动太后。"

周胜之此刻又忍不住泣下："数日来，儿沦落如同乞儿。公卿门槛，不知踏破有多少，看尽人家脸色！只不知薄昭所言真伪，倘若能得太后过问，便是大幸。"

周勃想想便道："我待薄昭甚厚，他知恩与否，只有随他。"

如是，周氏父子谋自救，一番忙乱，暂且压下不提。再说文帝那边，自捕了周勃之后，便觉数年来所受的腌臜气，总算有了个了结。想那张释之新晋九卿，此次问案，必不敢敷衍，即便问不成谋反，亦不会宽纵周勃，或贬为庶民，或流放巴蜀，都无不可。

却不想，自张释之问案之后，已有月余，只是迟迟不见审结。文帝倒也不急，想到年前，周勃纠合老臣，交章诋毁贾谊，何其汹汹！今日里，便教他在诏狱窗下，多挨些时日也好。

此时正逢仲春，莺飞草长，花事繁盛。文帝便常与随侍文臣一道，流连于后园花丛下，投壶流觞，谈诗论文，只恨白昼太短。

这日晨起，见天气晴和，文帝又一时兴起，传令下去，要率近臣赴上林苑围猎。近臣尚未集齐，忽有长乐宫宦者来报："太后有请陛下大驾。"

文帝疑心母后身体不适，忙撇下近臣，从复道急趋长乐宫。

到得薄太后所居长信殿外，却不见有何异常。此时，太后正闲坐于庭院中，额上覆了一顶软帽，安享暖阳，一面嗅着木槿香气。

闻听文帝走近，薄太后便抬头，约略看见儿子模样，便道："闻吾儿于近日，玩兴大发？"

文帝不知此话是赞是讽，只得小心答道："春日正好，儿不愿辜负春光。"

薄太后便颔首微笑："为母虽老，也是这般心情。"

"唯愿母后永寿。"

"只不知诸孙儿女如何？"

"皆好。"

"那绛邑公主，你有几日不曾见了？"

文帝这才恍然大悟：此番召见，定是意在周勃事。于是存了小心，恭谨答道："绛邑公主，有些时日未入都了。"

薄太后闻言，忽就拉下脸道："绛邑公主于昨日，却来见了我！"

文帝倏然一惊："绛邑公主入都了？儿实不曾闻。"

"公主怎敢来见你？我只要你说，将周丞相弄到何处去了？"

"周勃有反迹，已捕入诏狱……"

文帝此言未毕，薄太后当即勃然变色，一把摘下软帽，掷向文帝，怒道："绛侯当初，腰系皇帝玉玺，领兵于北军，足可号令天下。他彼时不反，今屈居一小县，反倒欲反吗？"

文帝忙辩解道："此系河东郡吏密报，称绛侯披甲见客，显系不轨。"

"何为轨，何为不轨？淮南王击杀审食其，目无王法，却为何不见有人密报？绛侯为汉家舍命百战，连你这龙袍，也是他为你争得。如此舍生忘死，他便是为了谋反吗？你究竟听了何人构谗，才出此下策？"

"母后息怒。汉家既有律法，则不便法外开恩。此事已交张廷尉对簿，是非曲直，皆由法定。"

"你口中所言这法，亦有绛侯浴血之功，方争得来。你生于掖庭，手未沾血，窃喜做个太平天子便好，焉知刀剑搏杀之苦？汉家有法，应为持平之法，如此荒唐事，也闹到廷尉那里去，这便是荒唐之法！"

见母后震怒，文帝不禁汗流满面，强自辩解道："绛侯或不反，然需验证。容儿臣看过证供,再做处置。"

薄太后窥破文帝心思,便从袖中摸出绛邑公主手书证据来,丢给文帝看。

文帝见那缣帛上,有公主手迹、印鉴,力证周勃无罪,顿时哑然,不知如何对答。

薄太后气呼呼道:"呈堂证供,你究竟看也没看? 一个凭空变告,居然就信了? 那周勃固然居功托大,排挤新进,然既已免官,便不足为患。如此诬他谋反,锻炼成狱,天下人将作何想? 忠而见疑,鸟尽弓藏,来日还有何人肯为你舍命?"

一番呵斥,令文帝无地自容,连忙伏地谢罪道:"儿于此案,也不甚明了,这便取案卷来看。"说罢,便遣了身边涓人,去张释之处提来证供文牍。

少顷,涓人即搬来几卷文牍,另有相府移送的一道上疏。

文帝先阅看上疏,见是袁盎为周勃说情,力言绛侯与刘氏混一难分,焉能有谋反之心。文帝知周勃深怨袁盎已久,袁盎却如此为他脱罪,不由甚感惊异。

再看廷尉府所录周勃辩词,显是率性而答,鲁莽无文。似这等莽夫,岂有谋反的心计? 当即便知,若照此问成谋反罪,不独太后不能答应,众议也不能服。此前捕拿周勃,也确乎太过,便慌忙掩饰道:"原来如此! 所幸廷尉已验明,绛侯无罪,今日即可出狱了。"随后便唤来谒者,命其持节赴诏狱,赦免周勃,并复其爵邑。

薄太后见谒者领命而去,便释颜一笑:"你看,所谓满天云散,只在你的一句话。故而天子施政,须三思而行,不可贸然出一语。"

文帝连声然诺,心中只是忐忑,弯腰拾起软帽,为薄太后戴好,方起身告辞。

再说那使者飞车驰入诏狱,高声传令,狱令周千秋亦颇感意外,忙唤狱卒为周勃洗沐更衣。一番忙乱后,周勃衣冠一新,方出来接旨谢恩。

使者走后,狱令便满面堆笑,请周勃稍事歇息,这就遣公差赴客邸,知会周胜之来接。

周勃心中气未平,冷冷道:"何用犬子来接? 此处有槛车,我怎样来的,亦可怎样去。"

周千秋一惊,慌忙伏地谢罪道:"小官无能,连日来侍奉不周,绛侯度量大,还望勿怪罪。"

周勃也不理会,挥挥袖道:"与你无干,无须惶恐。"

周千秋仍不放心,又道:"小官心善,到底不敢做姚得赐。"

周勃便有些恼,怒视周千秋一眼,道:"昨日种种事,你我都可闭口了。"

周千秋这才不敢再啰唣,自去诏狱门外张望。

待周胜之驾车来时,诸臣也早已闻讯,有冯敬、张相如、袁盎等一干人,驾车驰至诏狱门,一同迎周勃出狱。

周勃与诸人一一揖过,略事寒暄。唯见到袁盎,则大为动容,执袁盎手不放,再三谢道:"君为我净友。往日事,老夫错怪你了!"

袁盎也觉歉疚,连忙道:"下官喜直言,多有得罪。"

周勃便急牵其衣袖,笑道:"非君直言,我如何能及早解脱? 若早听君言,又怎能有此大祸? 来来,请与我同车,往客邸小酌。"

正待要登车,周勃忽又回望诏狱一眼。见狱令正在门前执礼相送,便圆睁怒目逼视过去,久久不语。

旁侧诸人,顿时有所悟,也都一齐望住狱令。

那周千秋吓得立时跪下,以头抵地,哀声道:"小人罪过!"

岂料周勃仍不言语,只向狱令施了个大礼,便返身登车,喟然长叹道:"吾曾率百万军,却不知狱吏之贵也。"

诸人闻听,各个面面相觑,不由都唏嘘道:"绛侯实是委屈了!"

当日周勃面谒文帝,不敢流露半分怨怒,只堆起笑脸,说了些谢恩的话,算是陛辞。文帝见周勃已全无傲气,心知惩戒已见效,于是温言安抚了几句,亲送周勃下殿,嘱他返归好生将养。

其后数日,周勃又赴薄昭、张释之府邸,当面谢过,这才打道回绛县。自此不敢有半句狂语,老老实实,做了个逍遥翁,直至寿终正寝不提。

此事朝野皆知,市井纷传。公卿列侯见周勃尚不可免,知天子虽温雅,然事若逾常理,也能使出峻急手段来,于是都存了戒心,不敢再以身试法。

后又数月,文帝见贾谊有上疏,力请"设廉耻礼仪,以礼遇臣下",不由猜到,贾谊定是也为周勃抱不平,心中便感叹,贾谊到底是心地坦荡。也知周勃之事,不可再相逼了,任其终老便好。

待料理周勃之事完毕,文帝方觉如释重负。即位四年来,老臣掣肘甚多,不得伸展。如今周勃已知厉害,绝无胆量再作祟,心中一块大石,才算卸下。

这日,又见有鲁人公孙臣上书,述说五行终始之序,称汉正当土德之时,必有黄龙见,应改正朔、易服色。文帝拿捏不下,便召丞相张苍,至石渠阁面议。

这石渠阁为朝廷藏书处,建在前殿之东,矗立一高台上,巍峨无比,内中藏书浩如烟海。文帝登台入阁,缓步环视一遍,不由叹道:"此尽为萧丞相之功,搜罗天下书籍,为世所用。"

张苍道:"秦之焚书,实为大不祥。自焚书始,天下人便看轻了书籍,动辄嘲笑斯文。"

文帝颔首笑道:"循礼崇文,匡正人心,便自我辈始吧!粗鲁如绛侯之辈,可以歇息了。今日召丞相来,便是为公孙臣上书事。其所云改正朔、易服色,为礼教之大事也,不知公意下如何?"

"年前贾谊亦有此论,臣以为,此议不妥。秦奉颛顼历,尚水德,其源有自,汉家应守旧制不改。"

"然朕亦有不解处——四年间,律法屡易,如何历法便动不得?"

"历法,运祚所定,立朝之本也。汉家受命于天,尚水德,乃是应了高帝元年河决金堤①之象,应守正不改。且如今并无黄龙见,当罢此议。"

"那好,公孙臣之议,便交丞相府,予以驳回。"

议毕正事,文帝望望张苍,不禁叹道:"公不愧为前朝柱下御史,迄今仍直立如松。可惜你那弟子贾谊,不似你这般谨严。"

"贾谊才高,所言堪称百年之计,见识宏阔。其才在于远谋,而不在实务。"

"诚然。多日未见他,倒是常念之,容日后再说。"

---

① 金堤,汉朝人称黄河大堤为金堤。

张苍又道："朝中老臣凋零,厚重渐失,臣常以萧曹事自励。"

文帝便笑："公亦不输于萧曹多少。听人说起,你每逢休沐,便亲奉王陵夫人饮食?"

"然。当年王陵救臣于刀下,臣没齿不忘。逢休沐日,必先拜见王夫人,侍奉食毕,方敢归家。"

"公亦为厚重老臣,不逊于王陵,朕可以放心了。"

君臣议至掌灯时分,张苍方告辞,文帝起身相送,又推心置腹道："朕侥幸登大位,心甚不安。四年居上位,不敢放肆言笑,今日起,可稍为宽缓了。"

君臣两人相视一笑,于是揖别。此时,正满天星斗,未央宫各处灯火隐约,安谧无声。文帝不禁朝四下里望去,觉万里天下,似也有这般无边的安稳。

八　淮南谋反自取辱

自文帝重用文法吏以来,审慎施政,果不负天下之望,一时内外谨严,四海清平。赋役既轻省,农家便安于劳作,天下渐渐就透出了清平的模样来。其间,虽有水旱之灾,却也不是大患。至此,秦末的兵燹遗祸,已无迹可寻。关中百二山河①,渐至复苏,几可称富庶之地了。

如此两年过去,风平浪静,太常署内,太史令竟无大事可书。

至文帝前元六年(公元前174年)新岁,长安入冬日,天气和暖,宛如春临,未央宫高墙内外,不意有桃花逆时盛放。后宫诸姬妾无不欢欣,都撺掇着慎夫人、尹姬,要去上林苑观赏花海。

两人便往宣室殿去,欲禀明文帝。不料到得宣室殿,却听宫人说:"陛下往椒房殿去了。"

尹姬便迟疑,慎夫人却丝毫不惧,拉着尹姬衣袖道:"你畏缩甚么?陛下在椒房殿,也无非看太子读书,你我前往,皇后必不会责备。"

于是两人转往椒房殿,见文帝果然在廊下。文帝正手持一册古诗,于桃枝繁密处,指点幼子刘揖道:"诗云,'桃之夭夭,灼灼其华'。所谓夭夭乃其盛,灼灼乃其

---

① 百二山河,成语,喻山河险固之地。　百二:意谓以二敌百。

艳。你今日读书,知其文,也须知其意。"

恰逢刘嫖回宫省亲,也坐在一处,便向文帝做了个鬼脸:"父皇当皇弟不懂?当年五岁时,师傅便教我了。这诗还有'之子于归,宜其室家'①一句,父皇莫不是嫌我闹,想让我早些'于归'吧?"

窦后在一旁笑道:"父皇教你'宜其室家',有何不好?你自幼淘气到大,如今有了家室,要守妇道,不要再霸蛮。"

刘嫖故意道:"古人说话,也是没道理,出嫁怎的就叫个'归'?莫非唯有夫家,才是我的家吗?我倒宁愿长住宫中,唯觉此处,父母兄弟都有,才是真的家室。"

文帝立即收起笑意:"不可如此说,公主也须守礼法。"

刘嫖却扭脸不理,赌气道:"我看那礼法,也是无道理,不过只为女子所设!"

一句话,惹得文帝大笑。窦后便嗔怪道:"小女子,不可放肆!"

远处慎夫人望见,文帝正与儿女说笑,心中便踏实,拉了尹姬趋步上前,道了个万福,款语请道:"近日天暖,冬十月桃花盛开,显是吉兆。妾等请往上林苑赏花,请皇后亦驾临。"

窦后见慎夫人、尹姬恭谨有礼,心中大慰,知是夫君调教得好,便随口道:"桃花开了二度,未尝不是喜,去看看亦不妨。"

此语却点醒了文帝,当即放下书,望望满树桃花,容色便谨严起来。

几位妇人略感惊慌,一齐望住文帝,不知是哪句话违了上意。

文帝收回目光,环视诸人一眼,道:"四时有序,尊卑有等。入冬桃花盛开,恐不是吉兆。人间若有失序,天也知道。"

慎夫人、尹姬不禁花容失色。窦后也感不安,默然片刻,方道:"陛下常忧天下,我等妇人,当小心侍奉。赏花虽是寻常事,然于时不合,便不合礼数,若传到外间去,也是不妥。"

两嫔妃连忙双双跪下,请罪道:"臣妾不明事理,望陛下宽恕。"

---

①　之子于归,宜其室家。见《诗经·周南·桃夭》,意为女子出嫁,夫妻和谐。

文帝这才释颜道："与尔等无干。上林苑就不要去了，且在此处赏玩，亦是大有意趣。朕有事，须召张丞相商议，这便先走了。"说罢，便唤涓人抬步辇过来，匆匆返回了宣室殿。

文帝到了殿中，立召丞相张苍来，询问道："今桃花违时，入冬而华，朕心十分不安。海内晏然已久，可否有变乱之象？"

张苍道："臣问过太史令，他观星象、问卜筮，似并无异象。只是……"说到后面半句，忽就迟疑起来。

"爱卿，有事但说无妨。既立柱下，唯求直言，朕将天下事托与你，正是看重你的忠直。"

"陛下如此说，臣愧不敢当。想那先帝、高后两朝，海内动荡，皆因诸侯王之故。今中国之地，诸侯王皆为同姓，本是同根，一脉相连，应无腹心之患。唯淮南王刘长，多行不法，着实堪忧。"

"哦！那刘长，总脱不去小儿气。淮南国情形，有何事令丞相担忧？"

"汉家治天下，不似秦时，并非郡县一统，而是郡国各半；一旦有事，若郡县瓦解，只望诸侯可为拱卫。然以淮南王所为，非但不能为臂膀，恐还将酿成祸端。"

文帝拂袖笑之："何至于！竖子恣意，不过是逞逞威风，他岂能有掀天的本事？"

张苍便伏地，恳切道："年前淮南王击杀辟阳侯，陛下未予惩戒。返国后，他目中便全无朝廷。此前曾有上书，请自置丞相，得陛下允准，下官也只得照准。今淮南国丞相严春，原是淮南王身边一个门客，曾为郎中，好武无文，只因是亲信，便拔作了执宰。"

文帝略感惊异，脱口道："原是一个郎中？朕常闻刘长埋怨，说朝中派去丞相不力，故而准他自选。不承想，竟是换成了自家门客！"

"此举令朝廷顿成盲聋，无由闻知淮南国事。今淮南情形，唯赖廷尉派出的游士，方可辗转探得。"

"哦？"

"事若仅于此，也就罢了。今淮南国自定法令，已不用汉法。淮南王出入警跸，擅自称制，私建黄屋金钺，与公然称帝已相去无几了。"

"此事，太后、太子及典客等，多怀忌惮，皆有言及，朕也并非一无所知。然淮南王僭越，不过就是这些花头，倒未曾闻说有反意。或是因少年脾性未改，好慕虚荣。"

张苍不由心中发急，亢声争辩道："陛下，淮南王年已过而立，岂是懵懂少年？既建黄屋、左纛，便只差一个自封帝号了，与赵佗当年又有何异？裂土另立，恐就在不旋踵间。"

文帝略略一惊，忙安抚张苍道："丞相勿急。刘长无知，岂能有赵佗那般心机？无非是好武少文，其性不羁，总还是淘气一路。"

"非也。淮南之地，乃昔之楚项王根柢，若一旦动荡，天下便不稳了。前朝之事可鉴，待事发，则无以收拾。陛下喜读《过秦论》，可还记得贾谊所言'前事不忘，后事之师'？"

文帝闻此言，不由得惊起，凭窗东望许久，方回首答道："丞相，此事我已知轻重，容我去信规劝。既然赵佗可以回心，那刘长也必知道理。"

数日后，文帝便有一道敕书发往寿春，其言甚殷，责备刘长骄恣太甚。

刘长阅过敕书，嗤之以鼻，反倒更激起怨愤之心，回书语多不逊，曰："大兄仁智，惜乎百僚心机难测，专事进谗。弟谨守淮南，唯谋图治，何以僭越之罪妄加之？大兄既信谗言，弟亦无话，愿弃国为布衣。吾母赵氏当年暴薨，蒙高帝怜之，归葬真定。弟可守墓真定，不与人争。"

文帝看罢刘长回书，弃于案头，恼怒道："这是甚么话！"于是又下敕书一道，急递往寿春，严词相劝，令刘长不得弃国。

隔日问安时，文帝特意携了太子刘启，同往长乐宫薄太后处，在太后座前，将刘长回书念了一遍。

时刘启年已十四岁，文武兼习，虎虎有生气。闻叔父刘长如此不恭，脱口便道："父皇，淮南王抗辞罔上，已显露不臣之心。当日便不该宽纵，应痛加贬抑，以免后患。"

薄太后也颇觉忧心："刘长年少时，得吕太后庇荫，骄纵无度，于今则更甚。僭越之罪若不问，天下效仿者将不止一二。"

文帝犹豫道："刘长所为，母后亦曾多次说起，然如何处置，我却颇费踌躇。"

薄太后不解道："不知恒儿有何难处？陈平、周勃尚敢除去惠帝诸子，你贵为天子，却为何惧怕一个诸侯王？"

文帝道："功臣当初诛杀惠帝诸子，乃有'白马之盟'为凭。今日若要我除去亲弟，实不能为。"

刘启却不以为然："父皇仁孝，恐为天下所议。然叔父如此桀骜，他哪里会知恩？"

薄太后也劝道："恒儿，前有刘兴居之鉴，后有你百年后之忧，刘氏诸王中桀骜者，若不加以贬抑，便是遗祸来日。那惠帝诸子，不过沾了些吕氏血脉，诸老臣便不能容，可见陈平、周勃所虑之远……"

如此商议多时，文帝仍难以决断。此时，忽有长乐宫谒者来报："车骑将军薄昭来朝，向太后问安。"

薄太后便命宣进。薄昭上得殿来，见三人在此聚议，颇觉诧异，便逐一揖礼过。

文帝望一眼薄昭，忽地想起，便拊掌笑起来，对薄昭道："舅父来得正好！淮南王称制，朝野多有怨言，今日我祖孙三人在此，正议起此事。刘长不守孝悌，我却不能悖兄弟之情，不教而诛。舅父可按我意，写一封谏书与刘长弟，严词训诫。"

刘启却摇摇头道："叔父无文，恐不是书信可劝回头的。"

文帝望一眼刘启，笑道："唯其如此，才令车骑将军执笔。"

在座诸人听了，方才恍然大悟，连声称善。

薄太后道："今有薄昭书信劝诫，若刘长仍不悟，便是他自寻无趣了。"

当下议定，文帝便与薄昭同返宣室殿，闭门垂帘，斟酌了半日。由薄昭执笔，将一封谏书写好。

此信起首，历数刘长擅杀列侯、自置官吏、"欲弃国"等不法之事，说皇帝待刘长甚厚，理应知恩，责备刘长"轻言恣行，身负谤名满天下，实非明智"。

而后，又列举刘长不孝、不贤、不义、不顺、无礼、不仁、不智、不祥等八大过失，称："此八者，危亡之路也，而大王行之。"

继之，薄昭又列举史上周公诛管叔、齐桓公杀其弟、秦始皇迁其母之事，以及刘兴居被诛之前鉴，喻意此类大义灭亲，亦可用于当今。刘长即便是皇亲，亦不可奢望法外开恩。目下淮南国藏匿逃亡之徒，委以重任，安插上下，朝廷于此无不尽知。

薄昭告诫道：若不改，朝廷将拘系你于宫邸，淮南丞相以下皆论罪，你将奈何？势必逃不过"堕父大业，退为布衣，近臣皆伏法，为天下笑"的结局。

末尾，薄昭又殷殷劝谏刘长，曰："宜急改操行，上书谢罪，曰：'臣不幸早失先帝，少孤。吕氏之世，亦遭危难。陛下即位，臣恃宠骄横，行多不轨。今追念罪过，心中恐惧，伏地待诛不敢起。'皇帝闻之必喜。若行之迟疑，祸如发矢，不可追矣。"

刘长接此信，命长史为他一字一句念毕，心中便觉大不悦，知是文帝与薄昭串通好的。他薄昭一个车骑将军，如何有闲情费这番笔墨？分明是写了信来恐吓。不由就大骂："甚么'祸如发矢'！一个裙带将军，也想来吓人？"

思来想去，若就此低头，委曲求全，实是于心不甘。再说大兄既已有怨意，迟早也要事发，躲又能躲过几时？倒不如索性定下反计，免得束手就擒。

于是，刘长便不加理会，并未上书谢罪，只严令属官休得再张扬。一面便募集死士，筹划钱粮，往长安城内多布眼线，寻找内应。

文帝前元六年冬十一月，刘长果然说动了一个人——棘蒲侯柴武之子柴奇，愿参与起事，于是谋逆之事，便悄然发动。

刘长密令属下大夫谢但，率死士七十人潜入都中，见过柴奇，合谋起事。相约由谢但率死士，以大车四十辆装载兵器，运至长安以北的谷口（今山西省淳化县西北）存放，并隐身于此处山中。

谷口这地方，就在当初陆贾隐居的九峻山之东，为泾水出山处，因此得名。此处天寒地荒，奇峰壁立，并无寻常民家，仅有一二高人在此隐居。起事人马、兵器藏于此，便是神鬼也难察觉。

且说那棘蒲侯柴武，为高帝时名将。早在沛公军西进咸阳途中，便率四千人投军,后屡有奇功。至文帝前元三年,仍贾余勇,亲率步骑五万余,荡平刘兴居之乱。

柴武此人,不独善战,于疆域大势亦有远见。文帝初即位时,便上书建言,力主发兵征南越、朝鲜。曰:"南越、朝鲜,秦时皆内属为藩臣,后拥兵据险,观望谋叛。高帝时天下新定,人民小安,未再兴兵征讨。今陛下仁惠,安抚百姓,恩泽加于海内,民亦乐于用命,宜趁此时征讨逆臣,混一疆域。"

文帝虽知其所图宏大,然不愿多事,于是批复道:"朕得此天子冕旒,实难胜任,尚顾不到外藩事。且兵者,凶器也。兴兵远征,即便如我所愿,耗费亦巨。得了些许声威,于百姓又何其远? 先帝知不可使民劳烦,朕岂敢自以为能? 今匈奴内侵,军吏疲累,边民亦无宁日,朕常为之心痛。今藩属不附我,可设烽燧,以固边防;结好通使,以宁边陲,便是有大功。发兵之事,勿再议。"

柴武见文帝不肯发兵,满心无奈,只得叹息而罢。

平定刘兴居归来,柴武终究是年事已高,不久即得病薨了。因他投汉较晚,并非楚怀王旧部,故按例未封谥号;其长子柴奇,亦未能袭侯。

柴奇彼时正在长安军中,怅然有所失,竟不顾亡父英名,与刘长勾搭起来,要谋"大事"。

刘长得此内应,只道是有天助,谋反之事便越发紧锣密鼓。适逢两边传递消息,需一个可靠之人,柴奇身边恰好有个"士伍",名唤开章,可当此任。

但说那士伍又是何职? 原来,按汉律,凡军吏有罪被夺爵者,便降为士卒,人称"士伍"。开章既被夺爵,自然也是失意之人,故愿为柴奇效命,一心盼望事成,也好封王封侯。

这日,开章得了柴奇授意,携密信独骑奔往寿春,告知刘长曰:"欲成事,淮南国尚嫌力薄。前有刘兴居之鉴,望诸侯各国响应,势必落空。须南连闽越,北通匈奴,向两国借兵,共举大计。"

刘长得密信大喜,心中有了数,与开章数次密晤,饮宴甚欢。刘长见开章乖巧,可堪重用,便要留开章在身边,允诺为他娶妻成家,厚赐财物,加爵禄二千石。开章不意得此宠信,甚是高兴,便转投了淮南王麾下。

开章既不能返回，刘长便遣了一名使者，回报在长安的柴奇，知会他开章已留淮南。

岂料这使者行事不慎，过函谷关时，与关吏一语不合，竟破口大骂。那关吏常年迎送文武诸臣过关，其中不乏位至公卿者，岂能忍一个诸侯使者辱骂，便喝令戍卒，将这使者绑了。待搜出使者身上密信，方知淮南王要谋反，关吏大感惊恐，忙将使者押送京师。

这日朝会方散，文帝忽闻张释之急报此事，便命将那使者押上殿来。文帝看过密信，亦是大惊，严词追问淮南使者，方知柴奇已为内应，在谷口藏好了兵器。

张释之闻之色变，急请道："陛下，事急矣！请捕淮南王入都。"

文帝也知事不宜迟，提笔正要拟诏令，却又掷下笔，叹息一声道："吕氏一朝，骨肉兄弟尽殁，仅存淮南王这一枝，实不忍加罪。"便与张释之商议，仅遣都中缉盗的长安尉，前往寿春，将开章捕回治罪，以儆效尤，其余人皆可不问。

数日之后，长安尉史步昌便率差役数人，飞骑入寿春见刘长，出示了文帝诏令，要捉拿开章。

刘长见此，猜疑是事已泄露，只得强作镇定，对史步昌道："前几日，确有此人来投，然孤王未便接纳，已不知去向。足下且在驿馆歇息，待本王遣人搜寻。"

安顿好长安尉一行，刘长便急召原中尉简忌，商议如何应付。那简忌乃是刘长心腹，此前因处置藩事犯禁，廷尉府曾发文，令解送长安问罪。刘长不肯交人，只罢去了简忌中尉职，谎称简忌已病重，将他保全了下来。

由此，简忌更是忠心事主。听主公说起开章事，便不无担忧："长安尉，掌长安县缉盗，捕人无数。若将开章藏匿寿春，哪里瞒得过他？"

刘长便问："若以重金赐予开章，令其远遁，何如？"

简忌摇头道："长安尉既来之，便有眼线四布，开章在寿春已是逃不脱了。若捕入都中，大王又如何能钳住他口？"

刘长便一惊："君之意，莫非要我杀开章灭口？"

"为保无事，唯此一途耳。"

"孤王欲举大事,却先杀壮士,怕是名声不好。"

"大王,那开章并非你旧属,无所谓恩义,杀之亦不足惜。欲成大事者,岂可效妇人之仁?"

刘长叹气道:"也只得如此了! 此事,便交给你去处置吧。"

简忌拱手领命道:"臣今夜即带人将他诱出,一索子勒毙,趁夜葬入八公山下,便是鬼也寻他不到。"

"只是……惜哉此人!"

"臣得手之后,以上等棺衾殓之,也算他不枉死一回。"

刘长只得颔首允之。可怜那开章,新居住了才几日,便被简忌骗出活活勒毙,运往八公山下肥陵邑,草草葬了。

次日,史步昌又上殿来见刘长,催问开章下落。

刘长已做好了手脚,心中不慌,便谎称道:"昨夜淮南长史带人,遍寻城邑,只是不见踪迹。长安尉若是不信,可亲自缉拿。"

那史步昌见多识广,心知有诈,便故作不急道:"生不见人,死不见尸,若就此复命,恐今上要责怪。容下臣在此多住几日,顺便寻访。"

刘长见这长安尉实在难缠,便又与简忌商议。简忌献计道:"可造个假墓,哄他说开章已病殁。人既殁,他也好复命了。"

刘长想想,似也再无甚好计,便应允了。于是遣人在寿春城外,匆匆起了一个假墓,四周遍植柏木,墓前竖一木牌,诈书之:"开章死,葬此下。"

那史步昌寻人心切,正带领随从数人四处查问,忽有相府吏员报称:"开章病亡,已葬于城外。"

一行人连忙随那相府吏员,赶到城外,果然见到有一新墓矗起。史步昌立于墓前,初时惊愕,继而面露冷笑,问那吏员道:"开章家人何在?"

吏员答道:"已各自走散。"

史步昌便不再理会,只顾围着新坟打量,沉吟不语。

那吏员试探问道:"需开棺验否?"

史步昌回首道："既不能复生,看又何益?"当日便入见刘长,称开章已死,只得回去销案。

刘长便哈哈大笑："难为足下了,奔波了这数日,竟是只觅得一个死人！想那开章,不过一夺爵士伍,能惹下甚么祸? 即便拿住他,又能何如?"

史步昌也不作回应,草草道了谢,便退下殿去,回长安复命了。

此时,淮南国相严春也在侧,见史步昌走时面色不善,便请道："臣愿入朝,为大王辩白。"

刘长立时横了严春一眼,大怒道："有何区区事,须入朝辩白? 你不是欲离我,去附那汉家朝廷吧?"

严春未料刘长因此发怒,连忙谢罪,再不敢提起此事。

再说史步昌还都后,入见丞相张苍,称淮南王藏匿开章不交,或已灭口。其技甚拙,不问也可知。

张苍详询了捕人始末,只觉隐隐不安,唯恐淮南国生变,便匆匆去见文帝。

文帝听了禀报,沉吟片刻道："如此看来,淮南王确有谋逆之嫌;然其反迹并未露,如何能下诏问罪?"

张苍便回道："臣料他部署尚未备,否则长安尉赴寿春,他受惊吓,必反无疑。不如趁他未动,及早召他入都,下狱拘讯。"

"这当口,他还敢入都吗?"

"陛下这就宣召,他必措手不及,只能前来,想着敷衍一番,再返回淮南寻机起事。若今日不召,待他万事俱备,便召他不动了。"

文帝深以为然,当日便手书一道识令,遣人飞递寿春。

那刘长接了诏令,果不出张苍所料,顿觉进退两难。与严春、简忌等商议了一整夜,也议不出一条好计来,只得硬着头皮入都。

入朝当日,刘长率一众亲随,往赴北阙,请谒者通报入见。谒者见是刘长来,也未多话,返身便进了司马门去。不多时,忽有典客冯敬、廷尉张释之,自阙门之内阔步而来,身后紧随数十名彪悍差役。

刘长一行人望见，正在惊愕，只听冯敬喝令："左右，淮南王谋逆，有诏拿下！"

刘长不禁大怒，喝了一声："大胆！"拔剑便要拒捕。

淮南王随从数人，也都一齐凑拢，欲拔剑厮杀。

众差役哪容得此辈放肆，登时如狼似虎般扑来，抡起一张渔网，劈面撒开，将那刘长死死缠住。几人围拢将他扑倒，夺下了手中佩剑。

刘长哪里肯罢休，高声呼道："左右救我！"随行近侍数人，立时拔剑乱砍，与执棍差役厮杀成一团。北门甲士见了，也执戟一拥而上，上前助阵。

淮南王一行苦斗多时，奈何寡不敌众，皆被乱棍打翻在地，一并遭擒获。

刘长还想呼叫，早有差役拿了一团麻絮，猛塞入他口中。冯敬冷冷一笑，吩咐将人犯绑好，押上槛车，送往诏狱去。众差役便七手八脚，将刘长及随从都绑起，丢上车，拥着槛车走了。

此后旬日之间，由廷尉府左监亲率公差，飞骑四出，将淮南王案中要犯，如柴奇、简忌、谢但及淮南国相以下属官、徒党三百余人，全数捕获。

此次刘长入狱，因事涉谋反，便无王侯入狱的优待，直如寻常人犯一般，囚衣褴褛、饮食粗劣。自幼金枝玉叶的刘长，哪里受得住，只觉每日生不如死。

待到提审之日，文帝命丞相张苍、典客冯敬、廷尉张释之、宗正刘逸、中尉庐福五人，同堂会审。此时御史大夫仍空缺，冯敬参与审案，便是代行其职。

会审之初，诸臣先将柴奇、简忌、谢但、严春等人拷问一通。诸犯见事败露，抵赖亦无用，严刑之下，便先后都招了。所录证供，各个相契，坐实了刘长谋反。

这日轮到刘长提堂，众皂隶将他械系，挟至大堂跪下。只见那大堂北墙，乃是一幅《獬豸望日图》，气势甚壮。五张书案后，端坐着主审五大臣，其余官佐分坐两侧，极威严。

刘长见这排场，竟比那三堂会审还要威风，知是要问成大罪，便昂首质问道："诸君一向食汉禄，如此待先帝骨血，可忍心乎？"

冯敬见刘长猖狂，便一拍惊堂木，喝道："刘长，此处为诏狱大堂。我等五人，为主审，眼中并无王侯，唯有人犯！"

刘长不顾手足皆系桎梏，挣扎欲起，大骂道："你个微末裨将，何出此大言？我之入狱，不过兄弟反目。若不是你这等奸佞讥谗，何至于此？食人禄者，当知报恩，似你等这般豺狗，谋害天子骨肉以图官爵，必为天所不容也！"

冯敬面色如铁，一字一顿道："我等按法问案，若有谋私，天亦不能容，不必你多费心。倒是有一事疏忽了，《周礼》曾有言：凡囚者，王之同族仅枷手即可。来人，去掉人犯足梏！"

众皂隶应声上前，取下了刘长足上枷锁。

刘长松了松双脚，正要开口，冯敬却手指一旁道："对簿之前，本官教你看几个人。"说罢便一挥手，命皂隶将柴奇、简忌、谢但三犯拖曳上来，委弃于地。

三人此前曾抵赖不招，皆用了大刑，鞭打杖笞之外，又上了夹棍，将足胫击碎。十指亦刺入竹签，双手皆血肉模糊，惨不忍睹。

刘长抬眼看去，见往日部属遍体鳞伤，状如鬼魅，全无人形，足断已不能站起，不由就大惊，瞠目不能出言。

冯敬挥了挥手，命皂隶将几人押下，又转头向张释之，拱手一拜："张公请——"

张释之便整整冠服，高声道："人犯刘长，本官问案，关乎你生死，不得妄言。先问你，开章下落何在？"

刘长低头想想，忽就将头一仰："开章是生是死，乃是部属擅自所为，与我何干？"

张释之略一笑，瞥了一眼书佐。那书佐会意，当即打开一卷供词，将简忌等人口供，逐一读出。几人口供，相互吻合，皆招认：系奉淮南王之命，勒毙开章，起造假墓。

刘长立时大呼道："严刑之卜，岂有实情？那简忌必是诬我！"

张释之便冷笑："正是简忌首供，他人佐证。"

刘长愕然，遂低头默然无语。张释之又问了几句，刘长只是坚不吐口。

张释之便命皂隶道："将淮南国相押上堂来！"

两名皂隶，便挟了严春上来。看那严春，衣衫尚整齐，似未受过大刑，上堂来望了刘长一眼,连忙低头。

张释之望住严春,问道:"严犯,可有实情还未供出?"

严春一悚,嗫嚅道:"下臣已全招了。"

张释之便猛拍惊堂木:"诳语!淮南王僭越,那车舆黄盖,是何人置备?僭越左纛,系何人竖起?"

严春惊望张释之一眼,又掉头瞥了刘长一眼,战战兢兢道:"下臣奉淮南王之命,权领此事。"

张释之立时怒道:"逆天之事尚未供出,如何便说已全招?来人,抬出夹棍来,将此两人大刑伺候!"

众皂隶齐喝一声,立时将两副夹棍抬上,各夹住刘长、严春两人脚踝,绑紧绳索。

刘长挣扎道:"诏命尚未废我王位,你等酷吏,岂可加刑于诸侯?"

张释之便冷笑:"你也知刑不上大夫?天潢贵胄,固可免刑,然谋逆者除外。且教你开开眼界,看严春如何受刑。左右,使锤!"

一名剽悍皂隶便虎步上前,抡起石锤,连连砸向严春左踝上木棍。只听得严春惨呼数声,左踝骨当即碎裂。

那皂隶还要再击锤,严春只顾呼痛不止,几不欲生。张释之不为所动,只厉声道:"一足既废,再夹另一足!"

众皂隶立时拥上,撤下夹棍,夹上另一足。严春忍痛不住,连连以头抢地,凄声大呼。

刘长在一旁看得汗如雨下。待皂隶用刑完毕,严春双足皆断,人亦奄奄一息。

张释之此时一使眼色,那彪悍皂隶便略一转身,又抡圆了石锤,照准刘长足踝猛然一击。此一击,那皂隶心中有数,并未用足十分力气,尚不至断足。刘长却是吃不住痛,待第二锤刚刚落下,便双目一闭,高声呼道:"罢手,罢手!孤王招了!"

张释之便微微一笑:"早该如此!进得诏狱来,岂有侥幸?左右,取下刑具来。"又回头吩咐书佐,"所有口供,一字不漏,皆如实录下。"

那宗正刘逸，素好儒学，不忍见刘长惨苦之状，便开口劝道："淮南王，你身为宗室，却与那鸡狗之徒勾搭，图谋不轨，何其不智也！先帝若有知，谅也不会饶过。今日会审，便不要抵赖了，或可求得活命。"

刘长情知罪责难逃，便俯首允诺，不再心怀侥幸。

问过一堂，张释之令刘长画押完毕，遂将供词收起，向张苍等人拱手拜过，便不再言语。

张苍见状，与冯敬耳语了一番。冯敬便起身，环视左右皂隶，吩咐道："今日到此，明日再审，且押去狱仓看管。"

此后多日，五大臣连日提审，将谋逆前后事逐一审明。凡有牵连者，皆缉捕到案，半月之内，竟有千余徒众锒铛入狱。

如此连审一月余，才将淮南王谋反案审结。除谋反罪外，又坐实刘长擅立法令、不用汉法、建黄屋拟天子等僭越罪。查出刘长为纠合徒众，广纳天下亡命徒，共赦免死罪者十八人、应服徒刑者五十八人，并擅自赐爵九十四人。

此外还有各人供出，刘长有不敬之罪数件。张释之看过口供，也不禁微微蹙了蹙眉，便与刘长逐一对簿："人犯刘长，本官问你，此前你曾患病，今上心忧，专遣使者赴淮南探望，赐予你枣脯，你却负气不见使者，可有此事？"

"……有。"

"年前庐江郡内，曾有南海游民造反，朝廷发淮南士卒征讨。待事平，今上遣使者携绢帛五十匹，令你分赐劳苦士卒。你是如何作答的？"

"孤王不肯受赐，却推说：'军士无劳苦者。'彼时说此话，原为无心，以今日来看，实为大不敬。"

"有南海王织，上书皇帝并进献璧帛，你手下亲信简忌，竟敢将上书焚烧，不予上奏。朝廷得知，召简忌问罪，你却拒不遣送，谎称简忌已病，此事可是实？"

"孤王偏袒私属，确属妄为。"

"上述若无误，便是你供认不讳，可想好了？"

"在下愿画押。"

随后，书佐起身，递过呈堂证供，备好笔砚。刘长接过证供，略一浏览，便在末尾画下了十字花押。

问出如此之多不法情事，五大臣都极感震怒。审结后，诸臣议了半日，都以为应坐死罪。于是联衔会奏，将刘长罪状逐一列举，称："刘长当弃市，臣等请按法论处。"

文帝接了这奏章，却是大费踌躇，便命张武知会北阙谒者，今日概不见朝臣。一人在宣室殿内室独坐，垂下帘幕，凭几沉思。

那刘长不羁之事，历来便有，文帝原并不疑他有反心，今日看了奏报，方知其谋已露端倪，或不出三年，便是刘兴居第二。然则，若依了五大臣所请，处斩首弃市，则刘长毕竟未树反帜，猝然诛之，免不了要担上"兄弟不相容"的恶名，恐有非议。

如此一想，文帝便觉不安。想自己登位以来，夙兴夜寐，只为在史上留个好名，若背负了同室操戈的恶名，岂非前功尽弃？然五大臣会奏，又不好断然驳回，驳回则必遭群臣哂笑。

辗转思之，正在进退两难之际，忽闻涓人来报："皇后前来问安。"

文帝连忙起身，迎进窦后。窦后目力不济，由两个宫女搀扶，摸索着坐下，开口便道："听宣室殿宦者说起，陛下屏退左右，整日未出，臣妾甚感不安，前来问候。"

文帝轻叹一声，答道："无他，为刘长事耳。"

窦后这才松口气："哦——，也听启儿说过，这个皇弟，甚是不成器。"

文帝便道："岂止是不成器？竟是私藏兵器，要学那蚩尤造反了。"

窦后便是一惊："淮南王居然反了？"

"尚不至即刻发动，然于日前会审，已牵出与谋者有千余人。"遂将会奏所述罪状，说给了窦后听。

窦后面色便渐沉，喃喃道："启儿来日，怕是要多事。"

文帝执起窦后之手，安慰道："莫急。五大臣会审已毕，有联名会奏，请斩刘长。"

窦后便一喜："那允了便是。"

"不可不可！我不欲负杀弟之名，只教他晓得利害便好。"

"那五大臣会奏，陛下将如何驳回？"

"我正是纠结此事，觉左右都甚为难。拟交给列侯、吏二千石以上者申议，留他一条活路。"

"只恐来日，终究是个孽。"

"皇后多虑了。废其王位，便可保无事。"

窦后半信半疑，只得听任文帝处置，叹口气道："那刘长自幼性刚，昔年在长乐宫，哪个敢惹他！便是废了他王位，也不知可安宁否？"

窦后离去后，文帝立即援笔，在会奏上批道："朕不忍按法处置，此案请交列侯、二千石吏申议。"

五大臣接到驳回诏旨，皆大惊。心想此次拷问，是用了大刑的，若不将刘长追死，来日若他复起，自家性命又怎可保全？

于是张苍便授意各人，先去游说列侯及百官，切勿宽纵刘长。众人都称善，当即分头拜访去了。

隔日，列侯、百官计有四十余人，齐聚丞相府，一时冠盖如云。就连德高望重的太仆夏侯婴，也以安车请来。张苍遂将联衔会奏拿出，当众念了一遍。果然，众臣立时大哗，誓要除去此逆，皆称应按法处置。

夏侯婴虽已白发满头，却是雄风犹存，怒气冲冲道："竖子！若非当年朝臣厌吕氏、怜赵姬，岂能有他生路？他侥幸活过来，便是今日这等模样！"

老将王恬启，亦手按剑柄，朗声叱道："当年吾辈随先帝，大小百余战，人死了不知多少，才换得这天下。今海内无事，才不过几日，却又出了这等孽子，焉能不杀？"

两老将言毕，满堂更是群情汹汹，难以平息。张苍与冯敬互望一眼，皆微露笑意。

待众臣议毕，张苍等五人便又领衔，联名上奏曰："臣张苍、冯敬等五人，谨与列侯、二千石吏夏侯婴等四十三人共议，皆曰：'刘长不遵法度，不听天子诏令，暗聚徒党及谋反者，厚养亡命之人，欲行不轨。'臣等议论，应按法处置。"

接到复议奏书,文帝又是一惊,心中疑惑:如何列侯、百官都不解上意? 徘徊无计间,只得去与薄太后商议。

薄太后听了文帝讲述始末,不由笑了:"恒儿如今也乖觉了,不愿负恶名。然张苍等人主审,严刑捶楚,先已做了恶人,自然不愿刘长活。那张苍执掌中枢、统领群臣,百官焉能不看他眼色? 夏侯婴、王恬启等,乃百战老将,只知疾恶如仇,哪里能知你的苦衷?"

"母后所言,我亦知。然孝悌与否,百世后亦有议论。若将刘长论罪弃市,我实不能为!"

"刘长终究鲁莽无谋,留下一命,谅也无妨。你便照实下诏好了,勿再含糊。"

文帝知此事延宕不得,若激起朝野议论,便不好收拾。于是连夜批回道:"朕不忍诛杀诸侯,赦刘长无罪,废其王。"

五大臣得此御批,都知事不可挽,相顾叹息了一回。张苍即对众人道:"既如此,我辈当上奏,要将刘长远放,不可在京为庶民。否则,日久生变,他或缘势复起,我辈则死无葬身之地矣!"

那四人便都附和,张苍当即写下奏疏一道,曰:"臣张苍等冒死进言,刘长有大死罪,陛下不愿以法处之,恩旨赦免,仅废王位。臣请将刘长远放蜀郡严道(今四川省荥经县),置于邮驿看管,其子、其子之母可随同。由县衙为其筑居室,供以食粮、薪柴、菜蔬、盐豉、炊具、席褥等,请陛下准予布告天下。"

文帝看过,知是五大臣心内不安,恐刘长再起,故而欲置刘长于绝境。原来,那蜀郡本就偏远,所谓"道",略等于郡,更是蛮夷所居之地。彼处之邮传驿,可谓山穷水尽处了。将刘长置于此,不独起居不便,欲探听天下事,也是万难。日久天长,终将白首于荒野。

想到此,文帝心中暗赞,五大臣倒还晓事。然则,若就此准允,外间仍难免有议论,于是提笔批道:"饮食为常例,日供给肉五斤、酒二斗,令其原所宠美人、才人十名随行。其余皆准。"

此诏一下,全案告结。五大臣又请旨,将与谋者近千人尽皆诛杀。其中柴奇、简忌及死士七十人等，既已涉入，倒是不冤；唯那充作属官的门客，即是曹掾、县吏、军士者流，也都受尽拷掠，一并斩首，确是过于酷烈了。

此案布告天下，四方轰动，朝野议论不休。不数日，由张苍授意，以黑幕蒙于车上，名曰"辎车"，遣送淮南王赴蜀。路上不遣专使护送，只责令沿路各县差役，依次递解。

刘长离京当日，袁盎看不过去，入朝谏言道："陛下素来骄纵淮南王，不为他置严师良相，以至于此。淮南王为人性刚，遣送路上，如何禁得起百般摧折？若途中遇风寒，恐将暴病而死，陛下则枉负杀弟之名。若是，将如之奈何？"

文帝被袁盎说中心事，不由就尴尬，忙辩白道："这般处置，就为令他尝些苦头，不日便可召回。"

袁盎见文帝不听，亦是无奈，只能叹息而退。

且说那袁盎所忧，并非无因。刘长自离京之日起，独自一人囚于辎车中，终日颠簸，不见天光。车上有封条，沿途无人敢开启。其余眷属皆囚于别车，不得见面。路上馆驿所供饮食，皆由侍者自小窗递入。押送者仅差役十数人，不独照顾不周，且多有言语呵斥。

随行家眷只是啼哭，差役听得不耐烦，口出恶言道："既有今日，何必当初。不要惹得差爷恼恨，抛你们在这荒郊野外！"侍者照看刘长稍有殷勤，便遭差役叱骂："没眼目的，还当是昨日光景，想讨赏吗？"

刘长自幼至长，从未遭过如此凌虐，自是羞愤异常。想到大兄骤然反目，原来并非纵容不问，只不过暂时忍下了而已，往时己之所为，也未免太过张狂。便心有悔意，对侍者叹道："谁谓尔等主公是勇者？我安能勇！往日为王，我因骄横之故，不知己过，终至厄运临头。我来这人间，方及廿五载，余生尚有大半。人生一世间，安能郁郁如此！"

车出长安旬日，刘长便万念俱灰，决意绝食。沿途所奉饮食，一概拒之，侍者苦劝亦无用。差役见了，非但不劝，反倒上前责骂："猪狗吗？需用人喂！饥渴他自会料理。"便将两三侍者都驱至队尾。

一连多日，凡馆驿供食，无人敢递入，刘长也不索要。如此不饮不食，再无声响。那递解差役，数十里一换，哪个想到要启封去看。又因人情炎凉，只想那废王何须关照，于是任由他去。

车马行至雍县（今陕西省凤翔县），县令闻淮南王过境，心存怜悯，便亲赴馆驿察看。闻说刘长已多日未进食，声息全无，便知不好，急令差役启封，登车去看。见刘长不知何时已活活饿毙，早没了气息！县令不由大惊，忙遣人飞报京师。

文帝闻报，一时也是呆了："如何尚未出三秦，人便已薨了！"当下哀痛大哭，整日不食，涓人都惊慌不知所措。

其时，袁盎正值守宫中，闻讯亦大惊，忙趋至宣室殿，顿首请罪："陛下辍食，微臣知晓得迟了，特来请罪。"

文帝便泣道："公有何罪？我悔不听公言，竟致淮南王中途暴亡。"

袁盎早有所料，然此时亦是无奈，只得劝道："陛下请自宽心。淮南王自弃，非他人之过。既成往事，岂可悔哉！"

文帝又叹道："骨肉兄弟，我不能保全，天下必有议论，如之奈何？"

袁盎知文帝心结，便劝慰道："非也，陛下有高行者三。此一事，不足以毁名。"

"哦？吾有高行者三，是为何事？"

"陛下在代国，太后患病，前后逾三年。陛下目不交睫、衣不解带以侍奉，汤药必亲尝而后进奉。此等孝行，即是孔门高徒曾参，以布衣之身犹难为，况乎陛下以王者为之？陛下之行，远过曾参矣！此乃其一。往昔诸吕肆虐，大臣被黜，陛下率近侍六乘，驰入险地。虽战国力士孟贲、夏育之勇，尚不及陛下，此为其二。陛下入都，至代邸休憩，西向让天子位者三，南向让天子位者二。上古高人许由，不受尧帝传位，仅为一让；陛下则五让天下，过许由者四，不亦高乎？此乃其三。"

文帝闻言，虽知这话不免近谀，然听起来终究顺耳，忙摆手道："吾岂敢与许由并论？"

袁盎又道："陛下迁淮南王于蜀郡，不过欲苦其心志。然放逐途中，有司守护不谨，竟致他亡故，错不在陛下，而在大臣。如此放逐，饥寒交并，布衣百姓尚不能忍，况淮南王乎？唯有斩丞相、御史以谢天下，或可服人。”

文帝闻言，心中有愧，涨红脸道："是我大意了，与彼辈无干。"于是不再哀戚，稍进饮食。

袁盎一番巧语，竟说得文帝释颜，涓人在一旁见了，无不称奇。消息传出，朝臣亦生感叹，袁盎由此名重朝廷，天下人亦尽知其善言事。

未及两日，文帝便有诏下，令廷尉将沿途解送役吏擒来，究其不启封供食、饿毙淮南王之罪，皆处以弃市。

张释之闻诏，心中一惊，知此举是为平息朝野之议，欲杀小吏而自清，也只得遵命。便派了曹掾数人，率公差一路西行，大张声势拿人，逮回处置。可怜那各县数十名役吏，虽眼见淮南王不食，又怎敢擅自启封？兼之世态炎凉下，皆不以废王死活为意，如此，竟都枉送了性命。

随后文帝又有诏下，命以列侯之礼，将刘长在雍县安葬，置民三十户守墓。原淮南国故地，尽数收归朝廷，复置郡县，由朝廷派遣官吏。

这一番处置，公卿百官看在眼里，无不知其中利害，虽有异议，亦无人敢言。各诸侯王闻听，也都心怀怵惕，轻易不敢再犯法。

后过了三年，文帝想起刘长，心生怜悯。知刘长尚有四子，皆不满十岁，流落于民间，便封了其长子刘安为阜陵侯，次子刘勃为安阳侯，三子刘赐为周阳侯，四子刘良为东成侯。待一一封毕，方才心安，料想天下当不致再有非议。

如此又过了四年，忽一日，文帝闻涓人说起，民间竟有歌谣传唱，哀淮南王之死。歌谣云：

　　　一尺布，尚可缝；一斗粟，尚可舂；兄弟二人不能相容。

文帝听了，怔住半晌，继而叹息道："古之时，尧舜放逐骨肉，周公杀管蔡，天下皆称圣人。为何？不以私害公。天下之议，莫非怪我灭亲，是为夺淮南王之地耶？"

由是方知，天下仍有人耿耿于怀。因又想到，刘长既已亡故多年，还是优恤眷属为好,可以塞天下之口。于是下诏,令城阳王刘喜(刘章之子),徙至淮南故地为王,以撇清夺地嫌疑。又追谥刘长为淮南厉王,在寿春新置墓园,归葬于此,尊以诸侯礼仪。这些,皆为后话了。

待淮南王善后处置完毕,时已深冬。这日,文帝觉天寒,便披上狐裘,拥炉烤火。思前想后,心事终不能平,只觉没个人可做商量处,不由就想起贾谊来。

想那贾谊南迁,不觉已有三年。于今想起来,此人确为绝世之才,贬在江南僻远处,实是过苛了。那长沙卑湿地,长此以往,将如何熬过? 莫如召回另行任用。于是次日,文帝便下了征书一道,征召贾谊入都,待诏另用。

征书传至临湘,贾谊心头就一亮,料是出头之日已至。便匆促收拾好行装,别了长沙王,携家眷仆从,欣然北归。

归路上寒意侵人,贾谊便打开箱笼,寻出文帝所赐白狐裘,披在小儿身上。一路沅湘景色,都顾不得看了,只想着召见时如何应对。过武关之北,天渐大寒,也只顾着冒雪赶路,不觉其苦。旬日之间,便驰入长安了。

召见当日,正值冬至,文帝祭天归来,在宣室殿静坐养神。忽闻贾谊求见,心中就一喜,急忙下令宣进。

落座之后,文帝见贾谊英气依旧,便寒暄道:"君在长沙,神色似更清雅。"

贾谊答道:"拜山水之赐也。"

时隔三年,君臣面对,都似有千言万语要说,却又不知从何谈起。恰好文帝祭祀归来,正想着鬼神之事,便顺口问起:"祭天方毕,朕恰在想:世上鬼神可有形乎? 彼辈如何言语,如何起居,又居于何处? 看世间之人,密如星斗,若都往生为鬼神,则天地间有何处可容下? 如此等等,不知君有何见教?"

贾谊不意文帝问起这些,倒也触动兴致,便答道:"人之所归,终是鬼神之地。然我辈凡人,岂能知鬼神所居? 当是全然不同于凡间,或是至大无朋,或为缥缈无极,以常人揣度之,不可思议,不如存而信之。"

"哦? 儒家便是如此看的吗?"

"正是。季路曾问孔子，如何事鬼神。孔子答：'未能事人，焉能事鬼?'便是此意。想那鬼神，有形或无形，凡人不可辨；然鬼神行事，当不至于逆人伦而行。天上人间，应为一理；人事既洽，鬼神亦当喜之。"

一番话，听得文帝入神，不由向前移席，赞叹道："君之所论，我闻所未闻，不妨尽兴说来。儒家看鬼神，似看作人间事，那么其余诸家，又做何论?"

贾谊一时兴起，侃侃而谈道："道家所言：鬼者，归也。人生天地之间，不过是寄生于此。死，便是归，这是洒脱一路。墨家则以为：鬼神之明智胜于圣人。因那鬼神所秉，乃为天志；圣人或有违天志之时，鬼神则不会，此为敬鬼神一路。法家虽未论及鬼神，然法家崇道，道乃鬼神之魂魄，即如小民所言：神明在上。总之，诸家论鬼神，其说不一，讲起来，怕要讲上半日。"

文帝一笑："今日也无事，且从容讲来。"

贾谊便又侃侃而谈。岂料这一讲，便从午后日斜，直讲到夜半。一个滔滔不绝，一个屏息凝听，涓人将灯油添了又添，两人只是毫无倦意。

此情此景，即是史上极有名的一幕。后世唐代诗人李商隐有《贾生》诗一首，说的便是此事：

> 宣室求贤访逐臣，贾生才调更无伦。
>
> 可怜夜半虚前席，不问苍生问鬼神。

那夜，贾生讲到口干舌燥，不意间抬眼望望窗外。文帝这才想起，忙欠身去看莲花漏壶，方知时辰已近午夜，不觉就一笑。

贾谊会意，连忙起身告辞，行至殿门，却欲言又止。

文帝窥破他心思，便嘱道："先生今日累了，讲了这许多鬼神事。至于凡间事，来日方长，你我尚有共话时。"

贾谊便施了大礼，由涓人引领，往北阙出宫。行至御路，仰头望见北斗横斜，就有些恍惚。想到贬谪三年，积了满腹的经世之策，这半夜晤谈，竟连一句也未说出，只得叹道："鬼神事，果然高于人间！"

送走贾谊，文帝方觉疲惫，便返回寝宫歇息，宦者忙侍奉入寝。盥洗时，想起这一夕倾谈，不禁自语道："我久不见贾生，自认学问已过之。殊不料，今日仍不及他！"

后又多日，文帝只命贾谊待召，心中却翻覆不定，不知该如何任用他才好。想着贾谊气盛，未曾稍减，若留于朝中，仍将咄咄逼人，免不了又要惹出是非来。此等奇才放在身边，终究难以驾驭，不如仍从阴宾上之议，仅用其计，不用其人，以外放为宜。只是无须太远，不教他委屈就是。

恰在此时，文帝幼子刘揖那里，有个空缺。刘揖封梁王已多年，自幼喜读书，与其余皇子殊不同，素为文帝所爱。数年间，只苦于寻不到好师傅。

文帝想好，便召了贾谊来，面命道："小子刘揖为梁王，方今七岁，嗜书如命，日夜手不释卷。如此书痴，朕所未曾见也，甚喜之。我不欲他成大业，能安心读书便好。遍观天下，可为其师者，非君莫属。朕拟拜先生为师，不知意下如何？"

贾谊未料此次又是外放，心中就大不悦，只得强打起精神，领命道："陛下所托，乃有厚望于梁王，臣当尽职。"

"少子终究年幼，或有顽皮，有劳先生操心了。"

贾谊便苦笑道："陛下仁心，恐微臣劳累，然臣亦喜读书，不以王太傅之职为苦。"

文帝听出贾谊之意，便笑道："到了睢阳，仍可上书言事。"

此次二度外放，虽非僻远，贾谊心中仍觉郁郁，只叹当年独步朝堂之盛景，将不复再见。当夜回到馆驿，对妻说明缘由，贾妻亦大感失望，勉强笑道："他人做官，都知见机行事；独你入朝，则不辨利害，言人所不敢言，又岂能久留长安乎？"

贾谊闻此言，伤感不已，打发妻儿睡了，独坐寒室，拿起昔年赐物白狐裘，摩挲片刻，便折起放入箱笼中了。

如是，寒荒岁初时，贾谊又携家眷离京，心情与月前相比，恰有云泥之别。

好在抵梁都睢阳后，见刘揖果然聪明好学，心中方感宽解，便放下了许多愁绪，一心辅佐。稍有闲暇时，仍是浮想联翩、遐思万里。时不久，便写出一道万言书来。

这日，文帝正在宣室殿批阅文牍，忽见有贾谊自睢阳上书，竟有十余册之多，当即就一惊。检点字数，竟几近万字，便叹息一声道："贾生不悔，仍是执拗如故！"

浏览那疏文，见开篇即是危言警告：臣窃观天下大势，可为痛哭者一，可为流涕者二，可为长叹息者六，而其余背理而伤道者，则难以遍举。今之群臣进言者，皆曰天下已安已治，臣独以为不可出此言。所谓安且治者，非愚则谀，皆非事实。犹如抱火积薪之下而寝其上，火未及燃，即谓之安。方今之势，何异于此？本末颠倒，首尾不接，国制纷乱，非甚有纪，岂可谓治！

此节文字，如当头棒喝，震人心魄。文帝顿觉坐立不安，立即唤来谒者，令关闭司马门，不见朝臣。又命涓人燃起博山炉，焚香细读疏文。

此文所论天子与诸侯、汉与匈奴，以及礼教崩坏之世象，无不透辟。其文意，环环相扣，首尾相衔。文笔忽峻忽缓，如当面娓娓陈情，理既深邃，文采亦佳，书生意气不减当年。文帝读之，拍案再三，连涓人在旁也看得瞠目。

其文要旨，在于说破诸侯国弊端。贾谊写道：先帝建众多诸侯国，本为固天下之本，然而天下却少安，是何故也？皆因诸侯王幼弱时，汉家所置国相，尚能掌其国事；数年之后，诸侯王皆年至弱冠，血气方刚，封国之中属官，将遍置私人。如此，与淮南王、济北王又有何不同？此时欲为治安，虽尧舜亦不能矣。

疏文又云：高皇帝割膏腴之地，封诸臣为王，多者百余城，少者三四十县，恩德无比。然其后十年之间，反者九起。以高皇帝当初手段，尚不能保一岁之平安，陛下今日亦必不能也。

当今同姓诸王，虽名为臣，实皆似布衣兄弟，无不仿帝制而以天子自居，擅加爵于私人，赦逃亡者死罪，甚或建黄盖，不行汉法令。朝廷有令不肯听，陛下召之又怎能来？即便来朝，法又怎能加罪？责罚一皇亲，天下诸王即汹汹而起。陛下身边，虽有强悍如冯敬、张释之者，恐还未等张口，匕首已刺入其胸矣！

故疏者必危，亲者必乱。异姓王恃强而动，以往高帝在时，朝廷侥幸胜之，却又不改制。此后同姓王效仿而动，此伏彼起，祸乱之变未可预料。陛下为明君，处之尚不能安,后世又将如之何?

为此,贾谊献计云:欲使天下治安,莫如多建诸侯国,而削其国力,国小则无邪心。如此,可令海内之势畅通,如身之使臂,臂之使指,无不服从。诸侯王不敢有异心,八方来朝,心服天子,彼国小民亦知安分守己。当今之势,应分割诸侯封地,令齐、赵、楚各为若干国,使悼惠王、幽王、元王诸子孙,无论长幼,各分其祖地,地尽而止。

看到此处,文帝立时彻悟,心中豁然贯通,不由连连击掌。将这几册拣出,置于一旁。接着拨亮火烛,又埋头看下去。

贾谊在文中,引了管子之语:"礼义廉耻,是谓四维;四维不张,国乃灭亡。"由此而论道:秦灭四维,故而君臣乖张紊乱,奸人并起,万民离叛。天下仅十三年,而社稷覆亡。看今之汉家,四维犹未备也,故而奸人侥幸,众心疑惑。宜早定规制,务使君君臣臣,上下有序;奸人无所侥幸,而群臣有信,心无疑惑。此业一定,世世常安,而后代亦有所遵循。若规制不定,则如渡江河而失桨楫,中流而遇风波,船必覆矣。

贾谊此论,可谓目光如炬;千古帝王业的要诀,皆在他的指画中。文末,更是披肝沥胆,直言道:"安者非一日而安也,危者非一日而危也,皆以积累而渐然。君主所积累,无非礼、法两端,以礼义治臣民者,积礼义;以刑罚治臣民者,积刑罚。刑罚积而民怨恨,礼义积而民和善。百代以来,君主欲使民向善,其心皆同;而如何使民向善,则手段相异,或导之以德教,或驱之以法令。导之以德教者,德教洽而民气乐;驱之以法令者,法令苛而民风哀。哀乐之异,便是祸福报应也。"

通篇读罢,文帝如雷霆击顶,百窍皆通,拍案道:"贾生大儒也,惜哉,惜哉!"便急遣涓人,去唤来太子刘启,将抽出的几册疏文交给他,嘱咐道:"限你于今夜秉烛,彻夜读毕。明早,我要问你功课。"

太子刘启见父皇所授,乃是贾谊上书,心中就一凛,不敢怠慢,忙以双手捧好,诺诺而退。

次日朝食毕,刘启来见,文帝便问:"阅此文,有何所思?"

刘启当即答道:"昨夜读之再三,所论深邃,儿臣尚不能尽然领会,唯读到'疏者必危,亲者必乱'一语,则深感悚然。"

"正是。贾谊此疏,可为万世治安之策。今日,你将其余各册也拿去,抄录一遍,务求详解。"

"父皇,贾先生之论,既是切中要害,何不这便分割诸王之地,不使其渐成强干?"

文帝便叹息:"不可。比如百年古槐,枝干虬结,匆促间不可尽除,否则必生变故,致天下动摇。"

刘启顿了顿,似有迟疑,接着又道:"儿臣读此文,忽有奇想:秦时一统,天下皆为郡县,只因苛法而亡,故天下人都以郡县为非。陈胜起事之时,秦吏离心,郡县不能御敌,故又以分封诸侯为上,以为可成拱卫。然诸侯王无论同姓异姓,自春秋时起,至韩、彭、济北、淮南等王,无不为乱源,又谈何拱卫? 以贾先生之意,要将那诸侯封地,分割至乡邑大小,方可称汉承秦制。如此,才得永绝祸患。"

文帝眼中便精光一闪,喜道:"启儿是读懂了。只是……凡改制,务必渐行;猝然加之,乱必起自肘腋。你我父子,都不可操切。"

刘启不由略显失望:"待此事安妥,莫非需百年之功?"

文帝摩挲案头简册,心不能平,慨叹道:"以高帝之威,尚不能望天下尽归郡县;后世子孙,若百年能竟全功,便可称圣明了。"

"儿臣明白了。此策抄毕,儿当置于书架,时常翻检。"

"不然。其中平匈奴、建礼制两事,应属当务之急。尤以官民奢侈无度、尊卑无序、礼义不兴、廉耻不行等弊,虽暂无倾覆之危,亦属忧患,万不可放过了,你且去领会。"

刘启怀抱简册退下,文帝仍端坐案前,凝思良久,方轻叹了一声:"百年后人,当谢贾生也!"随后,便唤来宦者,将案头拂拭干净,不留一丝痕迹。

九　薄昭获罪饮鸩毒

文帝前元六年初,关中初雪时,沉寂已久的匈奴,忽有大事发生。这日,自漠北来一使者,驰入长安,报称冒顿单于病亡,已由其子稽粥嗣位,号为老上单于。北使还携来老上单于亲笔信一封,求与汉家和亲。

那冒顿单于,乃匈奴一代雄主,为此前数百年间所未有。汉初时,曾于白登山围困高帝,后又以书信羞辱吕太后,猖狂不可一世。汉家势弱,用兵不成,唯有用娄敬所献之计,以和亲为羁縻,算是暂息了刀兵之祸。

然和亲亦不过权宜之计,匈奴强横依旧。此前高帝、吕后时,先后两次和亲,虽阻住了匈奴倾巢来犯,却阻不住胡骑常来犯边,惊扰塞上。

文帝看罢老上单于来信,暗自松了口气,却也忍不住略有伤感,遂好言安抚了北使一番,允诺和亲。满朝文武闻说冒顿薨了,则无不喜形于色,额手称庆。

不数日,宗正便在宗室中寻得一女子,由文帝下诏,许嫁与老上单于。古时皇帝之女称公主,诸侯王之女则称"翁主"。可怜这位翁主,年方及笄①,便要远嫁漠北,终生不得归宁。

说起那匈奴风俗,不独饮食起居与汉地不同,婚娶亦与汉俗相异。翁主嫁与单

① 及笄(jī),古代女子年满十五岁,可婚配,称"及笄"。出自《礼记·内则》。

于,若其后于单于死,则须下嫁其子;子死,又须下嫁其孙。汉人闻此风俗,只觉匪夷所思。想那小女子远嫁万里,举目异俗,日夕思亲,不知该有何等凄凉!汉匈之争,汉家处下风,本是时势使然,无人能一举改观。此等重负,也只得由一弱女子来担起。

待选定了和亲女,内廷又选遣了一名宦者,名唤中行说,护送翁主前往,并命他留在北地为陪臣。中行说本为燕人,熟知北地荒凉之状,闻此消息大骇,哪里愿去?便借故家有老母,向典客冯敬求情,不肯就遣。

冯敬闻之,连忙禀告文帝。文帝略作沉吟,吩咐冯敬道:"中行说生于朔方,为人还算老成,命他为陪臣,并无不妥。你去与他讲,此去漠北,事关天下安危,不得免行。"

冯敬便向中行说转述谕旨,中行说不敢违命,阴着脸,诺诺而退。

回到住处,中行说难以安睡,一整夜长吁短叹。待天明,即与同僚诉苦,恨恨道:"朝中文武,个个都似有不世之才,如何临事却只遣我去?我虽是阉宦,亦有亲眷在,此去便终生不得归,悲乎哉!朝廷无义至此,便休怪我无情。待到了匈奴,我便助胡害汉,以抒此恨,左不过是个永不归汉。"

同僚听了,不禁咋舌,当即就有人密报冯敬。冯敬闻报不以为意,以为并非大事,只轻描淡写向文帝提起。文帝也仅只一笑:"他一个阉人,能有何大害?逞口舌之快而已。北行艰难,选人不易,就随他去吧。"

且说老上单于继位不久,汉家情势究竟如何,心中尚不踏实,此次求和亲,无非是想试探。见文帝慨然应允,汉家翁主旋即嫁来北庭,便觉脸上有光。及至见了翁主,更是惊为天人,当即将翁主封为正室。又在王庭龙城(今蒙古国鄂尔浑河西侧)摆下宴席,召来各部番王饮宴,大事庆贺了一番。

再看那中行说,既存了投靠之念,入匈奴后,自是八面玲珑,果然讨得老上单于喜欢。单于闲来无事,便唤他一同宴饮,听他说些汉家事情。日久,中行说索性剖白心迹,表明了投胡效命之意。老上单于喜出望外,当即应允,收他做了身边谋臣。

中行说骤登大贵,心中更恨汉家君臣无情,便倾尽心思为单于献计,一心要强胡弱汉。

老上单于听他说得多了，不禁有些心疑，笑道："爱卿嘴巧，将汉家说得如此不堪。吾之臣民，却是以汉家为贵，南来一丝一缕，皆视为宝物呢！"

中行说连忙叩首道："匈奴距汉地千里，唯闻其好，不知其弊。小臣为汉人，汉地习俗，自幼熟之，方知其弊在骨。"

"哦？汉匈两家，虽是各有短长，然汉家衣食器皿等，凡日常所用，确是远胜我匈奴，此乃有目共睹也。"

"不然。小臣以为，若以基业而论，匈奴所成，倒是远胜汉家许多。"

"这又从何说起？"

"匈奴人口寡少，不及汉家一郡之众，却能独霸一方，与汉家相抗。此等雄才大略，可是汉天子能及的吗？"

"哈哈！说得不错，然汉家物产到底是丰盛，匈奴哪里能及？"

"臣却以为：匈奴人少，衣食易足，不必仰给于汉家，此即为匈奴之长。小臣来此，闻听单于得汉物则喜，愿变俗而随之，倒是大出意料了，此恐非吉兆。"

老上单于闻言便一惊，敛衽坐直道："这有何不吉？且为我说来。"

中行说此时已换了匈奴衣冠，便整了整胡服答道："上有所好，下必甚焉。单于喜汉物，臣民则无不私心慕汉。那汉家物产，确是丰盛，略施与匈奴一二，匈奴之民便感激不尽。岁久，民心必然向汉。若遇两家交兵，恐将相率降汉，背主求荣，则大王又将何以存身？小臣实为大王担忧。"

单于听得浑身一震，仰头想想，觉此言甚有道理。

中行说见单于面露犹疑，便趁机进言道："小臣斗胆进谏，大王可弃汉物不用，诸事以匈奴为本，以媚汉为卑，则臣民必定效法，傲然自信，无可摇撼。匈奴基业，方可稳立于北庭。"

老上单于自幼便慕汉物，所穿衣袍，皆为汉家缯帛制成。闻听中行说之言，不由摩挲身上袍服良久，不能决断，便劝勉了几句，命中行说暂且退下，另召左右大都尉、大当户、骨都侯、大且渠等文武诸臣前来商议。

那匈奴诸大臣,年纪阅历各不相同,对中行说之言或赞或贬,一时争执不下。老上单于见此,也不勉强,便将此事搁置一旁。此后,仍是贪恋汉物华美,不肯弃之。

中行说见匈奴君臣不听进言,便心生一计。一日,趁单于与诸臣在穹庐毡帐议事,中行说特地穿上缯帛之衣,骑马跃入荆丛,狂奔了一回。身上缯帛,旋即为荆棘所裂,成一身褴褛状。而后,下马返回毡帐,手指破衣道:"此即汉物,实无用也!"言毕,又换了毡裘穿上,复往荆棘丛中疾驰一回,返回帐内,谓诸臣道:"汉家缯帛华而不实,远不及匈奴毡裘耐用,高下优劣,为诸君今日所亲见。诸君本应自信,缘何要弃己之长,用人之短?"

单于帐中大臣见此,皆惊异不止。老上单于也有所心动,笑对诸臣道:"中行说原为汉人,深知其弊,众爱卿今日可看清了?"

于此之后,匈奴一众达官贵人,果然都换回了本国衣服,不再以汉家缯帛为贵。

中行说又对匈奴诸臣道:"汉家食物,寡淡无味,远不如畜肉酪浆味美。"每与诸臣饮宴,见有汉家酒菜端上,则令侍者撤下,换上匈奴食物,方肯用饭。

匈奴诸臣见了,皆曰:"中行说身为汉人,犹厌汉习,可见汉家之物实在平常,不足取也。"

见匈奴君臣已渐弃汉俗,中行说心中暗喜,更教单于近臣如何计算数目,将那各部人口、牲畜等造册理清。那匈奴施政,原本粗陋,自他这一番调教后,渐也有序起来。

老上单于得了这个降臣,大喜过望,将他视为至宝。此后凡有汉使来,便命中行说亦参与应对。

彼时一般汉使,自恃从上国来,往往托大,见匈奴风俗鄙陋、物产贫瘠,不免都要讥笑一番。匈奴诸臣寡闻少见,不知该如何应对,唯中行说敢于出头辩驳,振振有词。

一日,有汉使携礼物前来拜问单于,匈奴诸臣与之饮宴。席间,汉使饮酒多了,谈及匈奴习俗轻老,讥笑道:"吾中国,皆知孝悌之义。下臣今至龙城,惊见胡俗轻老,民间以老为贱、以少为贵,不知所本为何?"

中行说闻言大为不忿,立即辩驳道:"汉人年年出官差,戍边筑城。出行者,皆为少年;哪次不是父老节衣缩食,以供子弟?这便不是轻老了吗?"

那汉使未料遭此驳难,一时语塞,少顷才答道:"戍边者,系苦差也,岂能令老弱前往?这便是汉俗尊老之故。"

那中行说不依不饶,当即反驳道:"听君所言,原来也不糊涂!匈奴立国,与汉家大不相同,素以攻战为上,从未有一言求和。想那耆老之辈,如何能战?须以少壮出战,衣食从优,方能无往而不胜。汉使若不信,可记否:当年冒顿单于,还曾险些擒住了高皇帝。下臣以为,无论何地之俗,皆须顺势。汉使少见多怪,岂能诬言匈奴轻老?"

匈奴诸臣闻此言,皆大笑不止。那汉使脸面上难堪,不由怒气陡生,离席而起,戟指中行说面孔,叱道:"你知悉胡俗,才得几日?我问你,匈奴父子亲眷,竟同卧一穹庐中,不避长幼,已是骇人至极。且父死,子居然可娶后母为妻;兄弟死,则可娶兄弟之妻。逆伦至此,还敢说不足为奇吗?"

中行说也愤然立起道:"贵邦孔子曰,'以道事君,不可则止'。此言足下可闻知否?足下为汉天子使臣,出使王庭,只知以汉俗为正道。然今日所论,为匈奴风俗,当以匈奴之道为上。按胡俗,父子兄弟死后,妻若他嫁,便成绝种;不如自娶之,以保全一家一姓。故而胡俗虽不同于汉家,却可保种姓不衰。"

汉使仰头笑道:"荒唐甚矣!伦常者,天地之纲纪也。闻足下之言,乱伦竟也有道理,无怪足下有如此面皮,要弃祖宗衣冠于不顾了!"

中行说轻蔑一笑,回驳道:"看足下面貌,似曾读过书,可知那祖宗衣冠,也须名实相副?尔等汉家君臣,历来侈谈伦理,然自上而下,哪一家不是宗族疏离,各怀私心?至于骨肉相残者,屡见不鲜,数次耸动天下,我便不指名道姓了,免得你面皮上不好看。如此有名无实,便等同欺世盗名。料你见得多了,也是心知肚明,只不敢说一句实话。伪善若此,譬如小人,还有何胆气,敢来匈奴地面自夸呢!"

"咄!无礼无义,便是树木无皮。汉家虽兵弱,却是地广人稠;匈奴兵强,反倒屈居一隅。何也？礼义不兴焉！某愚钝不才，看不懂足下行事。只不知，你满腹心机，却为何要弃礼义而图小利，认他人作父？如此苟且，恐只为偷生，还谈何保全种姓？”

“足下口不离礼义，貌似明理，然则何为礼义，可否简明以示之？吾闻君臣之礼，简明而后可行；看你那汉家礼仪，繁文缛节，有何益处？究其实，君不知如何为君，臣亦不知如何为臣，唯知上下相害，内外相杀。高皇帝以来相杀事，还看得少吗？”

汉使不由气极，斥责道：“妄言！中国为足下父母之邦，即便降了外藩，亦应知恩。如此诋毁家邦，无乃禽兽乎？”

闻汉使此话，中行说被登时激怒，抽出佩剑来，直指汉使道：“足下来王庭，不过是一弱国使者，屈膝来朝，休得在此指手画脚。且将你所携礼物，检点清楚，博得单于欢心就好。若不合单于之意，便要小心，待秋高马肥，或将有胡骑数万越境，踏破你那关中老巢！”

汉使见中行说变了脸，心中到底是胆怯，只得住了口。旁观的匈奴诸臣，见汉使辩不过中行说，都喜笑颜开，端起酒先敬中行说，后又敬汉使，转圜了几句，将场面圆了下来。

事后，有大臣将论辩始末，禀报了老上单于。单于亦是满心高兴，待汉使也益发傲慢起来。

且说自高帝和亲以来，汉家皇帝写给匈奴单于的书信，历来竹简长一尺一寸，抬头写“皇帝敬问匈奴大单于无恙”。彼时单于回书，并无一定之规。此次中行说舌战汉使，挫了汉家锐气，便趁机向单于建言，回书亦应有规制，务必扬匈奴之威。

老上单于欣然采纳，此次回汉皇帝书，便是简长一尺二寸，故意压汉家一头；抬头则写“天地所生、日月所置匈奴大单于，敬问汉皇帝无恙”，一派居高临下口吻。信末所用印鉴，也比汉皇帝玉玺略大。

那汉使携书信回朝，文帝看见书信制式，心中一惊，急问使者缘由。使者便将中行说狡辩之言，复述了一遍。

　　文帝细细听了，愁云便上了眉头，悔不该遣中行说北上。心知是老上单于新立，有意立威，既谋得和亲，便没了顾忌。如今受了中行说怂恿，立显出霸道来，或将兴兵犯边也未可知。

　　此后数日，文帝召来张苍、冯敬等人，数度商议，却也没个主张。张苍便道："臣闻贾谊近日上书，曾论及匈奴事，不知可否有高明之计？"

　　文帝摇头苦笑道："书生之见，从来恢宏，所论虽有远虑，却难以救急。事既至此，只得谕令边关各郡守，要小心防备才好。"

　　诸臣退下后，文帝又取出贾谊的奏疏来，重读论及匈奴之语，只觉得句句锥心——

　　奏疏曰："陛下何忍以帝皇之名号，而为戎人诸侯？势既屈辱，且祸患不息，长此以往，何时方为尽头？为陛下出谋者，皆自以为是，不通谋略，无才无能甚矣！臣看那匈奴之众，不过汉地一大县；以我天下之大，困于一县之众，下臣甚为执事大臣羞之。

　　陛下何不试以微臣掌外藩之事，以主宰匈奴？行臣之'三表''五饵'计谋，必绳系单于之颈而扼其喉，降伏中行说而笞其背，令匈奴之众唯天子是从。今日汉君臣，不猎敌骑而猎猪羊，不搏贼寇而搏狐兔，贪小乐而不思大患，天下又何以能安？君王若有威德，德可远施，威可远加，而今数百里外威德便不行，汉家可为流涕者此也。"

　　放下简册，文帝想想心伤，果真就落下泪来，喃喃道："岂是执事大臣之羞？乃吾无能之羞也。然则，欲系单于之颈、笞中行说之背，又谈何容易……"

　　既是无计可施，此事便只好搁下。自此边地各郡，都严命官民谨慎行事，不敢轻易触怒匈奴。

　　且说文帝这边小心翼翼，匈奴老上单于那边，凑巧也无暇旁顾。于是，两下里好歹无事。

　　白衣苍狗，岁月更替，堪堪已至前元十年（公元前170年）。这一年，海内清平，边地亦无大事发生。汉家君臣，这才放下心来。

这年入冬，文帝率文武诸臣及禁军，再次巡幸甘泉宫，以慰勉军民，威慑匈奴。临行前，命国舅、车骑将军薄昭留守京师。

北巡一路，照例是郡县迎送，百姓夹道观望，倒也平顺。却不料文帝在外时，朝中却出了一件非常之事。

事情缘起，乃是文帝入住甘泉宫后，遣一使者返京，通报薄昭。不巧那使者与薄昭素有嫌隙，言语之间，触怒了薄昭。薄昭本就对此人怀恨，见他顶撞，更怒不可遏，当场拔出剑来，竟将那使者一剑砍死。

薄昭身为外戚，又立过大功，拜为车骑将军后，位高权重，深得宠信，日久便跋扈起来。拔剑杀使者之时，只道是杀了一个仆从，全不顾使者乃是天子所遣。

那使者被杀后，薄昭遣人知会了新任中尉周舍，就算了事，其余则全然不顾。中尉负有京师治安之责，闻报大惊，一边急赴薄邸处置，一边遣人急报文帝。

消息传开，长安城内议论纷起，官民都大感不平，觉薄昭目无法纪过甚。虽是国舅，此罪亦不容赦，故而都想看天子如何处置。

文帝在甘泉宫得了消息，果然震怒，想到近年用张苍为相，便是欲使天下人都知守法。薄昭既为外戚，本应格外谨慎，岂料他竟敢擅杀帝使，令天子颜面扫地。若杀的是自家奴仆，倒也罢了，可敷衍过去；然擅杀朝使却是闻所未闻，天下人无不瞩目，想要袒护也难。若一旦赦免，则皇亲国戚都没了禁忌，哪个还肯听驾驭？

文帝默默无语三日，晨起又读《治安策》，忽想到诸吕作乱事，心中就一凛，便欲下令诛杀薄昭，以绝后患。然转念一想：若按法处死薄昭，母后那里，又该如何交代？若母后不允，此事便成大尴尬，倒要教天下人看笑话了。

如此延宕多日，文帝与张苍等人商议再三，仍是觉薄昭专擅，已不可忍，不杀不足以服人心。

文帝对诸臣道："诸君之意既如此，便可逮薄昭入狱，按法处置。天子之尊，在于法令畅行，朕登位已逾十年，尚有如此公然犯法者，是可忍，孰不可忍！"

张苍却略有担心："按法加罪，于理不谬，然太后颜面亦须顾及。可在问罪之后，请太后恩旨赦免。"

文帝便低头沉思，片刻后，昂首断然道："不可，此罪不可纵容。环顾海内，各处已无半个枭雄，唯薄昭一人跋扈异常。诛薄昭，乃是昭示天下，外戚犯法亦不可免，要教那诸王、列侯看了，都心存畏惧。如此，朕即使百年之后，也无须担忧太子安危了。"

冯敬想到薄昭功劳，心有不忍，便犹豫道："杀与不杀，利弊倒也分明，只是其中缘由，万不能公之于世。薄将军当初有大功，世人皆知，今日断然诛杀，须得有个说法。"

文帝猛一拂袖道："诸君不必过虑，既决意诛之，朕自有办法，诸君听命便是。"

当下君臣议毕，文帝便立即遣使返长安，命中尉周舍将薄昭软禁在家，不许外出一步。

再说那薄昭，平日里跋扈惯了，杀个使者，本不以为意。忽一日清晨，司阍奔入惊道："中尉带了兵卒来，将府邸团团围住！"

薄昭这才知大事不好，欲出门去看，却被兵卒横戟阻住："侯爷止步！奉诏令，无论贵府何人，皆不得出。"

薄昭眦目大怒："诏令？我犯了何罪，竟不得出家门！今上乃我甥儿，我还怕他不成？且把诏令与我看。"

话音未落，便有大队兵卒一拥而上，挺戟逼住府门。一校尉跨步揖礼道："轵侯且息怒，诏令昨夜送至中尉衙署，令侯爷在家待罪。我等奉命来此，未有中尉口谕，不敢放行。"

"中尉？好，你教那周舍来说话！"

"中尉周舍有令，不见轵侯，恕下官不能从命。"

"甚么？……我府中仆从，可否出入？"

"亦不可。"

"笑话！莫非有诏，欲令我全家饿死？"

"贵府所用食蔬，皆由我等代买。"

　　薄昭与兵卒起了争执，巷中有人闻声，都跑了出来，远远围住了看。那校尉便劝薄昭道："以侯爷之尊，天下无双。诏令无非是禁出入，并无其他。待天子返回，侯爷便可知分晓。若一味为难下官，倒教那闲人看笑话了。"

　　薄昭想想也有道理，便哼了一声，拂袖而退。心中也知，定是擅杀触怒了甥儿。回到内室，忙唤了家老来，令他翻墙出去，往长乐宫薄太后处告急。

　　家老领命，便搬了梯子登墙窥看，但见墙外各处，均有军卒把守，四面围得水泄不通，哪里还能出得去？

　　听了家老回报，薄昭这才知事情闹大，登时汗流浃背，挥退了家老，独自瘫倚于几上。

　　想想这个使者，不过是内廷一个郎官，而非功臣贵戚，即便失手杀了，甥儿又何必动怒？看来刘恒这小儿，早不似当初了，近来尤重文法吏，区区小事，就如此作势，莫非有意给天下人看？若是如此，则夺爵削邑恐是难免了。

　　想到此，薄昭就叹气，心中暗道："不承想逞一时之快，却惹了如此大祸。只得待甥儿返归，请阿姊来裁断。好在我有拥立之功，小子也不至无情过甚，到时辩白数语，或许就可解脱了。"

　　如此一想，薄昭心中渐渐释然，便不再烦恼了。既不能出入，且随他去，转而命仆人将窖藏的好酒取出，终日狂饮，不再过问门外事。

　　如此挨过旬日，阖府老少都望眼欲穿，忽一日见兵卒加多，脸上煞气更重，便猜想天子或已还都。未料，不见有谕旨下来，却有蹊跷事发生。

　　这日清晨，薄邸门前忽然人声喧嚷，车马辐辏，有二十余位公卿联翩而来，上门拜访。为首者乃是丞相张苍，其余为九卿及次卿等。

　　薄昭被软禁数日，却好似过了几年，如今见了众公卿，心中略一松，忙将诸人迎入正堂，依主宾坐下。

　　张苍略整整衣冠，环顾座中，特意扫了一眼冯敬。冯敬便会意，向薄昭拜道："多日不见将军，诸人皆想念。今日来，只为叙旧，要与将军畅饮一回。"

　　薄昭心中疑惑，不知公卿造访是何用意，然冠盖满门，脸面上终究有光，便欲盼咐下人去备酒菜。

冯敬却伸臂拦住,笑道:"将军少安勿躁,贵府近日有所不便,我等也都尽知,自带了酒菜来,吩咐庖厨分好便是。"

薄昭闻此言,不觉一怔,望望诸人神色,觉各个虚实莫测,心下就更茫然。

少顷,薄邸仆人将酒菜端上,众人便举杯祝酒,互叙旧谊。薄昭终究是聪明,知众公卿此来,绝非无意,定是与擅杀一事有关,便故意将话头引至诛吕往事上,也好摆摆功劳。

当年谋划诛吕,张苍曾参与其事,亲见许多细事,不为外人所知,此时在酒席上讲出来,众人都听得仔细。讲到北军当年入宫,众人便想到刘兴居下场,都唏嘘不止。

冯敬此时忽然道:"城阳王、济北王两兄弟,当日固然神勇;然薄将军冒险入都,劝今上登位,亦是功不可没。我等诸人,当敬一杯。"

众人便纷纷祝酒,满座一派喧哗。

薄昭不由面露得意之色,嘴上却只是谦让:"诸公是我前辈,迎今上登位,皆有大功。下官区区之劳,何足道哉!"

如此酒过三巡,张苍放下酒杯,忽然语气苍凉道:"当年诸吕猖獗,外戚干政,我等舍命诛尽鼠辈,乃是为延汉祚。幸而事成,迎来今上入主大统,汉家方得重生。殷鉴不远,不容轻忽。我等既为股肱之臣,当力护法统,不可坏了纲纪。若纲纪崩解,即使朝中遍布文法吏,亦禁制不住,难挽颓局。"

这一番话,说得众人感慨,都纷纷附和。

薄昭却听得心惊,面露尴尬,连忙敷衍道:"张丞相自秦入汉,声名远播,为当今汉家之栋梁。有丞相在,汉纲纪便在,我等都省去了许多心思。"

"也不尽然。设若上无明君,则虽有能臣万千,也难以治天下。韩非子曰:'人主者,以刑、德制臣也。'今上用老臣为相,无他,就是看重老臣这用刑之才。"

廷尉张释之在座中,此前一直未语,此时忽地站起,向张苍一揖,赞同道:"丞相说得是。为臣之道,德不能薄;为政之道,刑不能弱。善用刑者,不在严苛,而在持平；若刑不上大夫，则何以指望治平天下？"

众人闻此言，都纷纷拊掌叫好。

薄昭闻此言不善，气血便涌上头来，正要开口，忽见张释之掉转头来，略施一揖，双目炯炯道："薄公身为皇亲，又有迎立之功，在下唯有钦敬。然刑法昭然，功罪不能相抵。吾闻薄公近日擅杀帝使，触犯汉法，此事不可敷衍，公当自裁以谢天下！"

薄昭大惊失色，未及对答，张苍、冯敬等人便一齐起身，向薄昭揖礼。张苍更是语声铿然道："张廷尉所言，乃是我等欲谏薄公之言。足下擅杀帝使，失尽朝廷颜面，天下四方，无不议论汹汹。今上顾及骨肉之情，不便处置，薄公却不应置若罔闻。老臣也以为，汉家异于暴秦，全在于律法持平。若薄公惜命，以外戚之身侥幸脱罪，则天下臣民怎能心服？法既不平，国祚又谈何万代？恐在我辈手中，便要烟消云散了。"

冯敬也紧追了一句："薄公，事已至此，神人也不可挽回。还请公尽早了断，万勿随济北、淮南之后，为宗室之耻。"

薄昭心下这才明白，原来众公卿上门，是来催命的。当下脸色大变，环指座中人，愤然道："我道诸公清闲，前来小叙，却不料是各怀心机。我薄某当不当死，诸公恐是说了不算，只看今上之意裁断。以往天子曾杀侄杀弟，今又欲杀母舅，自是不怪，然也须他亲下诏令。我薄氏一门，与刘氏根脉相系，不可谓两姓。今上素有孝悌之名，今日事，就看他敢不敢再次杀亲了！"言毕便一甩袖坐下，闭目不语。

张苍等人闻言无不骇然，见事成僵局，只好复又坐下，在一旁婉言相劝。

薄昭心中恼恨，任凭众人千言万语，只是纹丝不动。

众公卿面面相觑，自觉没趣，只得纷纷起身，向薄昭道别，相率出了薄邸。

且说文帝在未央宫坐等回音，见诸臣沮丧而归，知是薄昭并未就范，便请众人坐下，慢慢道来。听了诸臣禀报，略一沉思，便道："不急。诸君且去歇息。"当下挥退众人，唯留下张苍，吩咐道，"有劳丞相赴长乐宫，将薄昭事始末，说与太后听。其余诸事，朕自有主张。"

张苍领命,便转赴长乐宫,求见薄太后。

薄太后此时,正在长信殿闭目养神,闻听张苍求见,心中就一惊。待得张苍进来,劈面便发问道:"丞相,今日如何是你来?"

张苍不由得怔住,不知该如何作答。原来,自薄太后患了目疾,文帝每日必来问安,亲奉羹饭。然此次自甘泉宫返回,却是一连数日不来。薄太后不知出了何事,正在揣测,忽闻张苍前来,自然有此一问。

察觉张苍神色惶然,薄太后便一笑:"吾儿每日问安,多年不辍。这几日倒是蹊跷,竟是不来了。"

张苍这才猛省,立即悟到文帝用意,便将薄昭擅杀朝使事始末,对薄太后细述了一遍。

薄太后听罢,亦是大惊:"前者听到涓人偶语,知薄昭干犯法纪,却不料竟是此等大事!"

"薄昭擅杀朝使,史上所无。如今朝野尽知,诸臣也无力为他掩盖。"

"按汉法,薄昭该当何罪?"

"此乃'故杀'之罪,按律当斩。"

"啊! 可否减死论罪?"

"不可。此非失手误杀,亦不涉奸情、无关亲仇,故不可减罪。"

"皇帝又是何意?"

"今上并未下诏,只令微臣禀告太后。"

"可要讨哀家旨意吗?"

"今上并未明言。"

"唔——"薄太后心中立时雪亮,知文帝已有了决断,要拿薄昭来祭刀。

数年来,文帝重用文法吏,重振纲纪,内外都有赞声。薄太后虽身居深宫,亦常有耳闻,人前人后多有夸赞。如今自家亲弟犯了死罪,于情法之间,倒是难住了薄太后,不知该如何发话才好。

思忖片刻,只得叹口气道:"事涉薄昭,哀家也难做人,便不说甚么了。事情我已知,他分明是自寻死!"

张苍便道:"薄公不慎,竟至罪无可绾。臣体察今上之意,似是欲劝薄公自尽,以免入狱问罪,辱没门楣。"

薄太后立时满眼含泪:"原来吾儿不来,是怀有此意!这……也好。皇亲犯法,前者已有刘长之鉴;皇弟尚不能免,况裙带之亲乎? 幸而薄昭之罪,仅止于此,倒还不至似那诸吕……"说到此,便止不住哽咽,随即泪落如雨。

张苍也忍不住泪下,连忙伏地叩首,劝慰了几句,便返回未央宫复命。

文帝听了张苍讲述,知太后没有言语,心头便一松,招手道:"张公,你且附耳过来。"便向张苍耳语了几句。

张苍听罢,略露惊愕之色,旋即神色凛然,拱手道:"微臣领命。明日一早,即率众公卿再往。"

待到次日清晨,薄昭尚未起,便有司阍来报:"今日公卿又来,倒比昨日还要多些。连那太仆夏侯婴,也手持竹杖来了。"

薄昭被扰醒,满心不耐烦,挥手嗤笑道:"皆是无用之辈! 若真有本事,能请来太后便罢。"当即吩咐家老,"请诸公入正堂,只说我随后便至。"

待薄昭梳洗毕,穿上见客袍服,迈入正堂,不由就呆了——只见那正堂上,公卿、列侯坐了满堂,人人一身缟素,有如吊丧。那夏侯婴白发皤然,亦是一袭素服,端坐于正中。

见薄昭步入,夏侯婴立时起身,众人也跟着起来,纷纷揖礼。

薄昭满面惊愕,竟忘了回礼,结结巴巴道:"滕公……诸位这是何意?"

张苍跨出一步,朗声道:"下官张苍等五十三人,不忍见薄公被刑,弃市于街衢,特意前来送行。"

话音刚落,便有一天子使者,从众人身后转出,手托一个红漆酒壶,内盛毒酒。

薄昭霎时心明,面如死灰,惊道:"这,这是……"

张苍便道:"薄公若饮此鸩酒,便是求仁,可留个刚烈之名;若不饮此酒,则弃身于西市,为万人所唾。事已至此,容不得迟疑了!"

薄昭眼睛一热,仰天叹道:"甥儿逼我,竟至于此吗? 我只求太后有一语。"

"老臣昨日已见过太后,太后确有话说。"

"说的甚?"

"太后曰:刘长为皇弟,尚不能免,况裙带之亲乎?"

薄昭闻言,双目一闭,叹了声:"今番休了!"随即,向满堂公卿揖了揖,便又道,"容我与家眷告别。"

不料,张释之却抢上前来,从使者手上拿过酒壶,斟满一杯递上,高声劝道:"薄公,大丈夫行事,何须效小儿女状?"

薄昭便怒目圆睁,直视众人道:"堂上诸公,半数曾请托于我,或为谋官,或为攫财。当日谄笑,至今我未能忘,莫非此刻,全都盼我早死吗?"

诸臣闻听此言,果然多半埋下头去,不敢与薄昭对视。唯有夏侯婴豪气满身,跨出一步道:"老夫便不曾求过国舅,所有功名,皆于剑锋上夺来。大丈夫,当坦荡行事,岂可贪生怕死? 你虽功高,终究是未历战阵,既有胆杀无辜,为何却无胆偿罪?"

薄昭望望夏侯婴,不由气沮,哀鸣一声道:"罢了! 滕公既如此说,我也无话,便遂了诸公之愿吧!"言毕,接过张释之手上酒杯,一饮而尽。

满堂公卿见了,不由脸也变色,都纷纷伏地,不忍抬头。

薄昭掷了酒杯,撩衣坐下,对众人笑道:"此酒甘洌,惜乎今生只此一回。来日黄泉下,再与诸君饮……"言未毕,毒性已发作,身子便歪倒了下去,当场气绝。

后堂里家眷闻知,立时哀声大作,争相抢入正堂,抚尸恸哭。众家眷也知公卿是奉了上命,前来赐死的,因此不敢怨怒,只是不住声地哀哭。

众公卿甚觉尴尬,也陪着洒了些泪,帮忙布好灵堂,将尸身入殓,拜了三拜,方才陆续离去。

当日,公卿入朝,向文帝禀明薄昭已死。文帝听了,脸上无喜无怒,只颔首道:"朕已知,遣人将棺椁送归故里,好生厚葬。薄昭之子,则可袭侯。"

且说那窦后在椒房殿,闻此骤变,满心不安,辗转一夜未能眠。天明,即往长乐宫去,向薄太后问安。

一见太后,窦后即伏地俯首,泪如雨下。薄太后见了,也不劝阻,只淡淡问道:"你又何须前来? 坐起说话吧。"

窦后这才起身,拭泪答道:"昨日闻国舅事,妾终夜不安,甚为太后担忧。"

"皇后有所不知:薄昭获罪事,唯有如此,上下才得安宁。前几日,老身也曾辗转反侧,却于事无补。此事所涉,乃朝堂纲纪,与我辈女流无干,皇后也不必多虑。"

"国舅情义甚笃,一向善待诸皇子。如今猝亡,妾身焉能不悲?"

薄太后望望窦后,长叹了一声:"老身亦颇悔,当初便不该教他封侯。看你那两兄弟,布衣隐于市,倒最为安妥。"

窦后当即领悟,心中也觉侥幸,嘴上却道:"妾那两兄弟,实不成器,不提也罢。"言毕,便只顾默默流泪。

薄太后也忍不住,落下两行泪来。俄顷,忽吩咐涓人道:"去唤太子来。"

未几,太子刘启应召前来,见过太后、母后,便伏地听命。

薄太后问道:"孙儿,舅公之事,可知其详?"

刘启满怀忐忑,只小心答道:"昨日满长安已传遍,孙儿亦有耳闻。"

"此事,孙儿有何所悟?"

"即是皇亲,亦不可犯法。"

"肤浅之见! 你舅公,实是为你而死。"

刘启便感惊愕:"啊? 这……与孙儿有何干系?"

薄太后挥了挥袖,只道:"待冬至日,你勿忘前往薄邸,好好祭拜就是。"

窦后心中明白,忙拉了刘启一把,催促道:"愚儿,还不谢太后指点?"

薄太后摆摆手止住,望住窦后,殷切嘱道:"你我都有目疾,看得不远。孙儿将来是要坐天下的,万勿短视。你们且回吧,老身已多日未歇好,今日要好好睡下。"

窦后、刘启闻言,忙叩首问安,又劝慰了几句,才起身离去。

如是,薄昭之死便如一阵飙风,旋起旋落。又似池中微澜,过了便无人说起。唯有四方诸王各自心惊,都记在了心中,不敢再有所造次。

此前许多年，文帝曾日夜苦思，勤谨自律，一心要治平天下。于这之后，可谓大功已告成。夜深人静时，偶尔也想起贾谊来——岁月蹉跎，当初那翩翩少年，如今也是人到中年了。文帝心中，便常有叹息。

如此转过年来，是前元十一年（公元前 169 年），贾谊那边，偏偏就出了事。

这年仲夏，梁王刘揖自睢阳入朝，按例向文帝问安，贾谊为梁国重臣，亦随之。那梁王方逾十龄，年少任性，见一路景致美妙，不由意兴飞扬，策马跑得甚急。贾谊看在眼里，心中也喜。岂料，半途梁王马失前蹄，竟坠下马来，头触地，血流如注。

贾谊与随从急忙赶上，下马扶起梁王。只见这一跤，却是跌得狠了。梁王面色惨白，口鼻流血，呼吸已不畅，嗫嚅道："太傅，怕是不行了，浮生且了……"

贾谊不由大急，忙唤随行医官来看。众人七手八脚，将伤处包扎好，送至驿馆，那梁王已是一口口喘气，说不出话了。

贾谊惊出一身汗来，又令医官熬药。可惜未等药成，再看梁王，已然面如白垩，两眼上翻，眼见是活不成了。

"这如何得了！"贾谊慌了，抱起梁王来急呼。怎奈未熬过一时三刻，那少年梁王，竟是一命呜呼了。

梁王自幼聪慧，一向敬重贾谊，两人相契，竟似知音。来梁国四年多，贾谊尽心辅佐梁王，眼见他一日日成才，心中颇为自得。今日忽遭此祸，不啻是晴天霹雳，当下就抱着梁王，放声大哭起来。

直哭到夜半泪尽，贾谊才勉强打起精神，一面遣人急报朝廷，一面率众人料理好后事，扶柩返归梁都睢阳。

此时梁国相为老将王恬启，闻讯亦是愕然，不禁与贾谊相对垂泪。然后，两人一道张罗修了坟墓，将梁王安葬。待诸事办妥后，贾谊深为自责，想到梁王年少无后，按例封国将要撤去，身后不免凄凉，便欲上书建言，为梁王立后嗣。

贾谊遂伏案，铺开笔墨正要书写，忽想到天下大势，处处有危象，不由就为文帝担起心来。此时海内已多年无事，上下都以为从此太平，贾谊却不为浮言所惑，独具慧眼，看事看到了骨子里去。于是提笔写了一道奏疏，纵论大势。

贾谊奏疏曰:如今诸侯王之势,不过传了两三世,便各个逞强,汉法不得行。陛下所能依恃者,唯有代国、淮阳两处。代国尚无事,尴尬就在淮阳国(今河南省淮阳县、扶沟县一带),此国区区封地,与各大诸侯比,不过是人脸上的一颗痣,不足以禁制诸侯,一旦有事,必成大国饵食。

贾谊何以会出此论? 原来,在刘氏诸王之中,原本有文帝嫡子刘武,及庶子刘参、刘揖三人。其余各王,皆为旁枝。如今幼子刘揖亡故,唯余刘武、刘参两人,皇子势力就不免孤单。

皇次子刘武原为代王,数年前徙为淮阳王。刘武赴淮阳后,原太原王刘参徙为代王;太原国之地,亦随之并入代国。如此一来,代国封地固然有所增益,有利边防;然刘武所在的淮阳国,封地就略嫌狭小,不足以震慑其余诸王。

贾谊也知,文帝徙刘武为淮阳王,是为避嫌。因刘武素为窦后所溺爱,朝野尽知,文帝不愿天下人指他偏私,便封给了刘武一个小国。贾谊因此谏道:

今制天下之权在陛下,陛下封诸国,为何令亲子作旁人饵食? 天子之行,应异于布衣。布衣之人,最喜粉饰小行、炫耀小廉,以此取悦于乡党。天子所虑,则唯有天下安固与否。想那昔日,高皇帝瓜分天下,大封功臣,造反者却多如猬毛。其后以为不可,遂削去不义诸侯,立诸子为王,而天下大安。故而大人者,当不计小行,以成大功。

一番劝谏后,贾谊便为文帝献计,指点迷津,说道:当下,应将原淮南之地,尽数并入淮阳国,以壮大刘武之势。另将淮阳国北边二三列城,并入梁国,使梁国封地亦有所增益。眼下若为梁王立后嗣,可徙代王刘参为梁王,以其子过继给梁王承祀。

如此一来,梁国北至河边,淮阳国南至江边,堪为关中屏障。两国为皇子刘参、刘武所辖,其余各诸侯即便有异心,亦无胆量谋之。改划封疆之后,梁国足以制齐赵,淮阳国足以制吴楚,陛下便可高枕无忧了。

贾谊唯恐文帝不信，不惜以危言警示：当今天下，恬然无事，皆因诸侯尚年少，数年之后，天下之患，陛下便可见也。当年秦始皇，日夜劳心以除六国之祸；今陛下权倾天下，却拱手以成六国之祸，是为不智。若身前留下祸根，百年之后，祸乱必将及于幼子，酿成大患。

文帝接了奏疏阅之，见贾谊仍是一如既往，语带锋芒，不禁笑了笑。细思之，却是甚觉有理，便又叹了一回："贾生之才，确乎旷代罕有！"当即全盘采纳，稍作变通，下令撤去淮阳国，将其地并入淮南，重置淮南国；又将刘章之子刘喜，从城阳王徙为淮南王。如此，既可安抚刘章一枝，亦可镇抚南边。

原淮阳王刘武，则徙为梁王，并按贾谊之计，增加封地，使梁国北接泰山、西至高阳（今河南省杞县），成为长安以东最大屏障。此次挪动，看似闲棋，日后朝廷却因此受益，算是贾谊留给后世的一大功劳，此处且按下不表。

其时，已故淮南王刘长的四子，皆已封侯。贾谊知文帝心思，定是要为这四人封王，于是又上疏谏道："窃以为，陛下将封淮南王诸子为王，不知是何人出此计也？淮南王悖逆无道，天下谁人不知其罪？陛下赦而迁之。于途中，淮南王自尽而死，天下又有谁谓其不当死？今若尊罪人之子，则必负天下谤名。四子少壮，岂能忘其父？臣以为：与仇人之便，用以危汉，实为不当之策。即便将其分割为四，四子亦一心也。使其广有人财，无异于豢养伍子胥、荆轲之辈，即所谓借虎翼与贼兵是也。愿陛下稍作留意。"

贾谊在此处的眼光，竟是看到了身后许多年。疏中所预见之事，后来果然都言中。然文帝当其时，思之再三，终觉对不起刘长，遂搁置一旁，善待刘长四子如故。后又过了数年，在追谥刘长为淮南厉王之际，立其三子为淮南王、衡山王、庐江王，将原淮南国一分为三。也算是依照贾谊之计，令旁枝诸侯尽数成了小国。

却说梁王刘揖死后，贾谊倍觉内疚，以为自己做太傅未能尽职，竟眼睁睁看着主上殒命，为此常暗自哭泣。其间，又闻旧友宋忠出使匈奴，未至王庭便擅自返归，因而获罪，就更加伤感，身体日渐虚弱，过了年余，竟也病故了。

临终之际，贾谊卧于榻上，回想起平生遭际，正如高人司马季主所言，盛极而衰，不觉就伤情。忽又想起，在长沙时那只飞进屋内的鹏鸟，口中便喃喃道："其生兮若浮，其死兮若休。吾今休矣，不致再苦了！"

其妻儿围于榻边，哀泣不止。贾谊便嘱其子贾璠道："孙儿辈勿求成大器，若喜读书，甚好；若不喜读书，亦甚好……"言未毕，竟溘然长逝，宛如鹏鸟化作精灵而去。

贾谊死时，年仅三十三岁。消息传到长安，文帝默然许久。至中夜想起，枕上又叹息了数声。

后贾谊之孙二人，皆官至郡守，其中贾嘉最为好学，颇有世家之风。

贾谊死后，后世士人多为之惋惜。多年后，有楚元王四世孙、经学泰斗刘向，力赞贾谊之才，可直追伊尹、管仲。倘使当时见用，则功业必盛，惜乎为庸臣所害，甚可悼痛。司马迁却以为：文帝施政谨慎，足见贾谊之论已付施行。纵观其生平，虽英年早逝，位不及公卿，却不能说是不遇。

贾谊毕生著述，计有五十八篇，其中有补于世事者，皆传于后世。一代华章，流韵千载，至今仍有人赞不绝口。

贾谊病殁，文帝甚怅然，以为贾谊之才，海内无人能及，今后不知良策何出？为此郁郁多日。偏巧这一年夏，北地又起边警，闹得千里不安。

原来，新即位的老上单于，得了中行说这个谋臣，探知汉地虚实，对汉家便不再忌惮。那中行说又屡屡献计，力促兴兵南犯，老上单于亦深以为然。是年秋，单于探知周勃已死，以为汉家再无良将，便抛却和亲之约，发兵数万骑，入寇狄道（今甘肃省临洮县），斩了当地守尉首级，大掠人畜。

义帝气恼，便写信去责备，指老上单于背信弃义，老上单于却只是不理。文帝别无良策，只得一面下诏激励官吏御敌，一面调兵征饷，往援北地。一时间，边境日夕戒备，数十万兵民惶惶不安。

时不久，陇西有一小吏，奉诏而起，率兵民与来犯胡骑厮杀，斩杀了一个番王。胡骑受惊，不敢恋战，旋即纷纷退走。消息传回，朝野士气略为一振。

恰在此时,文帝忽接到太子家令①晁错的一道奏疏,对兵事所言甚详。文帝细细阅之,竟是击节赞叹不止。只见那晁错写道:"臣闻战胜之威,民气百倍;败军之卒,没世不复。自高后以来,陇西三困于匈奴,民气大伤,无有胜意。今有陇西之吏,奉陛下明诏,集合士卒,砥砺其志,率败伤之民,当乘胜之匈奴,以少击众,杀其一王。此役得胜,非陇西之民有勇怯不同,乃是将吏用兵有巧拙之别也。兵法曰:'有必胜之将,无必胜之民。'以此观之,安边境,立功名,全在于良将,不可不择也。"

文帝看到此,不禁拍案叹道:"果真是如此!若有一廉颇,百世无忧;若得一李牧,则万世安宁矣。可惜朝中良将,类此者甚少。"

叹罢,又埋头看去,见晁错论及汉匈两家,各有地形、战技、兵器之长;其中匈奴长技有三,汉家长技有五。且汉家可兴数十万之众,以应对数万匈奴。以此观之,众寡之势分明,汉家可以十击一,稳操胜券。

奏疏末节,晁错又献计道:今有义渠胡人数千来降,其长技与匈奴相同,可赐给坚甲利矢,派遣良将统领。此等义渠,与汉军可互为表里,各用其长。以汉家之众,击匈奴之寡。如此,大胜匈奴,只在俯仰之间矣。

最末一句,晁错写道:"古书曰,'狂夫之言,而明主择焉'。臣晁错愚陋,冒死上狂言,唯请陛下采择。"

文帝读罢,不禁大笑:"才失一狂夫,又来一狂夫,此恰为汉家之大幸也!"当下亲笔赐书,予以嘉勉。

文帝赐书曰:"皇帝致太子家令晁错:上书言兵事三章,阅之。书中言'狂夫之言,而明主择焉',我意不然。言者不狂,择者不明,国之大患,即在于此。"其激赏之情,溢于言表。

却说这晁错,又是何人?原来,他也是汉初大名鼎鼎的一个文士,为颍川(今河南省登封市)人。早年从师为学,研习法家申不害、商鞅之术,后以精通典章旧事之

---

① 太子家令,掌太子家事务的总管。

故，被选为太常掌故①。

晁错料事精明，见识深刻，平素乐与勋臣子弟相交，甚得平阳侯曹窋、汝阴侯夏侯灶、颍阴侯灌何等人推重，互引为知己。

晁错得以脱颖而出，颇有一段传奇。彼时文帝为重教化，下诏广搜经书，百姓闻之争相缴献。那上古经典，几近搜罗齐全，唯有《尚书》一书无由寻访。又过了数年，文帝偶闻济南有一大儒伏生，在家以《尚书》教授齐鲁诸生，不禁大喜过望。惜乎伏生年已九十，不可征召了，文帝便下诏，令太常遣人去济南讨教。

这位老翁，本名伏胜，乃是秦末一个博士。秦始皇时，逢焚书令下，他不敢违抗，取出家中书来，上缴焚毁。唯有一部《尚书》舍不得烧，便不肯缴出，偷偷藏于家中夹壁内。至秦末大乱，伏生弃了官，四处游走避乱。至汉初，惠帝废了《挟书律》，伏生才敢凿壁，取出书来。惜乎时日太久，书简受潮朽烂，仅存下二十九篇。

太常受文帝之命，在属官中千挑万选，最终选了晁错去见伏生。岂料那伏生已年老体衰，口齿不清，方言又难懂，晁错不能解其意，甚是着急。所幸伏生有一女，名唤羲娥，常随其父学《尚书》，颇通大义。晁错来求教时，便有羲娥立于旁侧，代为传译。如此，好歹尚能听懂。有那二三不明之处，也只得自己揣摩，曲意领会。

伏生手中这部《尚书》，多是断烂竹简，有一半不可辨认，为伏生凭记忆背出。晁错在济南数月，得伏生耳提面命，粗通了《尚书》要义，便辞别伏生返回，上疏陈说求教始末。文帝看了，大为称意，为表彰晁错之功，下诏擢他为太子舍人，不久后又擢为博士。

晁错深谙法家刑名之术，识得太子之后，便上书谏言道："皇太子虽才智奇高，精通射艺，却不通术数，不知何以制臣下。陛下应择圣人治世之术，用以教诲太子。"

文帝甚觉有理，诏令嘉奖，又拜晁错为太子家令，以为太子辅佐。晁错聪明过人，不单擅长撰文，且极有辩才，谈古论今，无不头头是道。不多时，便深得太子刘

---

① 太常掌故，掌搜集国家旧事典籍的官员，为汉朝九卿之首太常的属官。

启宠信。太子家中,上下都称他为"智囊"。

自得了皇帝嘉奖,晁错更是志得意满,又接连上了两道奏疏,计有万言,陈说强边备、薄赋敛二事。

其奏曰:凡民不畏战者,皆因有利可图。若战胜即拜爵,破城即得财富,则民众皆能冒矢杀敌,赴汤蹈火,视死如生。秦时戍卒则不然,远戍有万死之害,却无锱铢回报。故而秦民视戍边为"谪戍",如同赴刑场弃市,心怀深怨。这才有陈胜戍边,行至大泽乡倡乱,天下跟从者如流水。

于此,晁错建言道:远方戍卒赴塞下,一岁一更换,全不知胡人虚实。不如募罪人、奴婢及百姓,长居塞下,予以衣食,赐给高爵,令其建家室,务农田。塞下之民利禄既厚,击胡便不避死;并非其民有高德,而是为保全身家,有利可图也。如是,汉家将无远戍之苦,塞下之民逢敌,邑里相助、父子相保,再无被掳之患。此举若可行,与秦时戍边相比,则高明不止万里。

晁错又举古制,献上一道边地防敌之策,即:以五家为伍,十伍为一里,四里为一连,十连为一邑;择邑中有贤才者,各为其长,教民射艺以应敌。如此,百姓在城内,军士在城外,彼此关照,遇敌则可相救。

文帝看罢,不禁又击节赞道:"贾谊之后,大才者,唯此一人矣!"便采用晁错之计,下诏募百姓徙至塞下,以充实边地。此举,可谓开屯垦守边之先河。

后文帝又下诏,举贤良文学士。晁错得曹窋等人推举,入选其中。其时,各地人才齐集长安,由文帝亲自策问,令所选文学士,就"朕之不德,吏之不平,政之不通,民之不宁"四者直言极谏,毋庸忌讳。众文学士所作对策,皆密封闭卷,由文帝拆封亲览,以察朝政得失。

此次晁错所写对策,又是洋洋洒洒,万言有余。其中斥秦始皇施政之失,最是精彩:"秦最富强,故能兼并六国。彼之时,上古三王之功,亦未过秦始皇。然数年间便至穷途末路,国势日衰,皆因用不肖之徒,信谗言之贼。始皇大造宫殿,奢欲无极;民力疲尽,赋税不节;妄自尊大,群臣擅谀;骄横恣纵,不顾祸患;喜则滥赏,怒则妄杀;法令烦苛,刑罚暴酷。至秦二世,更是草菅人命,杀人取乐;天下寒心,无以自安。奸邪之吏，乘机乱法，以成其威；狱官独断，生杀恣意，遂致上下瓦解，各自为政。秦末始乱时，官吏之所先侵害者，贫人贱民也；至中期，所侵害者为富人、吏家也；至末途，所侵害者则为宗室大臣也。缘此，亲疏皆危，内外怀怨，离散奔逃，人有逃心。陈胜先倡乱，顷刻间天下大溃，祀绝国亡。此即'吏不平、政不通、民不宁'之祸也。"

此段文字，将秦末败亡之象描摹入骨，字字如利刃，剖解其弊。文末，晁错说得兴起，又痛陈当今之世，乱象亦多，皇帝亦不能辞其咎："今陛下有厚德之名，资财不下于五帝，君临天下，已有十六年；然民不增富，盗贼不衰，边境未安。其所以如此，乃因朝堂之事陛下未能躬亲，而倚赖群臣也。陛下不自躬亲，而交付昏盲之臣，日损一日，岁亡一岁，日月将暮，盛德终未能施于天下，臣窃为陛下惜之。"

文帝直看得汗出如雨，不忍释卷。当其时，对策者共有百余人，唯晁错一人见识超绝，高居前列。文帝大为赞赏，当即擢升他为中大夫，掌谏议之职。

晁错蒙文帝器重，愈发振作，又连连上书，言及削诸侯、更改法令等事，拢共有三十篇。文帝虽不尽采纳，却认定晁错是奇才，多有嘉许。那时，太子刘启年已二十四岁，英俊有为。文帝想到身后事，便有意令刘启多些见识，凡有晁错上书，必嘱刘启细读。

刘启见父皇如此看重晁错，甚是不解，疑惑道："儿臣有一事要问：贾谊、晁错二人同为奇才，狂傲不畏人言；然晁错之才，终逊于贾谊，父皇何以远贾谊而近晁错？"

文帝便一笑，嘱道："治平天下，并非考究学问，总不以才气横溢为上。贾谊之才，固是千载难逢，然略逊法家之术，未达沉稳，故不得不远之。今晁错之才，不输于贾谊，却深谙术数，洞察人心入微，最宜为近臣。贾谊之计，或可用于千年；而晁错之策，则甚合于当世也。启儿万不可轻看。"

刘启这才大悟，于是遵嘱，细读晁错之论，亦颇有心得，尤以削诸侯之议为良策，赞叹不止。

晁错自此脱颖而出，名震朝野。他素喜进取，不掩锋芒，每上书必洋洋万言。公卿士人争相传阅，引为谈资，一时风头甚劲，倒把那袁盎等人都比下去了。缘此之故,袁盎及诸功臣都不喜晁错。

此时朝中新人甚多,老臣们大半凋零,文帝便也略作安抚,不欲令其生怨。时逢老臣周勃在封邑病殁,其长子周胜之袭爵。文帝想起周勃的功劳,不禁又有些伤感,又闻听众口称赞,说周勃次子周亚夫才兼文武,便拜了周亚夫为河内郡守,以白丁擢为二千石吏,优容有加,算是对老臣们有了交代。

这一年,文帝纳晁错之谏,又降了田租,颁下定制,永为"三十税一"。四海农夫,无不额手称庆。

至前元十二年(公元前 168 年)三月,正值春耕时分。文帝闻知,天下之吏仍有人劝农不力,便愤而下诏,予以痛责:"朕亲率天下人务农,于今已有十年,然天下田仍未增。一遇歉收,则民有饥色。所以如此,皆因各地官吏未曾用心。吾诏书数下,每岁劝农种树,却功效甚微,亦是官吏奉诏而不勤,劝农而不力也。吾农民甚苦,而官吏不知,又将何以劝农?鉴于此,免农民今年田租一半。"

一年后,于前元十三年(公元前 167 年)夏六月,文帝见天下农民仍是辛苦,实不忍心,又下诏免农民田租,并赐天下孤寡以布帛。

此时天下,既富且安。各处农桑兴旺,连年大熟,谷价竟低至每石十余钱,万民无不感激。

文帝仍不敢大意,内外施政,都小心翼翼,如履薄冰。这年夏,朝堂上又有一事,轰动内外,为文帝留下了千古美名。

事起于原齐国太仓令①淳于意。这位淳于意乃临淄人,自少时便好医术,曾拜同郡人公孙光为师,潜心学医。公孙光见他聪颖好学,甚是喜爱,便将自家学问倾囊相授,又引荐他去见高人,师从同郡名医公乘阳庆。

名医姓氏中这"公乘"二字,为复姓,本是个爵位名。秦汉爵位分二十级,自一级公士,至二十级通侯,公乘为其中第八级。其后人,便有以公乘为姓氏的。当其时,公乘阳庆已有八十余岁,老耄不再行医,虽医术高明,却不肯传与子孙,唯见淳

---

① 太仓令,汉代朝廷及封国治粟内史属官,掌粮仓事务。

于意心诚，竟破例收为门徒。

淳于意入门为弟子后，勤谨奉师，长进极快。公乘阳庆便令他弃旧日所学，而授之以祖传秘方，将黄帝、扁鹊之《脉书》《五色诊》等书，一并传授。如此受教三年，淳于意学有所成，便辞师返归故里。为人看病，能预知生死，一经投药，无不立愈。无多时，即声名远播，四方病人纷纷来求医，竟至门庭若市。左近有吴王刘濞、赵王刘遂、济川王刘太、胶西王刘仰等，都曾遣人前来延请。

淳于意为人散淡，不以阿附权贵为荣，常游走四方，避不奉诏。与人看病，也是随意取资，不问多寡。曾做过齐国太仓令，然未及年余，便辞官而去。

淳于意如此藐视权贵，有人上门求医而不得，便心怀怨恨。至文帝前元十三年，有一权贵上书，告淳于意在临淄行医，敷衍欺人，致病患者身亡。

案子发下临淄县，那县令是个粗人，不问青红皂白，便将淳于意拿获问罪。在公堂之上，严刑逼供，将淳于意问成大罪，拟处以"肉刑"。

此处的所谓肉刑，专指刺面、削鼻、断趾、阉割等四刑，皆是在人身上动刀，算是死刑大辟以下的重刑。用过肉刑之后，身体残损，虽未死，却处处受人鄙弃，几成废才。

因淳于意曾为官吏，地方上不能擅自加刑，县令便上奏朝廷，请示定夺。文帝见了，担心县令草率，便诏命将犯人解来京师，交廷尉处置。

淳于意养有五女，闻老父将解京受刑，都伤心欲绝。启程那日，众女随槛车送行，一路啼哭。淳于意听得恼火，忍不住骂道："生女不生男，遇急事，便无可用者！"

淳于氏最小女缇萦，闻听父言，极是感伤，一股热血上涌，便决意随父西行。回家拿了行李衣物，追上槛车，于一路上小心照顾。至长安，淳于意被收入诏狱，缇萦则壮起胆来，只身赴北阙，上书为父吁请宽刑。

当日，谒者闻有小女子上书，不胜惊讶，忙奔出司马门来看。见是一个豆蔻女子，十三四岁，素面布裙，十分寻常。交了书简之后也不走，只顾坐在地上，凄然唱起古诗《齐风·鸡鸣》来。

闻其悲声，谒者心中不忍，忙问明缇萦住处，嘱其暂回，明日再来打探。缇萦不听,仍是悲歌不已。谒者无奈,只得拿了缇萦上书,入奏文帝。文帝听了,也觉新奇,忙拆开来看。但见缇萦写道:"妾父为吏,齐人皆称其廉明公平,今犯法当受刑。妾哀于死者不能复生,受刑者断肢不能复续,虽欲改过自新,终不可得。妾愿身入衙署为官婢,以赎父罪,使其能改过自新也。"

文帝读了不禁动容,顿起恻隐之心,便命谒者引路,赴北阙来看。远远便望见,缇萦正抱膝坐于地上,口中吟唱不止。其歌曰:

　　　鸡既鸣矣,朝既盈矣。匪鸡则鸣,苍蝇之声……

其声哀切,令人心摧。北门众执戟甲士,闻之也都面带愁容。文帝忙掉头返回,心中酸楚,至入夜亦难眠。次日清晨,文帝唤来谒者,问道:"那小女,还在北阙下吗?"

谒者答仍在,文帝便起身,与谒者同往北阙,见缇萦竟坐了一夜,还在哀歌。晨风拂过,其声愈发激扬,融入那啾啾蝉鸣之中。

谒者不禁神色黯然,摇头道:"昨已曝晒半日,又兼一夜未眠,教人如何受得……"

文帝心中亦恻然,不觉长叹了一声:"此一女,堪比百男啊!"于是,命谒者赴诏狱,赦免淳于意,任其携女儿归家。

此事传出,那缇萦之孝,以及文帝之仁,皆令官民赞不绝口。就此,留下了一段"缇萦救父"的佳话,流传至今。

至次日,文帝便有诏下,命有司革除肉刑。诏曰:"今人有过,未施教而加刑,或欲改过自新,却计无所出,朕甚怜之。肉刑断肢体、刻肌肤,终身不治,何其不德也,岂是为民父母之意!今应革除肉刑,另行商议。"

丞相张苍得了诏令,立即会同御史大夫冯敬、新任廷尉等人,改定刑律,将那刺面改为罚劳役,削鼻改为笞三百,断趾改为笞五百等,皆大为减轻。

此时,有大臣多人上疏,极言不可废肉刑,唯恐狡民从此不畏法。文帝未加理会，批答张苍所拟，一律照准。新法改定后，百姓额手称庆，皆感文帝施政之仁。从此服罪者中，再不见断足削鼻之人。

再说那淳于意躲过大难，返回家中安居。文帝未能忘，不久，便召他入都，于偏殿召见，殷殷垂问道："公擅医技之长，能治何病，有医书否？是否皆为名师所授，受教有几年？用药应验者，为何县何乡人，所患何病？用药毕，其病状如何？请公细述与朕听。"

见文帝如此谦和，淳于意心中感念，详尽对答道："臣下才疏，少时即喜医药，开药方试之，多不灵验。高后五年，有幸拜公乘阳庆为师，授我《脉书上下经》《五色诊》《奇咳术》《揆度》《阴阳外变》《药论》《石神》《接阴阳禁书》等书，皆是上古高人遗传。我苦读一年后，开方即验，可预知生死。前后学了三年，医术渐精良，诊病无不应验。时年臣下三十九岁，今日思之，阳庆师竟已死去十年了……"

继之，淳于意又列举病案二十五例，皆疑难奇巧，以答文帝所问。病患者中，上至诸侯、王太后，下至侍者、闾里男女等，无分贵贱。所治愈病症亦多，有头痛、小儿气嗝、疝气、热病、腹痛、风邪、龋齿、怀子不乳等，五花八门。

文帝听得入神，欲罢不能，便留淳于意在宫中进食，两人竟谈了一整日。所有医药事，文帝不厌其烦，只管逐一细问，屏息静听。

相谈多时，文帝见窗外日已暮，却意犹未尽，又问道："尊师阳庆医术，是从何处学得？其人在齐国可闻名乎？"

淳于意答道："不知他师从何人。阳庆其人，家财富裕，虽擅为医，却不肯为人治病，故此未能闻名。他又嘱臣，不得将所学药方，授予他子孙。"

文帝抚膝叹道："如此神医，却是淡泊出世之人，可惜！"遂又问道，"朕闻齐地吏民，多有向先生求学的，可否尽得公之医术？"

淳于意答道："有临淄人宋邑、济北王太医高期、淄川王马政冯信、高永侯家丞杜信、临淄人唐安等六人，先后来向我求教，虽不能尽得，却都学了些医术去。"

见淳于意面有疲色，文帝不忍，只好最后问道："先生诊病，预决生死，可万无一失吗？"

淳于意如实答道："臣诊病，必先切其脉，而后治之。病重不可治者，则顺其势而治之。然臣非神人，亦时时有失，不能全也。"

对答毕，时已暮色四合。文帝依依不舍，亲送淳于意至阶下，嘱其好自珍重，归乡安养天年。

淳于意归家后，安居闾里，行医不辍，郡县无不敬重。其寿七十余岁，活到了汉武帝时，死后葬于临淄山水之间。

后司马迁作《史记》，载其医案二十五例，堪为华夏最早可见的病例。因淳于意曾任齐太仓令，司马迁在书中尊其为"仓公"，与扁鹊并列，作《扁鹊仓公列传》。

司马迁写到淳于意生平，曾自感身世，叹曰：女无分美丑，入宫见嫉；士无分贤与不肖，入朝见疑。故而扁鹊因其技而遭祸。仓公虽隐匿不出，亦未能免，险受肉刑。多亏缇萦孝义，以尺牍救父，故老子曰"美好者不祥之器"。此寥寥数语，实有铭心之痛，足以儆示后人。

且说文帝采纳晁错之计，徙中原之民往边塞，编成什伍，亦耕亦战，果然大有收效。北地就此消歇了三年，不见再有胡尘起。

不料至文帝前元十四年（公元前166年）冬，老上单于已坐稳王庭，见汉家日渐富强，心中不忿，要给汉文帝一些颜色看。这年入冬，竟亲率胡骑十四万，入寇陇西，攻陷萧关（今宁夏固原市）。

时汉家有北地都尉孙卬，领郡兵迎敌，怎奈寡不敌众，被胡骑围困数重，力战而死。

老上单于亲征得胜，气焰陡涨，分兵继续进犯，沿回中古道，一路烧杀，直闯入关中来了。三秦雪野，一时间马蹄翻飞，狼烟四起，百姓生灵涂炭。告急羽书一日三入都，京畿为之震动，大户人家都人心浮动，纷纷收拾细软，逃往了乡间去。

文帝日览军书，夜不能眠，知此次匈奴来犯之势，为白登之围以来所未有，不可大意。于是与张苍、冯敬等连夜商议，拜中尉周舍为卫将军、郎中令张武为车骑将军，发战车千乘、骑卒十万人，扎营渭水之北，以拱卫长安。又拜昌侯卢卿为上郡将军、宁侯魏选为北地将军、老将隆虑侯周灶为陇西将军,各领步骑,分路往援边地三郡。

待三路援军开拔后,文帝即率文武大臣,驰出长安,亲赴渭北大营,大阅兵马,申敕军令。

这日清晨,渭北雪野之上,驻屯汉军一部列阵受阅。但见众军列伍齐整,甲胄鲜明,长戟如林而立。

文帝头戴琼玉皮弁,身披精甲,立于戎辂车上,缓缓驰过阵前。见士气可用,不禁大喜,振臂呼道:"今有匈奴老上单于,骄狂无度。欺我汉家无人,发兵十四万,攻陷陇西,又入关中,前锋已近甘泉。匈奴欺我如此,我岂可忍!"

军士闻此言,皆血脉偾张,举戟大呼道:"杀敌,杀敌!"

阵前原本一派寂静,此时突发怒吼之声,竟如排山倒海般,一时鼎沸。

文帝精神大振,拔剑在手,环视众军道:"朕已决意,即日将率尔等亲征,誓要挫他单于锐气,教他知我厉害。诸儿郎,可有此志乎?"

众军争相腾跃,一齐答道:"有!"

文帝喜道:"好! 社稷有难,大丈夫岂可袖手? 众儿郎既有心杀敌,稍后即有犒赏,待取胜归来,还要另行封赏。今胡骑猖獗,长安可见烽火,恐容不得儿郎安睡了,二三日内,朕便与尔等同行。"

众军又是一片欢呼,剑戟相撞之声,不绝于耳。

张苍、冯敬等骑马在后,闻文帝此言,互望了一眼,面色忽就变白。

文帝掉转头来,问文武诸臣道:"军卒集齐,皆愿用命,诸位可有灭敌之志?"

张苍连忙一揖道:"亲征乃大计,容臣等还都,朝会再议。"

文帝冷笑一声,高声道:"文法吏执事,精细有余,霸气终究不足! 朕意已决,请毋庸多言。"

张苍略一沉吟,忙回道:"与匈奴战,汉家素少良将,今老将尽已凋零,唯余滕公一人,臣等不可不慎之。且亲征之事,牵扯甚广,非二三日内即可成行,还望宽限半月,容臣等详尽筹划。"

文帝收起佩剑,瞟一眼身边诸臣道:"朝中无老将,便不杀敌了吗? 那匈奴单于,正是以此欺我文弱。今敌已临门,岂容你我辈退缩?"

"兵马虽齐,然尚欠粮秣,出师万不可仓促。"

"丞相想得太多了! 既如此,便暂且回驾,五日内,务必发兵。"

诸臣见文帝发怒,便不敢再谏,只得随銮驾匆匆还都。

当夜张苍返回府邸,不及洗沐,便写了一道密奏,遣人送往长乐宫,将文帝欲亲征事告知薄太后。

次日晨,文帝早起,正在寝宫盥洗,忽闻涓人来报:"太后自长乐宫驾临。"

文帝不由一惊,想到即位以来,太后从未移驾未央宫,今日不知出了何事,便连忙更衣出迎。

此时薄太后一身素服,已缓缓登上前殿。文帝趋步迎上,见母后如此装扮,心中更是大骇,不由自主便跪于地上,连连叩首。

薄太后只淡淡道:"为母与你偏殿里说话。"便令宫女搀扶自己至偏殿坐下。

文帝服侍母后坐好,小心问道:"儿臣在此问安! 只不知,母后何以如此穿戴?"

薄太后便挥退左右,仅留一宫女在侧,向文帝招手道:"你近前来些。"

文帝忙向前移膝,来至薄太后座前。太后以手触抚文帝面庞,喃喃道:"恒儿相貌未变,心却变野了。"

文帝这才醒悟,母后是为亲征事来责问,便辩解道:"匈奴狂妄,欺我仁厚少武。今胡骑已临三秦之地,儿欲亲征,乃不得已耳。"

薄太后隐隐一笑,颔首道:"正是如此。为娘今日素服,即是来为儿送别的。"

文帝心头一沉,支吾道:"母后如何这般说?"

"为母要问你:恒儿之武功,可胜过先帝?"

"儿臣不可及。"

"恒儿之威势,可远过高后?"

"儿不能比。"

"这便是了。匈奴凌我,非止一日,直教先帝受困、高后忍辱。为母只不明白:

以先帝、高后之威,尚不能胜匈奴,儿有何德何能,便要御驾亲征?"

"乃势所迫也。朝中老将多已凋零,儿今若不亲征,将士焉肯用命?"

薄太后便收回手,敛容正坐道:"先帝白登被围,险些不能脱身。而今恒儿你亲征,为母料定是有去无回,因此素服来相送。"

文帝闻此言,面色便发白,沉吟片刻才道:"那老上单于,武略终不及冒顿。儿此去,未见得就是履险。"

薄太后便冷笑道:"吾儿之武略,恐也不及周勃、灌婴,此去又焉知祸福? 我今日来未央宫,便不想走;若恒儿此去不得归,为母也好暂代朝政。"

文帝不禁心头一震,知太后执意要拦阻亲征,便犹豫不语。

薄太后催促道:"你自去点兵吧。朝中事,也不必托付太子了,为母当可决断。"

文帝伏地良久,最后只得叹口气道:"母后之意,儿已知晓。儿遵旨不再亲征,召大臣来议对策就是。"

薄太后这才释颜,微微一笑:"你去召文武大臣吧,连滕公也一并请来。母后今日,权且在朝堂旁听一回,也好长些见识。"

文帝无奈,只得将薄太后引至前殿,侍奉坐下,这才宣文武大臣上朝。

不多时,便有张苍、冯敬、张相如、夏侯婴等一干文武,先后上殿,见薄太后端坐于御座之后,都感大惊。

不等文帝开口,薄太后便对诸臣道:"诸公请勿疑! 今日朝会,是为选将征匈奴事。哀家偶得清闲,特来坐坐,你们自管议论。"

张苍心中明白,昨夜密奏入宫,太后已有决断,今日临朝,便是断了文帝亲征之念,不觉就暗喜。其余诸臣也都猜到几分,心下顿感释然。

文帝开口,果然申明不再亲征,至于如何御敌,请诸臣尽管献计。诸臣议了半日,最终议定:拜东阳侯张相如为大将军,建成侯董赫、内史栾布为将军,率车骑大军北上,并统领上郡、北地、陇西三处兵马,进击入寇之敌。

议罢,文帝皆照准,当场便拟了诏书,命近畿一带征发粮秣,集齐于长安。择日于南门外筑坛拜将,誓师出征。

诸臣见诸事已无遗漏,正欲罢朝,薄太后忽又开口问道:"哀家乃女流之辈,向不问兵事。只知自白登之役以来,各地武备渐盛,远胜过当年。不知练兵至今日,可堪一战否?"

文帝忙回道:"自白登之役后,军士皆有雪耻之心,演兵习阵,无一日废之。年前有中大夫晁错上书,论兵事甚详,儿臣阅后更重武备。每年初,必亲临长安南郊,行大阅之仪,以五营士卒列阵,按兵法操演,开阖进退,皆中规矩。逢九月,各郡国亦演兵,由守尉亲督,考定部卒优劣。今汉军已非昔日,军将悍勇,战法娴熟,胜过那胡骑不知有几许!"

"汉兵有勇力,哀家自是不疑。然胡骑亦悍勇异常,且长于野战,汉军将如何应付?"

"自先帝设立考工室以来,兵器日新,武库充盈。我军之劲弩长戟、坚甲利刃,皆为匈奴所不能及。近年用晁错之计,已颁下'马复令',民家养马一匹,可免三人赋役。御马苑内,马匹充足,胡骑已不足惧也。"

薄太后这才释然,颔首微笑道:"如此,哀家便放心了。然匈奴之患,绵延千年,岂是一日间即可除去的?今大军北上,敌若胆怯退走,便是汉家得胜,万不可贪功。"

诸大臣闻太后之言,皆心怀敬服,一齐伏地,叩首然诺。

不数日,各地粮草到齐。文帝便率百官,于长安南门外登坛,拜张相如为大将军。是日,由张苍代文帝宣读策书,冯敬代授金印紫绶,张武代授彤弓符节。张相如伏于地,接过印信等物,三呼万岁,叩拜如仪。

文帝此时忍不住,又叮嘱张相如道:"先帝兴兵以来,拜大将军者,唯韩信、灌婴等三五人。今拜你为大将军,天下安危系于一身,须小心出战,切勿失机。"

张相如挺身答道:"臣随先帝起兵,历数十战而侥幸未死。今日得拜大将军,臣定要舍死迎敌,不负陛下。"

文帝便招手道:"公请近前,朕还有数语,要嘱咐你。"

张相如跨步向前,只闻文帝附耳轻声道:"汉匈之间,强弱不同,你我皆知底细。

此去,只需尽力驱走便罢。"

张相如闻言一凛,立即有所领悟:"臣已知,定不负上命。"

誓师毕,三将军便率大军出长安,大张旗鼓,兵锋直指甘泉。又会同上郡、北地、陇西三郡汉军,专拣胡骑弱处进击,汉军一时声威大震。

再说那老上单于,在汉地骚扰已数月,军心渐疲。忽闻汉大军自长安出,其势浩大,心中便不安。此时是战是退,拿不定主意,便召中行说来问计。

中行说当即谏道:"今我军入汉境,趁彼虚弱,所获已甚多。臣闻汉军今番出动,前有周灶等三将分赴塞下,又有张相如等率马军北来,其势不可小觑。那张相如拜了大将军,位同三公,为武人至尊也。汉家自沛县起兵以来,唯有韩信等人曾得此封号。汉皇帝此举,志在灭我,已是无疑了……"

老上单于闻言,不禁倒抽一口冷气:"爱卿之意,我当退兵乎?"

"臣以为:汉匈之争,百年内未必分出高下,故而得失成败,不在此一役。此次南下,掳获甚多,已足数年之用,不如便退回,勿使汉军得逞。"

"我不战而退,倘若汉军趁势出塞,兵犯漠南,我又将何如?"

中行说便摇头笑道:"必不能如此!汉人唯喜颜面。我军若退,他君臣上下便有了颜面,自然班师,岂能越境来犯我?"

见老上单于仍在犹疑,中行说又谏道:"我军南下,原不为久战,兵马粮秣皆不足。且入汉地以来,兵已分三路,各处不过仅数万。汉军若聚兵至一地,灭我一部,则我士气必大损,恐将得不偿失。"

老上单于闻言,心中暗暗吃惊,便拍膝道:"便听爱卿之言,今日即退兵,不再与他缠斗了!"

退兵号令传下,不过旬日,入寇汉地之所有胡骑,便都携了掳得的财物,出塞远遁了。

张相如率大军追至边境,各处仔细搜寻,竟不见一人一骑,唯有遍地废墟,狼藉一片。诸将便一齐跳下马来,远眺塞外。只见绝地千里,荒烟无际,仅有三五穹庐散布其间。

张相如凝望良久,神色黯然道:"北虏之患,百代未解,吾辈何日才能马踏漠北?"

　　将军栾布在旁,连忙劝解道:"张公不必哀伤。汉家势弱,唯有隐忍韬晦,以待时日。"

　　张相如不由仰天叹道:"灭匈奴日,恐要留待子孙了!"随后,便拟了一道军书,遣人飞递入都。

　　如此,大军留驻边境月余,仍不见胡骑踪迹。张相如料定单于已远走漠北,一时不复犯境了。此时又接到文帝谕令,命班师回朝,便下令拔寨南还。

　　当年开春之日,大军还都,渭北屯军也奉命撤回,一时内外解严,天下皆喜悦。长安百姓无不欢踊,都相偕出门,争看得胜之师。满街满巷,尽是称贺之声。

　　匈奴闻声退去,文帝数月以来的焦躁,也一扫而空。彼时朝中百官,五日得一休沐,文帝知臣下也辛苦,便恩准百官休沐三日,略作喘息。

　　初休沐这日,文帝起得早,心情甚好,便带了近侍,乘软辇巡行宫内。见各处官署,皆寂寥无人,仅有宦奴二三人在当值。

　　行至郎署门前,忽见有一年老侍臣,孤零零立于道旁迎驾。文帝不禁好奇,忙下了辇,施礼问道:"请问父老,今日如何不歇息?"

　　那老者答道:"小臣劳碌惯了,不忍荒废时日,故而未歇。"

　　文帝心中陡生敬意,又恭谨问道:"不知你家在何处? 看父老装束,是为郎官。郎官无俸禄,老人家为何要来做郎官?"

　　那老郎官答道:"回陛下,臣名唤冯唐,祖父为赵人,祖籍中丘(今河北省内丘县),自臣父时起,则徙至代地。汉兴,又自代地徙至安陵(今河南省鄢陵县)。臣本驽钝,仅在乡中略有孝名。老来为公卿所推举,选为中郎署长,得以侍奉陛下。"

　　文帝闻听"代地"两字,顿感亲切,忽想起一事,便道:"冯公说起代地,真有不胜今昔之慨。朕昔年为代王,长居代地。彼时吾之尚食监①,曾数度说起赵将李齐,称其为贤臣,曾出战巨鹿,骁勇异常。惜乎今已故去,无由任用。至今吾每饭仍不忘,父老可知其人乎?"

冯唐答道:"臣仅略知其人。若论为将,李齐不如廉颇、李牧。"

"哦! 如何说呢?"

"臣祖父在赵时为将,曾与李齐友好;臣父先前曾为代相,亦与李齐为友,故而知其为人。"

文帝不住颔首,一面就叹道:"可惜! 吾生也晚,未能与廉颇、李牧同时,不得用二人为将。否则,吾岂惧匈奴哉!"

冯唐瞄一眼文帝,忽就拱手道:"不然。臣以为,陛下即便得了廉颇、李牧二人,也未必能重用。"

文帝闻听此言,心中就大不悦,面色一沉,望了望冯唐,便上了软辇,命随从起驾回殿。

冯唐却面色不改,徐徐向辇驾施了一礼,目送文帝远去。

回到宣室殿,文帝气仍未消,对左右涓人道:"冯唐以我为昏君乎?"

左右涓人连忙劝道:"冯唐老迈,说话不知轻重,他岂敢诋毁陛下?"

文帝面色这才稍缓,沉吟道:"或许如此,不知他究竟有何怨念? 朕这便召他来问。"

少顷,冯唐应召而至,仍是不徐不疾,行至御前立定。文帝便屏退左右,起身一揖,心平气和问道:"冯公何故要当众辱我? 何不寻个无人处,与我私语耶?"

冯唐闻文帝如此问,亦有所动容,连忙谢罪道:"鄙人不知忌讳,并无其他。"

文帝想想,便笑道:"公如此耿直,也无怪年过花甲,仍在郎署。"于是便不再责备,嘱冯唐速回家去休沐。

---

① 尚食监,原载《史记·张释之冯唐列传》,应为宫中掌膳食的太官令之属官,职名为尚食丞或食监丞。

冯唐闻命,也无感激涕零之态,仅淡淡谢了恩,便退下了。

在旁涓人见了,议论纷纷,都笑冯唐古怪。文帝却摆手制止道:"此翁必有过人之处,你辈休得小觑。"

数日后,北地都尉孙卬遗体归葬故里,家眷扶柩过长安。文帝特予召见,封孙卬之子孙单为鉼(píng)侯,以揄扬忠烈。

送走孙卬家眷,文帝犹自伤感,戚戚于心,觉边地之患尚未消除,远未到高枕无忧之日。于是又召冯唐来问计。

甫一见面,文帝先是寒暄道:"日前与公偶语,朕知你非寻常之辈,想必壮年时亦有大志,何以老来甘居于郎署?"

一句话,说得冯唐心中酸楚,不由叹道:"陛下春秋正盛,不知岁月如流矢,倏忽即逝。臣少壮时并非无为,然恍惚之间,人便老矣!"

文帝一笑,这才将话锋一转,问起前事来:"公何以知我不能用廉颇、李牧?"

冯唐这才知文帝心思,便放开了胆量,侃侃而谈道:"臣闻上古王者用将,必屈膝推其车辖,以示尊崇。将军征伐,必嘱其曰:'宫禁以内,寡人决之;宫禁以外,将军决之。'军功赏爵等事,皆由将军决于外,归来再奏。此绝非虚言!臣祖父曾言:李牧为赵将,据守北疆,营外军市①所收租税,皆留作军中自用,以犒赏将士。所有赏赐,皆由李牧决于外,赵悼襄王从不问。悼襄王既委李牧以重任,便只问战功如何,不问其他。故而李牧能尽其才,北逐单于,东破东胡、澹林②,西抑强秦,南拒魏韩。彼时,赵之强盛,几可称霸天下。"

文帝听得入神,拊掌连连赞道:"那赵悼襄王,果然开明!"

"惜乎悼襄王薨,赵王迁继位,听信近臣郭开谗言,诛杀李牧,令齐人颜聚代之,以致秦军大破赵军,东下邯郸。赵王迁、颜聚二人,亦为秦将王翦所擒。"

"朕少年时,太傅教我读书,也曾讲过李牧事。今日闻公之言,更觉痛惜。"

① 军市,军旅在军营旁侧设军市,收取租税,用以养军。战国时始置。
② 东胡、澹林,皆为殷商以来东北方民族。

"臣方才所言,皆为古人事;然今人之事,亦可令人扼腕矣!"

"哦?"文帝不由惊诧,连忙正襟危坐道,"你尽管说来。"

冯唐便谏道:"臣闻云中郡守魏尚,所收军市之租,尽给士卒,又出私钱,五日杀一牛,分赏宾客、军吏及舍人。由是,将士用命,皆愿效死。匈奴闻声远避,不敢近云中之塞。胡骑也曾贸然入寇,魏尚率军击之,所杀甚众,胡虏尸横遍野。"

"此事朕也有所耳闻,令人气壮!"

"然朝堂上事,偏有匪夷所思之处。魏尚功高若此,不赏也就罢了,却因此得咎,令众边军心寒!"

"嗯?当初御史大夫曾有上奏,只说他冒功请赏,朕并不知其根由。"

"所谓冒功请赏,苛责而已!想那军中士卒,尽是农家子,起于田舍而仓促从军,岂能精于尺牍?终日力战,气竭而归,上报所斩胡虏首级,未能精当。于是一数不合,文吏便以法绳之。缘此之故,魏尚有功而不能赏,岂不荒唐?"

"哦?原来如此!"

冯唐说到此,忽就伏地叩首,高声道:"臣也愚钝,以为陛下法太苛、赏太轻、罚太重。魏尚请功,斩首仅差六级,陛下便有诏,令文吏削魏尚之爵,罚做劳役。以此观之,陛下即是得了廉颇、李牧,亦不能用。臣素来愚不可教,今日犯颜谏之,更触及忌讳,死罪死罪!"

文帝满面羞愧,连忙扶起冯唐,劝慰道:"公请平身!此乃朕之过。幸有你直谏,方不致贻误更深。朕未料近臣之中,竟有冯公这般大才。只可惜你年逾花甲,方得脱颖而出,确是太委屈了。"

冯唐淡然一笑,揖谢道:"陛下纳臣之言,臣即不胜感激。过往之事如流水耳,岁月易老,臣亦易老,而非君上之过也。"

文帝闻此言,不禁执起冯唐之手,大笑不止。当日便下诏,令冯唐持节往云中郡(今内蒙古托克托县东北),赦免魏尚,复其官爵仍为郡守。

待冯唐归来复命后,又拜冯唐为车骑都尉,统领中尉署及各郡国车骑,参与征伐事。花甲郎官,忽一日得此重用,朝野都以为是奇事,赞叹不已。

后又数十年，冯唐免官归乡已久，被地方再次荐为贤良之士，上报朝廷。惜冯唐其时年已逾九十，不堪奔走，只得征召其子冯遂为郎官。就此留下一段"冯唐易老"的掌故，为后人所津津乐道。

再说那魏尚复任云中郡守，边军果然士气大振，匈奴不敢再犯。此后文帝便留了心，所用边将，皆亲自酌选，务求精干。如此又是数年过去，边境上尘埃不起，人民始得心安。

这年春来，恰是风日晴好。文帝心甚安泰，欲登高远眺，却苦于宫中无露台，便欲建造，命少府召工匠来问。

古时之露台，须堆土高数丈，上建亭阁，仰之若丘山。那一干工匠应召而来，先算了算，报称需花费百金，方能造成。

文帝闻报便一惊，不禁脱口道："百金，乃中等人家十户之资也，这如何使得！我承先帝之祀，得以人主未央宫，已羞愧至极，岂能再起露台？"

少府在侧劝道："陛下曾两免田租，天下之民无不感恩。此等小事，不过靡费百金，应无伤大雅。"

文帝断然道："昔读周公所作《七月》诗，见'无衣无褐，何以卒岁'句，顿思农民之苦，于心有愧，几欲泣下。为人君者，民之父母也；造露台事虽小，所费亦是民之膏血，吾实不忍为。"旋令少府作罢。

此事在列侯、百官中传开，亦获众人大赞。后世宋代诗人陆游有诗云："古者养民如养儿，劝相农事忧其饥。露台百金止不为，尚愧七月周公诗。"即是咏此事。

至此，文帝已安坐天下十四年，承薄太后之旨，奉行黄老，凡事以恭俭为上，不敢生事，终得海内晏然，外患不起。万家生民由凋敝而复苏，渐入太平治世之境。

饶是如此，文帝亦不敢大意，以为匈奴之扰，或就是上天示警。于是下诏责己，诏曰：

"自我即大统，主祀上帝宗庙，于今已有十四年。历日绵长，以吾不明不敏之资，而久抚天下，朕甚自愧。朕之意，今起将广增祭祀坛场，以报祖宗。

"朕闻昔年先王，广施仁德而不求其报，祭祀而不求其福，尊贤而远亲，先民而后己,可谓贤明之极也。朕又闻,今之祠官祝祷,皆归福于我,而不归于百姓,朕甚愧之! 以朕之不德,岂能独享其福,而不与百姓焉? 着令祠官于祭祀之时,唯敬祖宗,而无须为朕祈福,钦此。"

　　天下人见了此诏,无不心折,都称颂文帝为圣明之君。百姓街谈巷议,各个慨叹:生于当世,实为前生攒下的福气。

十　隐忍方得山河固

话说史上历代君主,于鼎盛之时,最易转为昏聩,拒劝谏,信宠佞,好大喜功。皆因平日里,满耳颂声听得多了,便生出骄矜之意,致使阿谀之徒有机可乘。此类前车之鉴,不知曾有过多少,即是贤明如汉文帝,亦不例外。

就在前元十五年(公元前 165 年)春上,陇西成纪县(今甘肃省秦安县)有人报称,曾有黄龙见于野,一时哄传,群情耸动。地方官吏虽不曾亲见,却风闻上奏,称祥瑞忽见于郊野,当是大吉之兆。

世间无能小吏,阿谀之术一贯如此,无不是揣摩上意,不吝颂圣。即便未获赏识,亦不至于遭罚,故而各类谀辞,都是不假思索,援笔即来。

此前,凡有关祥瑞奏报,文帝皆交由张苍处置,今日看见,忽就动了心思。想自己勤谨十数年,一心施恩于民,或是上天有所感,方降下这祥瑞来。由此想起,鲁人公孙臣从前曾有奏章,称黄龙将见。于是,便命涓人去寻出来看。

待找出那奏章后,再读公孙臣彼时所奏"汉正当土德之时,必有黄龙现"等语,便觉不同了。当初看时,颇似谀辞;今日再来看,则无疑是先见之明。文帝想自己登位至今,担了十二分的小心,终得天下大治。今观四海之内,吏守常法,民安百业,安稳远胜于高帝时,正合了老子所言"为无为,则无不治"之道。即便身处深宫,亦常能听到外间称颂,想来那"黄龙见"也是有所本,并非郡县小吏阿谀。

文帝由此想道：人事所为，不可以逆天。既有黄龙示祥瑞，若不加理睬，那便是固执了。于是拟了一道征书，征召公孙臣为博士，以备顾问，也好当面与之商议。

再说那位公孙臣，虽与孔子同邑，却并非儒生，而是个江湖术士，行走于乡邑，以测符运为生。年前曾上书请改正朔，希图借此得官，却被张苍驳回，满心沮丧。不料才过了一年，一道征书自朝中发下，转眼竟成了当朝博士。

公孙臣谒见那日，文帝和颜悦色道："公乃异人，曾言天下将出黄龙，汉当改正朔，惜乎丞相张苍不肯纳公之言，故而朕也未信。今陇西果有黄龙见，正应了公当初所言，此乃朕之过也。"

公孙臣强按住心中欢喜，恭谨回道："陛下言重了，小人实无大才。臣与张丞相所习术数不同，故所见亦不同。臣习于占候①，丞相则精通律算，各有所长。然天道之事，人算岂可尽知乎？"

"恰是如此！朕不欲偏听，故而召你为博士。今黄龙既见，我君臣皆不可无视。公可与朝中诸博士商议，当如何奉天命。"

公孙臣听文帝如此说，却面露迟疑之色："臣下愿从命，然不知张丞相之意如何？"

文帝便笑道："张苍老迈了，不免迂腐，公无须理会。"

公孙臣这才放下心来。他原为布衣游民，如今得了个博士荣衔，俸禄四百石，食宿皆有朝廷供给，端的是今非昔比，于是满心感激，与诸生日夜聚议。

是时，文帝终究心存顾忌，不敢贸然改正朔，任由公孙臣几次催促，都无回话。

公孙臣猜不透文帝心思，只觉无奈，料不到文帝却是另有主张。

这年初春时，文帝忽有诏下，曰："有异物之神见于成纪，无害于民，兆在丰年。朕将郊祀上帝诸神。然秦焚书之后，典籍散失。何为郊祀，其典仪如何，今已失之不传。凡此种种，皆由礼官议定，奏报上来。"

此诏所谓的"上帝"，乃是指"上天之帝"。祭祀上帝，为旧时周秦礼仪，汉家并

---

① 占候，指古之术士视天象变化以附会人事，预言吉凶。

无成例，奉常昌间主掌天子祭祀，得了这诏令，一时也摸不着头脑，连忙率属官查阅典籍。忙碌了多日，才大略查明。

原来，秦之都城曾在雍城（今陕西省凤翔县），秦时祭天处所，即在雍城之郊，人称"雍郊"。雍郊离雍城有三十余里，山下筑有高坛五处，分祭"五帝"，即黄帝轩辕、青帝太昊、赤帝魁隗、白帝少昊、玄帝颛顼。这五位，皆是华夏上古首领，统称"五方上帝"。

据此，昌间又忙碌了半月，拟定了郊祀典仪，而后上奏文帝。

文帝问清了细节，当即照准。因不欲劳民伤财，便不再另外筑坛，只用秦时旧址。择定于夏四月朔日，在雍郊祭祀五帝。

此次祭天大典，备极隆重，文帝亲临雍郊致祭，随行公卿百官等，竟有千人之多。车马过处，烟尘蔽天，卤簿望不见头尾。其典仪之盛，为立朝以来所未有。公孙臣因此名震天下，人人都知他擅神仙之术，得天子宠眷，风头竟将那张苍都比了下去。

张苍最见不得这类装神弄鬼事，原想阻谏，见文帝日益冷淡自己，知恩宠已衰，便赌气托病不朝。如此一来，朝中风气便不同了，阿谀之风随之渐起。

其时，有赵人新垣平，粗通文墨，混迹于闾里，在邯郸城内略有薄名。他见公孙臣凭一张巧嘴，即骤登高位，不由也动起了心思。当下跑去长安，拜了阴宾上为师。讨教数月，学得了些术数皮毛，便斗胆赴阙，妄称精通望气之术，求谒见天子。

彼时文帝祀罢五帝，正踌躇满志。想到自盘古开天地以来，功业如己者，算来恐是无多。当此时，忽闻谒者来报，阙外有方士求见，便料定又是天意，连忙宣进。

那新垣平随谒者走上殿来，心中就暗喜——原来见天子竟是如此容易，便放开了胆量。叩拜完毕，即大言道："方士新垣平，本为邯郸人，今至长安，乃为望气而来。"

文帝见新垣平相貌不俗，口齿伶俐，先就喜欢了几分，忙摆手道："且慢！近闻民间方术士甚多，自立名号，杂芜不堪。请问新垣公所学，可有师从？"

新垣平赴阙之前，早已探得底细，知文帝素好黄老，此时便大言不惭道："小民与阴宾上，为同一师门，皆师从前朝方士侯生，熟读《黄帝杂子气》，因而最擅望气之术。"

文帝不觉就一惊："公与阴宾上同门？为何从未听他说起？"

"宾上兄为人淡泊，无意彰显，此乃我所不及。然小民为陛下计，不忍错失良机，故而赴阙求见。"

"原来如此。那么依你看，此地有何气？"

"小民近观天象，见长安东北有神气，成五彩之色，如人之冠缨。以《黄帝杂子气》所言，东北之角，乃神明所居；西方之域，为神明之墓。今东北有神气，即是天生瑞气，为国之吉兆。小民以为，陛下当顺天意，就地立祠庙，礼祀上帝，以合祥瑞之意。"

此时文帝最喜听的，便是这"祥瑞"二字，不觉就精神一振，忙问道："不知《黄帝杂子气》是何典籍？"

新垣平道："此乃吾师所藏黄帝书，惜乎经秦时焚书，所存仅余残篇。"

文帝颔首笑道："公所言望气之术，朕幼年时也有耳闻。先帝早年藏身芒砀山，外人不知其所在，唯高后一人，可望气而知踪迹。公既有望气之才，便不要在江湖上了，且入朝听命，为朕在长安左近择地，立五帝祠。"

新垣平大喜过望，连连谢恩，就此得以出入宫禁，结识了公孙臣。两人心照不宣，都想瞒哄好文帝，混一口长久的富贵饭吃。

数日之后，奉文帝之命，新垣平与奉常昌间一道，策马出长安洛城门，渡过渭水，一路寻觅，来到渭阳地方。新垣平见此处地势开阔，便用手一指，故作喜色道："前面五彩之气最盛，立祠之地，可择于此！"

昌间抬眼看去，见此处恰在长安东北，倚山面水，地势果然不错，便连声喊好。如是，两人择定了地方，便返回长安，禀报于文帝。

文帝听了二人细述，心中大喜，当即下诏，令长安县征集民夫，在渭阳修建祀祠。

此处祀祠，既然为五帝而建，便要分为五大殿。那五殿当如何分布，昌间又不懂了，只能听凭新垣平主张。然新垣平又哪里懂得，情急之下，只得装腔作势，先将黄帝庙定于中央，又将那青赤白黑四帝，胡乱按东南西北分了。

昌间听了这番铺排，仍存疑惑，又问道："五帝各殿，又当如何区分？"

新垣平眼睛转了两转，便答道："只将那殿门涂漆，分作五色便罢。"

昌间乐得有新垣平做主，便也不问究竟，照此吩咐了下去，令长安县如期动工，不分昼夜。

待五帝祠建成，已是前元十六年（公元前164年）孟夏。文帝闻报大喜，择了吉日，便起驾出城，亲赴渭阳五帝祠祭天，又是一番热闹。

祭天当日，文帝亲启燔燎之仪，命昌间率郎卫一队，在坛顶堆好薪柴，将玉璧、玉圭、缯帛等祭品置于上。随后文帝登上坛顶，接过昌间手中火把，点燃积柴。霎时，只见火焰熊熊，一股烟云腾空而起，状若游龙。

新垣平这时也随侍在侧，见烟雾袅袅，便指给文帝看："此烟云，恰似前日东北瑞气，今日重见，恰是天人相合之象。"

那新垣平胡乱指点，专拣顺耳的话说，又引文帝远望黄帝殿，谄谀道："汉当土德，为黄帝苗裔。今黄帝殿居五帝之中，正应了陛下之位——居中而控天下，东西南北，莫非王土。"

文帝此刻俯视山川城郭，只觉豪气满腹，仿佛自家功业，已上承五帝。又想到天下生民，碌碌如蚁，无不赖有明君护佑。自己即位以来，理政也就十余年，天下即清平若此，便是秦始皇当年，也未见得能过之。

待祭天大典毕，文帝还都，便拜了新垣平为上大夫①，又赏给千金，宠信之隆无人可及。

新垣平感激涕零，逢人便讲要报恩。当下集合了众博士，日日翻书，寻章摘句，从六经中摘得些片段，辑成《王制》一篇，囊括封国、职官、爵禄、祀葬、刑罚等典章制

———————————

① 上大夫，此处见《史记》。本为先秦官名，在国君之下有卿、大夫、士三级，大夫亦有上、中、下三级。然汉初并无此职，仅有中大夫、太中大夫等，故而存疑。

度,供文帝参用。此文后收入《礼记》一书,于今仍可见到。

编书闲暇,新垣平又与公孙臣聚议,暗中共谋,劝文帝应仿尧舜古制,行巡狩、封禅之礼,以此上敬天意,下抚万民。

文帝拘谨半生,眼见大业将成,从此可名垂千古,心中便也活动起来。听了二人进言,欣然采纳。然巡狩、封禅之礼该如何办,却又无人通晓,文帝便命诸生翻阅古籍,先将典仪弄清再说。

那巡狩、封禅二礼,浩繁盛大,不同于寻常礼仪。如何斟酌,倒是难煞了众博士。所幸文帝并不着急,只令众博士从容商议。

新垣平见妄语亦能邀宠,便将那文帝更加看低了,每日用尽心机,要弄出些花样来。

这日,文帝出巡万年县,驱车出长安,往东南行至长门亭。忽见道北伫立五人,相貌奇异,服饰奢华,所着服色各个不同,且异于时俗。文帝正在疑惑间,又见那五人忽然掉转身去,各朝一方,疾步而行,转瞬就隐入了柳林丛中。

此处为郊野,田间除了两三农夫外,并无他人。文帝不禁诧异:"何以有异人在此?"便急命御者停车,召新垣平来问道,"方才那五人,不似凡人,莫非是五帝现身?"

新垣平早有谋划,当即躬身一揖道:"陛下所见不虚,小臣也已看见。那五人所服,为黄青赤黑白五色锦衣,头顶有瑞气缭绕,当是五帝幻化而成。"

"果然!五帝显灵,朕将何如?"

"五帝候于道旁,必有深意,可在此地筑坛以祀之,以祈陛下永寿。"

此时文帝已入魔道,凡新垣平所言,无不相信。于是下诏,于长门道北修筑五帝坛。筑成,文帝又亲临坛顶,以太牢之礼致祭,亦是十分隆盛。

新垣平见文帝好哄,便又心生一计,隔了几日又奏报:"臣昨夜望气,阙门之下,有瑞气升起,当有宝玉见。"

文帝听了,按捺不住,急令谒者速往北阙去看。谒者领命,疾奔至北阙,见宫门外果有一布衣男子求见,称在阙门下挖出一个玉杯,要献与天子。

　　谒者满心惊异,引来人上殿,呈上玉杯。文帝忙接过玉杯来看,见此物倒也平常,只是杯上刻有"人主延寿"四个字,熠熠生辉。

　　文帝自登位至今,诸事顺遂,不免就私心盼望长寿,见了玉杯上刻字,不由大喜,只道是上天亦有此意,便厚赏了新垣平及献杯之人,将玉杯藏于宫内。

　　如此,新垣平连连得手,便恼恨以往蹉跎太久,未能早些以骗术求富贵。后凡有谋划,便不再知会公孙臣,只顾挖空心思说谎,以求独宠。

　　未过几日,新垣平果然又有奇思,携了一部古历《夏小正》,向文帝禀道:"臣揣摩历书,今日正午,日可重返中天。"

　　文帝自是大惊,急命太史令,往北阙下去看日影。那太史令便去阙门外,竖起一根木杆,静候细察。过午之后,忽疾奔入殿称:"下官于日中时,守候多时,果然见日返当中。"

　　文帝大奇,忙问道:"所据何为?"

　　那太史令举起手中木杆,言之凿凿道:"此为奉常署所用,竖立于地,以观日影。日行中天时,若逢冬至,日影一丈三尺五寸;若逢夏至,则为一尺六寸。今恰为夏至,日过午时,小臣亲见日影长至二尺,不多时又复回一尺六寸。考之上古盘铭①,此象为'日却再中'。"

　　"日过正中,竟可逆行乎?"

　　"小臣守候在侧,以尺量之,确是日返正中,而后复始。"

　　文帝便觉疑惑:"此象是何意呢?"

　　新垣平连忙禀道:"此象自古便有,为开元之象。老子有言:'执古之道,以御今之有。'陛下不妨从之,改元以应天象。"

　　那新垣平与太史令一唱一和,直说得文帝心动,当即下诏:自明年起改元,以应天意。因汉朝彼时尚无年号,故史家称改元后为"文帝后元"。

　　此时,距后元元年(公元前163年)新年,仅有半月余,新垣平在家中乱翻书,忽

――――――――――――――

① 盘铭,盘为古代盛物之器,其上刻有铭文,即是盘铭。

又生出一个奇思来,入朝向文帝进言道:"上古禹王收九州之金,铸九鼎,以祭享上帝。后传于商周,周显王时水患成灾,周鼎即没于泗水①之下,前人曾百计搜寻,终是不获。"

文帝便也想了起来:"此事太傅也曾说过,昔秦始皇过彭城,发千人打捞周鼎,终未果。莫非如今有了踪迹?"

"正是。今秋大雨,河决金堤,河水已与泗水相通。近日臣望气,见长安东北有异象,汾阴(今山西省万荣县)一带宝气冲天,当是周鼎将出。"

"嚯!滔滔河水之力,真乃神力。周鼎重千斤,百年前沉于泗水,今日竟能移至汾阴。"

"小臣以为:周鼎,神器也,天命所授。上古没于东,今日又见于西,乃是上天独钟陛下。秦始皇昔日仅得传国之玺,而未能得周鼎,故而社稷转瞬即亡。今汉家欲传万代,则不可不寻周鼎,陛下当早做打算。"

"哦?吾欲得周鼎,当何如?"

"当立祠庙于汾阴,祝祷河神,以待天时。"

"此事真乃大奇,莫非是天助我也?"文帝遂不疑此事,又厚赏了新垣平,令少府拨给钱财,在汾阴县修建祠庙,为求鼎之用。

那汾阴县令接了诏旨,不敢怠慢,立即调发民夫,备齐工料,不顾天寒便开了工。

文帝想到,若九鼎即出,万民必将称颂,后世亦可留个好名声,不禁喜上心头。适逢新年将至,于是特准天下"大酺",百姓可聚饮三日,以示同庆。

百姓听闻九鼎将出,都称汉家厉害,将上承三代,下启千载。　一时间父老相邀,家家聚饮,足足大醉了三日。

至此,新垣平接连受赏,累计已过千金,朝野四方,无不知其大名。有那民间贪利之徒,更是啧啧称羡。

---

① 泗水,发源于今山东省泗水县,流经曲阜、兖州、济宁等地,汇入微山湖。

事若至此,倒也算圆满;然则,正所谓水满则溢,总有变数出乎人意料。就在普天同庆之时,忽有一日,有人赴北阙上书,劾奏新垣平欺君罔上,妖言惑主,实有不赦之罪。

劾书当日传至宫内,文帝拆开来看,见竟是阴宾上所写,不觉就吃了一惊,连忙命人去召阴宾上入宫。

未几,阴宾上应召上殿,文帝见他一身布衣,两鬓飞霜,竟全没了当日的奢华气,便又是一惊:"数年不见,如何先生便见苍老? 莫不是有了忧心事?"

"小民孤老一人,家资丰盈,还有何事可忧? 实为天下人心忧而已。"

"此话怎讲?"

"当今天下,之所以无事,乃有明君在上。若君主不明,则社稷定是堪忧。"

文帝顿感惊诧:"先生是说……朕如何不明? 还请指教。"

阴宾上脸上便有怒色,愤然道:"那新垣平,邯郸一文氓也,欺世盗名,全无根柢,他哪里能懂黄帝书? 平素不过纠合几个同类,臭味相投,彼此吹擂,名不能出邯郸城半步。前月来投我门下,学了些皮毛,就敢来欺瞒陛下,陛下却为何待他若上宾?"

"那新垣平,不是你同门吗,曾师从前朝侯生?"

"焉有此理! 我自幼拜师,系从黄石公学《易》,苦读二十载方有今日,与侯生有何干? 论起来,臣与张良、司马季主等,倒是可称同门,岂是新垣平之流能攀附的? 那前朝侯生,以鬼神之事欺罔秦始皇,事败逃亡,不知所终,致使秦始皇怒而坑儒,留下恶名。吾岂能拜那伪人为师?"

文帝脸就一红,辩解道:"新垣平此人,总还有些本事吧? 他擅望气之术,为朕亲眼所见。"

阴宾上便冷笑:"鬼神之事,如何能亲眼见到? 凡亲见鬼神者,便是作假。新垣平之诈术,臣亦有耳闻,诸如五色之气、五帝现身、周鼎将出,等等,无不是从中做了手脚。想那五帝有先后,相隔不知有几千年。若聚会,只该是聚于蓬莱仙山,凡人不可见,如何能聚到这长门亭来?"

文帝知阴宾上语含讥讽，脸上便一红，又勉强道："五帝现身事，虽属玄虚，然周鼎恐不为假。"

"那更是假！周鼎重逾千斤，试问那柔弱之水，如何能载其漂移西东？若周鼎可自泗水移来，那河伯莫非大力士乎？"

"咳咳……那么，何以分辨新垣平所言是真是假？"

"这个不难，以夹棍伺候，便可知他所言真伪。"

文帝便面露难色："如此，恐有违仁义……"

阴宾上仰头笑道："岂用真的动刑？此等小人，全无节操，拉去诏狱问话，不消片刻即可招认。若他不招，小民甘当构陷之罪。"

文帝此刻也想起来，新垣平往日所言，破绽甚多，自己如何就轻信了？此刻若忽然问罪，世人得知，将如何议论？如此一想，竟不知所措。

阴宾上见文帝神色犹疑，便又谏道："陛下自登大宝以来，勤谨施政，从无一句虚言。然近年却渐入玄虚，民间已有议论。想那秦始皇，虽有千古之才，扫平六国，混一海内，然信了侯生那班人妄言，也不免倒行逆施，惹得天下怨怒，身死而社稷亡。今陛下度己之才，可胜于秦始皇乎？庶几可免于此厄乎？"

文帝闻言，心头便一颤，这才狠下心来，命谒者去廷尉府传谕：新垣平欺君罔上，所言多虚妄，着令夺爵，交发廷尉问罪。

待谒者领命走后，文帝这才释颜，对阴宾上温言问道："先生高致，然人情总还要讲，如何一连数年都不来见我？"

阴宾上从容答道："世间高士，贵在有灵性。心性通灵，方可感物，能知千年之后。若跻身朝堂，则易于追名逐利，壅蔽心智，致通灵之才全失，故此小民不敢打扰陛下。"

文帝便笑道："如此说来，朕之身边，皆是庸碌之徒了？"

"虽非庸碌，却也不明大势。那新垣平误陛下甚深，绝非社稷之福，为何竟无一人敢谏？还不是为保俸禄。小民实为不解：朝堂上无声，陛下耳根清净，天下便可无祸吗？"

文帝闻此言,心中一悚,语带歉意道:"先生不来见我,乃朕之失! 今后,还望先生多加指教。"

阴宾上便整了整衣冠,敛容道:"我本布衣,不通政事。文吏中袁盎、晁错者流,皆是敢言之士。陛下若真心纳谏,只听逆耳之言便好,不然事将危矣。小民有幸,躲过秦末之乱,便不欲重见天下鱼烂。此前,屡见新垣平得势,竟无人阻谏,恐为不祥之兆。辗转思之,无以为计,故而一夜间白了须发。"

文帝愕然,望住阴宾上良久,方揖谢道:"先生用心良苦,吾当自省。从此,所有伪冒方术士,当斥退,永不任用。惜乎当年吾见贾谊,未问富民事,却只问了些鬼神事……"

阴宾上淡然一笑:"那班庸才,容不得贾谊,却容得下新垣平之流,赖此辈,何以能富民? 如今贾谊虽殁,市上却争传其言:'夫民者,至贱而不可简也,至愚而不可欺也。故自古至于今,与民为仇者,有迟有速,而民必胜之。'如此良臣,却不能久在朝中,小民甚为陛下惜之!"

文帝脸便一红,叹道:"贾谊其言,我读亦如遭雷击! 他若在,吾必不为诏言所惑。"

如此,两人又谈了许久,文帝方送阴宾上至殿门,慨叹道:"先生大隐隐于市,惜不能出山,为我股肱。"

阴宾上道:"古之圣人曰:'山下有险。'臣不愿履险,恕不能入朝为官。近闻司马季主亦倦于俗世,不日将西行,往邛崃天台山,去寻那赤松子旧迹。吾决意与他同行,也不欲居留长安了。"

文帝不禁瞠目,连忙挽留道:"不可不可,窦氏两兄弟,尚有赖先生教诲呢!"

阴宾上便笑:"窦氏兄弟好学,苦读数年,皆已知书达理,尤以窦少君为优,今已改名窦广国,与旧时判若两人,可堪大用。陛下无须担忧,臣就此别过。"

"先生且慢,待我吩咐少府,赠你五百金为心意。"

"陛下,万不可如此! 老子曰:'致虚极,守静笃。'小民此去,立意要守静笃,若受了这赏赐,便难以静心。"

文帝望望阴宾上,顿感怅然,心知劝阻不住,只得与之依依作别。

阴宾上行至阶陛,才走了两步,忽又停住,回首道:"初见陛下至今,倏忽已二十年矣。小民此一别,恐再不能入阙;有一语,愿冒死说出。"

"先生但说无妨。"

"初见陛下,觉陛下温文尔雅,虚怀乐善;今见陛下,却见眉宇间难掩虚骄气,却是为何? 小民昔年读《春秋》,最恨君王执两端,既为善,又为恶。若有余力,何不减一分为恶,增一分为善? 民间尚有贫苦无告者,陛下何以就忍心耗巨资、饲鬼神? 独不见有人窘于衣食、有人困于老病乎? 古来君王,皆称慕尧舜;那尧舜之心,莫非不是肉所生成?"阴宾上说到此,一双白目圆睁,炯炯有光,直逼人魂魄。

文帝不意阴宾上口无遮拦,出言如此尖刻,立时就僵住,羞愧不知如何作答。迟疑间,竟然几欲泪下。

阴宾上也不理会,略一揖礼,转身便下了阶陛。

文帝立于殿门,怅然许久,方才回过神来,命涓人连夜传谕廷尉:新垣平欺君一案,不得宽纵。

且说那新垣平被夺了爵,锒铛入狱,早已吓得三魂出窍。前来问案的廷尉宜昌,素敬张苍,本就恨新垣平所行不端,此次得了上谕,便不留情面,将各式刑具搬了出来,摆满公堂。

新垣平心中有鬼,一见此等阵势,不待上刑便汗流如注。一问之下,都如实招认了。原来那些神神鬼鬼,全系捏造。所谓"五帝现身""日却再中""天降玉杯"等,都是重金买通了他人,暗中作假。

廷尉宜昌听了招认,纵是曾问案无数,也不禁讶异:"新垣平,你这作假本领,可称古来诈术鼻祖了!"

新垣平心知罪重,叩首流涕不止,唯求能保全性命。

宜昌岂能给他好脸色看,只冷冷道:"上大夫,哭有何用? 且饱餐几日吧。"

新垣平便知大事不好,当场大叫一声,晕厥了过去。

宜昌问案毕,拟了斩刑,将案情上奏文帝。文帝起先还心存侥幸,以为总有一二事为真,待从头阅过案卷,见新垣平竟无一言是真,不禁勃然大怒,当即回批道:"新垣平妖言罔上,罪不容诛。着令重启连坐法,处新垣平腰斩,并处夷三族。"

诏令一下,新垣平一门亲族,便全数被捕入狱。至行刑之日,新垣平与其父母、兄弟、妻子等数十口,一齐被褫去上衣,押至西市,一路哭声震天。西市中,但见刀斧手头系红巾,一字排开。待午时三刻一通鼓响,便手起刀落,满地人头乱滚。只可怜那新垣平,得富贵才不过半年,便落得满门抄斩,围观百姓见此,无不唏嘘。

此时,连坐法已罢废多年,因新垣平之故,竟又重启。消息传开,官民皆感震悚,知皇帝这次是动了怒。民间方术之士,无不惊恐万状,都不敢再执业,或改教蒙童,或远遁深山,唯恐再遭一次坑儒。

那公孙臣虽无欺罔之事,文帝亦不再重用,命罢黜博士。公孙臣眼见新垣平被诛,早就慌了,不等罢黜令下,连夜便逃去了。

事过后,朝野议论纷纭,久不平息。文帝亦觉大失颜面,遂下令停建汾阴祠,连带那渭阳五帝祠,也不再去亲祭,只令祠官代祭了事。

薄太后在长乐宫中,也听到新垣平伏诛之事。一日文帝前来问安,薄太后便笑道:"秦始皇信方士之言,遍寻长生药而不得,落得身死沙丘。恒儿莫不是要学他,死后与鲍鱼睡作一处?"

文帝羞愧难当,只得俯首答道:"母后责备得对! 儿稍有骄矜意,便做错了事。"

再说那丞相张苍,自公孙臣得宠后,意气难平,托病不上朝,一连数月不曾出门,在家校勘《九章算术》。闻新垣平事败、公孙臣被黜,心中仍觉不平,埋怨文帝清浊不辨。此时,正值少府衙署有一中侯①,系由张苍任用,因作奸犯科受人弹劾,张苍便觉脸上无光,索性上奏,借口自己年已九十,不堪任事,乞请病免归乡。

文帝见了张苍奏章,心中略有愧意,然也并未挽留,准了他罢归。

那张苍自秦时起,为官六朝,家财甚厚,起居极是奢华。家中侍妾,竟有百人之多,凡生下一子者,张苍便不再与之同床,朝野皆叹为奇闻。

---

① 中侯,少府属官。

罢归后，张苍安居阳武（今河南省原阳县）故里，仍习经不止。因年事已高，牙齿落尽，家人便雇了民妇，喂他人乳，如此活到一百零五岁，方溘然长逝。迄今，其故里谷堆村，仍有其坟墓在。

且说张苍去职后，何人可当丞相大任，文帝难以决断，便召了冯敬来问："张苍免归，丞相之任不可虚悬。朕之意，可否起用窦广国？"

冯敬此时亦老迈免职，闻文帝垂询，自是无异议，赞同道："广国君贤明知礼，朝臣多有赞誉，臣以为可。"

文帝默思片刻，忽又摇头道："不妥不妥！窦广国虽有才具，然他为皇后之弟，用了他，天下人难免要说我偏私，还是从旧臣中选吧。"

如此，君臣两人商议多时，才在关内侯中选了一人，名唤申屠嘉。

这位申屠嘉，乃梁国睢阳（今河南省商丘市）人，虽非名臣，却也有些资历。当初投汉时，仅为军中一弓弩手，擅射硬弩。后随刘邦平定英布，立有军功，旋即拔为都尉。至惠帝时，又升为淮阳郡守；文帝元年，封关内侯；至文帝前元十六年，擢升御史大夫，接了冯敬之职。此人为丞相，确是个极好的人选。

冯敬低头想想，忽又心生疑虑："申屠嘉官声甚好，当不负此任，然到底不是列侯。拜他为相，恐公卿及子弟不服。"

原来，汉时官民因功授爵，爵位有二十级。最高一等是二十级，其食邑即是封地，为列侯。次为十九级，有食邑而无封地，称为关内侯。前元元年，文帝见随高帝入关旧臣中，尚有人未封侯，便将其中二千石吏以上三十人，都封了关内侯，申屠嘉便是其一。

文帝不以为意，便笑笑："此事不难。申屠嘉今有食邑五百户，以此为封地，封他为列侯便罢。"

于是，隔日便有诏下，拜申屠嘉为丞相，以食邑五百户实封，为故安侯。

那申屠嘉一向为官持重，秉正嫉恶，从不在家中受人私谒。文帝用他，也颇费了一番心思。料想此人终究资历略浅，用他为相，不至像张苍那般执拗。

岂料这番心思又落了空，申屠嘉虽无大名，刚直却一如张苍，亦是颇难驾驭。

任用之后不久,一日,申屠嘉入朝奏事,猛见文帝左侧身后,有一侍臣站立,其神情怠慢,举止乖错,竟然与随侍宫女嬉戏,心中便有些恼。待奏事完毕,便指着那人对文帝道:"陛下所宠侍臣,可使其富贵,却不可使其骄狂。大殿之上,百官须守仪制,不可不整肃。此人却怠慢不知礼,望陛下切勿宽纵!"

文帝猛听得申屠嘉言语激愤,不禁愕然,忙掉头去看,见身后原是太中大夫邓通,心中便觉好笑,又恐申屠嘉更出恶语,连忙摆手道:"公请勿言。这等细事,我私下训诫便是。"

申屠嘉狠盯了邓通一眼,犹自愤恨,只道了声:"愿陛下勿食言。"便强忍住气,退了下去。

邓通见惹恼了丞相,不由神色惶恐,只呆呆望住文帝。不料文帝并未予叱责,只挥了挥袖,令邓通退下便是,无须多话。

那么,这位邓通究竟是何人,竟敢如此无状?说来也是一段传奇。他本是蜀郡南安(今四川省乐山市)人。其父名唤邓贤,家道殷实,在乡中略有贤名。其妻为他连生三女,方得了这一子。

邓贤得子这年,天下已安定,有官道修过南安。邓贤平生从未出过县,乍见驿马飞驰,甚觉新奇,遂为幼子取名为"通"。

邓通幼时,读过几年蒙学,闲时最喜戏水捕鱼。久之,竟练就了一身水上功夫。待弱冠之后,凭借此技,在乡里做了水手。老父见邓通聪明,不忍见他就此埋没,便置办了马匹衣装,令他入都,好去谋个郎官做。

邓通体魄健壮,性素敦谨,颇讨人喜欢。入都不久,便在宫中谋得一职,做了一名御舟水手。

未央宫中的一班御舟水手,有百余人之多,虽不是郎官,却也算是近侍。平素在太液池操桨,皆头戴黄帽,故而人称"黄头郎"。也是合该邓通走红运,做了黄头郎才几日,便阴差阳错,得了文帝格外的恩宠。

彼时文帝正痴迷于鬼神,忽有一夜得梦,梦见自己白日飞升,腾空而起,眼见就要攀上天庭,却不料脚下一软,便再也无力攀上。正在此时,有一黄头郎匆忙奔至,以手托起他双足,用力一推,文帝这才跃上了天庭。

文帝在梦中欢喜,自云端朝下看去,见那黄头郎已转身离去,只隐约可见背影,上身着短衫,后襟有一方补丁。正欲唤此人回来,却不料窗外一声鸡啼,竟将这好梦惊醒了……

文帝于榻上惊起,回味梦境,暗自称奇。便想到,此梦必有吉兆,须在那班黄头郎中,认出此人来才好。

可巧这日朝中无事,文帝便传下旨去,要亲往太液池巡阅御舟。待文帝来到池畔,那班黄头郎早已集齐,在御舟旁恭候。

文帝望了望,便命黄头郎都到近前来。众黄头郎不知何意,只得战战兢兢围拢来。文帝便道:"毋庸惊惶!尔等排成列,鱼贯从我前面走过。"

众黄头郎闻令,连忙排成一列,缓缓走过文帝驾前。一连走过几十个,文帝都觉面生,无以辨认。正摇头叹气间,忽见邓通从眼前走过,看那衣衫后面,恰有一方补丁,便急令他止步,召他近前来问话。

邓通不知是祸是福,忙趋前几步,伏地听命。文帝便问他姓名籍贯,邓通都一一答了。

听邓通报过姓氏,文帝不禁拍膝大喜道:"邓通?正是你,正是你!"

原来,在繁体字中,邓写作"鄧",偏旁中有一"登"字,岂不正合登天之意?那梦中托足的黄头郎,不是这邓通又是谁?文帝喜不自禁,当即吩咐道:"你不必再做水手了,这便随我去,充作侍臣。"

队列中一众黄头郎,连带文帝亲随,竟都看得呆了,不知这邓通究竟有何门路。邓通得了这意外恩宠,一时竟回不过神来。有涓人在旁提醒,他这才想起,连忙叩首谢恩。

邓通敦厚内向,不善交际,故而随侍文帝后,并不借此张扬。文帝见他老实,甚是喜爱,数度准他休沐,任他随性闲耍。虽则如此,邓通亦是待在家中,并不出去闲逛。

文帝见他忠厚,也不嫌他庸碌无才,反倒倍加宠信,接连赏赐十余次,前后累至巨万。不单如此，官职上也屡有拔擢，两三年间，竟然升至太中大夫，所受恩宠，与当年贾谊一般了。

邓通骤登大贵，满心欢喜，唯恐有朝一日跌落，便用尽了心思来固宠。似这等庸碌之人，别无长技，唯知以巧言讨主上欢心。未过多久，便窥破此中奥妙，事无大小，总能百计讨好文帝。

文帝勤谨施政十余年，颇觉疲累，自从收了这嬖臣，顿感轻松。偶尔出宫闲游，也要顺路去邓通家中歇息。二人抛却君臣之别，时常饮宴游戏、斗鸡走狗，总要尽欢而散。

正是有此依恃，邓通才敢在朝堂上简慢失仪。那申屠嘉看在眼里，岂肯善罢甘休。当日罢朝，回到相府坐下，便草拟一道公文，遣使送往邓宅，召邓通来丞相府议事，要给他些颜色看看。

闻听申屠嘉召见，邓通料定不是好事，徘徊再三，终不敢前往。岂料一使方离，一使又至，登门即口称："丞相召邓通而不至，当请旨处斩！"

邓通惊得魂飞魄散，求天告地，仍无计可施。只得飞奔至宫中，见了文帝，伏地泣诉道："丞相方才召我赴相府，说是议事，恐是凶多吉少，请陛下救我！"

文帝闻听此事，一时也哭笑不得，想了想便道："丞相不过是恼你失仪，当无大事。你只管去，稍后我便遣使召你。"

邓通闻文帝如此说，只得硬起头皮，前往相府请罪。甫一登堂，只见申屠嘉衣冠整肃，端坐于堂上，满脸都是阴霾。邓通慌忙撩衣下拜，口称参谒，请丞相示下。

申屠嘉略略瞄了邓通一眼，既不回礼，也无言语，只是怒容依旧。

邓通心中惶恐，只得又一拜，恳求道："下臣邓通不晓事，多有得罪，万望丞相宽恕。"

话音刚落，只见申屠嘉霍然起身，猛一拍案道："来人！送廷尉府，斩了！"

丞相府众曹掾一声应诺，有几个就作势要上前拿人。

邓通闻听一个"斩"字，面如土色，立时叩头如捣蒜，连呼"饶命"。

申屠嘉这才冷笑一声："太中大夫，今日也知厉害了？"

"小臣有所冒犯，然并无大过。丞相大量，请勿与小人计较。"

"竖子，今日我便教你知罪！你究竟有何德何能，敢踞太中大夫之位，以媚语欺君？可知新垣平是如何死的？"

"下臣不敢学新垣平，从未有过一语欺瞒君上。"

"来来，我这里有几卷《老子》。你既是大夫，也不敢劳你讲解，只一字一字给我念出半篇来。"说罢，申屠嘉便抛下几册书来。

那邓通粗通文墨，大字倒是识得几个，却从未涉及典籍，如何就能念得通《老子》？急得只顾叩头："小的……粗鄙少文，实是念不通《老子》。"

"我只知太中大夫一职，专掌谏议，如何连一册书都念不出？我倒要问你：食君之禄，忠君之事，你到底谏的是甚么，议的又是何事？"

"小臣该死！小臣仅知行舟。"

申屠嘉便嗤笑道："恐也是最善斗鸡走狗吧？你这等庸才，充作太中大夫，又如何为天子辅佐？堂堂汉家，出了这等走狗大夫，不是欺君，又是甚么？"

邓通情知这一关难过，只得免冠跣足，做负荆请罪模样，哀恳道："小臣该死，幼时生于乡鄙，不懂规矩，实不该与皇帝游戏。万望丞相宽恕，容小的改过。"

"哼！朝廷者，高皇帝之朝廷也。你邓通一小臣，竟敢嬉戏于殿上，实属大不敬。太平之世，出了你这等人，便是妖人。其罪当斩，还谈何宽恕！"

堂上几个曹掾，亦甚厌憎邓通，此时便都一齐喝道："斩了！斩了！"

邓通脸色一白，几欲瘫倒，急得连声大呼："不能斩，不能斩呀！"便连连狠命叩首，竟至额头破裂，血流满面。

见邓通狼狈至此，众曹掾皆掩口失笑；更有人忙着寻觅绳索，要上前捆绑。

申屠嘉只斜倚于座上，不睬邓通，任由他苦苦哀求。

邓通正自哀叹命将绝时，忽闻堂下有人高呼："刀下留人——"言未毕，其人已疾步跨上堂来。

众人都转眼望去，见是一宫中宦者，持节走上堂，向申屠嘉从容一揖。

申屠嘉见来人是朝使，便知文帝有心相救，只得站起身来，回了一礼。

那宦者高声道："传谕旨，召邓通入朝议事。上曰：此为朕之弄臣，请申屠公宽释。"

申屠嘉向朝使拱了拱手，口称"遵旨"，便转身对邓通道："大夫请起吧。既有谕旨，我也只得遵命，饶你不死。若他日再敢放肆，即便有谕旨至，老臣也决不放过。"

邓通这才缓过神来，叩首感泣道："谢丞相不杀之恩！小臣今后，定不敢逾矩。"

申屠嘉便轻蔑一笑，挥挥袖道："你做了大夫，也须令天下人服！且随朝使去吧。"

邓通抹了抹脸上血迹，慌忙谢过，连鞋也顾不及穿，便赤足随了朝使，奔出相府。待入宫见了文帝，忍不住号啕大哭道："臣几被丞相所杀！"

文帝见邓通蓬头跣足，满面血痕，不觉又笑又怜，忙唤太医过来，为他敷药。又叮嘱邓通道："世间事，新进总不敌耆老，你只管发财，勿再去惹恼丞相。"

邓通这才知道，皇帝也要看丞相面子，即是有奇耻大辱，也只得咽下，便含泪道："小臣入宫以来，唯知有陛下，不知有他人，何以竟如此命苦？"

闻听邓通此言，文帝不禁心生哀怜，忽然想起，便召冯敬来吩咐道："公已免归在家，朕却要数次搅扰你。今又有一事，非公而不能成。且往横门闾里之中，寻觅方士阴宾上行踪，召来宫中，朕有事要问他。"

冯敬便感诧异："那阴宾上，为一布衣也，遣使去召即可，何以如此郑重？"

"他前日称，将远赴邛崃寻仙，不知是否已动身。倘若尚未起程，请延入宫中，与朕一晤。"

"臣闻自新垣平伏诛，各地方术之士，多已敛迹。此人怎敢如此托大？"

文帝便一笑："也不可一概而论。此间事，公无须多问。"

冯敬会意，便问明了阴宾上住处，乘车前往横门内。那横门内闾巷交错，冯敬体弱眼花，寻了多时也寻不到。幸得有父老指点，方才找对，连忙整了整衣冠，上前去叩门。

见阴宾上开门出来，冯敬连忙上前一步，揖礼道："在下冯敬，故御史大夫是也。今奉上命，请先生入宫晤谈。"

阴宾上不觉一怔，望住冯敬片刻，方才缓缓道："久仰，原是冯公光临！小民日前已向天子陛辞，即将赴邛崃山中。这几日，正检束行装，诸事繁杂，便不去宫中搅扰了吧。"

冯敬环视宅中，见果然已收拾好箱笼，唯余四壁萧然，便急忙拉住阴宾上道："这如何使得？今上礼遇先生，人皆称羡，先生为何欲弃功名，执意沉潜？"

阴宾上便淡然一笑："小民岂不知功名好？然求功名，也须待时。黄石公所言'潜居抱道，以待其时'，便是我之本意。"

冯敬忙道："先生谈玄，老夫便不是对手，唯知上命难违……老夫已年迈，寻到先生殊不易，可否赏给薄面，随我入宫去谒见？"

阴宾上见冯敬气喘吁吁，心中颇觉不忍，于是叹气道："也罢！冯公既如此说，小民若不从，倒有违忠恕之道了。"

冯敬这才松了口气，命随从将阴宾上扶上车，一同前往未央宫。

这边厢，文帝正在前殿等候，见阴宾上一身白衣，由冯敬引上殿来，不由大喜道："有冯公出面，朕料定先生必来。"遂又向冯敬嘱咐道，"冯公劳累了，且去歇息，朕与阴先生有话说。"

待冯敬退下，文帝便请阴宾上入座，殷切问道："不知先生何日起程？"

阴宾上答道："已收拾停当，只待称心之时，便与司马季主相偕出行。"

文帝笑道："先生洒脱！与你二位高人相比，我辈君臣，倒似自困于笼中了。我也知先生心已驰远，然有一事，不得已有所劳烦。"说罢，便命人召邓通上殿。

邓通闻声走上殿来，向阴宾上恭谨一揖。文帝便对阴宾上道："此是太中大夫邓通，朕之近臣也，请先生看他面相如何？"

阴宾上在民间，早闻听邓通善谀，今见其人果然猥琐，心中便益发厌恶，望了他一眼，久不言语。

文帝颇感诧异，忍不住问道："何如？"

阴宾上推辞道："相面之术，非臣之所长。当今最擅相者，非鸣雌亭侯许负莫属，陛下可召许负来问。"

"朕亦知许负擅相术,当年称太后'可母仪天下',后果然应验,太后遂视其为姊妹,朕亦尊其为义母。然十数年来,许负隐于商洛(今陕西省商州市一带)山中,出行多有不便。"

"原来如此!小民明白了,只能勉为试之。看这位邓通大夫,有纵纹入口,为不吉之相。眼下虽得封赏无数,然财多亦有尽时,察其将来,恐命途不济……"

邓通脸色便陡然难看,脚下打了个趔趄。

阴宾上睬也未睬邓通,只顾接着说道:"……或将饿毙,也未可知!"

邓通闻听此言,不由惊呼了一声:"啊!"

文帝面色便猛一沉,大不悦道:"先生或言重了,邓通欲致富贵,有何难哉?仅凭朕一言,便可保他终身富贵,何至于饿毙?真真岂有此理!"

"小民无欲,若妄言,能有何益?恕我据许负《五官杂论》而相其面,并无半分欺瞒,万不敢效新垣平妄言。"

文帝正要动怒,见阴宾上不卑不亢,毫无惧意,想想也只得忍下,仅是冷冷道:"先生高致,非常人所能及也。此去邛崃,愿先生如愿成仙。"

阴宾上闻此言,知皇帝是要送客,便起身道:"臣之言说,不悦耳,惹陛下不快了。小民于平素,亦喜闻善言。然悦耳之言,最难辨真伪,有求于我者,则其言多为假。陛下为万民之主,何人敢对天子无所求?故而陛下所闻,当全是假言假语。"

文帝闻言,心中顿起震动,不由脱口道:"莫非为仁君者,便要喜闻恶言?"

"正是!唯有恶言,方出于真心。草民喜闻善言,可矣;君主喜闻善言,则不可。试问:新垣平者流,可曾有一言逆耳乎?"

文帝连忙起身,向阴宾上一揖道:"今闻先生诤言,当闭门思过。"

阴宾上又道:"上天造物,可谓公平之极。万乘之君,固然尊崇,却不能如高士云游四方,亦不能如平民仅闻善言,这即是黄老所本'恭俭谦约,所以自守'。仁德之君,须自困于笼中;一旦破笼,恣意而行,必将流弊遍地,无可收拾了。"

"哎呀!此言甚是……逆耳。先生不忙走,请与朕作彻夜长谈。"

"小民不敢!平白蒙恩,绝非好事。小民已蒙陛下垂恩,安居都中十数载,当属万幸。近来重温贾谊赋，见其曰：'迟速有命兮，焉识其时？' 我深以为然。小民不识时，当归深山；不懂察言观色，当从此缄口。命该如此，又岂有他哉！"阴宾上说罢，向文帝一揖，转身便要走。

文帝一把拉住阴宾上衣袖，急切道："你我相交十数年，朕受益良多。先生不可如此便走，请留一言，为我治平天下计。"

阴宾上望望文帝，忽以手一指前殿匾额，高声道："天子之事，古来镜鉴多矣，诸子亦其说不一。然以小民观之，又有何玄奥？欲治平天下，所谋者无非有三。即：诸侯无异心，御外有良将，百姓生计不苦，唯此而已。若令一少年为天子，理好这三事，闭目也能治天下，况乎圣明之君？小民读史，常有一事不解：百姓自养，各有其技，并不赖他人。然自成汤周武以来，何用养这多吏，收这多赋？又何须兴这多兵，死这么多人？……"

此言一出，文帝顿觉百骸震动。正惊异时，阴宾上却不待答话，即飘然走下殿去。阶下甲士以为出了变故，各个惶恐，横戟便要阻拦。

谒者亦满面错愕，正欲去追，文帝却摆摆手道："出世之人，多有异行，且随他去吧。"

众近侍皆感惊异，呆望那阴宾上如仙如魅，白衣飘拂，渐渐隐入薄暮中去了。

殿上邓通仍在呆立，见文帝面色不豫，便下拜道："陛下请宽心，小臣是祸是福，无足挂齿。陛下无恙，才是小臣至福。"

文帝似未听见，低头沉思片刻，忽仰头一喜道："朕有一计，可保你百世富贵。"

邓通忙又叩首道："陛下赏赐已甚厚，小臣不敢有奢望。"

文帝便摆手道："非赐金也，朕将赐你铜山一座，任你去铸钱。"

邓通闻言，几疑是听错，不由喜极而泣，连连叩头如山响。

原来，彼时汉家所用钱，大有文章可做。刘邦开国之时，汉承秦制，仍用"秦半两"铜钱，重十二铢①。后秦半两钱不敷使用，朝廷便允民间私铸钱。汉初国穷民

---

①　铢，古代重量单位，二十四铢等于旧制一两。

敝，因而无论官铸私铸，钱重皆不足，虽仍号"半两"，实为轻钱。至吕后时已减至八铢，文帝时更减为四铢而已。

至于民间私铸钱，则多掺有铅铁，成色不足。甚或有轻至二铢者，薄如榆荚，动辄碎裂不可用，人称"荚钱"。

钱轻，物价便腾贵。最甚之时，一石米竟值万钱，百姓都叫苦不迭。朝廷于此也甚感头痛，曾下令禁民间私铸钱，违者处斩。然厚利所在，人趋之若鹜，又如何能禁得住？文帝无奈，只得于前元五年复又开禁，任由权贵、富户铸钱，只是严禁掺入铅铁，违者处以黥刑。

此时天下铸钱大户，乃是吴王刘濞。他在豫章郡（今江西省一带）觅得铜山一座，便广招天下亡命徒，铸钱赢利，数年间便富埒天子。

文帝正是想起了刘濞，便对邓通道："蜀郡严道有一铜山，所产甚丰，取之不竭。今赐予你，可令家人自去铸钱。"

邓通也知刘濞铸钱致富事，当下连连谢恩。此后不久，邓通之父邓贤，便率了两个女婿赴严道，雇用众多工匠，挖铜山铸钱。

那邓贤，原是个本分乡绅，做事精细，铸钱时务求检点，绝无掺假。又为炫富之故，所用铸材皆为红铜，不似官钱为铜锡合金。钱重也十足，竟比官钱分量还要重些。人称此钱为"邓通钱"，百姓皆喜用。

此后不过数年间，邓氏之富，便可与吴王刘濞相比。其时东南多吴钱，西北多邓钱，两家资财究竟积了多少，恐是唯有天公方知。

至此，邓通对文帝感激涕零，甘为犬马。时逢文帝患病，身上生了个痈疮，久而不愈，竟至溃烂流脓，日夕不得安。邓通见了心急，竟用嘴去吮吸脓污。如此，文帝方感舒畅，可以安卧片时。

一日，邓通吸罢脓血，便侍立于旁。文帝回首见了，心中感慨，便问道："依你看，天下何人最爱朕？"

邓通未加思索，当即答道："至亲莫如父子。最爱陛下者，当属太子。"

文帝听了，却是默然不语。

至翌日，太子刘启入宫问安。文帝痈处恰又流血，便望住刘启，吩咐道："你可为我吮去脓血。"

刘启大骇，欲拒之，又恐有违礼教，不得已皱起眉头，勉强吮了一口，便几欲呕吐。

文帝见此，遂叹息了一声："生于深宫者，岂能为此贱役！你且回吧。"

刘启脸一红，甚觉难堪，只得怏怏退下。

文帝又召邓通前来，邓通毫无难色，当即跪下，俯身吮去脓血。文帝低头看去，不禁动容，感叹道："至亲莫如父子，恐非如此呀！"

自此之后，文帝对邓通恩宠更甚，朝野再无第二人可及。

且说那太子刘启，此时已近而立之年，虽也谨慎知礼，却颇有脾气，不似其父那般温良。回到太子宫，想想吮脓之事，甚觉吊诡，不知是何人做出这等恶心事，方致父皇有此乱命。于是密令身边近臣，往未央宫涓人中去探听。

无多时，即有近臣返回禀报："有太中大夫邓通，时常入宫，为今上吮痈。"

刘启便在心中暗骂："竖子！这等猪狗事，都做得出，世上还有何恶他不敢为！"

由是，刘启对邓通心怀怨恨，发誓只待时日，定要施以报复不提。

且说文帝改元之后，依旧是政简刑清，天下承平如故，可谓史上少有的祥和时日。文帝亦常思己过，不欲留下瑕疵，为后人所非议。不由就想道：当年即位之初，待齐悼惠王一枝，未免过苛。于此事，总觉心有戚戚焉。

此时，齐王刘则也已病薨，刘则无后，按例当除国。文帝追念齐悼惠王刘肥之功，不忍除之。此时刘肥诸子中，刘罢军已薨，眼下健在的尚有六人。

文帝便依照贾谊所言，将齐国一分为六，将这六人尽封为王。即：刘将闾为齐王，刘志为济北王，刘贤为淄川王，刘雄渠为胶东王，刘卬为胶西王，刘辟光为济南王。此六人，同日受封，分赴就国，一时蔚为大观。

当初汉承秦制，诸法依旧，唯郡县制一事，未能施行于全天下。刘邦分封功臣、子弟为王，竟封去了半个天下。原是想竖屏自强，却不料先有异姓王造反，后又有刘氏诸王不安分,反倒成了一大心病。

刘邦在世时,好歹平定了异姓诸王。余下刘氏诸王,却是貌合神离,颇令文帝不安。自贾谊献上《治安策》,文帝心中才有了数。

此次将齐国分为数个小邦,诸王势力,随之大减,文帝这才稍感心安。再环视海内,便只有吴王刘濞一处,须多加提防了。

那吴王刘濞,封王时年仅弱冠,如今也已是中年了,坐拥封国五十三城,俨然为东南重镇。此人坐大东南,乃是另有一番渊源。

前面曾提起过,刘濞为刘邦次兄刘喜之子。刘喜在汉初受封为代王,其封地为匈奴南犯要冲。刘邦如此安排,原是想倚重兄长。岂料这刘喜胆小如鼠,见匈奴来犯,非但不能坚守,反而弃国而逃。刘邦不忍加罪,只将他废为合阳侯了事。

刘喜之子刘濞,却与乃父大不相同,为人骁勇善战,年方弱冠便已封了沛侯。英布倡乱时,他任汉军骑将,曾随刘邦大破英布军,甚获刘邦赏识。

其时,荆王刘贾被英布杀死,刘贾无后,须另立刘氏子弟坐镇东南。刘邦担心吴民彪悍,欲以强悍者制之,然环顾身边,诸子皆弱小,便立了刘濞为吴王。

至惠帝、吕后之时,天下初定,各诸侯都尽心安抚其民。刘濞对此也颇用心。寻得豫章铜山后,便招集天下亡命徒,挖山起炉,大肆铸钱。又煮东海水为盐,垄断厚利,以致国用富足,竟可免征赋税,吴民因此感激不尽。

国势渐强后,刘濞不免就藐视朝廷,渐起了谋反之心。文帝在位十数年间,除元日朝贺外,刘濞从不入都。其间,因身体有恙,曾遣太子刘贤代行朝贺一次。岂料仅这一次,竟然惹出了一场意外。

彼时文帝见吴太子刘贤来,便有心笼络,令太子刘启与之游宴。刘启与刘贤为堂兄弟,年纪相仿,见面便觉投合。此后多日,两人同车出入,日夕饮宴,相交甚洽。那刘贤还带了几个师傅来,刘启也待之以礼,邀来一同欢会。

如此熟不拘礼,欢洽无间,人都道是好事。何曾想到,到头来,竟是乐极生悲!

原来,有一日饮宴散了,众人尚有余兴,刘启便与刘贤弈棋,以作消遣。两人对坐,各执黑白,众陪臣则围拢一旁。太子侍臣立于左,吴太子师傅立于右,各为其主出谋划策。

刘启棋艺本不如刘贤，两相较量，先就输了两盘。那刘贤嘴不饶人，顺口就讥讽了几句；一众吴太子师傅在旁，也都哂笑不已。

刘启心中懊恼，几欲发作，又不便当面训斥宾客，只得强自忍下。

刘贤却是毫无眼力，不知见好就收，竟然叫板道："何如？太子若不服，可敢一局定胜负？"

刘启哪里肯服，愤然应道："也罢！前面不算，我便与你一决胜负！"

决胜这一局，两人都谨小慎微，精心布子。下至中盘，恰在生死关头处，太子刘启偏又误落一子。吴太子刘贤见了，忙用手按住，仰头大笑道："太子将死矣！"

刘启低头看去，见果然是一着不慎，牵动全局，眼见就要满盘皆输。当下大急，便去抢那棋子，口中嚷道："误了误了！且容悔一子。"

刘贤甚是得意，只按住那棋子不放，讥笑道："太子视我东南无人焉？一言既出，如何悔得！"

刘启争辩道："我偶然眼花而已。东南之人，心胸竟如此之狭吗？"

那一众吴太子师傅，皆是楚人，性素强悍。见太子欲悔棋，便都一齐叫起来，责备刘启无礼。

刘贤索性起身，一脸轻蔑道："出言无信，形同市井，将来如何做得皇帝？"

一众吴太子师傅闻言，也都高声哄笑。

刘启生于帝王家，哪受过这等屈辱，不禁血涌头顶，抓起那棋盘，便向刘贤头上狠命掷去！

刘贤料不到太子会翻脸，毫无防备，竟被棋盘击中额角，"哇呀"一声，登时栽倒在地。

那棋盘，系由上等楸木制成，坚硬如铁。当时掷下，竟将刘贤砸得脑浆迸裂，一命呜呼了。

吴太子师傅见状，都惊异不止，立时喧哗起来："光天化日，如何公然杀人！"便都挽袖攘臂，上前要捉拿刘启。

太子侍臣见势不妙，连忙一拥而上，护住刘启，带去了别殿，一面遣人飞报文帝。

文帝闻报亦大惊，急命典客赴太子宫料理善后。又召太子近侍来询问，听罢侍臣述说，文帝不由怒道："竖子，如此不晓事！"一时不知如何处置才好，便令众人先退下。

事过一夜，文帝才召太子刘启来，当面训诫。刘启生性倔强，虽口中认错，却只说是吴太子无礼在先，这才有失手杀人事。

文帝蹙额道："我百年之后，你终将当国，何以总不改小儿气？今日所欠，终要偿还，不知你将来如何偿之？"

刘启无言以对，只得嗫嚅道："儿无城府，方有此变。奈何？"

文帝仰天叹了一声："偏狭若此，夫复何言！待你有了城府，天下又不知怎样了。"便严令刘启闭门思过，又命典客备好棺木，厚殓刘贤。

忙碌了一番，文帝这才登殿，召见吴太子师傅一干人，好言安抚。嘱彼辈切勿生事，好生扶吴太子之枢归葬。

数日后，噩讯传至吴国。刘濞闻之如雷轰顶，悲愤交并，一连几日弃政不理，饮食不进。经属臣苦劝，方才勉强出来理事。这日，闻刘贤枢车已至吴，刘濞大怒道："天下同宗，尽已姓刘。竖子既死于长安，便葬于长安，又何必归葬？"便遣人截住枢车，令其原路返回长安。

文帝闻知枢车返回，心中有愧意，也不去责备刘濞无礼，只下令厚葬刘贤了事。

自此，刘濞对文帝怨望甚深，日渐不守藩王之礼。凡朝廷有来使，均以冷语相待，甚为倨傲。诸使赴吴受了辱，都愤愤不平，返回都中，便禀报于文帝。文帝知刘濞心怀怨望，便觉不安，连忙遣了专使赴吴，召刘濞入都，意欲当面排解，重修旧好。

岂知刘濞却不买账，拒见来使，公然称病不朝。文帝接到回报，以为刘濞确是有恙，忙又遣使前去探病。那探病使者入了吴都，上下左右打问，只听得吴国臣僚皆称："吾王体魄安泰，怎会有病？"使者便返回奏报，文帝这才知刘濞竟敢诈病，不由得心生怒意。此后，凡有吴国使者入都，文帝皆令一概拘捕，下狱论罪。

如此一来，刘濞倒是心虚了，深恐文帝问罪，心中渐萌谋反之意；然想到时机未至，又不敢造次。正在两难之间，恰逢秋季，照例应入都谒见请安，刘濞便选了一得力之臣为使者，代行其事。命那使者携重金入都，贿请前郎中令张武，在文帝面前巧为转圜。

其时，张武免归在家，乐得受了这意外之财，便入宫去劝文帝。文帝素来敬重张武，听了张武劝谏，这才召见吴使，当面责问道："吴王因小儿之事，便诈病不朝，何以不自爱至此？"

那吴使有备而来，早知该如何应答，此时便从容回道："吾王实无病，朝廷系捕吴使数人，吾王惊恐，为此称病。古人云：'察见渊中鱼，不祥。'即是说，万事不可苛责。今吾王诈病，陛下察之，若责备过急，吾王则愈恐被诛，不敢来见。陛下莫如捐弃前嫌，令吾王自新；吾王定当悦服，一改前过。"

文帝闻吴使之言，觉甚是有理，想了一想，便笑道："东南果然有人才！朕这就开释所有吴使，你归去，与吴王讲明：渊中鱼可以不察，然吴国也须水清，一切更始，朕不究以往就是。"旋即，便令释放以往吴使，又赠予刘濞一靠几、一手杖，并传诏曰："吴王老矣，可不朝。"

刘濞躲过大难，脸面上亦好看，心中反意便渐渐消除。此后，他笼络臣民之术，一如既往，专有铜盐之利，令百姓无须缴税。若朝廷发吴人服劳役，则由吴国府库偿以钱财。

每逢岁时，刘濞总不忘抚慰人才、赏赐闾里，若别郡公差来捕亡命者，均由他出面阻挡。如此数十年，一以贯之，便深得人心，吴民皆愿听他调遣。

彼时，刘濞未反，还甚得另一人之力，在此也须提到。此人，便是袁盎。

前面曾提及，袁盎性耿直，数度直谏，惹恼了臣僚不知有多少。文帝起初尚能重用袁盎，怎奈众口铄金，久之，对袁盎也心生厌烦，遂外放为陇西都尉。自此，袁盎仕途便远不及张释之，蹉跎不进，累有多年。然袁盎到底是个人才，赴陇西之后，治军有方，甚爱惜士卒。后又迁为齐相，不久再迁为吴相。

袁盎受命赴吴当日，其兄袁种为其送行，担心他在吴国惹事，便与之私语道：

"吴王骄恣日久,国中多奸人。你今为吴相,若依法究治,彼辈或上书诬告,或雇人谋刺,总放不过你!往吴国去,最宜口不言事。南方卑湿,不如每日饮酒,以祛湿气。在彼为相,只劝吴王勿反便罢,如此即可免祸。"

袁盎知兄长之言出自肺腑,便默记于心。至吴地,果然依计而行,不问他事,只不时劝谏刘濞,以恪守藩臣之道为上策。

刘濞素知袁盎大名,闻袁盎之言,深以为然。故而袁盎在吴时,刘濞便泯去了雄心,只是平淡度日。

文帝见刘濞安稳下来,心中大慰。后又闻说,张武曾受刘濞贿金,便怪张武何以不守晚节,欲加责备。于是召张武来,并不说破缘由,只赐金若干,命涓人搬到张武车上。其数目,恰与刘濞贿金相等。

张武无功受赏,先是一头雾水,俄而才猛然悟到:原来受贿之事,今上已察知。不由心内大惭,忙伏地请罪道:"臣迷了心窍,竟受人请托,今甘受责罚。"

文帝便道:"人之清誉,千金难买,勿谓屋宇之内事,鬼神不知。何必贪那区区之财?"

张武顿觉颜面失尽,流涕道:"罪臣正是依仗功高,方惑于一念。今日贻害子孙,悔之莫及。陛下处夺爵就是。"

文帝摆摆手道:"你既知错,过往之事便了。公在代地之大功,我不能忘,夺爵自是不能,赐金你也携回吧。今后若有事,仍将倚你为股肱。"

张武大窘,推辞再三,文帝亦不允,终究只得抱惭退下。

东南事既平,文帝便卸下了一桩心事,想起阴宾上之言,不由释然道:"诸侯终无异心了!"

然起坐之间,四望天下,仍觉有堪忧之事。那山河表里虽已复苏,生民却似苇叶,到底是孱弱,耐不得风雨摧折。故而又想到:官府于民,不可索需无度,还须尽心呵护才是。

当其时,各地连年遇水旱之灾,百姓时有饥荒。文帝闻之,忧心难以释怀。自新垣平事发,文帝便觉大失体统,今又见天灾,想起阴宾上临别之问,愈发觉得过失在己。改元之年夏秋，便下诏罪己，诏曰："近来数年，未有丰登，又有水旱疾疫之灾，朕甚忧之。吾愚而不明，常思己过，乃政有所失，行有所过乎？乃天道有不顺，地利有不得，人事多失和乎？何以至此！或因百官奉养靡费，无用之事过多乎？何以百姓之食匮乏也！天下田未减少，而民未增多，以口量地，犹多于古时，而民食却不足，其咎安在？莫非百姓多舍本逐末，以末害农，为酿酒费谷者多乎？思之再三，吾未能解。今令丞相、列侯、二千石吏及博士议之，凡有利百姓之见，皆可放胆言之，无有所隐。"

读此诏，其诚惶诚恐之态，呼之欲出。想那文帝生长于深宫，从未有过饥馁，却知心忧民食不足，其仁心厚泽，实为罕见。天下官吏读之，无不震悚，都越发打起精神来，察访百姓之苦，唯恐有失。

至后元二年（公元前162年）六月，文帝第三子刘参，忽病殁于晋阳。噩讯传来，文帝不禁伤感，想到刘参、刘揖两个庶子，都聪明好学，却早早亡故，便觉人世无常。悲悼之余，对太子刘启、梁王刘武两个嫡子，就更是怜惜。

恰在同月，匈奴老上单于来使和亲。文帝正想着海内已定，唯有边事未平，便暂且放下丧子之痛，打起精神，亲笔致书单于，欣然允准和亲。在信中晓之以理，推诚相待，唯愿两家世代敦睦。

老上单于阅文帝信，颇为动容，也知汉家已渐强，不宜轻起边衅，便疏远了中行说，遣了当户、且渠等官吏为使臣，赴长安献马两匹，并复书称谢。

与老上单于和亲事定，汉家君臣无不欢喜。文帝遂将此事诏告天下，诏曰："朕既不明，不能远德，使方外之国不能宁息。往昔四荒之外不得安生，封疆之内劳碌不息，二者之咎，皆缘于朕之德薄，不能致远也。此前多年，匈奴连犯边境，多杀吏民；兵将又不明吾之志，更增吾之不德。如此连兵结祸，中外之国将何以安宁？今朕夙兴夜寐，勤劳治天下，忧心万民，为之怵惕不安，未尝有一日敢忘。故遣使者络绎于途，以朕之志，晓谕单于。今单于思社稷之安，便万民之利，与朕捐弃前嫌，偕之大道，结兄弟之义，以保全天下元元之民。和亲以定汉匈之谊，即始于今年。"

诏书颁下，长安又有一番和亲大典，天下皆为之欢腾，尤以边民为甚，都以为从此可高枕无忧。此后数年中,文帝每年又巡行雍、代、陇西等地,以示安抚。

如此三年过去,边地果然太平。至后元五年(公元前 159 年),老上单于病薨,其子军臣单于继位,遣人至长安报信。文帝又嫁宗室女入匈奴,重申和亲之约。

那军臣单于起初得了汉女,心满意足,本已无意南犯。不料那中行说并不死心,见有隙可乘,便屡劝军臣单于入寇汉地,将那汉家子女玉帛夸个不住,引得军臣单于垂涎。

至文帝后元六年(公元前 158 年)冬月,军臣单于终被说动,悍然发兵六万,分两路入寇,一路西取上郡(今陕西省榆林市南),一路直下云中,沿途劫掠,来势汹汹。

汉之边地兵民,已有多年不闻战鼓声,今见胡骑卷地而来,势若狂飙,都感大惊,慌忙紧闭城门,举烽火示警。数日之间,处处可见狼烟;入夜则光焰四起,竟能照彻甘泉宫。

文帝在长安闻警,知匈奴又背信弃义,便急调三路人马,驰援边地。一路领军为中大夫令免,出镇飞狐①;一路领军为楚相苏意,出镇句注②;还有一路,起用了老臣张武领军,出镇北地③。三路人马屯兵北边,据关而守,于此扼住匈奴南下要冲。

这三路人马,皆为三秦强悍之兵。于同日发兵,沿途金鼓齐鸣,车马辚辚。边地军民闻之,都为之一振。

隔日,文帝又遣河内郡守周亚夫为将军,领军一部进驻细柳(今咸阳市西南);宗正刘礼,领军一部驻霸上(今西安市以东);老将祝兹侯徐厉,领军一部驻棘门(今西安市东北),以为后备。这三路人马,皆为近畿精兵,环绕长安扎下营寨,互为犄角,以保京师无虞。

此时朝中虽已无周勃、灌婴等名将,然文帝多年谋边,早已处变不惊。此次闻警,便依次调兵遣将,缓急有备,一时军声大震。

---

① 飞狐,即"太行八径"之飞狐径,又称飞狐口、飞狐关,在北岳恒山之东。

② 句注,山名,在今山西省代县北,战国即有句注之塞。

③ 北地,即北地郡,在今甘肃省庆阳市。

数日之后，文帝略不放心，又率群臣赴近畿劳军，以激励士气。

銮驾先至霸上及棘门军营，只见营门卫卒皆未披甲，形同寻常。军卒见是天子驾到，忙闪至两旁，弃戟伏地，高呼"万岁"。待大队疾驰而入，警跸于营内，将军刘礼、徐厉方才闻知，急率一干校尉奔出帐，伏地迎驾。

文帝看看军容尚整，也未多说，慰勉了两句，便掉转头出营。两营将军以下军吏，皆骑马簇拥于后，送出营门，至数里方止。

待来到细柳军营，情景却是大不同。但见栅门紧闭，门外数名卫卒横戟而立，如临大敌。壁垒之上有军士肃立，皆劲甲结束，手执弓弩、短刃。见有人来，只听一声号令，众军士皆拉弓搭箭，持剑向外，立呈警戒之状。

卤簿有前驱郎卫数名，先奔至营门。门外卫卒立时喝止，搭戟拦住。

众郎卫不得入，连忙勒马，大呼道："天子将至！"

此时营门都尉立于壁垒上，傲然回道："军中只闻将军之令，不闻天子之诏。"

郎卫无奈，只得驻马等候。少顷，天子銮驾驰到，只见满目冠盖如云；然守门军士并不闪避，仍执戟拦住。

文帝无奈，只得命使者持节上前，宣谕道："今上谕令：吾前来劳军。"

营门都尉听罢宣谕，拱了拱手，掉头即奔回大帐，禀报了将军周亚夫。

周亚夫闻知天子驾到，仍不离大帐，只传令出来，命军士打开营门。

文帝御者正要扬鞭，只听那都尉又呼道："将军有令，军中不得驰驱！"

文帝听了，心中一凛，忙嘱御者按辔徐行，万不可鲁莽。

待大队缓缓进得营内，方见周亚夫全身披挂，出来迎驾，仅向文帝一揖道："甲胄之士，不拜天子，请以军礼相见。"

文帝闻之，不禁动容，俯身于车轼，向周亚夫远远回礼。又遣使者上前，宣谕道："皇帝慰劳将军！"

君臣互致礼毕，文帝见营中井然有序，军士如临战阵，心知不宜久留，便下令返驾。

那周亚夫也不相送，待文帝人马出了营门，即命军士关闭栅门，警戒如故。

出得营门来,群臣皆惊异不止,议论纷纷,多有嗔怪周亚夫不敬的。文帝则与群臣不同,回望细柳军营,慨叹道:"此真将军矣!方才霸上、棘门之军,如同儿戏。若敌骑来犯,虏其将军易如反掌耳。独周亚夫,有何人可犯?"

此行,文帝识得了周亚夫本事,便起了重用之意。返京途中,忽想起阴宾上临别语,不禁喜道:"终获良将矣!"一路与群臣相议,又夸赞了周亚夫许久。

如此中外戒严月余,那军臣单于闻之,到底是心虚,不敢与汉军鏖战,遂下令退军。两路胡骑闻令,旬日之间,便都退回塞外去了。

文帝如释重负,下令三军罢兵,依次撤回。随后即下诏,拜周亚夫为中尉,掌京师禁卫。

那周亚夫,虽为勋臣之后,却一直无功名,年已近不惑,方以父荫之故拜为郡守,可谓默默无闻。至今日,偶然得文帝赏识,一跃而为公卿,满朝文武皆啧啧称奇。其治军之名,立时遍于中外。

此前在河内郡(今河南省武陟县、济源市一带),周亚夫闻许负擅相面,隐于商洛山中。便遣人渡河相邀,请许负来衙署中,为自己相面。

那许负,实为汉初一奇妇人。其善相之名,自幼便闻于天下,如今已是六十老妪了。这日,乘车来至河内郡衙中,周亚夫连忙延入上座,恭谨道:"久闻鸣雌亭侯善相,不胜仰慕。下臣之相如何,可据实而言,毋庸忌讳。"

许负便挺身端坐,默望周亚夫良久,方开口道:"君三年之后,可封侯。封侯八年,为将相,手持国柄,世间贵重无二。"

周亚夫一怔,继而大笑道:"吾父年前已薨,吾兄胜之袭父爵。若吾兄卒亡,则其子继之,如何说我可封侯?"

许负也不理会,接着说道:"为将相后九年,你将饿死。"

周亚夫更觉不解,疑惑道:"既如所言,我贵为将相,又如何说将饿死?请……指我面相告知。"

许负便一指道:"君有纵纹入口,此即为饿死法相也!"

周亚夫惊疑不定,勉强一笑,也不敢多言,只赐了许负许多金,恭恭敬敬送走了事。

岂料许负相面所言，无不说中。三年后，周勃长子周胜之，因杀人坐罪，被夺爵除国。后文帝问诸臣，周勃之子还有谁可以袭爵，诸臣皆推亚夫，亚夫遂被文帝封为条侯。再后九年，果然又跻身于公卿将相，贵不可言。

周亚夫擢升为中尉后，心中亦喜亦忧。喜的是今生竟能为公卿，权倾朝野；忧的是许负所言"饿死"，又不知是何种结局，只得暂且抛开不想。

且说文帝重用了周亚夫之后，心中倍感安妥，便不再忧心边事。然则，事难有万全。自从细柳军营巡阅归来，文帝便觉身体疲惫，一日不如一日。心知是二十余年来，日夜操劳所致，只得将朝政大半委于申屠嘉。勉强撑了半年，自仲夏起，便不能每日上朝；入冬，则更是病卧不起了，虽有邓通在旁照看，也无大用。

窦后见了不由心慌，欲令太医孔何伤寻些秘方来。文帝却摆手道："那孔太医，不过是个镟枪头，混世而已，如今更是昏庸。莫要唤他，且多留我几日在这世上。"

窦后急得落泪，连忙打发宫女去报知薄太后。

稍后，薄太后由宫女搀扶来到，坐于榻前，拉住文帝之手道："数十年来，皆是恒儿来看我，今日倒要为娘来看恒儿了。"

这一句话，说得在旁诸人皆落泪。文帝倚坐于榻上，强作笑颜道："母后勿急，儿只是体虚，将养几日便好。"

"恒儿性笃实，对天下诸般事，用心太过，方有今日不测。"

"母后有所不知，儿不敢怠慢，并非担忧此位不保。年前，曾有高人赠我一言，曰：为人主者，欲治平天下，无非封疆无异心，御敌有良将，民生无疾苦而已。儿实无异能，诸事都做不到这般好，最忧是身后有人议论，不配为天子……"

薄太后连忙拦住话头，嗔怪道："这是如何说起？你守黄老之道，不但知勤政，且知施惠于民，是个好皇帝。向时，为娘最佩服高后，能垂拱而治；以今日看来，恒儿之治平功夫，又胜于高后许多了。"

文帝含笑道："母后知我，我心甚慰。想我长于深宫，不事稼穑，不擅用兵，却能稳坐天子位二十余年，心中岂能无愧？由是，儿于利民之事，近年确是颇用心，已陆续免田税，抚鳏寡，罢诸侯朝贡，弛禁山泽之利，免官府奴婢为庶民。所有举措，皆是唯恐民之负累太过。"

薄太后便也笑道："恒儿不似往时了，如何治天下，已了然于心。说来，为娘也不以治天下为难事，无非勤、谨二字，缺一不可。似你这般用心勤政，且又隐忍，便不是他人能及的。"

"儿亦有过失。自新垣平伏诛后，儿不怕鬼神，只畏惧吏官。一生所为，是智是愚，总不要贻笑后世才好。"

"又说这些！且安心养病就是。无论如何，你也走不到娘前面去。"

母子两人说了一阵话，文帝便觉精神略好些。此后又是半年，身体时好时坏，总病恹恹的。好在丞相申屠嘉甚是得力，朝政上无须再费心。

挨过了数月寒冬，天气渐暖，文帝便命邓通去石渠阁，将阁中所藏黄帝书寻些来。邓通寻得《经法》《道原》《金人铭》《归藏》《鬼容区》等卷册，抱了回来，回禀道："御史中丞[①]告知，黄帝书甚多，一时搬不完，容臣再去取些来。"

文帝摇头道："足矣！黄老之书，片言便可抵得一册。"

邓通扶起文帝，倚在靠几上，书籍则置于脚边，伸手可取。

这以后，文帝读书常入神，整日不出一语。有一日午间，看得困倦了，不由就轻叹了一声。

邓通忙问道："陛下缘何叹气？"

文帝便道："我虽贵为君王，却是东未见海，南未涉江，北未登阴山，西未入巴蜀，实与常人无异。"

邓通奉上羹汤，温语劝慰道："人间万事，都是不能比的。臣乃蜀人，生平也仅至长安而已。"

文帝便笑笑，感慨道："我幼时读黄石公书，见其文曰：'道者，人之所蹈，使万物

---

① 御史中丞，官名，秦始置。汉代为御使大夫的属官，掌监察之外，亦兼管图书。

不知其所由。'颇不明其意,今日方知其奥妙。我一生所蹈,苦矣疲矣,然至今却仍不知其所由。"

邓通听不懂,忙递上枕头催道:"陛下疲累了,还是瞌睡片刻吧。"

如此又挨过了两月,至后元七年(公元前157年)夏六月,文帝身体越发不济了,自觉来日无多,便急唤太子刘启入内,嘱咐道:"吾将不起矣。你气量狭小,天下能安否,未可知。若事有紧急,周亚夫可以掌兵。"

刘启急得流泪,忙劝道:"父皇尚有百岁之寿,何言之不吉?"

文帝摆摆手道:"人无永寿,事至此,又何须忌讳?为父在位,谨守黄老之道,省苛事,节赋敛,毋夺民时,天下方见稍富。此事为大,你接掌过去,不可有所稍懈。"

"儿当谨记。父皇病重,可要告知太后?"

"休要!勿去惊动老人家。"

"那定要告知母后。"不等文帝发话,刘启便命涓人速往中宫,请窦后前来。

少顷,窦后掩泣奔入,跪伏于榻边,问文帝有何嘱托。

文帝喘息道:"你一向溺爱少子,今刘武为梁王,所封皆膏腴之地。我不负你母子,苍天可鉴。我若有不测,你切不可干政,当以吕氏为戒。"

窦后闻此言,心中颇为不快,然见文帝已气息奄奄,也不便多说,只匆忙应道:"陛下勿作此想,妾亦是识大体的。"

此后,窦氏母子便与邓通一道,在病榻边轮流伺候。

至己亥这日,清晨时分,天光尚未亮。文帝忽睁开眼,抓住刘启之手,喃喃道:"你我父子,须得……"岂料言未毕,双目便凝住不动,竟是溘然长逝了。

顷刻之间,寝宫内便腾起一片哀声。后宫慎夫人、尹姬等人闻讯,仓皇奔至,也都哭作一团。

太子刘启哭了一阵,忽就立起身来,命邓通出宫去知会丞相,而后便不必再入宫了。邓通神情恍惚,实不愿离去,见刘启神色严厉,只得伏地,向榻上拜了两拜,含泪退下了。自此之后,文帝所有善后事宜,皆由刘启一人操办。

　　这一日,曙色照临长安时,蝉声依旧。汉家最贤明的一位皇帝,就这般悄然走了,享年四十七岁。万民的生息,仍自袅袅炊烟中起始。街衢上,行人渐多,却无一人知道今后是祸是福……